AUT
OCH
THON

Jürgen Pettinger

AUTOCHTHON

Roman von vorgestern und übermorgen

Kremayr & Scheriau

Frei nach dem unvergessenen Hugo Bettauer (1872–1925).

Dank für Expertise, Input und Inspiration:

Natascha Strobl, Politikwissenschaftlerin
Harald Oberhofer, Ökonom
Peter Huber, Wirtschaftsforscher
Judith Kohlenberger, Migrationsforscherin
Florian Bodner, Mediziner
Isabella Eckerstorfer, Lektorin
Jürgen Huber, Finanzmarktforscher

Erster Teil

Erstes Kapitel

DAS GESETZ

Eine pulsierende Präsenz an Menschen umringte das schöne und vornehme Parlamentsgebäude. Wie ein lebendiger Strom zog sich die Menge um das monumentale Bauwerk, schloss es ein, als wäre es das Herz eines gewaltigen lebendigen Organismus. Farben gerieten in Bewegung, wirbelten zu einem atmenden Muster. Menschengruppen flossen wie Blut durch die pulsierenden Adern der Stadt – zwischen Asphalt und Beton, an Fassaden entlang, durch Gassen, lärmend, lebendig. Unaufhaltsam schoben sie sich voran, strömten aufeinander zu, verhakten sich, verdichteten sich zu einer einzigen drängenden Masse und wurden eins.

Die ganze Stadt schien sich an diesem Junitag um zehn Uhr vormittags versammelt zu haben, um dort zu sein, wo sich ein historisches Ereignis von unabsehbarer Tragweite abspielen sollte. Drohnen der staatlichen Rundfunkanstalt filmten die Menge für weltweite Liveübertragungen. Stolz geschwenkte Fahnen und Wimpel in den Farben des neuen Landes, soweit die Kameras mit ihren Präzisionsobjektiven es einfangen konnten. Schwarz, Gold und Weiß dominierten das Panorama und symbolisierten Entschlossenheit, Ruhm und Reinheit. Überall erhoben sich Banner mit dem

Emblem der *Nationalen Freiheitspartei (NFP)*, einem Phönix mit weit ausgebreiteten Flügeln - Sinnbild für die Wiederauferstehung des Volkes.

Dazwischen Nahaufnahmen von lachenden und jubelnden Gesichtern, alt wie jung. Viele hatten sich die Farben der Bewegung auf die Stirn oder die Wangen gemalt, andere trugen Armbänder. Kinder auf den Schultern ihrer Väter hielten kleine Flaggen, schwenkten sie mit ernster Entschlossenheit. Heranwachsende Burschen waren auf Laternenmasten und sogar die monumentale Statue der Göttin der Gerechtigkeit geklettert, die vor dem Hohen Haus thronte und an deren Waagschalen nun schwarz-weiß-goldene Bänder buschig im Wind wehten, wie Pompons einer Cheerleaderin. Herausgeputzte Mädchen und Frauen in schlichten, eleganten Kleidern, Männer in ihren besten Outfits, einige mit den kantigen Parteiabzeichen an den Revers. Jemand hatte sogar seinen Rollstuhl mit Blumen geschmückt. Alles quoll durcheinander, schwitzte, politisierte und schrie.

»Wir sind das Volk! Raus mit den Ausländern!«

Eine Gruppe politischer Aktivisten hatte sich Zugang zum Dach eines ehemaligen Adelspalais verschafft - ein prunkvolles Gebäude mit hohen Fenstern und verzierter Fassade, das inzwischen im Besitz eines wohlhabenden Händlers für Orientteppiche war. Von dort oben, für alle weithin sichtbar, entrollten sie ein knallgelbes Banner mit der Aufschrift:

Für Remigration!

Die Buchstaben groß und schwarz, klar erkennbar selbst von Weitem.

Von unten ertönte lautes Gejohle, als das Banner sich entfaltete und im Wind zu flattern begann. Bengalische Feuer, die auf dem Dach gezündet wurden, warfen zuckende rote und orangefarbene Lichtschimmer auf die Szenerie. Dichter Rauch stieg auf, umhüllte die Figuren und zog in Schwaden über die Straße, wo Menschen mit erhobenen Smartphones das Geschehen filmten.

»Einheit! Stärke! Zukunft!«, schallte es in Sprechchören, die sich wie eine Welle in alle Richtungen ausbreiteten.

In der Vergangenheit war es bei ähnlichen Demonstrationen immer wieder zu Zwischenfällen gekommen. Menschen mit dunklerer Hautfarbe, schwarzem Haar oder Kopftuch waren nicht selten ins Visier genommen, angepöbelt oder verprügelt worden. Doch diesmal wirkte die Menge glattgezogen, einheitlich, wie gesiebt. Weit und breit kein flatternder Stoff, kein dunkelbärtiges Gesicht, keine Stimmen mit fremdem Akzent. Sogar die üblichen Kebab- und Nudelbox-Stände, die an normalen Tagen bis spät in die Nacht geöffnet hatten, waren geschlossen, regelrecht verbarrikadiert. Auch das Palais, das den luxuriösen Teppich-Flagshipstore beherbergte, war verriegelt. Die großen Schaufenster, ansonsten aufwendig beleuchtet und mit sündteuren Orientteppichen dekoriert, lagen im Dunkeln. Der Eingang war mit schweren Gittern gesichert, weshalb sich Beobachter fragten, wie die jungen Leute auf das Dach gelangt waren.

Eine mögliche Erklärung bot der Blick auf die umliegenden Gebäude: Direkt hinter dem Palais schloss sich ein Anbau an, schlicht, funktional, ein Kontrast zu der historischen Fassade des Adelshauses. Dieses Gebäude stand unter der Verwaltung des Parlaments selbst – eine unauffällige Verbindung, die es den Aktivisten wohl erleichtert hatte, unbemerkt aufs Dach zu gelangen.

Plötzlich zerriss ein Aufbrüllen aus der Mitte der Menge heraus die Luft: »Unser Volkskanzler Humpl! Hoch, hoch, hoch! Der Befreier des Volkes!«

Ein offenes Auto fuhr langsam die Menschenmenge hindurch, eine schwarze Oldtimer-Limousine vom Typ Steyr, die ein Bundeskanzler zuletzt vor hundert Jahren benutzt hatte und die nun extra aus dem Technischen Museum geholt worden war, um als Symbol für die neuerlich unmittelbar bevorstehende Zeitenwende zu fungieren.

Hinten in dem Cabriolet saß ein Mann von untersetzter Statur, bullig und unverkennbar vor Kraft und Selbstbewusstsein strotzend. Mit funkelnden Augen nickte er der Menge wohlwollend zu, verschränkte die Hände im Schoß, als müsse er seine eigenen Finger im Zaum halten. Nur wer ihn persönlich kannte, hätte bemerken können, dass er sich ein breites, triumphierendes Grinsen mühevoll versagen musste. Es war sein Tag, heute würde er sein Vermächtnis in die Geschichtsbücher schreiben und die Zukunft des Landes für immer in neue Bahnen lenken.

Junge Frauen mit vor Erregung geröteten Gesichtern drängten sich vor, schwangen sich auf das Trittbrett, eine warf dem Gefeierten einen Strauß selbstgepflückter Blumen zu, eine andere war noch dreister, schlang ihren Arm um seinen Hals und küsste Humpl auf die Wange, während sie mit der Rechten gleichzeitig auf TikTok streamte. Als ob der Chauffeur ahnte, wie seinem Chef bei solchen Gemütsausbrüchen zumute wurde, ließ er den Wagen mit einem Ruck nach vorne springen, sodass die Mädchen jäh nach hinten fielen. Sie taten sich nicht weh, denn die Menge fing sie auf und großgewachsene Security-Männer in schwarzen Anzügen, die den Wagen des *Volkskanzlers* umringten, achteten darauf, dass niemand unter die Räder kam.

Im Parlamentsgebäude herrschte nicht die laute Begeisterung der Straße, sondern nervöse Anspannung. Die Abgeordneten, die sich bis auf den letzten Mann (Frauen waren auch darunter, sie durften seit dem allgemeinen *Gendering-Verbotsgesetz*, das Humpl als erste Amtshandlung erlassen hatte, nachdem er bei der letzten Parlamentswahl die absolute Mehrheit erlangt hatte, im generischen Maskulinum aber nur mehr mitgemeint werden) eingefunden hatten, die Minister (darunter eine Frau), die Schriftführer (alle weiblich) und Saaldiener (insgesamt 13, davon sieben Frauen) gingen schweigend und unruhig umher oder saßen bereits erwartungsvoll auf ihren Plätzen.

Auch die überfüllten Galerien verhielten sich lautlos. Selbst in der Journalistenloge, in der es sonst am ungeniertesten zuging, wurde nur im Flüsterton gesprochen. Und eine bemerkenswerte räumliche Spaltung hatte sich eingestellt. Fotografen, Videoreporter und Redakteure heimischer Nachrichtenportale, bekannte Gesichter aus Internet und Fernsehen, Podcaster und die Autoren verschiedener Live-Ticker drängten sich auf der einen Seite und tuschelten angeregt untereinander – vorwiegend über die Vertreter der extra zum heutigen Anlass angereisten Weltpresse, die ihre Stühle auf der anderen Seite der Loge zusammenschoben.

Sonst mischten sich die Journalisten immer fröhlich durcheinander, im Berufskreis war man nicht Parteigänger, sondern vor allem Kollegen, nun aber flogen von einheimischer Seite höhnische Blicke in Richtung der internationalen Presse. Im Ausland war in den letzten Jahren viel Herablassendes über den neuen Volkskanzler und seine – wie es oft hieß – allzu radikalen Vorhaben, an deren Umsetzung kaum jemand geglaubt hatte, berichtet worden. Doch seit es ihm nur wenige Monate nach Amtsantritt gelungen war, *NOVA (Nationale Ordnung Vereinter Autonomien)* zu gründen, eine Allianz aus inzwischen einem Dutzend nationalistischer Regierungen, war sein Einfluss stetig gewachsen. Gemeinsam setzte man auf staatliche Souveränität, koordinierte den Schutz der Außengrenzen, drängte supranationale Institutionen zurück und sorgte mit fester Hand für mehr Effizienz und Ordnung im eigenen staatlichen Betrieb. Die anfangs von vielen befürchteten Sanktionen und wirtschaftlichen Konsequenzen waren bislang ausgeblieben.

Immer mehr Journalisten drängten herein und suchten Plätze für sich selbst und ihre Stative.

»Nicht rühren kann man sich«, klagte der alternde innenpolitische Ressortleiter des ältesten, reichweiten- und auflagenstärksten Boulevardblattes im Land. Er selbst hatte mindestens acht weitere Reporter im Schlepptau, die mit Mikrofonen und Digitalkameras ausgestattet waren, um das bevorstehende geschichtsträchtige Ereignis auf allen Kanälen zu featuren.

Ein jüngerer Kollege mit Schnauzbart, Drei-Millimeter-Frisur und Ohrring erwiderte schelmisch grinsend: »Das wird sich in ein paar Tagen regeln, dann haben wir hier wieder genug Platz.«

Überschwängliches Lachen und kumpelhaftes Schulterklopfen auf der einen Seite der Loge, gegenseitige bedeutungsvolle Blicke auf der anderen.

Eine junge Frau in einem auffallend stylischen, wenn auch leicht zerknitterten Nadelstreifenanzug, die Krawatte wie einen Schal lässig um den Hals geworfen (vermutlich italienische Designerware), stellte ihren Reise-Trolley geräuschvoll am Boden ab und gab ihm einen Schubs, sodass er gegen die Wand rollte, richtete sich Frisur und Bluse und nickte nach links und rechts.

»Sophie Milot von *Le Figaro*! Ich bin gerade vor einer Stunde gelandet und kenne mich überhaupt nicht aus hier. Vorgestern bin ich aus New York zurückgekommen, wo ich Korrespondentin war, und saß nach ein paar Stunden zurück in Paris schon wieder im Flugzeug. Mein Chefredakteur, der Kretin, meinte nur, hierzulande werde es jetzt lustig: ›Die schmeißen alle Ausländer raus. Fliegen Sie hin und berichten Sie, bis das Kabel reißt!‹ Also bitte, wäre sehr nett von Ihnen, wenn mich jemand auf den neuesten Stand bringen könnte!«

Das war alles mit so schnuckeligem französischen Einschlag dahergekommen, dass sich die Spannung im Raum ein wenig löste. Ein paar der Anwesenden schmunzelten, einer trat vor: »Dinko Vučetić von *Global Current News*.«

Die Stimme kam tief, aber freundschaftlich von der Seite. Milot drehte sich zu dem Mann um. Dichter, dunkler Vollbart, die Wangen gerötet, als sei er gerade von draußen hereingekommen, und ein schwerer Körper, der trotzdem eine gewisse Wachsamkeit ausstrahlte. Die Kamera mit dem riesigen Teleobjektiv baumelte trotz des Gewichts, und es musste enorm gewesen sein, wie beiläufig um seinen Hals.

»Ich erkläre Ihnen gerne alles. Noch ist ja etwas Zeit.«

Milot mochte seine direkte Art. Sie wollte gerade die ihr entgegengestreckte Hand nehmen, da spürte sie eine Bewegung neben sich.

»Entschuldigung, aber das geht dann doch besser von uns aus.«

Die Worte schnitten durch den Raum. Der Innenpolitikchef hatte sich fast lautlos an ihre Seite geschoben.

Milot spürte, wie sich die Atmosphäre veränderte. Die Aufmerksamkeit im Raum war jetzt nicht mehr auf sie gerichtet, sondern auf den Fotoreporter, der aber nicht zurückwich.

»Ich bin akkreditierter Journalist«, sagte er ruhig.

»Natürlich.« Das Lächeln des Innenpolitikchefs wurde kühler. Langsam, beinahe zufällig legte er seine Hand auf den Oberarm des Fotojournalisten - ein Griff, der nach außen hin kameradschaftlich wirkte, aber eine Spur zu fest war. »Ich denke, Madame Milot ist bei uns in bester Gesellschaft«, sagte er dann in drohendem Tonfall, das *uns* bedeutungsvoll unterstreichend. Die Hand des Innenpolitikchefs verweilte auf dem Oberarm seines Gegenübers. Nicht grob, nicht offensichtlich bedrohlich, doch unmissverständlich.

Vučetić rührte sich nicht. Stattdessen ließ er seinen Blick betont langsam über den Mann vor sich wandern, als würde er ihn Schicht für Schicht sezieren. Der Anzug - tadellos, aber ohne Persönlichkeit. Die randlose Brille - funktional, fast unsichtbar. Das schütter gewordene Haar - für sein Alter etwas zu jugendlich frisiert, als versuchte er, sich an eine Vergangenheit zu klammern, die er hinter sich hatte. Ein Mann, der es gewohnt war, die Kontrolle zu haben, und noch mehr daran, dass niemand es wagte, ihn infrage zu stellen.

Doch in Vučetićs kühlen, leicht spöttischen Augen lag etwas, das kaum merklich an dieser Fassade kratzte. Ein ausdrucksloses Lächeln, dann sagte er mit sanftem Bedauern: »Wissen Sie … da wo ich herkomme, kommt echte Autorität ohne Berührung aus. Aber das hat Ihnen Ihre Mutter vermutlich nicht beigebracht.«

Ein kurzes, unangenehmes Schweigen folgte. Einige in der Journalistenloge hielten hörbar den Atem an. Der Innenpolitikchef blinzelte. Sein Lächeln blieb, aber in seinen Augen flackerte es.

Vučetić lehnte sich leicht nach vorne. »Es ist schon interessant«, fügte er leise hinzu, »wie manche Männer immer etwas festhalten müssen, um sich sicher zu fühlen.«

Die Hand auf seinem Arm löste sich. Langsam.

Milot schürzte die Lippen. Sie hatte noch nicht ganz begriffen, was passiert war. »Ich weiß nicht, ob –« Doch da spürte sie, wie der Innenpolitikchef ihren Ellenbogen griff und sie fortzog.

»Kommen Sie«, sagte er flach, als müsste er sie vor einer drohenden Gefahr in Sicherheit bringen.

Sie spürte, wie Widerspruch in ihr aufstieg. »Ich hätte trotzdem gerne gehört, was Herr Vučetić dazu zu sagen hat.«

Daraufhin beugte sich der Innenpolitikchef zu ihr vor. So nah, als würde er ein Geheimnis mit ihr teilen wollen. »Liebe Kollegin«, sagte er fast zärtlich. »Ich bin mir sicher, Sie sind eine gute Journalistin. Aber das hier ist doch recht komplex.«

Milot wusste nicht genau, warum sie sich führen, fast schon abführen ließ. Es war kein Befehl, eher ein Sog. Sanft, aber entmündigend. Sie schluckte, ballte unbewusst die Faust. Bevor sie etwas sagen konnte, war sie bereits dort, wo man sie haben wollte: in der Ecke der ansässigen Journaille, wo der ältere Redakteur ihr mit einem freundlichen Lächeln auf die Schultern klopfte und, als wäre nichts gewesen, mit seinen Erläuterungen begann.

»Ich mach's kurz, Fräulein Milot. Alles, was Sie wissen müssen, wird gleich Kanzler Humpl persönlich erläutern, wenn er das Gesetz zur Remigration im Plenum begründet. Wir haben seine Rede vorab bekommen, ich kann sie Ihnen mailen, wenn Sie mir Ihre Adresse geben. Zunächst aber ganz kompakt zusammengefasst, da Sie im Ausland waren und die Vorgeschichte vermutlich nur einseitig mitbekommen haben: Vor ein paar

Jahren sind wir hier regelrecht am Abgrund gestanden. Die alten Großparteien waren zu lange an den Futtertrögen, wenn Sie wissen, was ich meine. Keine Grundwerte mehr, kein Plan, keine Moral. Sie haben sich selbst zerlegt. Die Sozis? Zerstritten, irrelevant. Die Konservativen? Die haben sich vor lauter Woke-Kniefall selbst kastriert. Und dann kam Humpl. Und wissen Sie, was das Beste ist?« Er lehnte sich vor. »Humpl musste gar nicht viel tun. Der hat einfach nur gesagt, was eh jeder denkt – und bumm, Wahlsieg nach Wahlsieg.«

Mit der Hand deutete er hinunter in den Plenarsaal, um der jungen Frau aus der Fremde zu verdeutlichen, wie sich die Fraktionen aufgeteilt hatten. Seine Stimme wurde eindringlich: »Humpl ist einer, der muss nur etwas sagen und die Leute rufen Bravo. Eine Zeit lang schafften es die alten Parteien noch, sich mit ihren Winkelzügen, wie Dreifach-Koalitionen und ähnlichem, an der Regierung zu halten, aber zu zweit hatten sie schon lange keine Mehrheiten mehr.« Und mit einem anzüglichen Grinsen: »Sie als Französin wissen ja am besten, wie schwierig eine Ménage-à-trois sein kann.«

Kichern und Getuschel in seinem Gefolge, das der Ansprache aus Pflichtbewusstsein dem Chef gegenüber andächtig gelauscht und die Kollegin aus Frankreich dabei unverhohlen gemustert hatte.

Milot konterte trocken: »Die meisten sind ja schon zu zweit überfordert.«

Der Ressortleiter bemerkte die Spitze nicht und fuhr fort. »Humpl hat im Grunde die ganze Zeit über nur abgewartet und sich am Ende die absolute Mehrheit geholt. Er ist sich halt immer treu geblieben, immer das Herz auf der Zunge. Und jetzt? Jetzt macht er endlich Schluss mit dem Multikulti-Wischiwaschi. Keine laschen Kompromisse mehr. Die ganzen linken Weicheier, die jahrelang von Integration gefaselt haben, stehen jetzt mit offenem Mund da, weil es plötzlich mal wirklich jemand durchzieht. Seinem politischen Genie, seiner Weitsicht und, ja, seiner Zähigkeit haben wir zu verdanken, dass wir uns heute nicht mehr beugen, nicht mehr verbiegen müssen. Entgegen aller Erwartungen und gegen zigfachen Widerstand aus dem In- und Ausland hat er uns aus dem Zangengriff der Globalisten befreit und uns sogar unsere geliebte alte Währung zurückgegeben. Seinetwegen sind wir heute wieder das, was wir in unseren Herzen immer waren: ein bodenständiges Völkchen, klein und einfach, naiv vielleicht, aber aufrecht und treu. Und heute folgt auf die Pflicht quasi die Kür.«

Milot nickte, obwohl sie die Hälfte nicht verstanden hatte, weil der Ressortleiter von seinen Gefühlen und Pathos überwältigt in den silbenverschluckenden Dialekt seiner ländlichen Herkunft verfallen war.

Er grinste und beugte sich noch ein Stück näher zu ihr. »Ich sag' Ihnen was: Früher haben sie ihn ausgelacht, ihn ›Spinner‹ genannt, ›Nazi‹ sogar. Jetzt klatschen selbst die Konservativen mit, und die Rechten unter den Sozis? Die rücken schon nach. Das hier ist ein historischer Moment, das sag' ich Ihnen.« Er ließ sich in seinen Stuhl fallen, klopfte sich auf den Oberschenkel. »Können Sie ruhig so in Ihren Artikel schreiben. Das wird was Historisches heute!«

»Pst«-Rufe wurden laut. Der Innenpolitikchef wurde jäh unterbrochen und musste seine Emotionen wieder unter Kontrolle bringen, denn der Parlamentspräsident, ein für dieses hohe Amt erstaunlich junger Mann, etwa Mitte dreißig, mit akkuratem Seitenscheitel, läutete die Glocke und erteilte dem Bundeskanzler das Wort.

Totenstille im Plenarsaal. Man hätte einen der Kieselsteine hören können, die die Krähen im Winter immer wieder auf die prächtige, vor einigen Jahren neu gebaute Glaskuppel fallen ließen, woraufhin sie schon mehrfach Risse bekommen hatte und um teures Geld repariert werden musste. Zu diesen wunderlichen Vorkommnissen befragte Ornithologen betonten, dass es sich dabei um arttypisches Verhalten von Jungtieren handelte, weshalb die alte, für den Umbau verantwortliche Regierung es durchaus hätte voraussehen können.

Von der Galerie aus war Humpl kaum zu sehen, weil bis auf die Sozialdemokraten und die Liberalen alle Abgeordneten aufgestanden waren, als sich die Türe für ihn öffnete. Die vielen im Raum verteilten Kameras fingen seinen Einzug freilich perfekt ein und so hatte die Szenerie in Fernsehen und Stream gleich etwas Triumphales, Erhebendes. Zu allen Seiten grüßend, einzelne Hände schüttelnd, schritt Humpl durch den Mittelgang. Applaus brandete auf, was im Hohen Haus mehr als unüblich war. Niemand bemerkte, wie einer der Saaldiener noch schnell die Höhe des Rednerpultes verstellte. Es konnte elektrisch hinauf- und hinuntergefahren werden, je nach Statur der Abgeordneten, denen das Wort erteilt wurde. Offenbar war trotz der ansonsten akribischen Organisation dieses Tages vergessen worden, die Höhe auf den Kanzler einzurichten. Der Geistesgegenwart eines Einzelnen war es zu verdanken, dass Humpl mit seinen eins sechzig nicht dahinter verschwand oder sich gar der Peinlichkeit aussetzen musste, das Pult selbst vor aller Augen quälend langsam herunterzufahren, bevor er zu sprechen beginnen konnte.

Ein kurzer Griff zu dem dünnen Mikrofon, ein zackiges Nicken in die Runde, woraufhin alle wieder auf ihren Stühlen Platz nahmen. Ein bedeutungsvoller Blick und, wie zufällig, ein sanftes Lächeln in jene Kamera, die gerade On Air war.

»Liebe Landsleute! Ich lege euch heute jenes Gesetz und jene Änderung unserer Bundesverfassung vor, die gemeinsam nichts weniger bezwecken als das Ende der zügellosen Völkerwanderung. Remigration! Ja, ich wage das Wort in diesem ehrenwerten Haus auszusprechen, auch wenn die Damen und Herren von der internationalen Presse mich erneut als Radikalinski, als Rassisten und Neonazi brandmarken werden –«

Eine kurze, bedeutungsvolle Pause, um die in der Journalistenloge zusammengepferchten Vertreter der ausländischen Presse mit einem zornigen Blick zu strafen, dann ruhig weiter: »Die Wahrheit ist, liebe Landsleute, wer für Remigration ist, ist für die Sicherheit unserer Frauen und für die Sicherheit unserer Kinder. Wer für Remigration ist, ist für ein starkes Volk, ein selbstbewusstes Volk, ein mutiges Volk. Wir nähern uns nun Schritt für Schritt dem Gipfel! Das Joch der Globalisten haben wir gemeinsam abgelegt – und das war genau richtig! Gemeinsam haben wir dem gefährlichen Klimakommunismus den Kampf angesagt und betreiben nun Naturschutz mit Hausverstand. Gemeinsam sagen wir ›Ja‹ zu echter Normalität in unserem Land und wir rufen ›Nein‹ zu linker Gehirnwäsche! ›Nein‹ zu diesem Regenbogenkult! ›Nein‹ zu diesem Genderwahnsinn! ›Nein‹ zu diesem Woke- und Cancel Culture-Irrsinn! Gemeinsam haben wir Schluss gemacht mit dieser Kuscheljustiz für Kinderschänder!

Sie haben den Scheiterhaufen errichtet, in der Hoffnung, uns darauf verbrennen zu können – doch jetzt lodern die Flammen lichterloh in ihren eigenen Reihen! Wer mit Hass zündelt, darf sich nicht wundern, wenn er selbst im Flächenbrand steht! Keine Vorschriften mehr, was wir sagen dürfen und wie wir denken sollen! Von nun an sind wir unsere eigenen Herren!

Was haben sie uns über all die Jahre zum Narren gehalten, die Kollegen von den Konservativen, den Sozialisten, den Liberalen; was haben sie sich bei uns angebiedert, aber nie etwas umgesetzt. Die Wahrheit ist: Die Systemparteien sind das Problem! Oder besser: Sie waren es. Sie haben das Land heruntergewirtschaftet, unsere Identität verraten und die innere Sicherheit verspielt. Doch wir lassen uns nicht für dumm verkaufen. Wer das Volk verrät, wird am Ende vom Volk gerichtet! Hier und heute machen wir Nägel mit Köpfen!«

Frenetischer Jubel von draußen, wo die flammende Rede auf gigantischen Videoscreens übertragen wurde, drang durch die dicken Parlamentsmauern und setzte sich im Inneren fort. Enthusiastischer Applaus auch auf den Besuchertribünen im Plenarsaal. »Jawoll«-Rufe, Standing Ovations in der Kanzlerfraktion, selbst die angegriffenen Konservativen klatschten, während die wenigen Mandatare vom linken Flügel der Sozialdemokraten demonstrativ, aber von den Kameras ignoriert und von den Anwesenden mehrheitlich unbemerkt, den Saal verließen.

Humpl fuhr fort.

»Ich brenne für dieses Land, für die unvergleichliche Natur, unsere lebendigen Traditionen und vor allem für die Menschen, die dieses Land zu dem machen, was es ist! Und darum werde ich das Unrecht, das uns das alte Regime so lange Zeit angetan hat, Schritt für Schritt wieder rückgängig machen! Was haben sie damals an unseren Grenzen alle durchgewunken, diese Willkommensklatscher! ›Da kommen doch nur gut Gebildete‹, haben sie gesagt, ›Mediziner und Studierte‹. Was war das für ein Aufschrei, als wir damals gewarnt haben: ›Stopp! Wir schaffen das nicht!‹ Was da als Bereicherung verkauft wurde, entpuppte sich als tägliche Bedrohung: Kriminelle und Sozialschnorrer waren das, liebe Landsleute!

Ich verspreche euch hiermit: Heute ist endgültig Schluss mit der Täuschung und den Lügen! Heute beginnt eine neue Zeit – eine Zeit des Lichts nach der Dunkelheit, der Wahrheit nach der Lüge. Es ist die Stunde, in der wir uns aus der Bevormundung, aus dem Schweigen und aus dem Verrat erheben. Denn ich sage euch: Das Recht geht nicht von oben aus, sondern von unten, vom Volk – denn es ist geschrieben: *Das Volk ist der Souverän, und seine Stimme soll nicht länger verhallen!* Ich bin gekommen, um zurückzugeben, was euch genommen wurde. Heute übergebe ich euch die Führung dieses Landes – denn so ist es richtig. Und der erste Schritt ist das Remigrationsdurchführungsgesetz: Ein Gesetz der Gerechtigkeit und der Ordnung.«

Brausende Beifallsrufe. »Sehr richtig!« und »So ist es!«

Wieder ein bewusst gesetzter, strenger Blick des Kanzlers nach oben zu den Auslandsjournalisten, dann in Richtung der einzelnen verbliebenen Sozialdemokraten vom rechten Flügel und zu den Bänken der Liberalen, die zuletzt ebenfalls öffentlich gegen das Gesetz mobil gemacht und angekündigt hatten, dagegen zu stimmen.

»Wir stehen an einer Weggabelung. Die einen wollen kapitulieren, sich weiter wegducken. Und dann gibt es uns, die wir sagen: Jetzt ist Schluss! Jetzt beginnt der Widerstand der Vernunft gegen den Wahnsinn der Ideologen!

Natürlich wird es wieder Gejammer geben – die internationale Systempresse, die Berufszweifler der Altparteien, die Dauerempörten im Gewand der Moral: ›Das dürft ihr nicht! Das ist rechts! Das ist populistisch! Das ist gegen internationale Abkommen!‹ Ich sage euch, was das wirklich bedeutet: ›Wir haben keinen Mut. Wir haben keinen Plan. Wir haben längst aufgegeben.‹ Aber wir haben nicht aufgegeben. Wir stehen – und wir stehen kerzengerade! Napoleon hat einmal gesagt: ›Man muss das Eisen schmieden, solange es heiß ist.‹ Und genau das tun wir. Wir warten nicht auf Erlaubnis, wir handeln. Wir holen uns das Land zurück – nicht aus Hass, sondern aus Liebe.«

Humpl führte langsam ein Wasserglas an seine dünnen Lippen und ließ den Blick halb spöttisch, halb befriedigt durch die Reihen gleiten. Der Innenpolitikchef hatte das Gefühl, Milot, die emsig mitgeschrieben hatte, könne der Rede in der Geschwindigkeit womöglich nicht ganz folgen und bedeutete ihr einmal mehr, ihm ihren E-Mail-Kontakt zu geben, damit er ihr das Protokoll schicken könne. Gerne liefere er ihr im Anschluss auch eine Analyse und Einordnung.

Der Kanzler fuhr fort.

»Erinnern wir uns zurück an die Zeit unserer Vorfahren, als noch Fleiß zählte und Ehre etwas bedeutete. In der die Welt noch intakt war und nicht jeder Ehrliche am Ende der Dumme war. Eine Zeit, in der das Einfache noch Glück bedeutete und nicht alle immer nur mehr wollten. Wie zufrieden war meine geliebte Urgroßmutter, wenn es am Sonntag ein bisschen Fleisch gegeben oder sie als Kind zu Weihnachten eine Orange geschenkt bekommen hat. Mehr war nicht nötig, um ein erfülltes Leben zu führen. ›Arbeit adelt‹ war ihr Lebensmotto bis zum Schluss. Disziplin und Ordnung haben das Leben bestimmt. Es war keine Zeit des Überflusses, aber eine Zeit des inneren Reichtums. Bescheidenheit war keine Schande, sondern eine Tugend. Es herrschte Zusammenhalt und gegenseitige Verantwortung. Man konnte sich aufeinander verlassen, man gehörte zusammen. Es gab klare Rollen und klare Regeln in der Familie und in der Gesellschaft.

Kinder spielten frei auf der Straße, im Wald, am Bach – ohne Angst, ohne Bedrohung durch Drogendealer oder Pädophile. Mädchen konnten unbeschwert in die Schule gehen, Frauen konnten sich frei bewegen, ohne sich sorgen zu müssen, vergewaltigt zu werden. Es herrschte ein gemeinsames Werteverständnis – über Anstand, Respekt, Fleiß. Wer das Haus verließ, drehte den Schlüssel oft gar nicht um – nicht aus Leichtsinn, sondern aus Vertrauen. Die Nachbarn kannten einander, halfen einander, schauten aufeinander. Es war eine Welt mit klaren Grenzen. Eine Welt, in der man wusste, was richtig und was falsch war. Das war Halt. Das war Heimat. Das war eine Zeit der Geborgenheit. Eine Zeit, in der man sich nicht vor dem sozialen Abstieg fürchten musste, sondern sich – mit Disziplin und Zusammenhalt – etwas aufbauen konnte. Warum war das so? Weil das Leben von Vernunft, von Maß und Mitte geprägt war. Heute hingegen: Wer sich anstrengt, zahlt für alle anderen, die es sich in der sozialen Hängematte bequem gemacht haben, mit. Warum ist das so? Ich sage es euch: Weil Politik heute auf Ideologie gründet und nicht auf Realität! Früher zählte der gesunde Menschenverstand, heute die Agenda einer kleinen Elite.

Wir wollen nicht zurück in die Armut unserer Vorfahren, nicht in die Entbehrung – aber in die Haltung unserer Ahnen. In das Bewusstsein, was im Leben wirklich zählt. In eine Zeit, in der Familie, Fleiß und Verantwortung die Grundlage für Glück und Stabilität bildeten. Wir wollen ein Land, in dem Kinder wieder Kind sein dürfen. In dem Sicherheit keine Ausnahme ist, sondern die Regel. In dem unsere Sprache, unsere Kultur, unsere Lebensweise wieder wertgeschätzt und geschützt werden.

Es geht nicht um Ausgrenzung. Es geht um den Schutz unseres Landes, unserer Identität, unserer Geschichte. Das ist kein Ausdruck von Hass, sondern von Verantwortung – gegenüber all jenen, die dieses Land mit aufgebaut haben, gegenüber unseren eigenen Kindern und Enkeln, gegenüber unserer Zukunft!

Deshalb sagen wir: Es ist Zeit, dass der gesunde Menschenverstand wieder Einzug hält. Schritt für Schritt – für ein friedliches, starkes, freies Land. Für unsere Zukunft. Für unsere Familien. Für unser Volk.«

Das ganze Haus geriet nun in furchtbare Aufregung. Wilde Rufe wurden laut: »Rettet die Kinder!«, »Schützt unsere Frauen!« Von draußen brandete der Jubel von Zehntausenden herein, vielleicht waren es sogar Hunderttausende: »Wir sind das Volk!«

Humpl nahm die Ovationen milde lächelnd entgegen, ließ die Erregung auslaufen und erläuterte dann, wie er gedachte, sein Gesetz zur Remigration durchzusetzen.

»Wie Sie wissen, trifft die Remigration nicht nur alle Nicht-Staatsbürger jedweder Herkunft, die es sich in diesem Land bequem gemacht haben, sondern auch Migrationsstämmige. Als solche gelten hier geborene Kinder von Fremden, als auch solche von gemischten Eltern. Hat also zum Beispiel eine Einheimische einen Mann fremder Staatsbürgerschaft geheiratet, so trifft die Ausweisung ihn und die Kinder aus dieser Beziehung, während es ihr unbenommen bleibt, im Land zu bleiben. Die Kinder zweier fremder Eltern werden ebenfalls gehen müssen, unsere Staatsbürgerschaft wird gegebenenfalls aberkannt, sollten sie sie in der Vergangenheit erlangt haben.

Nach reiflicher Überlegung jedoch hat die Regierung beschlossen, die Kindeskinder nicht mehr als migrationsstämmig zu betrachten. Haben also ein Einheimischer und eine Fremde Kinder, so werden diese mit der Mutter ausgewiesen, die Kindeskinder aber, sofern sich die Eltern nicht wieder gemischt haben, können im

Land bleiben. Dies ist aber auch die einzige Konzession, die dieses Gesetz macht, weitere Ausnahmen sind nicht zulässig.

Von vielen Seiten wurde uns nahegelegt, gewisse Ausnahmen gelten zu lassen. So sollte das Gesetz Leute, die ein gewisses Alter überschritten haben, Kranke oder solche, die sich besondere Verdienste um den Staat gemacht haben, nicht treffen. Liebe Landsleute, hätte ich diesem Drängen der Globalisten nachgegeben, wäre das ganze Gesetz zu einer Farce verkommen! Fremde Mächte hätten all ihre Kraft gebündelt, sie und ihr Kapital hätten Tag und Nacht gearbeitet, zehntausende Ausnahmefälle wären konstruiert worden und am Ende wären wir genauso weit wie heute. Nein, es gibt keine Ausnahmen, es gibt keine Protektion, kein Augenzudrücken und kein Mitleid! Für Kranke und Pflegefälle werden wir Ambulanzflüge organisieren, wie wir sie unseren Wintergästen zur Verfügung stellen, wenn sie sich ein Bein gebrochen haben, und nur solche, die nach einem amtsärztlichen Gutachten absolut nicht transportfähig sind, werden ihre Genesung oder ihren Tod abwarten dürfen!«

Die Wirkung dieser Worte war eigenartig, er hatte sie mit derart eisiger Kälte in Stimme und Ausdruck gesprochen, dass sich Unruhe auf den Rängen breit machte. Ein Gefühl der Beklommenheit und des Unwohlseins ersetzte die bis dahin vorherrschende Euphorie. Nur vereinzelt waren Bravorufe zu hören. Aus den Reihen der verbliebenen Fraktion der Sozialdemokraten sprang ein junger Abgeordneter auf und schrie: »Pfui! Das ist menschenverachtend!«

Auch die Kanzlerfraktion selbst schien sich sammeln zu müssen. Erst nach unendlich lang scheinenden Sekunden hatten sich alle wieder gefasst, und erneut brandete tosender Beifall auf.

»Nun bitte ich Sie um Ihre volle Aufmerksamkeit, der nächste Punkt ist besonders wichtig.«

Gemäß menschen- und völkerrechtlicher Vorgaben und der nationalen Rechtslage, kündigte Kanzler Humpl an, würde mit größter Milde und Gerechtigkeit vorgegangen werden. Die Würde jedes Einzelnen sollte gewahrt bleiben.

Jeder habe das Recht, sein Vermögen mitzunehmen, sofern es sich um Bargeld, Schmuck oder Aktien handelte. Immobilien und Geschäfte dürften am freien Markt im Inland an Inländer veräußert werden. Kunstwerke, wie Gemälde, wertvolles Mobiliar und ähnliches, müssten selbstredend im Inland verbleiben und seien darum ebenso freihändig zu verkaufen. Bei großen Vermögen ab einer Million sei eine Sondersteuer abzuführen, die im Volksmund bereits ›Auf Nimmerwiedersehen-Steuer‹ genannt wurde und sich aus der 30-prozentigen Immobilien- und der 27,5-prozentigen Kapitalertragssteuer zusammensetzte und demnach bei 57,5 Prozent lag.

»Das mag hoch klingen, ist aber in Anbetracht dessen, dass derartige Vermögen nur von unseren Menschen, auf unserem Boden und angesichts unserer Arbeits- und Schaffenskraft möglich gemacht wurden, nur fair!«

Sofortüberweisungen ins Ausland seien bis zu einer Höchstgrenze von Zehntausend begrenzt, alles darüber werde zunächst einem zu diesem Zweck eingerichteten *Remigrationsunterstützungsfonds* zugeführt und würde spätestens drei Monate nach Ausreise vollverzinst an die jeweils angegebenen Konten angewiesen, sofern alles mit rechten Dingen zugegangen sei, ansonsten würde das Geld zur Restituierung in Bezug auf entstandene Schäden verwendet werden. Nicht Veräußerbares würde vom Staat übernommen, und zwar derart, dass nach dem Steuerbekenntnis des letzten Jahres der Gewinn zehnprozentig kapitalisiert werden würde. Hätte zum Beispiel also ein Unternehmen im vergangenen Jahr einen Profit von Hunderttausend aufgewiesen, so würde es mit einer Million abgelöst werden. Ein boshaftes Lächeln kräuselte die Lippen des Kanzlers.

»Natürlich sind sowohl bei diesen Ablösungen als auch bei der Mitnahme von Bargeld lediglich die Steuermeldungen maßgebend. Hat sich jemand als vermögenslos bekannt, so darf er kein Geld ausführen, besitzt er trotzdem Vermögen, so wird dieses natürlich konfisziert. Hat jemand den Gewinn seines Geschäfts mit Hunderttausend beziffert, so wird es mit einer Million abgelöst, die er mitnehmen darf, auch wenn sich herausstellt, dass sein wirkliches Einkommen zigfach so groß war. Auf diese Art wird sich so manche Sünde rächen«, bemerkte Humpl unter schallender Heiterkeit der Anwesenden. Er fuhr fort: »Festangestellte und Freiberufler, die tatsächlich vermögenslos sind, erhalten ein Netto-Monatsgehalt zur Fortreise. Hat also einer sein Einkommen mit Dreitausend angegeben, so erhält er diese Summe. Um jedwede Steuerflucht zu verhindern, werden drakonische Strafen eingeführt, durch die so mancher Betrüger in einer Zelle eines unserer Gefängnisse enden wird, statt einen schönen Lebensabend in der alten Heimat zu verbringen.

Wir werden folgendermaßen vorgehen: Einzelunternehmer, Freiberufler und sogenannte Ich-AGs müssen das Land drei Monate nach Annahme des Gesetzes verlassen, Firmeninhaber, Angestellte, Arbeiter und Beamte nach vier Monaten. Künstler, Gelehrte, Ärzte, Rechtsanwälte und so weiter innerhalb von fünf Monaten. Direktoren von börsennotierten Unternehmen, Banken und Industrien, die im letzten Jahr mehr als zehn Millionen versteuert haben, ist eine Frist von einem halben Jahr zu geben.«

Humpl nickte kurz in die Kameras, faltete seine Unterlagen zusammen und ging zurück zu seinem Platz auf der Regierungsbank.

Der Parlamentspräsident mit dem schneidigen Scheitel erteilte das Wort nun dem Finanzminister. Er war ein Mann mit fahler Haut und aufgedunsenem Gesicht, der viel älter aussah, als er wirklich war. Sichtlich nervös schritt er zum Mikrofon und erklärte in breitem Dialekt die Auswirkungen des Remigrationsdurchführungsgesetzes auf den Staatshaushalt. Natürlich würden die Ablösung von Geschäften und die Ausreisezahlungen sowohl das private Kapital als auch die staatlichen Mittel stark beanspruchen. Man dürfe sich nichts vormachen, die Ausweisung von hunderttausenden Personen ziehe allerhand finanzielle Schwierigkeiten nach sich.

»Zum Glück«, der Finanzminister richtete seine verrutschte Krawatte gerade und räusperte sich, »werden wir in den kommenden Wochen und Monaten nicht alleine stehen. Ich kann dem Hohen Haus die erfreuliche Mitteilung machen, dass sich Patrioten auf der ganzen Welt versammelt und uns Unterstützung zugesagt haben. Die Länder der NOVA-Gruppe, die Administration in den USA und die Russische Föderation haben enorme Kredite zugesagt. Der amerikanische Investor Konrad Stiehl, einer der reichsten Männer der Welt und ein begeisterter Mitstreiter, hat sich bereit erklärt, zweihundert Millionen Dollar in unserem Land anzulegen, die Vereinigung europäischer Nationalisten, zu der auch viele Großbanken und Großunternehmen gehören, hat eine halbe Milliarde zugesagt.«

Riesige Begeisterung im ganzen Haus. Infobroschüren über die zu erwartende Budgetentwicklung wurden ausgegeben. Wirtschaftsforscher schätzten das Vermögen aller Menschen im Land demnach auf sage und schreibe rund eintausendzweihundert Milliarden, zu gleichen Teilen aufgeteilt auf Immobilien, Geldeinlagen und ein Drittel in Aktien und Firmen. Heruntergerechnet auf die geschätzt 16 Prozent der Menschen mit Migrationshintergrund, die nun das Land zu verlassen hätten, dürfte es sich um zirka einhundertneunzig Milliarden handeln. Jedermann war klar, dass die Eigentümer gehen würden, aber ihr Vermögen durch die Steuer und die zu erwartenden Reparationszahlungen aus dem Remigrationsunterstützungsfonds mehrheitlich im Land bleiben würde. Mit den zugesagten Geldern aus dem Ausland würde man am Ende sogar besser dastehen als davor, so die einhellige Meinung der meisten. Auf der Regierungsbank, nun umringt von Abgeordneten, wurden Kanzler Humpl und seinem Finanzminister dutzende Hände für Gratulationen und Danksagungen gereicht.

In der Journalistenloge erzählte der innenpolitische Ressortleiter stolz von einem persönlichen Erlebnis mit Konrad Stiehl. Gemeinsam mit dem ehemaligen konservativen Kanzler, nunmehr sowohl Berater der jetzigen Regierung als auch von Stiehl selbst, habe er den Multimilliardär in seinem Anwesen in Kalifornien besucht, um über seine unternehmerischen wie politischen Visionen zu berichten.

»Wenn der zweihundert Millionen investiert, will er jedenfalls sechshundert zurück«, sagte er grinsend und fügte eine spöttische Anmerkung über Stiehls Vorliebe für jüngere Männer hinzu, die die französische Korrespondentin Milot aber nicht mehr genau verstand. Sie hatte Mühe, ihren Trolley in dem Durcheinander wiederzufinden, am Ohr bereits ihr Chefredakteur aus

Paris, der die Reden via Livestream verfolgt hatte und ihr schon seine Analyse dazu kundtat.

Die nun folgende Abstimmung zur Annahme des Remigrationsdurchführungsgesetzes (*Rem.d.Ges*) war mit den Stimmen der Nationalen Freiheitspartei und der Konservativen reine Formsache. Unten im Plenum kamen jetzt nur noch Abgeordnete der Opposition zu Wort, die keine Mehrheit hatten, kaum einer übte scharfe Kritik an dem Gesetz. Wer es tat, wurde ausgebuht. Als jener Sozialdemokrat, der nach der Kanzlerrede so zornig aufgesprungen war, an das Pult treten wollte, wurde er von einem Wasserglas am Kopf getroffen, das von einer der hinteren Reihen der Regierungsfraktion geworfen worden war. Er blutete stark und musste von Sanitätern versorgt und in ein Krankenhaus gebracht werden. Die Szene löste zwar einen kleinen Tumult im Plenum aus, wurde aber sonst von kaum jemandem wahrgenommen.

In den Nachrichtenstudios hunderter TV-Sender auf der ganzen Welt hatten bereits Kommentatoren und Politexperten Platz genommen, um Humpls Ankündigungen zu analysieren. Die Reporter auf der Tribüne hatten sich längst so platziert, dass sie jederzeit zugeschaltet werden und von ihren Eindrücken berichten konnten. Die anderen waren ausgeströmt, um Abgeordnete sowie gewöhnliche Bürger draußen zu befragen.

In den Straßen pulsierte die Stadt noch lange nach. Die Euphorie der Massen war nicht mit dem Ende der offiziellen Verkündigungen verflogen – sie hatte sich vielmehr verselbstständigt. Menschen feierten auf den Plätzen, in Gastgärten, auf improvisierten Festen. Schwarz-weiß-goldene Fahnen wehten über den Köpfen, Sprechchöre hallten durch die Gassen, das Klirren von Gläsern und Flaschen mischte sich mit dem heiseren Lachen Betrunkener. Und während in den Fernsehstudios hitzig debattiert wurde, während Analysten Prognosen wagten und die Opposition nach Worten rang, während das Land zwischen Euphorie und Entsetzen schwankte, wurden in der Stadt sämtliche Wein- und Biervorräte geleert.

Zweites Kapitel

HEIMAT

Als der Abgeordnete Josef Schneemandl, stellvertretender Fraktionsführer der Konservativen, Seilbahn-Lobbyist und Hotelier, am nächsten Vormittag infolge der endlosen Siegesfeier arg verkatert und nach stundenlanger Rückreise verspätet am häuslichen Frühstückstisch erschien, fand er eine recht unbehagliche Stimmung vor.

Der Duft von frischem Kaffee, altem Fett und der metallische Geruch von rohem Fleisch schlugen ihm entgegen, als er die rustikale Holztür zur geräumigen Bauernküche aufschlug. Die dicken Holzbalken an der Decke warfen dunkle Schatten auf den speckig glänzenden Holzboden, der mit tiefen Rillen und Kratzern gezeichnet war. Ein alter Kachelofen in der Ecke strahlte noch etwas Restwärme aus, die schmiedeeisernen Haken darüber waren mit Bündeln getrockneter Kräuter behangen.

Seine Frau Anna stopfte mit hochgekrempelten Ärmeln und roher Gewalt dicke Brocken von geschnittenem Fleisch in die Faschiermaschine. Das ratternde Geräusch der sich drehenden Schneidemesser durchschnitt die geladene Stille, während ihre kräftigen Hände das zähe Gewebe mit ungeduldigen Bewegungen weiterdrückten. Sie blickte nicht einmal auf, als er bei der Tür hereinkam - ein untrügliches Zeichen dafür, dass die Lage ernst war.

Da war es wieder, dieses hohle Gefühl in seiner Magengegend, das ihn während der Plenarsitzung schon befallen hatte. Vermutlich hatte er zu wenig gegessen? Das Besäufnis danach in der Parlamentskantine war sicher auch nicht hilfreich gewesen.

Am alten, mit Wachs polierten Holztisch saß seine Tochter Katharina mit verweinten, geröteten Augen. Ihr zerzaustes Haar fiel wirr über die Schultern, während sie mit der Schürze ihres Trachtenrockes fahrig versuchte, ihre Tränen zu trocknen. Ihre Hände zitterten leicht, als sie an ihrer Tasse rührte, ohne sie wirklich zum Mund zu führen. Der Löffel klirrte leise gegen das Porzellan, ein nervöses Geräusch, das Schneemandl Gänsehaut verursachte.

Schwiegersohn Jens Klein, ihr Mann und nunmehr Juniorpartner im Familienbetrieb, saß ihr mit verschränkten Armen gegenüber, sein kantiges Gesicht steinhart vor Zorn. Die dunklen Augen, die sonst stets einen freundlichen Ausdruck hatten, funkelten seinen Schwiegervater feindselig an. Seine Haltung war steif, sein Kiefer angespannt – als hielte er sich mit aller Kraft zurück, nicht loszupoltern. Die Schatten unter seinen Augen verrieten, dass er in dieser Nacht kaum Schlaf gefunden hatte.

Zu Schneemandls Füßen rangelten die beiden Enkelkinder, Leopold-Luis und Franziska, auf einem abgetretenen Teppich um eine Puppe. Ihre kleinen Hände zerrten so fest an dem Stoffkörper, dass der Kopf schließlich mit einem trockenen Ruck abriss. Die kurzen Sekunden der Stille, in denen sie fassungslos abwechselnd auf das Gesicht und den Rumpf starrten, wurden von einem plötzlichen, markerschütternden Geschrei unterbrochen. Franziska warf sich heulend auf den Boden, während ihr Bruder triumphierend mit dem Puppenkopf in der Hand davonrannte.

Verwirrt und ängstlich blickte Schneemandl seine Familie aus kleinen, verquollenen Äuglein an. Sein Schädel pochte, seine Glieder schmerzten und hinter seinen Augen brannte es. Das von der Autofahrt verschwitzte Hemd klebte an seinem Rücken, und als er sich mit fahrigen Bewegungen an den Tisch zog, um sich auf einen Stuhl sinken zu lassen, entschied er, in die Offensive zu gehen, bevor die Spannung im Raum ihn wie eine kalte Welle überrollte.

»Was is' denn do los?«

»Was is' denn do los!« Mit einem Ruck drehte sich Frau Schneemandl um, das Gesicht glühend vor Zorn, in der linken Hand ein Filetiermesser, das sie ihm drohend entgegenstreckte.

»Was los is', du Rindviech? Was soll denn los sein, verdammt? Nix is' los! Du Vollidiot hast nur g'holfen, deine eigenen Enkelkinder und deinen Schwiegersohn aus'm Land zu treib'n!«

Wegen seiner stechenden Kopfschmerzen fiel es ihm schwer, einen klaren Gedanken zu fassen, doch langsam dämmerte ihm die schreckliche Wahrheit. In seinem Bauch bildete sich ein Knoten. Humpls Rede war ihm tatsächlich unnötig hart und angriffig vorgekommen - doch warum sollte der Populist, und der war er durch und durch, Dinge erwähnen, die ihn schwächer wirken lassen würden? Besonders bei einem derart wichtigen Ereignis? Die Einsicht kroch nun aber schmerzlich langsam durch seinen von Schnaps malträtierten Magen hinauf ins Gehirn. Was hatte er gesagt?

Keine Ausnahmen! Die Erinnerung traf ihn wie ein Schlag in die Magengrube. *Kein Augenzudrücken!* Vor seinen Augen wurde es schwarz, es schnürte ihm regelrecht die Kehle zu. Auf sein Betreiben hin und nach mühseligen Verhandlungen hatte seine Partei dem Gesetz nur unter der Bedingung zugestimmt (und die nötige Verfassungsmehrheit beschafft), dass vorbildlich integrierte Ausländer, die in dauerhafter Beschäftigung standen und dem Land von Nutzen waren (wie sein Schwiegersohn), vorzeitig eingebürgert oder automatisch eine Aufenthaltsgenehmigung für Fremdarbeitskräfte bekommen und so vom Remigrationsgesetz ausgenommen bleiben würden.

»Keine Protektion!«, murmelte er kreidebleich und rang nach Luft. Bei dem Gedanken an die Worte des Kanzlers wurde ihm klar, dass er betrogen worden war. Die Erkenntnis traf ihn wie ein Blitz. Er hatte einem Gesetz zugestimmt, das so nicht ausgemacht gewesen war …

»Was is' mit deinem Handy?«, kläffte seine Frau und riss ihn aus seiner bleiernen Starre. Er hatte es während des Fluges von der Hauptstadt zurück in die heimatliche Provinz auf Flugmodus gestellt und vergessen, es wieder einzuschalten.

»Do klingelt's seit Stunden durchgehend!«

Erst jetzt bemerkte er, dass der Hörer des privaten Festnetzanschlusses neben den Apparat gelegt worden war. Hastig kramte er in seinen Taschen nach seinem Mobiltelefon. Tatsächlich: dutzende Anrufe in Abwesenheit und unzählige Nachrichten, von ratlos bis wütend. Er scrollte nur schnell durch, alles zu lesen oder die Mobilbox abzuhören, überforderte ihn in dem Moment.

Die gesamte Gastronomie- und Hotelleriebranche des Landes, die er als deren Verbandsvorsitzender zu vertreten hatte, schien in Aufruhr. Als wäre das nicht genug, drückte Schwiegersohn Jens ihm ein Stück Papier in die Hand. Immer noch starr vor Schreck las Schneemandl.

»Sehr geehrter Herr Klein! Gemäß Paragraf soundso, Absatz 2, Ziffer 1«, dabei handelte es sich um die maßgebliche Passage im neuen Remigrationsdurchführungsgesetz, »ist laut Bundesverfassung einem Fremden der Aufenthalt zu entziehen, wenn …«

Darauf folgten mehrere Absätze mit einer Aufzählung sämtlicher Ausweisungsgründe, Informationen über Vermögenswerte oder Einkommensnachweise und die unmissverständliche Aufforderung, das Land (im vorliegenden Fall mitsamt den beiden Enkelkindern, die demnach als Migrationsstämmige galten) binnen der zugestandenen Frist dauerhaft zu verlassen.

»So eine Gemeinheit!«, schluchzte seine Tochter Katharina Klein in ihr Taschentuch hinein. »Was soll ich jetzt mit den Kindern machen? Nach Preußen auswandern vielleicht, du Rabenvater, du?«

»Dit is' wirklich 'n Meisterstück…«, erklärte nun auch Jens Klein in verächtlichem Ton. »Einen Mann wie mich, der sagen kann, dass er sich für dies Haus verschlissen hat, einen Mann wie mich, dessen Kinder mit euren Traditionen und Werten großgeworden sind, einfach aus'm Land jagen, wie 'nen räudigen Hund! Frechheit is' das! Unverschämtheit!«

Der Erbe seines Hotels, Ehemann seiner Tochter und Vater seiner Enkelkinder stammte aus Deutschland, genauer gesagt aus Ostdeutschland, das nun *Neue Preußische Republik (NPR)* hieß, nachdem es sich vor ein paar Jahren wieder unabhängig gemacht hatte. Die Grenzen zur Bundesrepublik waren exakt jene wie zu DDR-Zeiten, auch Berlin war wieder geteilt worden – anstatt einer Mauer musste diesmal bis auf Weiteres aber ein Maschendrahtzaun genügen. Die Abspaltung war das Resultat eines jahrelangen Prozesses, in dem eine radikale Separatistengruppe, die sich selbst *Die Eisernen* nannte, gezielt auf eine nationale Abkapselung hingearbeitet hatte. Mit paramilitärischen Einheiten, gezielter Propaganda und Unterstützung durch einflussreiche Netzwerke aus Russland und den USA hatten sie die politische Landschaft des Ostens grundlegend umgestaltet. Ihr Motto: »Preußen erhebt sich.« Nachdem die Rechtsnationalen dann in allen Landesteilen und Kommunen absolute Mehrheiten errungen hatten, war der Schritt zur Unabhängigkeit nur noch eine Frage der Zeit gewesen. Während man sich im Westen nach wie vor mit Mehrparteien-Regierungen und kompromissfaulen Koalitionen herumschlug, hatte die NPR klare Strukturen geschaffen: nach innen hart, nach außen abgeriegelt.

Für Jens Klein hatte das neue Preußen nichts mehr übrig. Wer zu lange im Ausland gelebt hatte, galt als *entfremdet* – und war unerwünscht.

»Nun schau mich doch mal an! Ick hab' ja nicht mal mehr 'nen Reisepass!«, wetterte der Schwiegersohn, das Gesicht rot vor Wut. »Weil du mir immer erzählt hast, es wird schon, alles wird jut! Und jetzt? Jetzt steh' ick hier, hab' weder bei den Deutschen noch bei den Preußen neue Papiere beantragt, weil du ja meintest, es ist alles in der Reihe. Und jetzt stellt sich raus – nüscht is'! Ganz einfach nüscht! Ick bin staatenlos! Und nun sag du mir, wohin mit uns?!«

Jens Klein hatte vor gut zehn Jahren als Saisonarbeiter im Schneemandl'schen Betrieb angeheuert. In der Tourismusbranche waren tausende Arbeitskräfte aus dem strukturschwachen Ausland beschäftigt, weshalb die Unternehmen so auf Ausnahmen gepocht hatten. Man konnte innerhalb der Wintermonate oder auch im Sommer zwar gut verdienen, war dafür aber oft zwölf Stunden und mehr im Einsatz, und das sechs Tage die Woche. Einheimische waren für eine Beschäftigung zu diesen Bedingungen schon lange nicht mehr bereit, zumal auch erwartet wurde, am Arbeitsplatz zu wohnen. Die Personalhäuser waren im Gegensatz zu den Hotels allerdings alles andere als luxuriös ausgestattet – Doppelzimmer, Gemeinschaftsbäder und Toiletten am Gang waren die Regel. Die Mitbenutzung der Wellness-

Anlagen war selbst am freien Tag meist strengstens untersagt.

Jens Klein hatte sich dennoch mit Fleiß und Ausdauer rasch hochgearbeitet, vom einfachen Gehilfen in der Küche über das Service im Restaurant bis hin zum Barchef im hoteleigenen Après-Ski-Lokal. Von der Liaison mit seiner Tochter hatte Schneemandl erst erfahren, als die schon schwanger und es kaum noch zu übersehen war. Was war ihm anderes übriggeblieben, als einer Hochzeit mit dem Angestellten aus Ostdeutschland (jetzt Preußen) zuzustimmen?

»Ich gehe nirgendwohin«, weinte Katharina Klein, »und die Kinder bleiben auch da! Das hast du uns versprochen! Und du regelst des jetzt gefälligst!«

Sie schlug mit der Faust auf den Tisch, sodass der Vater kurz zusammenzuckte. Widerrede ausgeschlossen!

Schneemandl starrte auf sein Handy, als würde es ihm eine andere Wahrheit liefern können als die bittere Realität, die sich vor ihm entfaltete. Die Haut an seinen Händen fühlte sich trocken an, rissig von der Kälte, die nicht der Witterung geschuldet war, sondern tief aus seinem Inneren kroch. Er wischte mit fahrigen Fingern über das Display, scrollte ziellos durch die Liste verpasster Anrufe – Parteikollegen, Hoteliers, Geschäftsleute. Viele hatten mehrfach versucht, ihn zu erreichen. Scheiße! Was sie wohl von ihm dachten? Dass er sich weggeduckt habe? Nach dem Desaster untergetaucht sei?

Doch momentan gab es nur eine Nummer, die ihn interessierte. Er biss sich auf die Lippe, während er den Kontakt seines Parteichefs aufrief. Ein tiefer Atemzug. Dann drückte er auf *Anrufen*.

Das Freizeichen dröhnte in seinem Ohr wie das nervtötende Ticken einer Uhr, die jeden Moment zur Katastrophe schlagen konnte. Einmal. Zweimal. Er spürte, wie sich seine Kiefer verhärteten. Fünfmal. Achtmal. Noch immer keine Reaktion.

»Verdammt noch einmal, geh ran…«, murmelte er, während sich sein Puls beschleunigte. Er stellte sich vor, wie der Parteichef in seiner Villa lag, noch träge vom Alkohol. Vielleicht gammelte er im dunklen Schlafzimmer herum, zwischen leeren Champagnerflaschen und Krümeln von Kaviarhäppchen. Vielleicht war das Telefon irgendwo zwischen den Kissen vergraben, ignoriert, weil er es sich leisten konnte, nicht erreichbar zu sein. Dann, nach einer Ewigkeit, ein Klicken. Ein Kratzen, ein Röcheln. Schließlich meldete sich eine belegte Stimme, die deutlich machte, dass ihr Besitzer aus einem tiefen, unfreiwillig unterbrochenen Ausnüchterungsschlaf gerissen worden war.

»Hart…« Ein rasselndes Husten. »Hartmann!«

»Ich bin's, Schneemandl! Warum hat mein Schwiegersohn einen Ausreisebescheid gekriegt, obwohl…«

»Josef, Josef«, unterbrach ihn der Parteichef, »beruhige dich! Dieses Opfer ist zum Wohle unserer Partei und es soll auch zu deinem Wohle sein.«

Kanzler Humpl habe den Konservativen einen Platz in der Regierung angeboten, wenn die Konservative Partei von den Ausnahmen bei der Remigration abgehen würde. Alles sei sehr kurzfristig entschieden worden, weshalb er ihn, Schneemandl, nicht mehr rechtzeitig habe informieren können. Am Ende habe man dem ursprünglichen Gesetzestext zugestimmt, um nicht den Anschein zu erwecken, man habe es auf einzelne Religionsgruppen oder Ethnien abgesehen. Die Regierung wäre international schon genug Kritik ausgesetzt, muslimfeindlich und rassistisch zu sein. Bestimmt, so der Vorsitzende der Konservativen, werde sich innerhalb der nächsten Monate für fleißige Arbeitskräfte wie seinen Schwiegersohn eine gütliche Lösung zur Rückkehr finden. Bis dahin aber würden alle Fremden das Land verlassen müssen, ohne Ausnahmen. Er faselte etwas von Opferbereitschaft, einer heiligen Sache zum Wohle der Partei und Prinzipien, die auf Einzelfälle keine Rücksicht nehmen könnten. Der Preis sei hoch, aber dafür würde er, Hartmann, nächste Woche als christlich-sozialer Vizekanzler und Außenminister im Kabinett Humpl angelobt.

»Du, lieber Josef, wirst mir dann selbstverständlich als Fraktionsführer und Klubobmann im Parlament nachfolgen, was bestimmt eine breite Mehrheit innerhalb der Partei finden wird.«

Schneemandl war ob der politischen Heimtücke seines Chefs, aber auch der damit verbundenen und unverhofften Aufstiegsmöglichkeit sprachlos und bekam im Laufe des Gesprächs nicht viel mehr als hie und da ein »Aha« oder ein »Mhm« heraus.

Frau Schneemandl hingegen, die ihren Mann nur allzu gut kannte und sehr wohl begriff, dass er sich über den Tisch ziehen ließ, riss ihm kurzerhand das Handy aus der Hand.

»Ihr verfluacht'n Dreckschweine«, sagte sie erstaunlich ruhig, aber scharf. »Ihr könnt's mi' alle amol mit euren politischen Intrigen, Mauscheleien und diesen ständigen verschissenen Spielen. Ihr seid's koane richtigen Männer, sondern bloß Marionetten! Hampelmänner, die olles tun, um net fallen g'lassen zu werden und jedem in'n Oasch kriech'n, der'n ihnen hinhält. Ehrloses Gsindl! EUCH sollte man aus'm Land schmeißen! Pfui!«

Damit war das Telefonat beendet.

Nachdem sich die Aufregung in der Küche ein wenig gelegt hatte, ergriff neuerlich Jens Klein das Wort und versuchte die Angelegenheit sachlich zu erörtern.

»Du glaubst doch nich', dass ich mir das hier noch länger antu'! Ich bin doch nicht bekloppt!«, begann er, seine Stimme fester als zuvor. »Nach Deutschland? Nee, da werden se mich nach all den Jahren hier sicher nich' mit offenen Armen empfangen. Ich hab' weder in Preußen noch in der Bundesrepublik irgendwelche Kontakte. Aber weißte was, ich hab' Kontakte – jute Kontakte! – in der Branche auf Malta. Die wissen, was se an mir haben, die schätzen meine Arbeit, mein Können, meine Erfahrung« – dabei bohrte er einen stechenden Blick in seinen Schwiegervater – »und ich werd' mir dort, uff dieser schönen, sonnigen Insel im Mittelmeer, ein neues Leben aufbauen. Mit Palmen und Strand, verstehste? Es sei denn, dass meine Frau lieber hier in der Kälte bleiben will?«

Katharina Klein bekam ob der Ansage ihres Mannes feuchte Augen und rosige Wangen. Zärtlich legte sie ihre Arme um seinen Hals und küsste ihn, wie es Frischverliebte tun.

Schneemandl seufzte schwer, strich sich über das Gesicht und blickte ins Leere. Er hatte keine Wahl. Alles, was er für seine Familie geplant hatte, war hinfällig. Wortlos griff er nach einem Notizblock, kritzelte eine Zahl darauf und schob den Zettel über den Tisch. Eine Million.

»Damit kommt ihr eine Zeit lang durch, bis ich das alles geregelt hab'«, murmelte er.

Katharina sah ihn lange an, dann nickte sie. Jens nahm den Zettel ohne ein weiteres Wort. Die Kinder klammerten sich an die Beine ihrer Eltern und jaulten fröhlich auf – für sie war es nur ein Spiel. Schneemandl erhob sich langsam, nahm sein Jackett von der Stuhllehne und ging wortlos hinaus. Er hatte keine Kraft mehr zu diskutieren. Frische Luft würde ihm guttun.

Noch am selben Nachmittag stapfte Schneemandl, schwerfällig und immer noch mit einem Kloß im Magen, die schmale Gasse hinunter zum Dorfgasthaus, dem eigentlichen Zentrum seines politischen Handelns. Doch schon der Weg dorthin schien dieses Mal voller schlechter Omen zu sein. Ein Föhnsturm riss an den hölzernen Fensterläden der Bauernhäuser und ließ die Wimpel der Frühstückspensionen unruhig flattern. Die paar am Himmel verstreuten Wolken ließen das Licht trüb und fahl erscheinen.

Mit einem tiefen Seufzen trat er in die schummrige Gaststube. An den dunklen Holzwänden vergilbten Schwarzweißfotos von verschneiten Gipfeln, Hirschgeweihe ragten an der Wand hinter dem Schanktisch bis an die Decke. Der Wirt, ein hagerer Mann mit buschigem Bart, wischte mit einer ruppigen Bewegung einen Maßkrug trocken, während er Schneemandl mit zusammengekniffenen Augen säuerlich musterte. Die Gespräche verstummten, als der Abgeordnete sich auf einen der knarzenden Stühle fallen ließ und mit zittrigen Fingern sein erstes Bier bestellte.

»Also, Schneemandl, hast gehört? Uns're Leut', alle fort!«, knurrte einer der Männer am Nebentisch und schlug mit der flachen Hand auf die Holzplatte. »Wegen dem verdammten Gesetz, das ihr durchgewinkt habts!«

Schneemandl wollte gerade antworten, doch ein anderer unterbrach ihn: »Eine ganze Saison ohne Personal! Wer soll denn so noch arbeiten? Du hast uns verkauft, du verrecktes Polit-Luder!«

Schneemandl, in seinem dunstigen Kopf noch nicht ganz Herr der Lage, versuchte mit leiernder Stimme zu beschwichtigen, dass man eine Lösung finden werde. Doch sein Stammeln wurde übertönt von Schimpftiraden, wütenden Gesten, bis schließlich eine Faust auf den Tisch krachte.

»Lösung?«, zischte der Wirt. »Die einzige Lösung wär', wenn wir dich aus dem Dorf jagen!«

Schneemandl stand auf, taumelte leicht. Seine Hand schloss sich um die kalte Flasche Bier vor ihm. »Jetzt reicht's aber langsam!«, presste er mit hochrotem Gesicht hervor. Im nächsten Moment holte er aus und ließ die Flasche mit einem dumpfen Knall auf den Kopf des Mannes niedersausen. Ein entsetztes Keuchen, dann nichts – bis der Getroffene sich mit einem animalischen Knurren auf Schneemandl stürzte. Die anderen folgten. Fäuste flogen, Stühle kippten um, Glas splitterte. Schneemandl spürte einen dumpfen Schmerz, als eine Faust seine Nase traf, spürte, wie ihm die Luft aus den Lungen gepresst wurde, als er gegen den Schanktisch krachte. Blut tropfte auf die Dielen, seine Welt drehte sich. Schließlich wurde er hochgerissen und mit Schwung zur Tür hinausbefördert. Mit einem unsanften Aufprall landete er auf der Straße, hustete, spuckte aus. Hinter ihm fiel die Tür mit einem lauten Knall wieder ins Schloss.

Drittes Kapitel

IM BARBERSHOP

Letzter Besuch im Barbershop ums Eck. Wie immer war es voll, wer keinen Termin vereinbart hatte, musste warten. Der Duft von Rasierseife, Haarwachs und frisch aufgebrühtem Mokka lag in der Luft, vermischt mit dem herben Aroma von Zitronen-Rasierwasser, das in kleinen Plastikflaschen neben der Kasse aufgereiht war.

Auf der abgesessenen Couch saßen dicht an dicht ein älterer Herr mit buschigem Schnurrbart und ein jüngerer Mann mit zwei kleinen Buben, die unruhig mit den Beinen baumelten und sich gegenseitig hänselten. Ihr Vater ignorierte sie tunlichst und blätterte stattdessen durch eine ausgeblichene Illustrierte, die mindestens zwei Jahre alt war, aber offenbar immer noch ihre Daseinsberechtigung hatte.

Ein paar Schritte entfernt stand ein rothaariger Kerl in der Uniform eines Zugbegleiters am Kaffeeautomaten, der gerade mit einem lauten Rattern einen Plastikbecher auswarf, bevor er mit angestrengt klingendem Gurgeln eine dampfende Mischung aus Cappuccino und leicht verbranntem Milchschaum hineinpumpte. Der Rothaarige zog den Becher heraus, drehte ihn kurz in der Hand, als könnte er damit das Verhältnis optimieren, und nippte vorsichtig. Sein Gesicht verzog sich leicht – offenbar hatte er mehr erwartet.

An den Wänden hingen eingerahmte Bilder von Männern, die aussahen wie Bären mit schwarzen Bärten und akkurat gezogenen Scheiteln, dazwischen waren Fußballschals von Galatasaray, Beşiktaş und Fenerbahçe befestigt – friedlich nebeneinander, wenn auch leicht fusselig. Neben dem Spiegel an der Wand prangte ein altes, leicht zerknittertes Foto von Inhaber Selçuk als jungem Mann: dunkle Locken, ein breites Grinsen und die Finger zu einem Peace-Zeichen in die Kamera gestreckt.

Der Salon war ein Ort, an dem man das Gefühl hatte, jeden zu kennen. Selbst wer hier zum ersten Mal war, wurde nicht als Fremder behandelt. Anders als sonst war es aber verhältnismäßig still - kein wildes Durcheinander an Stimmen, die quer durch den Raum plapperten -, die Gespräche fanden eher im Flüsterton statt, eins zu eins und konzentriert.

Weil ich mich telefonisch angemeldet hatte, war ich als Nächster an der Reihe. Stammkunden - zu denen ich gehörte - bediente Selçuk persönlich. Wie immer mit einem festen Händedruck und einem breiten Grinsen.

»Hey Jürgen! Wie geht's?«

»Gut geht's! Danke! Und dir?«

»Ja, ja... so lala.«

Ich nahm auf dem eben freigewordenen Friseurstuhl Platz. Im Spiegel sah ich, wie sich das Lächeln des Friseurs in eine sorgenvolle Miene verwandelte. Gesichter wie diese waren in diesen Tagen viele zu sehen, auf den Straßen, in den Restaurants, in der U-Bahn und in Geschäften, überall.

»Ich werde aussehen wie ein alter Hippie, wenn du nicht mehr da bist.« Es war mein holpriger Versuch einer Stimmungsauflockerung, der aber schiefging.

Selçuk wischte sich mit dem Handrücken heimlich eine Träne aus dem Augenwinkel. Er betrieb das Geschäft schon seit Jahren, hatte sich mühevoll einen treuen Kundenstamm aufgebaut und nach langer Suche zuverlässige Mitarbeiter gefunden, beschäftigte sogar einen Lehrling. Seine Frau half manchmal im hinteren Bereich aus, der für Damen reserviert war.

Zuhause hatten die beiden zwei schulpflichtige Kinder, Aras und Rojan, die hin und wieder in einem kleinen Nebenraum Hausaufgaben machten. Nach ihnen war auch das Geschäft benannt: *Friseur ArRo*.

»In einer Woche sperr' ich zu«, sagte Selçuk und spannte die Rasierklinge ins Messer ein.

»Gehst du zurück in die Türkei?«

»Bruder, ich bin Kurde… das wird nix.«

Freilich hatte ich das aus dutzenden Gesprächen über seine Herkunft und Familie gewusst. Warum ich die Frage trotzdem gestellt hatte, war mir ein Rätsel. Am liebsten wäre ich im Erdboden versunken.

»Wohin gehst du?«

»Frankfurt. Der Cousin von meiner Frau hat auch einen Friseurladen dort. Da beteilige ich mich.«

Während er den Schaum mit heißem Wasser anrührte, überlegte ich, ob es angemessen wäre, ihn nach den Kindern zu fragen. Er kam mir zuvor.

»Das Gute ist, die Jungs gehen weiter in eine deutsche Schule. Das Leben bleibt gleich, egal ob hier oder in Deutschland.«

Ob ich irgendetwas tun könnte? Selçuk beugte sich herab, um meinen Kopf einzuschäumen (ich trug mangels ausreichend vieler Haare eine Glatze, die regelmäßig rasiert werden musste), und flüsterte mir ins Ohr: »Du kannst helfen… aber das ist vielleicht gefährlich.«

Nachdem ich ihm mein Stillschweigen versichert hatte, erzählte er, dass er eine hübsche Summe Geld angespart hatte. Nicht viel, aber zu viel, um es ohne Weiteres ins Ausland transferieren zu können. Die Steuerbehörden hatten ein dichtes Kontrollnetz eingerichtet, selbst Bargeld konnte nicht mehr gefahrlos über die Grenze gebracht werden.

»Für Schwabos…«, der ursprünglich unter Gastarbeitern gängige Ausdruck für alle Deutschsprachigen rutschte ihm heraus, ohne dass er es merkte, »ist es nicht schwer, große Beträge zu überweisen.«

Verschwörerisch bat er mich darum, einen Betrag von Zwanzigtausend auf ein deutsches Bankkonto zu überweisen. Er würde mir das Geld in bar – zum Glück hatte er es rechtzeitig abgehoben, denn sonst wäre das nun auch nicht mehr möglich gewesen – unauffällig mitgeben. Damit könnte er den Staatsfonds umgehen, von dem alle ahnten, dass einmal eingezahlte Gelder dort nie wieder herauszubekommen wären. Ohne Umschweife bot er mir eine Provision von 15 Prozent für diesen Hilfsdienst an, was in absoluten Zahlen einer Summe von Dreitausend entsprach. Mehr als die meisten, und ich vermutete auch Selçuk, in einem Monat mit ihrer Arbeit verdienten.

Auf den Platz neben mich setzte sich in dem Augenblick der schnauzbärtige Alte. Während er eine Halskrause aus Papier umgelegt bekam, fragte sein Friseur, ein junger Mann, ohne Umschweife: »Und wohin gehst du?«

Der ältere Mann antwortete allerdings auf Arabisch und ich verstand kein Wort. Seine Stimme war tief, ein wenig brüchig, aber bestimmt. Eine Abfolge von fließenden, miteinander verwobenen Lauten, unterbrochen von kehlig betonten Silben, die scharf aus dem Hals zu kommen schienen. Mal wurde sie weicher, fast melodisch, dann wieder härter, als würde ein unterdrücktes Gefühl an die Oberfläche brechen wollen. Ein leises, fast resigniertes Lachen, dann ein tiefer Seufzer.

Der junge Friseur nickte stumm, fuhr mit dem Rasiermesser über den Hals des Kunden und konnte gerade noch rechtzeitig absetzen, als sich dieser plötzlich abrupt zu mir herüberbeugte. Offensichtlich hatte ich derart gegafft, dass er seine Worte ins Deutsche übersetzte.

»Inschallah… Wenn ich es in meinem Alter aus dem zerbombten Aleppo herausgeschafft habe, werde ich meinen Weg auch jetzt wieder finden. Ob ich in Paris bin, in London oder in Timbuktu, macht keinen Unterschied. Ich werde nur nicht mehr sagen können, vor Krieg und Hunger geflohen zu sein, sondern dass man mich alten Araber jetzt ein weiteres Mal vertrieben hat.«

Ich nickte langsam, ohne genau zu wissen, was ich darauf antworten sollte. Doch bevor mir etwas Sinnvolles einfiel, klatschte Selçuks Hand von hinten auf meinen Nacken. Ein Schwall eiskaltes Limon Kolonyası ergoss sich über meinen Kopf und ich zuckte zusammen, als hätte man mich in Zitronensäure getaucht. Mein Gesicht und die Kopfhaut brannten stark – nach Limonen duftend, aber gnadenlos.

»Bruder, denk nicht so viel!«, grinste er. »Haut brennt. Macht Kopf frisch.«

An der Kasse wies Selçuk jede Zahlung meinerseits zurück und bedankte sich stattdessen für das jahrelange Vertrauen. Nun spürte ich, wie im Gegenzug meine Augen feucht wurden. Unter dem Tresen holte er eine Plastiktasche hervor und übergab sie mir feierlich. Ich hatte schon einen Plan, wie es funktionieren konnte. Da ich bereits über ein Sparkonto bei einer deutschen Onlinebank verfügte, von und auf das ich ohnehin andauernd Überweisungen tätigte, würden weitere Zahlungen nicht auffallen. Einmal auf dem deutschen Konto wäre es ein Leichtes, das Geld wieder an meinen treuen Friseur zurückzugeben.

Nun war es an Selçuk, mir zu vertrauen.

Viertes Kapitel

EIN FREUNDESKREIS

Es war einer dieser Sommerabende, an denen der Himmel alles in ein tiefes, warmes Orange tauchte und die Stadt von der Hitze des Tages noch aufgeladen war, und doch lag etwas Melancholisches in der Luft. Auf der Dachterrasse von Luca und Samir hatte sich wie so oft der Freundeskreis versammelt.

Von hier oben erstreckte sich der Blick über das endlose Häusermeer, das sich im Norden langsam lichtete, bis es in sanfte Hügel und dichte Wälder auslief. Zwischen den Dächern schlängelte sich ein breiter Strom, gesäumt von Straßen, die im Abendlicht schimmerten. Wie Scherenschnitte aus Papier zeichneten sich die Kirchtürme und Sehenswürdigkeiten vor dem weichen Licht der untergehenden Sonne ab. In der Ferne erhoben sich die Berge wie eine dunkle, ruhige Grenze. Die Wälder zogen sich wie ein tiefgrünes Band über die Hänge, hier und da unterbrochen von Lichtungen oder kleinen Siedlungen, deren Lichter schwach, aber trotzig herableuchteten. Auf den Straßen, die sich dort durch die Landschaft zogen, bewegten sich nur mehr vereinzelt Scheinwerfer von Fahrzeugen – kleine, wandernde Punkte im Dunkel, die kurz aufleuchteten und dann wieder verschwanden.

Die Terrasse war mehr als ein Rückzugsort – sie war eine schwebende Oase, in der Realität und Rausch schon so manches Mal verschwommen waren. Luca und Samir hatten sie mit einem Gefühl für das Exzentrische und Grenzenlose gestaltet: ein wilder, fast hypnotischer

Mix aus Lichterketten, bunt bemalten Holzbrettern und riesigen Tüchern, die wie improvisierte Baldachine im Wind flatterten. Zwischen all dem wucherte eine unkontrollierte Vielfalt an Pflanzen – Aloe Vera neben Zitronenbäumchen, Kräuter, die längst über ihre Töpfe hinausgewachsen waren, und irgendwo in einer Ecke ein alter Kaktus, um den sich die Legende rankte, dass er alle schlechten Energien absorbierte. Hier saß man nicht einfach nur – man ließ sich sinken, treiben, fallen in Gedanken. Tiefe Sessel mit abgewetzten Bezügen, Matratzenlager auf Holzpaletten, eine alte Hollywoodschaukel, die längst nicht mehr schaukelte. Der Boden war bedeckt mit Teppichen, mal bunt gewebt, mal von der Zeit ausgeblichen, hier und da Kerzen in leeren Flaschen, verstreute Gläser, ein paar halbvolle Aschenbecher.

Die Luft war warm und das Summen der Stadt mischte sich mit den Goa-Beats, die aus einer kleinen Box zwischen den Pflanzen drangen, leise genug, um nicht aufdringlich zu sein, aber immer da. Sie saßen im Kreis, wie unzählige Male zuvor, jeder mit einem Glas in der Hand. Ein Moment, der fast normal wirkte – doch alle wussten, dass er es nicht war.

Luca, wie immer halb nackt, saß mit bloßen Füßen auf einem alten Sofa, nur mit einem locker um die Hüften geschlungenen, gebatikten Tuch bekleidet, das er vor Jahren auf einem Markt in Marokko gekauft hatte und von dem er behauptete, es sei das bequemste Kleidungsstück auf Erden. Er klopfte mit dem Joint, den er mit Gras aus eigenem Anbau gerollt hatte, ein paarmal gedankenverloren gegen die Tischkante, bevor er ihn zwischen die Lippen nahm, anzündete und tief inhalierte.

»Es fühlt sich surreal an«, sagte er schließlich, während er den Rauch langsam ausstieß. »Wie soll man sich von all dem hier verabschieden? Von der Stadt, den Leuten… von euch.«

Hannah nahm einen Schluck aus ihrem Glas. Sie war immer die Bodenständige in der Runde, pragmatisch in Jeans und T-Shirt, ihre braunen Haare zum Zopf gebunden, ohne Schnörkel – genauso direkt und unprätentiös wie ihre norddeutsche Herkunft. Es passte zu ihr, dass sie kein großes Aufheben um Dinge machte, dass sie lieber klare Worte als große Gesten wählte. Als Wissenschaftskommunikatorin war sie es gewohnt, präzise zu argumentieren, kritisch zu denken und Dinge nicht unnötig zu dramatisieren. Doch heute wirkte auch sie müde. Als Luca ihr den Joint reichte, lehnte sie, wie immer, kopfschüttelnd ab.

»Ich weiß es auch nicht«, murmelte sie. »Aber vielleicht ist uns ein Zuhause einfach nicht vergönnt.«

Samir, der Stillste in der Runde, saß etwas zurückgelehnt, das Käppi, ein Werbegeschenk einer Supermarktkette, nur halb auf dem Kopf, als hätte er es irgendwann aufgesetzt und dann vergessen, es richtig zurechtzurücken. Sein Gesicht war von einem unregelmäßigen Dreitagebart überschattet, der eher nach Pragmatismus als nach Stilbewusstsein aussah. Das weiße Feinripp-Shirt spannte leicht über seinem Bauchansatz, die kurze Hose schlotterte an den Beinen, als wäre sie eine Nummer zu groß. Um seinen Hals hing eine schwere silberne Fahrradkette mit Schloss – kein Schmuck, sondern eine Art Statement, das niemand in der Runde je hinterfragt hatte. Er wirkte wie jemand, der ebenso gut auf einer Baustelle wie in einem Hörsaal sitzen könnte, eine Mischung aus Straßenköter-Mentalität und akademischem Scharfsinn. Was oft überraschte, wenn man erfuhr, dass er Computerwissenschaftler war. Oder besser gesagt: gewesen war. Seinen Job an der Uni hatte er schon vor Monaten verloren, offiziell aus finanziellen

Gründen, in Wahrheit, weil er aus dem Irak stammte. Das war zu einer Zeit, als *Remigration* noch wie ein Reizwort aus einer anderen Realität gewirkt hatte, ein schrilles Requisit einiger extremer Phantasten, das man auf Plakaten am Rand von Demos sah oder als hysterischen Unterton in Talkshows hörte, aber das niemand ernsthaft mit der Realität in Verbindung brachte. Und doch hatten sich die Kulissen schon damals verschoben, leise, aber spürbar. An der Uni, wie anderswo, hatte man frühzeitig begonnen, sich in Position zu bringen – nicht, weil jemand Regie geführt hätte, sondern weil alle instinktiv spürten, was von ihnen erwartet wurde. Und als der Vorhang schließlich aufging und das Stück wirklich begann, war niemand mehr überrascht, nur still.

Samir sprach selten über das, was ihn beschäftigte. Er saß oft mit halb gesenktem Blick da, als würde er die Worte, mit denen er seine Gedanken ausdrücken wollte, erst mühsam aus einer Tiefe hervorholen müssen, die nur er kannte.

»Du wirst überall klarkommen«, sagte er leise zu Hannah.

Luca schlang einen Arm um ihn und drückte ihn fest. »Ich kann es nicht fassen. Dass wir ausgerechnet jetzt, in diesem Land, in dem wir uns gefunden und unser Leben aufgebaut haben, einfach nicht mehr dazugehören sollen.«

»Es ist, als ob die ganze Luft anders riecht«, sagte Samir leise. »Jeder Tag fühlt sich an wie ein leiser Abschied.«

Der Joint machte die Runde, die Gespräche wurden langsamer, schwerer.

Markus saß mit einem Bein lässig über die Armlehne eines Sessels geworfen, als hätte er sich nach einem langen Arbeitstag einfach in den nächstbesten Sitz fallen lassen. Sein kurzärmeliges Hemd war halb aufgeknöpft, die Stoffhose locker. Er war der Einzige in der Runde, der hier geboren war – und doch fühlte auch er sich nicht mehr sicher. Er nahm einen tiefen Schluck aus seinem Glas und ließ den Blick in die Ferne gleiten. »Habt ihr schon einen Plan? Wann wollt ihr gehen? Und wohin?«

Markus' Job als Manager in einem Immobilienkonzern war zwar sicher, aber zuletzt war auch der Druck auf ihn gestiegen – neue Richtlinien, politische Einflussnahmen, unterschwellige Andeutungen, dass es besser sei, sich anzupassen. Seit sein Mann Elliot, ein Künstler aus New York, seine Aufenthaltsgenehmigung verloren hatte, wurde auch ihm zunehmend bewusst, dass Sicherheit ein trügerisches Konstrukt war. Dass auch er nicht unangreifbar war.

Luca seufzte, sah sich auf der Terrasse um. »Ich weiß nicht… Wie zieht man einen Schlussstrich unter alles, was man kennt?«

Vor dem Gesetz galten er und Samir neuerdings wieder als Fremde. Genau wie Markus und Elliot. Die Ehe für alle war bereits kurz nach dem Regierungswechsel gekippt worden – zunächst durch eine sogenannte Übergangsregelung, die keine neuen Eintragungen mehr zuließ, dann durch ein höchstgerichtliches Erkenntnis, das mit knapper Mehrheit entschied, das bisherige Gesetz sei mit dem neuen Leitbild der Familie nicht mehr vereinbar. Es folgten Änderungen im Personenstandsgesetz, durchgewunken in nächtlichen Sitzungen, unter dem Titel *Maßnahmenpaket zur Stärkung von Ehe und Kinderschutz*. Offiziell sprach man von Rückbesinnung, von Maßnahmen gegen Frühsexualisierung, von biologischer Elternschaft. In den Medien kursierten Schlagworte wie *Entideologisierung* oder *gesellschaftliche Normalisierung*. Die Reaktionen darauf waren verhalten. Einige Liberale und Sozialdemokraten protestierten, queere Aktivist:innen hielten Mahnwachen ab, die von der Polizei schnell wieder aufgelöst wurden. In der breiten Bevölkerung blieb die Empörung flüchtig. Das gesellschaftliche Klima hatte sich längst verschoben. Die meisten hatten genug damit zu tun, sich zu arrangieren.

Luca war in einem kleinen Bergdorf in den Dolomiten aufgewachsen, wo die Winter lang waren und die Häuser schmuck, aber streng wirkten. Italien hatte ihn nie zurückgewiesen. Seinen Pass hatte er immer noch, sein Geburtsort würde ihn aufnehmen - aber nur ihn. Seinen Ehepartner hätte er nach geltender römischer Rechtsprechung mitnehmen können. Aber Samir war kein Ehepartner mehr. Nicht auf dem Papier. Wollten sie nicht getrennt werden, blieben nur eine Handvoll Länder, die bereit waren, einen Iraker einreisen zu lassen. Italien gehörte nicht dazu.

Luca sah hinauf zu den Bergen in der Ferne, die sich dunkel vom Himmel abzeichneten. Ein Zuhause, das ihn erwartete - und das ihn trotzdem nicht haben wollte.

»Vielleicht ist es genau das, was sie uns nicht verzeihen können«, sagte er. »Dass wir nicht in ihre Schubladen passen. Dass wir uns etwas aufgebaut haben, das funktioniert.«

Hannah nahm einen tiefen Schluck, drehte den Kopf kaum merklich zu ihm. »Und wie lange noch?«

Niemand antwortete.

Sie nahm jetzt doch einen Zug von der Tüte. Mit dem Machtwechsel waren auch ihre Aufträge fast vollständig weggebrochen. Forschung im Bereich Infektiologie, insbesondere zu HIV, AIDS oder anderen sexuell übertragbaren Krankheiten, galt plötzlich als unerwünscht, als ideologisch belastet. Fördermittel wurden gestrichen, Institute umstrukturiert, ganze

Fachbereiche kaltgestellt. Veranstaltungen, bei denen sie früher als Expertin eingeladen worden war, fanden nun entweder gar nicht mehr statt oder wurden so stark reglementiert, dass ihre Arbeit dort sinnlos geworden war. Zum Glück hatte sie sich längst ein internationales Netzwerk aufgebaut. Sie hielt Vorträge auf Konferenzen, publizierte in Fachzeitschriften, arbeitete an Projekten mit Teams aus anderen Ländern. Während sie hier zunehmend blockiert wurde, konnte sie jedenfalls anderswo weitermachen.

Lange sagte niemand etwas, dann stand Luca mit einem Ruck auf und griff nach einer kleinen, bunt bemalten Kiste.

»Wisst ihr was? Wir quälen uns heute nicht mehr mit so schwierigen Fragen.« Er öffnete die Kiste und zog ein altes Kartenspiel sowie ein Säckchen mit verschrumpelten, getrockneten Pilzen hervor.

Hannah zog skeptisch die Augenbraue hoch. »Ernsthaft?«

»Warum nicht?« Luca grinste. »Wenn wir schon untergehen, dann wenigstens mit Karacho.«

Sie lachten, mischten die Karten, warfen die Pilze ein, und die Atmosphäre wurde schlagartig leichter.

»Falls das hier das Ende ist«, sagte Markus mit einem schiefen Lächeln, »dann ist es zumindest ein verdammt guter letzter Akt.«

Doch trotz der flapsigen Worte, der Witze, die sie hin und her warfen, lag ein unausgesprochenes Wissen in der Luft, dass dies tatsächlich einer der letzten Abende sein könnte, an dem sie alle zusammen auf dieser Terrasse, unter diesem Himmel saßen.

Die Nacht hatte sich längst über die Stadt gelegt, und mit ihr kam eine plötzliche Kühle, die nicht zur Hitze des Tages passte. Der Himmel war tintenschwarz. Die

Geräusche der Stadt klangen dumpf, fremd, als kämen sie aus weiter Ferne.

Die Pilze kickten. Farben flirrten, Muster verformten sich, Schatten begannen, sich zu bewegen, als hätte die Welt einen leichten, pulsierenden Atem. Alles schien in Bewegung zu geraten, während sie selbst stillsaßen. Worte wurden bedeutungsschwer oder bedeutungslos, verloren sich irgendwo zwischen den Beats aus der Ecke zwischen den Pflanzen. Aber nicht jeder konnte den Rausch genießen.

Samir saß abseits, sein Blick verschwommen, als würde er etwas sehen, das den anderen verborgen blieb. Seine Finger zuckten auf seinem Oberschenkel, als wollte er nach etwas greifen, das nicht da war. Sein Atem war flach, sein Körper angespannt. Dann, plötzlich, stand er auf.

Luca spürte es sofort. Ein Ruck ging durch seinen Körper. Irgendetwas stimmte nicht.

Samir bewegte sich langsam, fast mechanisch. Wie ein Schlafwandler, der einer unsichtbaren Kraft folgt. Er trat zum Geländer, ein Metallrahmen mit verwitterten Holzplanken, die sich unter der Sommerhitze leicht gewölbt hatten. Die Schrauben waren rostig, die Kanten abgestumpft vom Wetter und den Jahren. Dahinter ging es sechs Stockwerke tief hinab in den Innenhof des Hauses. Kein Vordach, kein Baum, kein Netz. Nur nackter Beton.

Samir legte die Hände auf die obere Holzplanke. Seine Finger umklammerten sie fest, aber sein Blick ging durch sie hindurch, hinaus in die Tiefe.

»Sami?« Lucas Stimme war trocken, rau.

Keine Reaktion.

Nun merkten es auch die anderen. Hannah richtete sich auf, Markus hielt den Atem an. Die warme Trägheit des Rauschs verflog in Sekundenschnelle.

Samir hob einen Fuß und setzte ihn über das Geländer. Langsam, bedächtig. Als würde er einen alten, bekannten Weg gehen.

Luca war als Erster auf den Beinen, stolperte fast, als er auf ihn zurannte. »Sami! Was machst du da?« Seine Stimme war jetzt schärfer, panischer. Aber Samir reagierte nicht. Er schwankte leicht, den Blick starr in die Tiefe gerichtet. Dann hob er den zweiten Fuß. Stand nun ganz auf der schmalen Holzplanke.

»Samir! Hey!«, rief Hannah laut, aber nicht laut genug, um durch den Nebel in seinem Kopf zu dringen.

Luca streckte die Hand aus. Samir wich zurück – nur einen Hauch. Aber es war genug, um das Gleichgewicht ins Wanken zu bringen. Ein einziger falscher Schritt, und er wäre gefallen. Die Luft war plötzlich elektrisiert, die Stadt unter ihnen nicht mehr real.

»Sami, das bist nicht du! Bitte, komm da runter!« Lucas Stimme zitterte.

Hannah machte einen langsamen Schritt näher. »Denk an alles, was wir geschafft haben. Denk an uns! Du bist nicht allein. Und du wirst es nie sein.«

Etwas flackerte in Samirs Blick. Nur ein winziger Moment, ein Wimpernschlag, doch es reichte.

Luca sprang vor. Griff nach seinem Handgelenk. Riss ihn zurück. Samir stolperte, kippte nach hinten, und Luca ließ sich mit ihm fallen. Sie stürzten auf den Boden, schwer atmend und ineinander verkeilt.

Die anderen waren sofort da, Hände packten, hielten, zogen. Samir zitterte. Tränen liefen ihm über das Gesicht, seine Brust hob und senkte sich unregelmäßig.

Luca hielt ihn fest, ließ nicht los. »Ich bin hier. Ich bin hier, Sami. Du bist nicht allein, hörst du? Du bist nicht allein.«

Samir schloss die Augen. Sein Körper sackte in Lucas Arme, sein Atem noch immer flach, aber ruhiger.

Niemand sagte etwas. Stattdessen setzten sich auch die anderen auf den Boden, nahmen Samir in ihre Mitte. Ein stiller Kreis aus Wärme und Atemzügen. Hannah legte eine Hand auf Samirs Rücken, streichelte ihn in kleinen Kreisen. Markus zog seine Jacke aus und legte sie über ihn, als wäre es das Einzige, was er in diesem Moment tun konnte.

Die Minuten verstrichen langsam, zäh wie Honig. Das entfernte Summen der Stadt drang nur gedämpft zu ihnen durch, als hätte sich eine unsichtbare Glaswand zwischen sie gelegt. Irgendwo schlug eine Tür zu, ein Motor heulte auf, dann wieder Stille. Über ihnen wölbte sich der Nachthimmel, die Sterne schienen im Dunst der Stadtlichter nur blass zu flackern, als würden sie von unten überstrahlt. Eine leichte Brise strich über die Terrasse und brachte den Geruch von Asphalt und Abgasen mit sich.

Irgendwann begann der Himmel sich zu verändern. Erst kaum merklich, ein Hauch von Silber, das die Dunkelheit durchbrach. Dann ein fahler Schimmer, der sich an den Kanten der Dächer festklammerte. Luca spürte, wie eine klebrige Müdigkeit in seine Knochen kroch. Samir war wie weggetreten, regte sich kaum – nur ein leises Streichen seiner Finger über das raue Holz des Terrassenbodens, als wolle er sich vergewissern, dass er noch da war. Er blinzelte ins Licht, die Lider schwer von allem, was hinter ihnen lag. Eine Weile saß er einfach so, dann stieß er ein kurzes, trockenes Lachen aus.

»Was für eine beschissene Nacht«, murmelte er schließlich.

Luca lehnte sich gegen ihn, den Blick in die Ferne gerichtet. »Ja.« Mehr gab es nicht zu sagen.

Die aufgehende Sonne tauchte die Hügel und Berge hinter der Stadt in goldenes Licht, ließ die Schatten kürzer werden, als könnte sie all das fortspülen, was geschehen war.

Doch nichts würde verschwinden. Und nichts würde mehr so sein wie zuvor.

Fünftes Kapitel

DIE UNZUFRIEDENEN

Jubelstimmung am Stammtisch im *Bierfass.* Walter, ein stämmiger Mann mit einem Bauch, der sich unter seinem karierten Hemd wölbte, lehnte sich zufrieden zurück, zog an seiner Zigarette und ließ den Rauch langsam in die Luft steigen.

»So, jetzt is' es endlich so weit!«, rief er, während er den glimmenden Stummel lässig im Aschenbecher ausdrückte. »Die räumen auf! Zeit wird's!«

Seine Worte hallten durch die rustikale Kneipe, in der dunkles Holz, karierte Tischdecken mit Kaffeeflecken vergangener Jahrzehnte und der beißende Geruch von altem Bier und frischem Tabak die Atmosphäre prägten. Seit das Rauchverbot kürzlich aufgehoben worden war, hing eine beständige Schwade aus Qualm im Raum - eine Wiederherstellung der natürlichen Ordnung, wie die Stammgäste es sahen, schließlich war das Rauchverbot für sie immer eine himmelschreiende Ungerechtigkeit und ein Anschlag auf ihre ganz persönliche Freiheit gewesen.

Hermann, ein pensionierter Postbeamter mit buschigen Augenbrauen und einer Stirn, die tiefe Furchen von jahrelanger Empörung trug, war gerade dabei, seine Pfeife zu stopfen, und nickte bekräftigend.

»Endlich normalisiert sich hier mal was.«

Doch nicht alles war wie früher. Das Lokal war heute ungewöhnlich leer. Wo sonst ein paar Bekannte vom Kegelverein oder der Nachbar aus dem Erdgeschoss noch ein Bier tranken, blieben die Hocker verwaist. Die meisten Tische waren unbesetzt, und selbst die alte Jukebox in der Ecke, an der man sich an Abenden wie diesem sonst anstellen musste, blieb dunkel und stumm. Walter bemerkte es, schürzte missmutig die Lippen und stand auf. Mit einem energischen Schritt trat er an das Gerät, wischte mit der Hand über das verstaubte Display und drückte darauf herum, um ein paar Schlager zu finden, die die Stimmung anheizen würden. Doch nichts passierte. Walter wurde unrund. Dieses Scheißding wollte ihn verarschen. Er klopfte ein paar Mal ungeduldig gegen das Gehäuse. Erst als er eine Münze aus seiner Hosentasche holte und einwarf, erwachte die Musicbox zum Leben (früher war es gratis gewesen), dann endlich klirrte ein vertrauter Akkord aus den Lautsprechern. *Griechischer Wein.*

»Yassas!« Walter riss die Hände hoch, stimmte mit seiner donnernden Stimme lauthals mit ein und tanzte mit fahrigen und etwas zu eckigen Schritten zurück zu seinen Leuten. Im Vorbeischunkeln schmiss er die halb geöffnete Türe mit einem Knall exakt im Takt zu *»... schenk nochmal ein ...«* zu, durch die kaum merklich der Duft von Kreuzkümmel und gebackenem Pita-Brot aus der Nachbarbäckerei hereingeweht war, gemischt mit Koriander vom Vietnamesen nebenan und etwas Anis von der Shisha-Bar gegenüber.

Seine Frau Gerlinde, die mit ihren blondierten Locken und ihrer perfekt sitzenden Dauerwelle wirkte, als sei sie direkt aus den 1980er-Jahren in die Gegenwart gefallen, wehrte seine energischen Tanzaufforderungen barsch ab und zog stattdessen demonstrativ an ihrer Zigarette. Während sie mit den Fingern in ihrer Frisur spielte, rief sie: »Hast gehört? Die Meierin hat jetzt endlich die Wohnung mit Balkon im dritten Stock bekommen. In der vorhin dieses ... naja ...« Sie senkte die Stimme. »... dieses Gesindel gewohnt hat, von dem man sich immer gefragt hat, wie viele von denen da noch reinpassen.«

Hannes, ein junger Mann in den Dreißigern, der sich mit Vorliebe als *Bezirkspatriot* präsentierte und es sich zur Aufgabe gemacht hatte, *das Echte* zu bewahren, hob die Augenbrauen und nahm einen tiefen Schluck aus seinem Bierkrug.

»Wer?«

»Na, die Meier.« Gerlinde seufzte, als sie nur leere Blicke erntete. »Die Frau aus dem Erdgeschoß... jetzt aus dem dritten Stock.«

Hermann brummte und rückte seine Pfeife im Mundwinkel zurecht.

»Ach, die... Ja, es war ja nur eine Frage der Zeit, dass da auch mal aufgeräumt wird. So, wie die alles zugemüllt haben.«

»Ehrlich gesagt«, setzte Hilde an, während sie ihr Weinglas mit den manikürten Händen umfasste, »ich hab' mich ja schon immer gefragt, warum die sich so... na, so... überhaupt hier so ausbreiten. Verstehst du? Also ich würd', ehrlich gesagt, in kein Land gehen, in dem ich die Sprache nicht kann.« Hilde, eine Frau um die sechzig, war bekannt für ihre scharfen Meinungen, die sie stets mit einem bedächtigen Schluck aus ihrem Glas abrundete.

Walter ließ sich nicht von den Gesprächen ablenken.

»... denn ich fühl die Sehnsucht wieder...«, stimmte er neuerlich mit voller Inbrunst und alles übertönend in die letzte Strophe mit ein. Leicht versetzt ließ sich der ganze Tisch mitreißen.

»... in dieser Stadt – werd ich immer nuuur ein Fremder sein – und allein.«

Zu den letzten Klängen der verhallenden Bouzouki hoben alle ihre Gläser zum allgemeinen Wohl und auf eine bessere Zukunft.

»Noch eine Runde!«, brüllte Walter mit gewohnter Selbstsicherheit, warf eine neue Zigarette in die Luft, fing sie gekonnt im Mundwinkel auf, und zündete sie – immer noch im Schwung der Musik – mit lässiger Bewegung an.

»Also, ehrlich gesagt, jetzt, wo man endlich wieder rauchen darf, schmeckt das Bier doch gleich noch besser«, bemerkte Hilde zufrieden.

Doch nichts passierte. Die Gläser blieben halb leer. Walter trommelte ungeduldig mit den Fingern auf den Tisch. »Ja, wo bleibt denn das jetzt?«, brummte er und warf einen forschenden Blick Richtung Ausschank. Niemand dort.

»Der Peter ist heut' allein«, attestierte Gerlinde.

Peter war der Wirt, dem sie schon so manch lustigen Abend hier zu verdanken hatten, weshalb sie alle großzügig darüber hinwegsahen, dass er vielleicht das eine oder andere Mal ein Bier zu viel auf die Rechnung setzte. »Trink zwei, zahl drei« war schon seit Jahren ein Insider, über den sie aber immer wieder lachen konnten.

Walter blickte gedankenverloren aus dem Fenster. Ungewohnte Tristesse im Barbershop gegenüber. Der Friseur stand allein im Halbdunkel auf einem gefährlich wackelnden Stuhl und mühte sich ab, die an der Wand montierten Fußballschals herunterzuholen.

»Die Vesna ist sicher auch schon weg«, sagte er. Den Namen Vesna hatten sie der Aushilfe gegeben, die im *Bierfass* an den Wochenenden oft da war. Wie sie wirklich hieß, wusste auch nach all den Jahren keiner von ihnen. Sie selbst hatte sich irgendwann mit dem neuen Namen abgefunden und so war es bis heute dabei geblieben. Ein freundliches Mädel auf jeden Fall, dachte Walter, und hübsch noch dazu.

»Die war mir ja immer zu frech«, antwortete Gerlinde, als hätte sie die Gedanken ihres Mannes gelesen.

»Ist bestimmt auch schon zurück nach Bosnien oder Serbien – oder wo sie herkommt.«

»Langsam kapieren sie es alle!«, lachte Hannes. Doch diesmal klang das Lachen verhaltener.

Walter schnaubte ungeduldig, erhob sich vom Tisch und stapfte zur leeren Theke.

»Peter?«

Ein neuer Versuch: »Wir trocknen aus!«

Ein kühler, muffiger Hauch wehte ihm entgegen, als er sich über die Bar lehnte, um dahinter nach dem Rechten zu sehen. Die Luke zum Keller stand offen, ein leises Schaben drang herauf.

»Peter!«, rief Walter, diesmal lauter.

Von der Kellertreppe her kam ein unwilliges Räuspern. »Komme gleich!«

Die Stimme klang ungewohnt ungehalten. Walter drehte sich zum Tisch um, alle beobachteten ihn neugierig. Hermann nahm seine Pfeife aus dem Mund und hob eine buschige Augenbraue. »Was treibt der denn da unten?«

Walter schob einen Barhocker beiseite und ging zur Luke. Die Stufen hinab in den Keller waren schmal und steil. Er zögerte kurz, dann klammerte er sich an den kalten Handlauf und zwängte sich langsam hinab.

Der Keller roch nach feuchtem Holz und altem Bier. Staub wirbelte im Lichtkegel der nackten Glühbirne. Walter sah die Reihen der Bierfässer, die gestapelten Kisten voller Leergut – aber keinen Peter. Nur ein dumpfes Geräusch drang aus der hinteren Ecke. Ein Schatten bewegte sich dort. Dann hörte er ein schweres Atmen, gefolgt von einem unterdrückten Fluch. Er trat näher und blieb stehen.

Peter saß auf einem umgekippten Fass, wischte sich mit dem Handrücken über die Stirn und schnaufte.

Seine Hände waren schmutzig, sein Shirt klebte feucht am Körper.

»Verdammte Scheiße... das Ding war fester als gedacht.«

Walter runzelte die Stirn. »Was redest du da?«

Peter seufzte, erhob sich mühsam und deutete auf ein nagelneues Bierfass, das er offenbar gerade an die Zapfanlage angeschlossen hatte. »Das blöde Ding wollte nicht draufgehen. Verdammter Dreck! Bestell deine Runde.«

Oben im Gastraum brandete Lachen auf, offenbar hatten die anderen zugehört. Walter schüttelte den Kopf und schnaubte. »Wird Zeit, dass du das zapfst, sonst schauen unsere Weiber da oben bald aus wie Rosinen.« Er klopfte Peter auf die Schulter und machte kehrt. Als er wieder oben war, ließ er sich schwer auf seinen Platz sinken, trank den Rest seines inzwischen warm gewordenen Bieres in einem Zug aus und stellte das leere Glas in Erwartung eines neuen mit einem dumpfen Klacken am Tisch ab.

»Diese Runde geht aufs Haus«, verkündete Peter, als er endlich den Nachschub lieferte. Freudige Überraschung am Tisch, das hatte es noch nie gegeben.

»Ja, sag einmal«, rief Gerlinde grinsend aus. »Was ist denn heute los?«

»Ich sperre das Drecksloch zu!«

Schockstarre am Tisch. Peters Worte schwebten wie der kalte Zigarettenrauch im Raum. Im Hintergrund setzte Vicky Leandros zu einem beschwingten Refrain an. Hilde war die erste, die sich wieder halbwegs fangen konnte: »Aber du kannst doch nicht –«

»Ich habe kein Personal mehr«, beendete Peter den Satz. »Wenn einer von euch einspringen will, bitte gerne. Der Geschirrspüler ist im Eimer und da hinten türmen sich dreckige Gläser.«

Walter starrte ihn an, als hätte er ihm gerade gesagt, dass kein Bier mehr gebraut würde. »Du machst doch Spaß, oder? Du kannst doch nicht einfach zusperren! Wo sollen wir denn dann hin?«

Peter lächelte schief. »Tja, vielleicht übernimmst du diese Goldgrube ja? Oder suchst dir was Neues. Wenn du mal Schnitzel zum halben Preis willst – mein neues Lokal ist bald gleich über der Grenze. Ist nur eine Dreiviertelstunde von hier. Komm mich besuchen.«

Keiner lachte mehr, das Gespräch verstummte. Selbst das frische Bier schmeckte plötzlich schal.

»Wenn das so weitergeht«, murmelte Hilde schließlich und tippte mit ihrem Finger nachdenklich gegen das Glas, »dann haben wir hier bald gar nix mehr.«

»Aber es gibt doch genügend tüchtige Leut' bei uns!«, warf Gerlinde mit mitleidvollem Blick ein. Sie glaubte immer noch, der Wirt würde einen makabren Scherz mit ihnen treiben. »Mach halt einen Aushang draußen an der Tür.«

Peter lachte trocken und schüttelte den Kopf. »Ach Hilde, mein Nachname ist Molnár. Klingt nicht gerade nach Gruber, oder? Meine Großeltern waren Ungarn, falls ihr das nicht wusstet. Ich habe zwar die richtigen Papiere, aber glaubt mir, es wird auch so nicht leichter.« Er zuckte mit den Schultern, drehte sich um und überließ die Stammtischrunde sich selbst, um sich demonstrativ und lautstark dem schmutzigen Geschirr zu widmen. Das Klimpern wurde nur von der Jukebox überdröhnt.

»... ich lieeebe das Leben ...«

Mit einem wehmütigen Blick aus dem Fenster fragte der Wirt sich, was aus dem Stadtteil, in dem er es in den letzten Jahrzehnten zwar nicht immer einfach gehabt, der ihm aber so viel gegeben hatte, wohl werden würde. Es war, als hätte sich der Puls des Viertels verlangsamt.

»... das Karussell wird sich weiterdreeeh'n – auch wenn wir auseinandergeeeeh'n ...«

Schlussakkord.

Sechstes Kapitel

DAS BRIEFING

Bundeskanzler Manfred Humpl trat an einem kühlen, sonnigen Septembermorgen vor die Türe seines Wohnhauses in einem zwar bürgerlichen, aber nicht noblen Teil der Stadt und nahm ein paar tiefe Züge von der klaren Herbstluft.

Um seinen über viele Jahre mühevoll kultivierten Ruf der Volksnähe zu unterstreichen, lebte er mit seiner Gattin (die lieber in eine standesgemäße Villa umgezogen wäre, weshalb es in der Humpl'schen Wohnung immer wieder zu Streitigkeiten kam) nach wie vor im obersten Stock eines Mehrparteiengebäudes, dessen andere Bewohner, seit er das hohe Regierungsamt innehatte, aus Sicherheitsgründen und im Geheimen umgesiedelt worden waren. In deren Apartments lebten nun Sicherheitsbeamte des Amtes für Staatsschutz und deren Familien.

»Also dann…«, murmelte Humpl, salutierte zackig in Richtung des Polizisten, der in einem Häuschen im Vorgarten Dienst tat, und schritt zu seinem Wagen, der wie die Begleitfahrzeuge mit laufendem Motor bereits vor dem schmiedeeisernen Gatter wartete.

Auf dem Weg zum Kanzleramt schien an diesem Tag weniger los zu sein als sonst. Durch die getönten Scheiben seiner Limousine schien es ihm, als wären auf den Straßen und Plätzen, an denen sein Konvoi vorbeibrauste, weniger Menschen unterwegs als früher. Nur vereinzelt Kinder auf den Spielplätzen oder in den Fußballkäfigen, nahezu menschenleer auch der üblicherweise so belebte Platz vor dem Hauptbahnhof. Fadesse auf dem für seine lärmende Geschäftigkeit in jedem Reiseführer gelobten Stadtmarkt und gähnende Leere auch im Park beim Regierungsviertel, wo sich bei diesem Wetter sonst zahlreich die Spaziergänger tummelten.

Nachdem die Poller vor dem Gebäude automatisch in den Boden gelassen worden waren, fuhren die Regierungsfahrzeuge langsam durch das große, halbrunde Tor in den Innenhof des Kanzleramtes. Der altehrwürdige Komplex wirkte an diesem Morgen besonders eindrucksvoll, als hätten die nunmehr bereits Jahre andauernden Renovierungen und Erweiterungen dem mächtigen Gebäude endlich ein endgültiges Gesicht gegeben.

Am Fuß der mit rotem Teppich ausgeschlagenen Treppe wartete bereits unruhig Humpls Kabinettschef Doktor Emil Fischberger, mehrere dicke Aktenordner unter den Arm geklemmt, die er nur mit Mühe halten konnte. Das sonst akkurat gescheitelte Haar leicht zerzaust, versprühte er schon zu Beginn des Arbeitstages ein gewisses Maß an Hektik.

Bundeskanzler Humpl hingegen war die Entspannung in Person. Er hatte sich nach erfolgreicher Abstimmung über das Ausweisungsgesetz ein paar Wochen Auszeit gegönnt und sich in einem Jagdschlösschen, das seit jeher in Besitz seiner Partei stand, in Klausur begeben, um dort seine von der Last der Verantwortung und der vielen Arbeit geschundenen Nerven zu erholen. Nur Fischberger und ein, zwei weitere Vertraute aus dem Finanz- und dem Verteidigungsministerium kannten seinen Aufenthaltsort, waren aber angewiesen, ihn keinesfalls zu stören, außer – Zitat – »ein Krieg bricht aus«. Über geringere Ereignisse durfte ihm nur schriftlich Mitteilung gemacht werden, er hatte ja für alle Eventualitäten vorgesorgt. Polizei und Geheimdienste hatten ihre Anweisungen, das Parlament war bis zu seiner Rückkehr in Sommerpause, die Abwicklung des Remigrationsgesetzes war genauestens geplant und lag zudem nun in den Händen der einzelnen Provinz- und Bezirksämter. Der Regierungschef war demnach vorübergehend entbehrlich. Humpl hielt es sogar für seine Pflicht, Ruhe zu finden und neue Kraft zu schöpfen, um sich der Führung von Land und Volk dann wieder mit vollem Elan widmen zu können.

Als begeisterter Berggeher hatte er in der Abgeschiedenheit jeden Tag eine Wanderung absolviert, unter alten Bäumen meditiert und die Abende damit verbracht, bei knisterndem Kaminfeuer an seinen Memoiren zu schreiben, die er zu seinem sechsjährigen Jubiläum als Kanzler zu veröffentlichen gedachte. Damit er inkognito bleiben konnte und ihn niemand belästigte, war das Gebiet um das Jagdschloss für die Dauer seiner Anwesenheit großräumig abgesperrt worden, weshalb er nun an seinem ersten Tag zurück im Kanzleramt vollends entspannt und von Tatkraft erfüllt war.

»Guten Morgen«, schleuderte er seinem Büroleiter überschwänglich entgegen und sprang, zwei Stufen auf einmal nehmend, an ihm vorbei die Treppe hinauf. Während er den langen, überbordend mit Stuck verzierten und edlem Stoff ausgekleideten Flur entlang schritt – Fischberger von der Last der Papierberge keuchend hinter ihm her –, fiel sein Blick auf die Portraits seiner Amtsvorgänger. Sie gemahnten ihn an die ehrenhafte Verantwortung, die er zu tragen hatte. Er überlegte, sie abnehmen zu lassen, hatte aber noch keine Idee für einen Ersatz und verschob den Gedanken wieder.

Im Empfangsbereich des Kanzlertraktes herrschte ein fast sakraler Ernst. Seine Vorzimmer waren erfüllt von dem leisen Summen der Technik, die hinter den Stofftapeten und unter den Schreibtischen eingebaut war. Der engste Kreis seiner Mitarbeiter hatte sich von den Stühlen erhoben und im Spalier Aufstellung genommen, als er eintrat. Freundschaftlich schüttelte Humpl jedem Einzelnen (es waren auch vier Sekretärinnen darunter) fest die Hand, bevor er sich mit dem Kabinettschef in sein Büro zurückzog.

Mit einem flüchtigen Blick auf die digitale Tagesordnung, die auf einem randlosen Bildschirm prangte, ließ Humpl sich in seinen wuchtigen Lederstuhl hinter dem gigantischen Schreibtisch fallen.

»Was hat sich getan? Wie ich sehe, steht noch alles.«

Fischberger, schwer schnaufend und mit gerötetem Gesicht, bemühte sich, mit seiner freien Hand die meterhohe Holztüre hinter sich zu schließen, bevor er referieren konnte. Während er dann von den jüngsten Entwicklungen berichtete – von anonymen Hinweisen über geheimnisvolle Treffen der Opposition bis hin zu unerklärlichen Signalstörungen in den Kommunikationssystemen des Regierungsapparates –, schwebte im Raum ein Hauch von Verschwörung. Zuletzt hatte man im Sport- und Kulturministerium etwa abgeklemmte Kabel entdeckt, die vermuten ließen, dass dort bis vor kurzem Abhörgeräte angeschlossen gewesen waren. In einem Nachbarland hatte offenbar ein nicht näher benanntes internationales Treffen von Größen aus der Finanzwirtschaft stattgefunden, das im Verdacht stand, die heimische Wirtschaft zu bedrohen. Einige Beamte munkelten von einem undurchsichtigen Strategiekreis im Ausland, dessen Interessen und Ziele so nebulös wirkten, wie die Wolken, die gelegentlich die Gipfel der Berge in Humpls Urlaubsdomizil umhüllt hatten.

Der Kanzler lauschte den Worten seines Berichterstatters, während in seinem Blick ein entschlossener Glanz aufblitzte.

»Irgendwas ist immer«, sagte er mit der Gewissheit eines Mannes, der genau wusste, dass hinter der Fassade der Routine stets das Potenzial für das Unerwartete lauerte. Mit einem tiefen Atemzug lehnte er sich in seinem Stuhl zurück, sein Blick schweifte über die Aktenstapel, als suche er nach einem Hinweis, einer kleinen Unstimmigkeit, die den Weg zu neuen Erkenntnissen ebnen könnte. Die leisen Geräusche des morgendlichen Betriebs, das gelegentliche Tippen von Tastaturen und entferntes Murmeln bildeten eine fast meditative Hintergrundkulisse, die den Kanzler in seinen Gedanken zu begleiten schien. Die Zeit der Ruhe im Jagdschlösschen hatte ihm nicht nur körperliche Erholung, sondern auch neue, scharfsinnige Perspektiven eröffnet.

Nun wollte er aber zum Punkt kommen, nahm einen teuer aussehenden Kugelschreiber, um sich Notizen zu machen und befahl Fischberger kühl: »Nun, lieber Freund, berichten Sie mir über den bisherigen Vollzug unseres neuen Gesetzes. Wie ist unsere Finanzlage? Und seien Sie ganz offen. Sie wissen, so schnell erschüttert mich nichts.«

Doktor Fischberger räusperte sich.

»Nun, finanztechnisch läuft es leider nicht so glatt, wie wir gehofft hatten. Kurz zusammengefasst: International kam es zu kurzfristigen Kapitalabflüssen, und einige Handelspartner zeigten zunächst Zurückhaltung. Diese Entwicklungen mindern jedoch nicht den strategischen Weitblick unserer Politik. Aus ökonomischer Perspektive war die Bereinigung des Arbeitsmarktes um jene Bevölkerungsgruppe, die wir als hemmenden Faktor für den Fortschritt identifiziert haben, ein kalkulierter Schritt. Unsere statistischen Prognosen und Fundamentaldaten bestätigen allerdings: Das Wegfallen der als wirtschaftlich nicht zielführend bewerteten Kräfte führt zu einer nachhaltigen Erhöhung der Lohnkosten und zu einer Minderung der Effizienz in den Schlüsselindustrien. Die unmittelbar spürbaren Liquiditätsengpässe an den Finanzmärkten sind aber sicher nur temporäre Erscheinungen, die wir durch gezielte Eingriffe in Kürze beheben werden. Internationale Kritik – wenn auch unvermeidlich – bewerten wir als politisch motiviert und als Versuch, unsere souveränen Entscheidungen zu diskreditieren. Die Störungen an den Märkten sind rein durch unsere Gegner von außen induzierte Erscheinungen, die keinerlei langfristigen Schaden anrichten können.«

Fischberger suchte im Gesicht des Kanzlers nach einer Reaktion. Doch Humpl saß regungslos da, die Hände am Schreibtisch gefaltet, den Blick auf einen unbestimmten Punkt in dem riesigen Büro gerichtet. Nur ein kurzes Nicken, als sich die Pause zu ziehen begann. Mach weiter.

»Wir sind überzeugt, dass sich die wirtschaftliche Lage und der Arbeitsmarkt rasch wieder stabilisieren werden, sobald sich das Vertrauen in unsere makroökonomischen Rahmenbedingungen erneut festigt. Der harte Eingriff in die Bevölkerungsstruktur ist aus unserer Sicht ein notwendiger Schritt zur Erneuerung der wirtschaftlichen Ordnung, die sich ganz an den Bedürfnissen unserer Kernbevölkerung orientiert. Die daraus resultierenden Einsparungen im Sozialbereich und die Neuausrichtung der Arbeitsmarktpolitik werden uns in die Lage versetzen, zukünftig verstärkt in jene Bereiche zu investieren, die das wirtschaftliche Wachstum fördern.«

Konzentriert notierte Kanzler Humpl einige Stichwörter und nickte zustimmend. »Diese momentanen wirtschaftlichen Unannehmlichkeiten sind kalkulierte Übergangserscheinungen«, bestätigte er im Brustton der Überzeugung. »Mit einer derartigen Phase der wirtschaftlichen Unruhe war zu rechnen. Es handelt sich dabei lediglich um einen vorübergehenden Nebeneffekt. Das wird sich bald stabilisieren ... Und sobald sich die Geldzuflüsse der ausgewiesenen Fremden auswirken, gehen wir gestärkt aus der Sache hervor.«

Bei diesen Worten wurde Doktor Fischberger sichtlich nervös. Er nickte zwar, seine versteinerte Miene drückte aber etwas anderes aus. Vor diesem Moment hatte er sich schon die ganze Zeit gefürchtet.

»Es tut mir leid, Sie darüber informieren zu müssen, dass sich unsere Hoffnungen auf die enormen Geldabgaben der Auszuweisenden bis jetzt in keiner Weise erfüllt haben. Wie es scheint, sind auch unter den Einheimischen tausende Parasiten und Nestbeschmutzer, die nach dem eigenen Vorteil trachtend und in gewissenloser Weise die überschüssigen Vermögen von Ausländern an sich nehmen und gegen Abstandszahlungen an ausländische Banken überweisen. Unserem Remigrationsunterstützungsfonds sind im Vergleich zu den von uns erwarteten Milliarden bislang leider nur marginale Beträge zugeflossen, den Finanzämtern werden Steuereinnahmen vorenthalten.«

»Auch das war nicht anders zu erwarten«, beschwichtigte der Kanzler, während ein verächtliches Lächeln seine zusammengekniffenen Lippen umspielte. »Ob Einheimischer oder Ausländer – habgierig und selbstsüchtig sind sie alle!«

Zum Glück hatte das niemand gehört, dachte Fischberger, der im Kabinett Humpl auch für Medienagenden und Pressearbeit zuständig war, und fuhr fort: »Aus dem Finanzministerium ist zu hören, dass uns die

Ausweisung aller Migranten und Migrationsstämmigen zwar mit einem ungeheuren Schuldenberg zurücklassen, unseren Geldumlauf aber in keiner nennenswerten Weise erschüttern wird.«

»Wie steht es um die Überführung der Firmen und Banken aus ausländischem Besitz in einheimische Hände?«, fragte Humpl.

»Die Umsetzung läuft, doch es gibt unerwartete Probleme.« Fischberger beugte sich nach vorn. »Vor allem kleinere Unternehmen – Geschäfte, Friseure, Marktstände, Restaurants – kämpfen inzwischen mit akutem Personalmangel. Durch unsere Bereinigungsstrategie sind viele Arbeitskräfte weggefallen, sodass zahlreiche Betriebe ihr Angebot kaum noch aufrechterhalten können. Das führt zu langsamerem Service, sinkender Produktivität und weniger Kunden. Langfristig könnte das Vertrauen in die lokale Wirtschaft leiden.

Noch ernster ist die Lage bei großen Unternehmen. Unser Plan war, dass einheimische Investoren die Führung übernehmen, doch das scheitert in vielen Fällen derzeit noch. Viele dieser Unternehmen wurden zuvor von ausländischen Managern geleitet, und die verbliebenen einheimischen Kapitalgeber zögern, in wirtschaftlich unsichere Strukturen zu investieren. Die heimische Wirtschaft ist zu schwach, um diese Übernahmen selbst zu stemmen.«

»Und wer springt stattdessen ein?«

Fischberger ließ die Frage in der Luft hängen, überlegte, wie er es ausdrücken sollte. Humpl visierte ihn erwartungsvoll an, sodass der Kabinettschef schließlich direkt antwortete.

»Ausländische Großinvestoren. Diese sehen die Krise als Chance, sich in den Markt einzukaufen und nach und nach Kontrolle über bedeutende Unternehmen zu gewinnen. Das hat zwei Seiten: Einerseits kann ihr

Kapital Unternehmen kurzfristig stabilisieren, andererseits droht eine zunehmende wirtschaftliche Abhängigkeit. Wenn Schlüsselindustrien in fremde Hände fallen, verfolgen diese Investoren eigene Interessen – oft ohne Rücksicht auf unsere nationalen Prioritäten, auch wenn das Gesetz nur mehr einheimische Führungskräfte zulässt. Während kleine Betriebe unter Personalmangel leiden und die Wirtschaft spürbar ins Stocken gerät, bahnt sich eine langfristige strategische Verwundbarkeit an. Wir müssen die Entwicklung genau beobachten und gegebenenfalls nachsteuern. Auch, wenn wir weiterhin an unserem Kurs festhalten.«

Fischberger hatte seine Worte sorgfältig gewählt. Humpl duldete Kritik nur in Maßen – zu viel, und er reagierte cholerisch. Diesmal hatte er es geschluckt.

Der Kanzler wischte sich das schüttere Haar zur Seite und rieb sich die Augen, dann legte er seinen Stift weg und sagte gleichmütig: »Übergangserscheinungen, um die wir uns zu gegebener Zeit kümmern werden. Wer ein System von Grund auf erneuern will, muss es zunächst zerlegen, um es dann wieder zusammenzusetzen. Wie läuft es mit den Ausweisungen?«

»Genau nach den Durchführungsbestimmungen des Gesetzes!« Endlich eine echte Erfolgsmeldung, die Doktor Fischberger nicht zu beschönigen brauchte. »Die bisherigen Meldungen der Grenz- und Ausreisebehörden, kombiniert mit den statistischen Daten der regionalen Verwaltungsstellen, deuten darauf hin, dass sich der Ausreiseprozess bereits in einem weitaus größeren Ausmaß vollzogen hat, als ursprünglich prognostiziert. Nach den neuesten Erhebungen haben bereits etwa 1,8 Millionen Menschen das Land verlassen – das entspricht rund 80 Prozent des gesamten Ausländeranteils, der sich auf circa 2,2 Millionen Menschen beläuft. Diese Zahl liegt deutlich über unseren ursprünglichen

Annahmen und stellt einen erfreulich raschen und umfassenden Remigrationsstrom dar.«

Freudig stand Humpl von seinem Sessel auf, klopfte Fischberger fest auf die Schulter, klatschte in die Hände und ging zum Fenster. Dort blickte er auf die Parkanlage hinter dem Kanzleramt hinab, deren Bänke und Kieswege trotz strahlenden Sonnenscheins immer noch nahezu menschenleer waren.

»Wie kann das sein? Wir haben bis zu diesem Zeitpunkt an nicht einmal die Hälfte gedacht. Wie kommt es, dass in so kurzer Zeit so viele bereits das Land verlassen haben?«

»Wie es aussieht hat das statistische Zentralamt die Zahl der Migrationsstämmigen zunächst unterschätzt. Jetzt hat die Staatspolizei einen besseren Überblick. Wir müssen demnach erstens von weit mehr Personen ausgehen, die unter das Gesetz fallen. Zweitens zeigt sich, dass auch viele Einheimische, die nicht darunter fallen, freiwillig gehen – sei es, weil ein Familienmitglied ausreisepflichtig ist oder aus fehlgeleiteter Loyalität den Ausländern gegenüber. Bei dieser Gelegenheit möchte ich anmerken, dass sich gewisse devastierende, oft sehr peinliche oder auch nur äußerst groteske Folgen der Ausweisung zeigen, die das Kommunikationsministerium vor enorme Herausforderungen stellen.«

Nun wurde es für Fischberger wieder brenzlig, weshalb er die nun folgenden Worte mit größter Vorsicht wählte. Er holte tief Luft und setzte fort: »Mehrere Abgeordnete des Parlaments mussten sich zuletzt der Tatsache stellen, dass sie – aufgrund familiärer Konstellationen – selbst von der Ausweisung betroffen sind, darunter zwei aus unserer eigenen Partei. Ich muss Ihnen auch von einem besonders grotesken Einzelfall berichten, der in der internationalen Presse für Hohn und Spott sorgt. Es handelt sich um den Fall von –«

Er kramte umständlich in seinen Unterlagen, um das richtige Dossier zu finden. Da war es.

»Es geht um Florian Chansonier. Sie wissen schon: der Volksmusiker. Das Schicksal spielt hier auf eine makabre Art mit uns. Sein Bruder, der vor Jahren eine Frau aus Asien geheiratet hat, gerät nun mit seiner gesamten Familie unter die strengen Bestimmungen des Gesetzes. So müssen nicht nur Chansoniers Schwägerin, sondern auch deren Kinder das Land verlassen. Diese ironische Konstellation – ein gefeierter Schlagerstar und ein kulturelles Aushängeschild, dessen halbe Familie ausgewiesen wird – hat sich wahrhaft als PR-Desaster erwiesen. Die internationale Presse macht sich bereits über den Fall lustig und stellt ihn als Paradebeispiel der, ich zitiere, ›gnadenlosen Willkür‹ unseres Gesetzes dar. Ich versichere Ihnen, Herr Kanzler, dass wir bestrebt sind, die Situation wieder unter Kontrolle zu bringen und gleichzeitig den negativen PR-Effekt einzudämmen. Dennoch ist es unumgänglich, die Realität anzuerkennen: Unser Gesetz hat eine derart massive, weitreichende Wirkung entfaltet, dass die öffentliche Wahrnehmung und der internationale Diskurs nun in einem Ausmaß betroffen sind, das wir nicht länger ignorieren können. In verschiedenen Ministerien sind zuletzt Stimmen laut geworden, die für Ausnahmeregelungen plädieren.«

Kanzler Humpl, der den Ausführungen bislang ruhig gelauscht hatte, drehte sich nun abrupt um, schlug mit der geballten Faust auf den Schreibtisch, dass alles nur so wackelte, und ließ sich wieder in den Ledersessel fallen.

»Nie und nimmer! Nur über meine Leiche«, schimpfte er in Richtung des armen Fischberger, der ja nur der Bote der Nachricht war. »Wenn ich auch nur eine Ausnahme genehmige, verkommt unser Gesetz zu einem Weltwitz! Meine Regierung und auch ich selbst würden jede Glaubwürdigkeit, jedes Ansehen verlieren. Wir wären bis auf die Knochen blamiert und würden Korruption und Bestechlichkeit Tür und Tor öffnen. Wir haben genug Leute mit offenen Händen und leeren Taschen in diesem Land - kein Spalt breit darf ihnen die Tür geöffnet werden. Nein, es darf keine Ausnahmen geben! Das Schicksal Einzelner, und seien es auch die unsrigen, darf an den Grundfesten des Gesetzes nicht rütteln! Und ich bitte Sie inständig, lieber Fischberger, sich in Zukunft nicht mehr zum Sprachrohr für solche Forderungen zu machen.«

Der Kabinettschef senkte den Kopf.

»Dann ist es vermutlich auch überflüssig, dass ich Ihnen von den furchtbaren Jammerszenen berichte, zu denen es täglich an den Flughäfen und Bahnhöfen kommt. Heulende Frauen, schreiende Kinder und Familien, die ihre Habseligkeiten zusammenpacken. Auch diese Bilder gehen seit Wochen um die Welt, was unserem Ansehen und unserem neuen Weg schadet...«

»Ohne hässliche Bilder geht es nicht! Auch das haben wir von Anfang an gewusst«, konterte Humpl kalt und beauftragte seinen Kabinettschef, Polizei und Sicherheitsbehörden anzuweisen, Bahnhöfe und Flughäfen von internationalem Pressegesindel freizuhalten. An Bahnhöfen sollten die Züge für Ausgewiesene nur noch von abgelegenen Bahnsteigen abfahren und die Flüge auf die Nächte verlegt werden. Dann wollte er noch wissen, wie sein eigenes Volk die Ausweisungen aufnehme.

»Äußerst positiv!«, antwortete Fischberger. Wie über die heimischen Medien verlautbart, erwarte ein Großteil der Menschen mit Freude eine Verbesserung des eigenen Wohlstands. Es sei nicht zu leugnen, dass es auch eine große Unsicherheit gebe, weil niemand mit

Sicherheit wissen könne, was die Zukunft bringt. Aber im Großen und Ganzen würde das Gros der Bevölkerung in den Tag hineinleben und den jüngsten Umfragen zufolge dem Kanzler und seiner Regierung weiterhin größtes Vertrauen schenken.

Besonders gut werde die Tatsache aufgenommen, dass sich das Problem der Wohnungsnot in den Städten binnen kürzester Zeit in Luft aufgelöst habe. Durch die massenhafte Abwanderung des migrantischen Bevölkerungsteils seien von einem Tag auf den anderen hunderttausende Wohnungen frei geworden. Das wirke sich nachhaltig auf die Immobilienpreise aus. Zum Nachteil deren Besitzer freilich, aber zum Vorteil der großen Masse jener, die zur Miete wohnten.

»Das klingt ja wunderbar!« Humpl lächelte zufrieden. »Wir wären damit für heute fertig. Ich bin nun halbwegs im Bilde und werde die Akten der Ministerien durchgehen.«

Ein Kopfnicken und Fischberger war entlassen. Humpl wollte gerade den Knopf der Gegensprechanlage drücken, um bei einer der Sekretärinnen einen Espresso zu bestellen, da räusperte sich sein Kabinettschef noch einmal, um auf sich aufmerksam zu machen.

»Ein Allerletztes noch. Ich darf Sie informieren, dass die Gemeinderäte in gleich mehreren größeren und kleinen Städten des Landes beschlossen haben, ihre Haupt- oder Bahnhofsvorplätze in Manfred Humpl-Plätze umzubenennen.« Im Westen sei eine Provinz sogar drauf und dran, dem Kanzler einen Feiertag zu widmen und in der Hauptstadt sei bereits eine überlebensgroße Statue bei einem namhaften Künstler in Auftrag gegeben worden.

Der Kanzler nahm die Information schweigend zur Kenntnis und ließ sich seine Gefühle nicht anmerken. Er erhob sich aus seinem Stuhl und schritt ein paarmal hinter seinem Schreibtisch auf und ab, blickte neuerlich aus dem Fenster in die Ferne und sagte dann: »Stoppen Sie alle Ehrungen. Sie sollen auf das zehnjährige Jubiläum der Befreiung von den Migranten verschoben werden.«

Der Kabinettschef verbeugte sich kurz und verließ das Kanzlerbüro. Humpl drückte den Knopf und bestellte einen kleinen Schnaps.

Siebtes Kapitel

STILLE ZEIT

Der Winter hatte sich über die Stadt gelegt. Schnee häufte sich an den Straßenrändern, umschlang die geparkten Autos und dämpfte die Geräusche der wenigen Passant:innen, die in der frühen Dämmerung noch unterwegs waren. Die Fenster der Geschäfte waren mit flackernden Lichterketten geschmückt, die trotzig gegen die hereinbrechende Nacht anleuchteten. Auf den Plätzen funkelten einsame Weihnachtsbäume, die Äste gebeugt von der Last ihres Schmucks. Die Stadt wirkte matt, müde. Ein flüchtiger Blick durch warm erleuchtete Fenster offenbarte silhouettenhafte Szenen des Alltags: Menschen kochten, unterhielten sich, letzte Geschenke wurden verpackt, Esstische festlich gedeckt. Alles schien wie immer: Die Menschen hatten sich in ihre warmen Wohnzimmer zurückgezogen, entzündeten Kerzen, pflegten alte Rituale.

Florian liebte die Jahreszeit, seit Wochen schon ließ er die größten Weihnachtshits in Dauerschleife rauf und runter laufen und trug kitschige Weihnachtspullis. Selbst für die Arbeit in der Klinik hatte er sich eine grün-rote OP-Haube mit Teddybären und Girlanden-Muster besorgt, was bei seinen Patient:innen für Aufheiterung sorgte, solange sie wach waren. Florian war Dermatologe und operierte hauptsächlich.

Klaus hingegen machte gute Miene zum bösen Spiel. Er war der Grinch der beiden, aber dieses Jahr fiel ihm das Scherzen darüber schwerer als sonst. Zu viele Dinge gingen ihm durch den Kopf. Hinter ihm dudelte *All*

I Want for Christmas Is You in einer Lautstärke, die wahrscheinlich auch noch zwei Etagen tiefer zu hören war. Florian summte mit, während er mit einer solchen Hingabe die Servietten faltete, als hinge der Weltfriede davon ab.

»Wir haben doch schon Servietten«, murmelte Klaus und rieb sich die Schläfen.

»Ja, aber nicht DIESE Servietten! Sie haben kleine Rentiere drauf, und die passen perfekt zu unserem Geschirr!« Florian zwinkerte ihm zu.

Klaus zwang sich zu einem Lächeln. Er durfte ihm das nicht verderben. Wenigstens heute nicht. Aber in ihm wütete der Sorgenteufel. Er konnte sich nicht auf die Lichterketten und den Duft von Weihrauch konzentrieren, nicht auf den sorgfältig dekorierten Tisch oder die Rentiere auf den viel zu bunten Stoffservietten. In seinem Kopf sah er nur die leeren Stühle in seinen Restaurants.

Erst vor eineinhalb Jahren hatte er sein drittes eröffnet. Jetzt war Ali, sein Hausmeister, der jahrelang alles in den Lokalen instandgehalten hatte, weg. »Ich kann nicht mehr, Klaus. Meine Familie hat beschlossen zu gehen. Ich wünschte, es wäre anders«, hatte er gesagt, bevor er sich verabschiedete. Maria, die talentierte Köchin aus Portugal, war die Nächste, die ihm mit Tränen in den Augen erklärt hatte, dass es hier für sie keine Zukunft mehr gab.

Und was, wenn bald auch sie selbst dran waren? Klaus spürte, wie sein Brustkorb sich zusammenzog. Er und Florian waren seit dreiundzwanzig Jahren zusammen. Sie hatten sich ihren Traum von einem gemeinsamen Zuhause erfüllt, sie hatten sich ein Leben aufgebaut. Doch in letzter Zeit war immer öfter zu hören, dass *die traditionelle Familie geschützt* und *Dekadenz bekämpft* werden müsse. Soziale wie klassische Medien waren voll mit Artikeln und Kommentaren, die unverhohlen forderten, *den Einfluss der queeren Ideologien einzuschränken*. In den Schulen waren bereits vor Monaten Bücher vom Lehrplan genommen worden, die Homosexualität oder Transidentität behandelten oder auch nur Rollenbilder für Männer und Frauen in Frage stellten.

Klaus wusste, wie das lief. Erst waren die Flüchtlinge dran, dann alle Menschen mit Migrationshintergrund. Die Liste würde damit aber nicht enden.

»Hey, du bist ja ganz woanders.« Florians Stimme riss ihn aus seinen Gedanken. Klaus blinzelte und sah seinen Mann an. Er sah die Vorfreude in seinen Augen, die Unbeschwertheit, die Wärme.

»Auf ein perfektes Weihnachtsfest.«

Klaus atmete tief durch, griff nach seinem Glas Rotwein und zwang sich, in den Abend hineinzufinden. Auch wenn er nicht sicher war, ob das Fest wirklich perfekt werden konnte – oder ob es nur eine kurze Pause war, bevor der Sturm kam.

Für Malik war es Zeit, Abschied zu nehmen. Er packte seine sieben Sachen, nicht weil er wollte, sondern weil er musste. Seine Erdgeschoßwohnung war klein, aber lebendig. Die Wände voller Skizzen, Sketches für Tattoos, Bilder und halbfertiger Entwürfe für Graffitis, die nun nie realisiert werden würden. Auf der Fensterbank lagen eingerollte Leinwände, in einer Ecke stapelten sich Farben und Stifte. Die Bücher, die er über die Jahre gesammelt hatte, passten nicht alle in die Kisten, einige würde er hierlassen müssen. Was nimmt man mit und was lässt man zurück, wenn man ein Leben hinter sich lassen muss?

Sein Blick fiel auf eine verblasste Fotografie. Seine Eltern stolz vor ihrer kleinen Schneiderei, ihr Lächeln vertraut und doch fremd – so lange war es her, dass er es gesehen hatte. Sein Vater, damals ein junger Mann, war als Gastarbeiter mit nichts als seiner Arbeitskraft hergekommen. Seine Mutter hatte die Werkstatt ganz ohne jede Hilfe aufgebaut, mit einer einzigen Nähmaschine und ein paar Stoffrollen. Für einen Moment glaubte er, den vertrauten Duft von frischem Leinen und Stärkewasser in der Luft zu riechen, doch er verflog, noch bevor er ihn richtig greifen konnte.

»Das fühlt sich falsch an«, sagte Natascha und faltete eine Decke zusammen. Ihre Stimme war leise.

Malik nickte kaum merklich. »Vieles fühlt sich in letzter Zeit falsch an.«

Sie wusste nicht, was sie darauf sagen sollte. Also schwieg sie.

Natascha packte ein paar Bücher in einen der Kartons, ohne wirklich hinzusehen, ohne nachzudenken. Ihre Bewegungen waren mechanisch, die Stirn leicht gerunzelt, die Lippen aufeinandergepresst – sie musste sich zusammenreißen, um nicht in Tränen auszubrechen. Die moderne Hornbrille rutschte ihr ein Stück die Nase hinab, doch sie schob sie nicht zurück. Ihr dunkelblondes Haar war zerzaust, hinten mit einer Haarklammer nur notdürftig zusammengerafft, als hätte sie beim Hochstecken den Faden verloren. Der graue Jogginganzug, weich und formlos, wirkte an ihr wie eine Hülle – bequem, aber kraftlos, als wäre auch er längst Teil dieser Müdigkeit geworden.

Sie hielt inne und blickte auf das Buch in ihrer linken Hand. Mit der anderen fuhr sie sich über die Stirn, langsam, wie um einen Gedanken wegzuwischen. Dann atmete sie tief durch und legte es zu den anderen.

Das Gebäude, in dem sie lebten, war ein Ort für all jene geworden, die noch glaubten, dass Zusammenhalt eine Bedeutung hatte. Die schlichte Fassade aus Holz, das durchdachte Raumkonzept – alles war darauf ausgerichtet, Begegnungen zu schaffen. In der Hausbibliothek standen Bücher, die öffentlich nicht mehr verkauft werden durften, im hauseigenen, von einigen Bewohner:innen betriebenen Café saßen Menschen, die nicht mehr überall willkommen waren.

Natascha war mit ihren beiden kleinen Kindern hier eingezogen, kurz bevor sich der politische Wind endgültig zu drehen begonnen hatte. Ihr war früh klar geworden, dass man nicht alles alleine tragen kann. Und dass man dem Druck der Welt besser trotzt, wenn man ihn teilt. Doch schon damals war der Umzug für sie auch eine bittere Notwendigkeit gewesen. Immer wieder hatte sie Nachrichten und E-Mails erhalten, in denen sie und irgendwann auch ihre Kinder bedroht wurden: *Wir wissen, wo du wohnst. Du und deine Bälger werden bald lernen, was richtige Angst ist!* Die enthaltenen Schimpfwörter und grauenvollen Mordfantasien versuchte sie immer noch zu verdrängen.

Die Veränderungen hatten sich leise angeschlichen. In den Blicken, in den Stimmen, im Ton. In den Fragen, die keine Fragen waren. Ob sie das denn alles allein schaffe. Ob das mit dem Vater so geplant gewesen sei. Ob es den Kindern nicht besser ginge, wenn sie mehr zu Hause wäre. Sie hatte gelernt, solche Sätze abzuschütteln wie Staub. Doch der Staub war dichter geworden.

Als studierte Politologin hatte sich Natascha über Jahre hinweg mit der rechtsextremen Szene beschäftigt, insbesondere mit den Strukturen und Strategien der sogenannten *Neuen Rechten*. Ihre Analysen und öffentlichen Äußerungen hatten sie zu einer gefragten Expertin gemacht – und zur Zielscheibe. Lange hatte sie alle Einschüchterungsversuche ignoriert und als Spam von Verrückten abgetan, die nichts Besseres zu tun hatten. Doch sie hatten Erfolg, als ein anonymer Troll ihre damalige Adresse in einschlägigen Foren veröffentlichte – plötzlich war es nicht mehr nur ein abstraktes Risiko, sondern eine direkte Gefahr für ihre Familie. Sie bekam es mit der Angst zu tun – Angst, die sie ihre Kinder nicht spüren lassen durfte. Also zog sie dorthin, wo Menschen sich gegenseitig schützten, wo niemand allein war, wenn der Druck von außen wuchs. Ein Wohnprojekt, das nicht nur ein Dach über dem Kopf bot, sondern auch die Sicherheit einer Gemeinschaft.

Aber sie schwieg nicht. Sie sprach darüber – sachlich, öffentlich, unaufgeregt. Mit Zahlen, Namen, Zitaten. Sie schrieb über die Drohungen, gab Interviews, blieb präzise. Nannte das, was war. Und jedes Mal wurde der Hass ein wenig schriller. Als würde jeder ihrer Sätze ein Stück Lack von einer Oberfläche kratzen, die lange unangetastet geblieben war. Vielleicht war es genau das, was so viele nicht ertrugen.

In den Kommentaren ging es längst nicht mehr nur um ihre Arbeit. Da war von ihrer Stimme die Rede, von ihren Haaren, von ihrer Art, sich zu bewegen, sich zu schminken oder nicht zu schminken, von ihrer Figur. Von ihrem *männerfeindlichen Tonfall* und der Frage, ob das alles nicht auch ihre eigene Schuld sei. Ihr Leben wurde zur Projektionsfläche, nicht ihr Denken. Immer wieder fiel das Wort *Platz* – sie solle ihren Platz kennen, hieß es. Gemeint war: schweigen, sich fügen, verschwinden.

Manchmal dachte sie an diesen einen Moment zurück, vor Jahren, als sie während einer Podiumsdiskussion einen Gedanken ausgeführt und sich ein jüngerer Kollege milde lächelnd zu ihr vorgebeugt und gemeint hatte: »Vielleicht darf ich das an dieser Stelle noch etwas klarer formulieren.«

Er hatte es in einem Ton gesagt, der vorgab, etwas hinzuzufügen, aber in Wirklichkeit etwas wegnahm. Aus Erschöpfung hatte sie nichts dazu gesagt. Und aus dieser besonderen Art von Wut, bei der sie genau wusste, wie schnell sie ihr als zu emotional oder hysterisch ausgelegt würde. Ein Hauch zu viel Schärfe, ein falscher Ton und sie wäre nicht mehr als Fachfrau auf der Bühne gesessen, sondern als Problem. Seitdem wusste sie, dass man den Platz, den man sich nicht nimmt, schnell wieder verliert.

Als sie das erste Mal mit Klaus und Florian in der Hausbücherei ins Gespräch kam, war es über ein oft benutztes Backbuch mit vergilbtem Einband, das Klaus in den Händen hielt.

»Kochen kann ich. Kuchen gehen bei mir einfach nie auf«, hatte er nachdenklich gesagt.

»Es ist ein bisschen wie im echten Leben: auf die Mischung kommt es an und auf den richtigen Zeitpunkt«, war Nataschas Antwort.

»Klingt, als hättest du Erfahrung?«

»Ich beobachte schon lange, bei welchem Verhältnis und welcher Temperatur Bewegung in eine Sache kommt.«

Klaus schien nicht ganz zu verstehen. »Du meinst Teig?«

»Teig und Politik«, sagte Natascha und nahm ihm das Buch ab. »Bei Kuchen weiß man wenigstens, wann er kippt.«

Sie hatten beide gelacht und aus diesem Moment war mit der Zeit eine Freundschaft entstanden.

Klaus und Florian lebten am längsten hier, sie hatten das Wohnprojekt mitten in einem damals neu entstandenen Stadtteil am Rand eines stillgelegten Verschiebebahnhofs zwischen Gleisanlagen und Parks mitaufgebaut – ein Experiment für eine neue Art des Zusammenlebens, ein Haus, in dem sich Bewohner:innen mit unterschiedlichen Hintergründen begegnen konnten, in dem Vielfalt nicht nur geduldet, sondern gelebt wurde.

Klaus, der drei Restaurants in der Innenstadt hatte, und Florian, Arzt in einer Klinik, waren beruflich an die Stadt gebunden, wollten als kinderloses Paar aber nicht in einer anonymen Wohnung leben. Sie wollten Nachbarn, die sich umeinander kümmerten, die Kinder ihrer Mitbewohner:innen aufwachsen sehen, in der Hausküche gemeinsam kochen und sich nicht missgünstigen Blicken oder abfälligen Bemerkungen aussetzen müssen.

Malik war später dazugekommen. Er war einer derjenigen, die sich anfangs nicht sicher waren, ob ein solches Zusammenleben funktionieren konnte. Doch nachdem er unzählige Male vergeblich nach einer Wohnung gesucht hatte, war er schließlich über eine Empfehlung ins Haus gekommen.

Er war hier zu einer Zeit mit offenen Armen aufgenommen worden, als einer wie er schon keinen Job mehr finden konnte, geschweige denn eine Wohnung zur Miete. Unzählige Male war er abgewiesen worden. Anfangs war der Grund nie offen ausgesprochen worden, dennoch war er jedes Mal glasklar: Sobald er am Telefon seinen Namen erwähnte oder die Immobilienmakler ihn bei der Besichtigung sahen, änderte sich ihr Verhalten. Später, ungefähr als die Freiheitspartei zum ersten Mal alle anderen haushoch bei einer Wahl übertrumpft hatte, wurden die Ressentiments immer seltener versteckt.

Natascha hatte ihn zunächst im Innenhof wahrgenommen, als er gerade dabei war, eine der Wände zu bemalen. Schlank, dunkelhaarig, mit dichtem Dreitagebart und rehbraunen Augen, aus denen Klugheit und Humor blitzten, war er auf einer Leiter gestanden.

»Du bist Künstler?«, hatte sie gefragt.

»Manchmal. Wenn man mich lässt. Ich mache Streetart.«

Richtig kennengelernt hatten sie sich erst ein paar Tage später. Als sie eines Abends den Kinderwagen ihrer Tochter durch das dunkle Treppenhaus schob, hörte sie Schritte hinter sich. Natascha spürte den Satz kommen, noch bevor er ausgesprochen war.

»Schon spät, oder? Für eine Lady wie Sie.« Der Ton war gespielt freundlich.

Natascha blieb stehen, drehte sich um, krallte sich am Griff des Buggys fest. Ihre Stimme war ruhig und klar: »Ich brauche von Ihnen nichts. Gehen Sie einfach weiter.« Und vielleicht hätte es da geendet. Vielleicht auch nicht.

Malik war in dem Moment gerade aus dem Atelier gekommen, den Rucksack über der Schulter, den Schlüssel noch in der Hand. Er hatte gesehen, wie sich die Szene aufbaute, und eigentlich wollte er nur vorbei. Nicht stören, nicht auffallen. Aber dann blieb er stehen. Ohne Plan, nur mit diesem Gefühl, das sich wie eine kleine Erschütterung hinter der Brust ausbreitete.

»Alles okay?«, fragte er zögerlich, wie jemand, der hofft, nicht gleich selbst gemeint zu sein.

Der Mann wandte sich zu ihm und musterte ihn mit einem abschätzenden Blick. »Kennst du die?«

»Nein«, sagte Malik.

»Dann halt dich raus.«

»Mach ich ja«, sagte Malik. »Ich stehe nur hier.«

Natascha hatte ihn angesehen. Kein Dank, kein Augenrollen. Nur ein kurzer, wacher Blick.

»Er steht nur da«, wiederholte sie. Und dann, an den anderen gewandt: »Sie sollten jetzt wirklich gehen.«

Es war nur dieser Moment der Störung nötig gewesen, manchmal war das genug. Der Typ ging schließlich, etwas zu laut, mit einem Schnauben, das Größe vortäuschen sollte. Sie sah ihm nicht nach. Malik wollte etwas sagen, aber Natascha war schneller.

»Gut reagiert«, sagte sie fast beiläufig. Dann ein kurzes Lächeln, kaum mehr als ein Hauch.

Malik nickte. »Ich war mir nicht sicher, ob ich überhaupt was machen soll.«

»Sie waren da, das hat gereicht«, sagte sie, bevor sie leise hinzufügte: »Danke trotzdem.«

Malik atmete aus, langsamer als nötig, und versuchte, die Wut herunterzuschlucken, die in ihm kochte. Ihre Augen waren ruhig, aber in ihnen lag eine Erschöpfung, die ihm durch Mark und Bein ging. Er hatte damals kaum etwas über sie gewusst. Nur, dass sie in gewissen Kreisen so etwas wie ein Promi war, weil die anderen im Haus oft bewundernd von ihr gesprochen hatten, stolz, mit so einer unter einem Dach zu wohnen. Erst durch eine Google-Recherche hatte er erfahren, dass sie mehrere Bücher geschrieben hatte und im ganzen Land in TV-Talkshows und Diskussionsrunden aufgetreten war. Und dass sie sich damit in rechten Kreisen Feinde gemacht hatte, die sie nun auch hier gefunden hatten.

Er hatte schnell erkannt, dass Natascha einer dieser Menschen war, die immer einen Schritt weiterdachten, die Muster sahen, wo andere nur Chaos wahrnahmen. Nicht nur in der Politik, sondern auch, was seine Bilder betraf. Während andere nur wilde Formen und Farbspritzer und aufgesprühte Linien sahen, erkannte Natascha sofort den Kern dahinter, ihre versteckte Struktur. Sie hatten denselben Blick auf die Welt. Daraus wurde Liebe.

Und nun standen sie hier und packten sein Leben, seine Vergangenheit, ihre gemeinsame Beziehung in Kartons.

»Ich könnte mitkommen«, sagte Natascha plötzlich. Ihre Stimme war ruhig, aber Malik erkannte das Zittern darin.

Er schüttelte den Kopf. »Nein. Du hast Kinder. Und du kannst hier mehr bewirken.«

»Und was ist mit dir?«

»Ich werde zurückkommen, wenn das alles vorbei ist. Und bis dahin kommt ihr mich so oft wie möglich besuchen.«

Sie blickte ihn lange an. In ihren Augen spiegelten sich die Lichter draußen, das warme Gold der Weihnachtsdekoration, das sich seltsam falsch anfühlte in dieser Welt, die sich gerade veränderte. Dann trat sie vor, legte eine Hand an seine Wange, und er schloss für einen Moment die Augen. Als er sie wieder öffnete, sah sie ihn an. Klar, wach, ohne Bitterkeit.

»Du weißt, dass ich nicht bleibe, weil ich Angst vor dem Gehen habe.«

Er nickte langsam.

»Ich habe lange gesucht, bis ich meinen Platz gefunden habe. Nicht nur als Mutter. Auch als Frau. Als Bürgerin. Ich werde nicht gehen, nur weil andere wollen, dass ich leiser werde.«

Sie sagte es nicht laut. Sie musste es nicht.

»Und wenn sie dir diesen Platz streitig machen?«, fragte Malik leise.

»Dann bleibe ich erst recht.«

Maliks Augen wurden feucht. Er versuchte nicht, die Tränen zurückzuhalten. Sie hatten sich so viel zu sagen. Und gleichzeitig war alles bereits gesagt.

Drei Stockwerke darüber, im Dachgeschoß, wurde gerade noch dekoriert, gekocht und geputzt, was das Zeug hielt. Helle Böden, große Fenster mit Blick über die Dächer der Stadt. Ein langer Esstisch aus dunklem Holz im Zentrum des offenen Wohnbereichs, darüber eine schlichte Lampe mit warmem Licht. Bücherregale reichten bis zur Decke, gefüllt mit Romanen, Kunstbänden und medizinischen Fachbüchern.

Vom Küchenfenster aus konnte Klaus das Lichtermeer der Stadt sehen. Irgendwo dort unten lagen seine Restaurants – oder das, was bald von ihnen übrig sein würde. Die Weihnachtsbeleuchtung spiegelte sich in den Fenstern, ein seltsamer Kontrast zu seinen Gedanken. Weder die festlichen Lichter noch die allgegenwärtige Weihnachtsmusik konnten seine Sorgen vertreiben, ganz im Gegensatz zu Florian.

Sein Mann war ein unverbesserlicher Optimist, jemand, der Probleme als Herausforderungen sah. Auch er hatte in letzter Zeit zu kämpfen, aber er sprach nicht darüber. Stattdessen tat er einfach, was getan werden musste. Aber Klaus sah es ihm an. Die Arbeit wurde härter, die Belastung größer. Auch in der Klinik fehlte zunehmend Personal, und Florian musste immer häufiger Operationen absagen oder auf unbestimmte Zeit verschieben. Wenn er operieren konnte, blieb die Nachsorge der Patient:innen oft an ihm selbst hängen.

Klingeln an der Tür. Florian sprang freudig auf, während Klaus mit seinem Weinglas in der Hand einen tiefen Atemzug nahm. Er wollte die Sorgen beiseiteschieben, wenigstens für diesen Abend.

Als Florian die Tür aufriss, fielen ihm zwei Kinder fast entgegen.

»Onkel Flo! Onkel Klaus!«, rief die kleine Lara und warf sich in Florians Arme. Ihr Bruder Adam folgte dicht hinterher, mit einer Mischung aus Aufregung und vorgetäuschter Coolness.

»Wir haben Weihnachtslieder geübt!«, verkündete er stolz.

Hinter ihnen betrat Natascha die Wohnung, eine große Tasche mit Geschenken in der einen Hand und einen leicht überforderten Malik an ihrer Seite.

»Ich schwöre, die beiden sind seit dem Mittagessen auf einem Zuckerschock-Trip. Ich hoffe, ihr seid bereit.«

»Wir sind immer bereit für Chaos!«, lachte Florian und zog die beiden in die Wohnung. Klaus begrüßte Natascha und Malik mit einer Umarmung.

Der Duft von gerösteten Maroni und frischen Kräutern lag in der Luft, durchzogen von warmen Noten von Zimt und Nelken. Florian hatte den Tisch mit viel Liebe zum Detail - und einer Prise Kitsch - gedeckt. Weihnachtsservietten mit roten Rentieren und Schneeflocken lagen kunstvoll gefaltet neben den Tellern, die mit goldenen Sternen verziert waren. In der Mitte thronte eine große Keramikschale, überladen mit Orangen, gespickt mit Nelken, auf einer Tischdecke mit Tannenzweigen, Glitzersternen und einer roten Schleife. Kerzen in Form von Weihnachtsmännern und Tannenbäumen verbreiteten flackerndes Licht und sorgten für eine gemütliche, leicht überladene Festtagsstimmung.

Die Kinder begutachteten sofort die eingepackten Geschenke unter dem Baum. Klaus beobachtete Florian dabei, wie er mit ihnen herumalberte, Grimassen schnitt und sie zum Lachen brachte.

Natascha betrachtete die Szene einen Moment lang, bevor sie sich setzte. Es war merkwürdig, wie etwas so Alltägliches wie ein gedeckter Tisch in diesen Zeiten eine beinahe absurde Normalität suggerieren konnte. Malik saß neben ihr, wirkte für einen Moment gelöst, als er die dampfenden Teller sah.

»Ich hätte nicht gedacht, dass ich an diesem Tag noch anständig essen würde.«

»Wir lassen uns doch von der Welt nicht vorschreiben, wann wir genießen dürfen«, sagte Klaus bitter und reichte ihm ein Glas Wein.

Die Kinder waren aufgeregt. Lara bestaunte die Kerzen, deren Flammen sich funkelnd in den Christbaumkugeln spiegelten, und Adam fragte Klaus über die Zutaten des Essens aus. Die Winterwölkchen hatte er speziell für sie gemacht, kleine, mit Honig glasierte Teigtaschen, gefüllt mit Apfelmus und Zimt. Eine Kreation seiner Ex-Köchin Maria. Dann gab es die Geschenke. Hastig zerfetzte Pakete, Jubelgeschrei über jede Kleinigkeit und Kinderlachen. Ein Buch über Dinosaurier, eine selbstgestrickte Puppe (Florian hatte in langen Nachtdiensten das Handwerk für sich entdeckt) und allerhand Spielsachen von Malik und Natascha.

Nachdem die Kinder müde und glücklich ins Bett gebracht worden waren, saßen die vier Erwachsenen zusammen. Das Feuer im Kamin knisterte leise, während sich die Stimmung veränderte. Niemand sagte es direkt, aber alle wussten, worum die Gedanken der anderen kreisten.

Florian war klar, dass der Druck in der Klinik nicht nachlassen würde. Die Schichten waren lang, die Verantwortung groß, und es gab Tage, an denen er an seine Grenzen kam. Doch Aufgeben war keine Option. Er war Arzt geworden, um Menschen zu helfen, und genau das würde er weiterhin tun.

Klaus hatte in seinen Restaurants schon immer mehr gesehen als nur Orte zum Essen. Er wollte Räume schaffen, in denen Menschen zusammenkamen, Ideen teilten und Pläne schmiedeten. Ein unauffälliges Treffen an einem Ecktisch, ein beiläufiges Gespräch zwischen zwei Gästen an der Bar – oft begannen Veränderungen genau so.

Malik war überzeugt, dass Kunst mehr sein konnte als nur schöne Bilder an der Wand. Sie erzählte Geschichten, vermittelte Botschaften und vor allem Emotionen. Sie schaffte Verbindungen, ließ Menschen innehalten, Fragen stellen. Ein einziges Bild konnte etwas sichtbar machen, das zuvor verborgen gewesen war, konnte eine Idee säen, die langsam wachsen würde.

Manche würden achtlos daran vorbeigehen, andere würden darin etwas erkennen, das sie nicht mehr losließ. Aber sehen würden es alle.

Und Natascha kannte die Gefahr von Worten nur zu gut, aber noch mehr kannte sie ihre Kraft. Einmal ausgesprochen, breiteten sie sich aus wie Wellen im Wasser, unaufhaltsam. Auch wenn manche versuchten, sie zu kontrollieren - Worte ließen sich nicht einsperren. Sie fanden immer ihren Weg.

»Wie lange kann das so weitergehen?«, durchbrach Malik schließlich das Schweigen, seine Stimme leise, aber bestimmt.

»Stillhalten war noch nie eine Option«, sagte Natascha, ihre Augen ernst. »Wir haben alle mitbekommen, was passiert. Was noch kommen wird.«

Florian sah in sein Weinglas, sein Lächeln von vorhin war verschwunden. »Ich will nicht in einem Land leben, in dem ich Angst haben muss. Ich will nicht, dass Klaus Angst haben muss.«

Klaus räusperte sich und lehnte sich vor. »Es wird nicht aufhören.« Er blickte Malik in die Augen und nahm Florians Hand. »Bald sind wir dran.«

»Wir können nicht einfach nur dasitzen.« Natascha verschränkte die Arme, ihr Blick wanderte von einem zum anderen.

Klaus ließ seinen Finger über den Rand seines Weinglases gleiten. »Und was sollen wir tun?«

»Irgendwas müssen wir auf jeden Fall tun«, sagte Florian leise.

Alle wussten, worauf es hinauslief. Das Wort lag in der Luft, unausgesprochen, aber eindeutig. Und niemand hielt dagegen. *Widerstand.* Es fühlte sich groß an, schwer.

»Okay.« Malik atmete tief durch, dann legte er die Hände auf den Tisch, sah in die Runde.

»Ich komme aus einer Familie, die sich nie hat unterkriegen lassen. Meine Eltern haben ihre Heimat verlassen, sind hierher, in ein fremdes Land gekommen, haben geschuftet, sich durchgekämpft und nicht aufgegeben. Wir sind zähe Leute.« Seine Stimme war ruhig, aber in ihr lag eine Entschlossenheit, die die anderen Drei innehalten ließ. »Sollen sie mich doch rausdrängen. Ich werde sicher nicht einfach so verschwinden und dabei zusehen, wie dieses Land Leute wie uns und unsere Arbeit einfach in den Dreck zieht. Das schulde ich meinen Eltern und –«, er hob sein Glas, sein Blick auf Natascha gerichtet, »ich verspreche dir – wir werden uns wiedersehen. Und nicht nur bei seltenen Besuchen. Ich werde für uns kämpfen, mit allem, was ich habe.«

Sie stießen an. Der Rotwein schwappte über und plötzlich lachten alle, die Anspannung löste sich auf. Für den restlichen Abend waren sie einfach sie selbst – ohne Angst, ohne Sorgen, dafür mit Plänen und Zielen und ein bisschen zu viel Wein.

Bevor sie sich verabschiedeten, zog Natascha Malik auf den Balkon. Die Nachtluft war kalt, es hatte wieder zu schneien begonnen. Er dachte, sie wollte noch eine rauchen – Natascha war früher eine notorische Partyraucherin gewesen, als es noch öfter Gründe zum Feiern gegeben hatte –, doch sie nahm seine Hand. Ihr Blick war klar und fest.

»Wenn wir das hier überstehen … wenn du zurückkommst … dann heiraten wir.«

Malik blinzelte, als hätte er sich verhört. »Was?«

»Ich meine es ernst.«

Ihre Finger schlossen sich um seine. »Ich will nicht warten, bis die perfekte Zeit dafür kommt. Wer weiß schon, wann das sein wird? Aber ich weiß, dass ich mein Leben mit dir verbringen will. Dass ich mit dir Pläne schmieden will, auch wenn die Welt gerade verrücktspielt. Also, Malik – was sagst du?«

Für einen Moment sah er sie einfach nur an, als müsste er erst begreifen, was sie gerade gesagt hatte. Dann breitete sich langsam ein Lächeln auf seinem Gesicht aus. Er schüttelte ungläubig den Kopf und lachte leise. »Weißt du was? Du bist verrückt.«

»Und?«

Er zog sie an sich, sah ihr in die Augen. »Ja«, sagte er leise. »Ja, verdammt nochmal, natürlich will ich.«

Sie küsste ihn, und für einen Moment war alles andere egal.

Am nächsten Morgen stieg Malik in einen Zug voll mit anderen Kreativen aus allen möglichen Sparten. Der Bahnsteig war überfüllt, der Waggon zu eng, die Luft schon beim Einsteigen stickig. Er stolperte über einen Rucksack, der quer im Gang lag, fing sich an einer Haltestange. Eine Frau mit kurzen, rot gefärbten Haaren zog wortlos ihre Sachen zur Seite. Während er sich vorantastete, kletterte ein junger Mann über ihn hinweg, um an einen Platz zu gelangen, der längst von Koffern und Umzugskartons blockiert war.

Malik fand schließlich einen freien Streifen Boden zwischen zwei Waggons. Eine Zeichnerin in Jeansjacke reichte ihm eine zusammengerollte Decke zum Sitzen. Gegenüber tippte ein Bühnenbildner etwas in sein Handy, das Display gesprungen, die Hände zitterten leicht. Zwei Sitze weiter las eine junge Frau lautlos in einem zerknickten Theatermanuskript, ihre Lippen bewegten sich wie bei einem Gebet.

Es war voll. Es war laut. Türen klemmten, Kinder weinten. Irgendwo weiter hinten spielte jemand Gitarre. Der Rhythmus des Zuges schlug gegen Maliks Rücken und mit jedem Kilometer wuchs in ihm das Gefühl: Das war nicht einfach nur ein Abschied. Es war ein Exodus.

Viele hier waren wie er offiziell ausgewiesen worden, andere gingen freiwillig. Das Kulturleben hatte sich nicht abrupt verändert, sondern schleichend. Erst kamen neue Förderrichtlinien. Dann die neuen Gremien, die neue Maßstäbe setzten: *Heimatverbundenheit, Identitätsstiftung, bodenständige Erzählformen*. Projekte mit Mehrsprachigkeit oder postmigrantischen Stimmen galten als *nicht vermittelbar*. Theater wurden aufgefordert, sich auf *Traditionen* zu konzentrieren, die als *volksnah* galten. Experimentalfilme, Performances, queere Kunst, dokumentarische Projekte verschwanden aus dem Programm - nicht, weil sie verboten waren, sondern weil man ihnen schlicht die Bühne entzog.

Ein großer Teil der Passagiere hatte keine Kündigung erhalten. Nur keine Antwort mehr. Förderzusagen wurden rückgängig gemacht, Preise nicht vergeben, Archive neu bewertet. Eine Pianistin neben Malik hatte ihre Residency verloren, nachdem sie vom Musikverband als *politisch unzuverlässig* eingestuft worden war. Ein Puppenspieler aus dem Süden war gegangen, nachdem seine Stücke über Vielfalt und Liebe in keiner Schule mehr gezeigt wurden.

Trotz der Enge lag eine eigentümliche Ruhe über dem Großraumabteil. Da ein Rascheln vom Papier der mitgebrachten Jause, dort das metallische Klicken einer Thermoskanne. Es war, als wollten sich die Ausreisenden gegenseitig nicht zu viel zumuten. Eine Vorsicht, die alle teilten. Ein wortloser Zusammenhalt. Malik saß auf seiner Tasche am Boden, während draußen die Landschaft vorbeizog - grau, verwaschen, als würde sie sich langsam auflösen. Der Abschied von Natascha und den Kindern war schwer gewesen. Aber er fuhr nicht allein.

Achtes Kapitel

DER FREUDENTAG

Geschäftiges Treiben am letzten Tag des Jahres in der gesamten Stadt. Alles war in Bewegung. Es hatte aufgeklart, die Sonne schien, die Luft war trocken und eisig kalt, der Schnee fest geworden. Überall wurde gehämmert und gezimmert. In jeder noch so kleinen Gasse wurden Buden aufgestellt und Schankanlagen montiert. Auf dem ausladenden Vorplatz vor dem Rathaus war eine Bühne errichtet worden, auf der später bekannte Bands und Musikkapellen aus allen Teilen des Landes auftreten und große Reden geschwungen werden würden. Florian Chansonier war angekündigt, inzwischen Held der Nation. Sein Ruhm hatte einen unerwarteten Schub bekommen, als er in einem Exklusiv-Interview in einer Talkshow mit tränenerstickter Stimme gesagt hatte, dass das Blut der Verwandtschaft nichts sei gegen die Treue zum Vaterland.

Die Vorfreude auf das Fest war riesig. Staatsflaggen wurden vor sämtlichen Häusern gehisst und wehten in der beißenden Brise den verbliebenen Ausreisepflichtigen wie zum Hohn zu. Ein Flugzeug nach dem anderen donnerte seit den frühen Morgenstunden am Himmel vorüber, unten bildeten sich jedes Mal Grüppchen von Schaulustigen. »Auf Nimmerwiedersehen!« wurde gerufen oder »Wir sind wieder wir!«

Aus allen Provinzen waren Menschen angereist, um diesen Jubeltag live und hautnah mitzuerleben – einen Tag, den niemand je vergessen würde, einen Tag, der für immer das Davor und das Danach trennen würde. Alle hatten Wimpel und Fähnchen in den Händen, die an jeder Ecke ausgeteilt wurden, und die sie den Fliegern freudig hinterherschwenkten.

Unter Aufbietung aller Kräfte war es gelungen, die letzten Migrationsstämmigen mit dutzenden Maschinen, die teilweise von Airlines aus dem befreundeten NOVA-Ausland zugezogen worden waren, fortzubringen. Darunter auch Luca und Samir, die es gerade noch rechtzeitig geschafft hatten, an einer in London ansässigen Privatuniversität Forschungsaufträge zu erhalten. Viele der anderen Insassen allerdings reisten einem ungewissen Ziel entgegen, da zuletzt mehrere Staaten bereits zugesagte Einreisegenehmigungen in letzter Minute für ungültig erklärt hatten. Im Westen hatte sogar eines der Nachbarländer in den letzten Wochen in aller Eile einen kilometerlangen Zaun entlang der grünen Grenze errichtet. Nur wer es sich leisten konnte, die enorm hohen Gebühren für den Grenzübertritt zu entrichten, wurde durchgelassen. Für alle anderen blieb der Weg versperrt.

Unbemerkt von der freudigen Menge in der Innenstadt, die von Minute zu Minute größer wurde, führten in den Randbezirken und Vororten Großaufgebote von Polizei und Militär Razzien durch. Hinweise hatten sich verdichtet, dass sich zahlreiche Untergetauchte in leerstehenden Gebäuden und alten Kellern verborgen hielten.

Ein Trupp schwerbewaffneter Polizisten stand vor einem verlassenen Lagerhaus. »Bereit?« Ein kurzer Blickaustausch, dann krachte die Tür unter dem Druck einer Sprengladung aus den Angeln.

»RUNTER AUF DEN BODEN!«, brüllte ein Beamter, als der Staub sich legte.

In einer Ecke, zwischen umgestürzten Möbeln, kauerte eine Gruppe von fünf Menschen. Bleiche, müde

Gesichter. Einer, ein junger Mann, sprang auf, rannte Richtung Hintertür. Doch da warteten bereits weitere Einsatzkräfte. Ein lauter Schlag, ein gedämpftes Stöhnen, dann lag er gefesselt im Schnee. Seine Wangen glühten vor Kälte, sein Blick irrte umher. »Bitte nicht…« Er sprach es kaum aus, da übertönte ihn das Dröhnen eines weiteren Flugzeugs, das über die Stadt donnerte.

Nicht weit vom Lagerhaus entfernt, zwischen meterhoch aufgestapelten Säcken mit Blumendünger, entdeckten Soldaten einen anderen Mann. Er hatte sich unter einer Plane versteckt, eingerollt wie ein Kind, die Knie an die Brust gezogen. Als sie ihn herauszogen, war er zu schwach zum Widerstand. Nur seine Augen flehten noch.

Ein junger Polizist stand am Rande der Szenerie. Er hatte mit alldem kein Problem gehabt – bis jetzt. Als er den Mann im Schnee liegen sah, den leeren, aufgerissenen Blick, spürte er ein unangenehmes Ziehen im Bauch.

»Geh schon! Vorwärts!«, brüllte ein Vorgesetzter und schob ihn weiter.

Unten am Fluss standen dutzende Busse mit vergitterten Fenstern bereit, um die Gefangenen fortzubringen. Ihre Namen wurden beim Einsteigen auf Listen notiert.

Um Punkt sechs Uhr abends heulten die Sirenen und Kirchengeläut setzte ein. Das Signal, dass die letzten Ausländer fort waren. Von nun an war man unter sich. Sekunden später brach ohrenbetäubender Jubel los. Menschen rissen ihre Fenster auf, liefen auf die Straßen, Autos blieben stehen, blockierten die Kreuzungen.

Von allen Bezirken der Stadt aus waren Märsche organisiert worden, die sich nun sternförmig in Richtung Zentrum in Gang setzten. Bildgewaltig waren die

Teilnehmenden mit Stirnlampen, leuchtenden Lampions oder Fackeln ausgestattet. An ihre Spitze setzten sich Marschkapellen, die auf Kommando der zentralen Regie am Rathausplatz zeitgleich ein Treuelied auf die Nation und das Volk anstimmten. Der Text dazu war vor Wochen bereits an jeden Haushalt geschickt worden, begleitet von der Aufforderung, ihn auswendig zu lernen, während die dazugehörige Melodie in allen Radiostationen auf und ab gespielt wurde. Chansoniers aktueller Hit *Neues Morgenland* war inzwischen so etwas wie die inoffizielle Hymne des Landes geworden.

Dem gewaltigen Chor konnte in dieser Nacht niemand entkommen, selbst die nicht, die ihre Türen verriegelt und ihre Lichter ausgemacht hatten, er drang durch noch so dicke Mauern und selbst durch dreifach verglaste Fenster. Doch sogar die, die aus politischen oder anderen Gründen an dem Gegröle und Getanze nicht teilhaben wollten, schauten dem Geschehen via Livestream zu, viele über ausländische Kanäle.

»Hier spricht Radio Nova Liberté. Was heute passiert, ist das Ende der Freiheit inmitten Europas. Die Welt darf nicht schweigen über diese –«

Der Stream riss ab. Die Behörden hatten ihn entdeckt. Die Stille wog schwerer als die Worte davor.

Ziel des Sternmarsches war das Rathaus. Der prachtvolle Bau mit seinen Türmen leuchtete durch Millionen LEDs inzwischen wie eine einzige Fackel. Hier versammelten sich die Massen, über ihren Köpfen schwirrten wieder Drohnen, die nun aber nicht nur filmten, sondern mit ihren glühenden Rotlichtern wie künstliche Himmelskörper wirkten, orchestriert von der zentralen Regie.

Auf der Bühne nahm das Nationalorchester in verkleinerter Besetzung Platz. Der erste Geiger rückte seine

Noten zurecht, obwohl er das Stück längst auswendig kannte. Eine alte Volksweise, die sie mit viel Pomp für diesen Anlass neu arrangiert hatten.

Die Melodie begann. Sein Bogen glitt über die Saiten, doch seine Hände zitterten. Es war, als würde er nicht selbst spielen, als wäre die Musik nur eine Erinnerung, die durch ihn floss, ohne ihn zu berühren. Mechanisch. Aus dem Augenwinkel sah er den Fagottisten, der reglos über sein Instrument gebeugt saß, das Gesicht ausdruckslos, die Lippen um das Rohrblatt gepresst. Ihre Blicke trafen sich für einen Moment - ein stilles Verstehen. Dann hob der Dirigent die Hand für den großen Schlussakkord. Der Geiger fühlte, wie sich die Spannung im Raum verdichtete, ein letzter gemeinsamer Atemzug, bevor die Musik verhallte. Ein Klang, groß und voll, aber zu glatt, zu makellos, als hätte man ihm das Leben ausgewaschen.

Applaus brandete auf. Der Geiger ließ den Bogen sinken. Ein Meer aus klatschenden Händen, jubelnde Stimmen, die sich über die Bühne ergossen, doch in seinen Ohren klang es hohl, gedämpft, als käme der Lärm aus einer anderen Welt. Er reckte den Kopf in die Höhe, als müsste er den Nacken lockern. Hinter all dem Lärm, hinter den winkenden Fahnen und glänzenden Gesichtern, erkannte er eine träge, dunkle Woge am Horizont. Wolken türmten sich langsam über den Hügeln auf, ihre Ränder aufgewühlt vom Wind.

Endlich Auftritt Kanzler Humpl. Die Menge schwieg.

Mitten auf der Bühne blieb er stehen, im gleißenden Licht eines einzelnen Scheinwerfers. Der Dunst von Pyrotechnik und Rauchmaschinen verlieh ihm eine engelhafte Aura. Das Rathaus hinter ihm war von einer gigantischen Lichtprojektion überzogen: Der Phönix mit weit ausgebreiteten, brennenden Schwingen vor den neuen Farben des Landes. Dann ein imposanter

Gebirgszug, endlose Getreidefelder und die übergroßen Gesichter einer Familie in Zeitlupe, wie eingefroren im Ideal.

Kanzler Humpl ließ sich Zeit.

Er sah sich um, langsam, genoss die erwartungsvolle Ruhe. Er wusste, wann man sprechen musste – und wann Schweigen mächtiger war.

Dann trat er ans Mikrofon, ließ seine Finger über den Rand des Pults gleiten, als würde er den Moment greifen wollen. Die Stille dehnte sich. Vier Sekunden. Fünf. Ein Husten in der Menge, ein Knacken aus den Lautsprechern.

Er beugte sich nach vorne.

»Liebe Mitbürger.«

Die Worte kamen sanft, fast vertraulich, und dennoch war jede Silbe bis in die hinterste Reihe hörbar. Ein Raunen ging durch die Menge.

»Nun ist es so weit.« Er machte eine Pause, als müsse die Stille den Satz beenden. Sein Schweigen sog Worte in sich auf, dehnte sie aus, als wäre die Luft selbst elektrisiert. »Alles, was in seinem Kern nicht zu uns gehört, hat unser Land verlassen.«

Ein einzelner Jubelruf durchbrach die Spannung. Dann noch einer. Die Menge konnte sich kaum noch halten, doch er hob nur leicht die Hand und das Volk erstarrte in Erwartung.

»Wir sind eine Familie. Brüder und Schwestern, nicht nur im Herzen, sondern auch im Wesen und im Geist.« Er ließ den Blick über das Meer an Gesichtern schweifen. »Wir sind eine Einheit. Zusammengeschweißt durch unsere Geschichte, unsere Traditionen, unsere Werte – und durch unser Blut.«

Tosender Applaus.

»Wie wir es seit jeher machen, haben wir unser Haus vor dem neuen Jahr bis in den letzten Winkel gereinigt. Den alten Staub vertrieben, das Dunkle hinausgeschickt, den Rauch durch die Räume ziehen lassen, damit das Kommende seinen Platz findet.«

»Ja!«, rief jemand.

»Ja!« Die Menge fiel ein, als wäre dies das Signal gewesen.

Er ließ es einen Moment geschehen, dann senkte er wieder die Hand. »Nun ist es an uns, dieses Haus zu erneuern. Alles, was brüchig geworden ist, reißen wir nieder. Jeden morschen Balken tauschen wir aus. Wir bauen neu. Wir bauen stärker als je zuvor.«

Die Menge tobte. Fäuste schnellten in die Höhe, Fahnen wurden geschwenkt, Tränen liefen über erhitzte Wangen. Humpl blieb ruhig. Er wartete.

Dann senkte er die Stimme, ließ einen verschwörerischen Ton einfließen. »Ich hoffe nur auf eines.« Er hielt wieder inne. Sekunde um Sekunde. Die Anspannung wuchs. Manche hielten den Atem an. Dann, mit ruhiger, beinahe zärtlicher Stimme: »Dass ihr bei mir seid.«

Ein Sekundenbruchteil nichts – dann brach der Damm. »DAS SIND WIR!«, brüllte es aus tausenden, zehntausenden Kehlen. »DAS SIND WIR!«

Fremde fielen sich in die Arme. Gestandene Männer schluchzten vor Ergriffenheit. Jugendliche sprangen übereinander, sangen, schrien. Ein Moment kollektiver Euphorie, ein Orkan, der jeden mit sich riss. Und doch – inmitten der jubelnden Gesichter stand eine junge Frau mit verkrampften Fingern um den dünnen Holzstab ihrer Fahne. Sie war mit ihrer Familie schon seit dem Vormittag hier, um ganz vorne mit dabei sein zu können. Doch in ihr war nichts. Keine Freude, keine Ergriffenheit. Nur ein dumpfes Unbehagen, das in ihrer Brust saß wie ein schwerer Stein. Sie wagte es nicht, sich umzusehen. Sie wagte es nicht, sich zu rühren. Neben ihr ein Mann, vielleicht Mitte fünfzig, Tränen liefen ihm über die Wangen.

»Das sind wir!«, rief er mit heiserer Stimme, aus vollem Herzen. Und dann sah er sie an. Nur eine Sekunde zu lang. Eine Sekunde, in der seine Augen fragend wurden. Erwartungsvoll. Es war ein Blick, der keine Zweifel duldete. Die junge Frau schluckte. Ihre Finger zitterten. Dann, mit einem kurzen, kaum merklichen Atemzug, hob sie die Fahne. Nicht viel. Gerade so weit, dass es nicht auffiel. Gerade so weit, dass sie in der Masse nicht herausstach. Der Mann nickte zufrieden und wandte sich wieder dem Kanzler zu. Sie blieb stehen, die Fahne in der Hand, den Arm leicht angehoben, während in ihr ein Gefühl wuchs, das sie nicht benennen konnte.

In den ersten Reihen drängte das Jungvolk nach vorne, die Hände ausgestreckt, als wollten sie den Kanzler berühren. Einige fielen in Ohnmacht. Die Sanitäter waren bald überfordert, weil auch sie unterbesetzt waren. Die Luft vibrierte von den zahllosen Stimmen, die immer wieder in ein und demselben Takt riefen: »Das sind wir! Das sind wir!«

Plötzlich ging ein Windstoß durch die Menge. Ein warmer Luftzug, unpassend für diese Jahreszeit. Humpl blickte kurz zur Seite, spürte die Veränderung. Und dann – der erste Tropfen. Es war nur einer. Ein Wassertropfen, der auf seinen Ärmel fiel. Dann kam der nächste. Und der nächste. Ein Blitz zuckte durch den Himmel. Sekunden später prasselte der Regen herab. Erst ein leichtes Nieseln – dann ein Sturzbach.

Die Menschen kreischten, hasteten auseinander. Fahnen klatschten schwer auf den Boden. Die Projektionslichter am Rathaus flackerten, Scheinwerfer erloschen. Trink- und Würstelbuden wurden von panischen Massen überrannt.

Der Kanzler verließ die Bühne. Hinter ihm knisterte das verstummte Mikrofon. Zähneknirschend stapfte er backstage an seinem chaotisch durcheinanderlaufenden Stab vorbei. Kein Wort zu niemandem. Irgendjemand hastete ihm mit einem Schirm hinterher. Vorbei an Chansonier, der in einer mit Pailletten besetzten Lederhose gerade aus seiner Garderobe getreten war, um zu übernehmen. Die für die Kameras gerade eben aufgetragene Schminke zerrann auf seinem Gesicht, die toupierte Haarlocke war zusammengesackt.

Die Nationale Meteorologische Behörde hatte das Unwetter nicht vorhergesagt (weil auch sie personell ausgedünnt war). Unter den Vordächern der Buden fanden nur wenige Schutz, die meisten stapften so schnell es ging durch ein Meer aus Schneematsch, verschüttetem Bier, Erbrochenem und Urin nach Hause.

Zweiter Teil

Erstes Kapitel

FERNBEZIEHUNG

Natascha schaltete den Laptop ein und klickte auf den gewohnten Link. Die Verbindung wurde hergestellt, während sie sich in den Sessel sinken ließ. Das Portal, das sie nutzte, hieß *ShadowLink*, eine speziell gesicherte Plattform, die verschlüsselte Videoanrufe über ein dezentrales Netzwerk ermöglichte. Es wurde von Journalist:innen und Aktivist:innen genutzt, um Überwachung zu umgehen, und leitete die Kommunikation über verschiedene Server, sodass sie nicht so leicht nachverfolgt werden konnte. Aber selbst das fühlte sich nicht mehr sicher an. Es war jeden Abend dasselbe Ritual: Sobald ihre Kinder schliefen, verbrachte sie Zeit mit Malik.

»Hey, Schönheit«, grinste er, als sein Gesicht auf dem Bildschirm erschien. Die Wand hinter ihm beklebt mit unfertigen Skizzen und Kritzeleien in Neonfarben. Eine große Leinwand lehnte am Boden, daneben ein improvisierter Tisch, überladen mit Farbdosen, Pinseln und allerhand anderem Zeug, das sie nicht erkennen konnte. Er hatte Farbspritzer auf den Wangen, das Licht war schummerig.

Natascha seufzte und erwiderte sein Lächeln. »Hey, du Künstler. Harte Schicht?«

»Besser geht's nicht«, sagte er und hielt ihr sein neues Werk in die Kamera. »Inspiriert von uns.«

Der Entwurf war ein digitales Mock-up für eine geplante Wandmalerei. Zwei riesige Hände, die sich fast berührten – wie in Michelangelos *Die Erschaffung Adams*, aber verzerrt. Die Finger waren rau, mit abblätternder Haut, als würden sie sich auflösen oder aus einer anderen Realität ragen. Dazwischen: eine klaffende Leere, gefüllt mit brüchigen, ineinanderfließenden Formen. Ein grellrotes Rauschen überlagerte die Szene, fast gefährlich. Am unteren Rand war in blockigen, beinahe verwischten Lettern eine Botschaft gesprüht: *NICHTS IST WEG. NICHTS IST VERGESSEN.*

Sie lachte leise. »Du bist so kitschig.«

»Du liebst es.«

»Stimmt.« Sie lehnte sich zurück, während Malik sich eine Zigarette anzündete. Er nahm einen tiefen Zug und blies den Rauch zur Seite, dann wurde sein Blick ernster.

»Wie ist die Lage?«

»Seltsam.« Sie rieb sich die Stirn. »Die Supermärkte sind halb leer, und wenn es doch was gibt, sind die Preise absurd. Das Brot kostet fast doppelt so viel wie noch vor ein paar Monaten. Frisches Fleisch gibt es kaum mehr, verpacktes schon gar nicht. In den ehemaligen Kebab-Ständen hängen jetzt ganze Schweinehälften, und die Kunden lassen sich einfach Stücke herunterschneiden, weil so viele große Schlachthöfe mangels Personals schließen mussten. Das einzig Gute ist, dass die öffentlichen Verkehrsmittel halbleer sind, allerdings fahren sie auch nur mehr im Stundentakt. Es ist wirklich wie am Dorf mittlerweile.«

Malik schüttelte den Kopf. »Klassisch. Erst schreien sie, dass wir ihnen die Jobs und Wohnungen wegnehmen. Und was passiert? Wirtschaft am Arsch, keiner will die Drecksarbeit machen, und die Wohnungen stehen ja auch leer.«

»Kannst du dich an den kleinen Vietnamesen unten an der Ecke erinnern? Das ist jetzt ein *Bierstand.* Der Grieche, bei dem wir immer gegessen haben, ein Schnapslokal. Die ganzen internationalen Lokale gibt es nicht mehr, stattdessen haben wir überall grindige Kneipen, in denen die Leute sich die Birne zusaufen. Neulich ist da am helllichten Tag ein Typ vor der Tür gelegen, angekotzt, während sie drin irgendein Kampflied gegrölt haben. Ich hab's nicht genau verstanden, weil der Typ so gestunken hat, dass ich gar nicht erst näher hingegangen bin.«

Malik seufzte. »Wie sehr kann eine Gesellschaft sich selbst zerstören, bevor sie es merkt?«

Natascha wollte Malik gerade antworten, aber sie hielt inne. Plötzlich hatte sie wieder dieses Gefühl, beobachtet zu werden. Was war das für ein Summen? Natascha spannte die Schultern an und wandte den Kopf automatisch zum Fenster. Ein dunkler Wagen parkte auf der anderen Straßenseite, der Motor lief auf Standgas. Hatte der schon vorher dort gestanden? Sie spähte hinaus, so unauffällig wie möglich. Keine Bewegung im Wagen, keine Menschen auf der Straße. Aber das bedeutete nichts. Neuerdings wurden Drohnen eingesetzt, manche sagten, sie dienten nur der Verkehrsüberwachung, aber das glaubte niemand mehr, auf den Straßen war ja kaum noch etwas los. Sie hatte Berichte gehört – oder besser gesagt, Gerüchte. Von Leuten, die selbst nach einem harmlosen Posting über die Zustände im Land plötzlich Besuch vom »Finanzamt« bekommen hatten.

»Hast du was gehört?« Malik runzelte die Stirn.

»Was?« Sie wandte sich wieder dem Bildschirm zu, versuchte, sich zu entspannen.

»Deine Verbindung hat gerade geflackert. Nur für eine Sekunde.«

Ein kalter Schauder kroch ihr entlang der Wirbelsäule den Rücken hinab. Kurz überlegte sie, ob sie vergessen hatte, ihr Handy auszuschalten, oder ob sie zuletzt zu viel Zeit im WLAN verbracht hatte.

Malik sah sie prüfend an. »Natascha?«

Sie zwang sich zu einem Lächeln. »Ach, nur ein Wackler.«

»Was ist los?«, fragte Malik besorgt.

Natascha seufzte. »Ach, ich weiß auch nicht. Es ist gerade echt viel.« Sie war sich nicht sicher, ob sie Malik davon erzählen sollte. Sie war ja selbst unsicher, ob da überhaupt etwas war oder ob sie sich das alles nur einbildete. Er blickte sie weiter auffordernd an, nickte ihr kurz aufmunternd zu, dann rückte sie damit heraus.

»Es sind auch meine Social-Media-Posts…« Weiter kam sie nicht. Plötzlich fror der Bildschirm ein. Natascha runzelte die Stirn. »Malik? Hörst du mich?«

Es war nicht das übliche kurze Laggen, kein einfaches Stocken des Videos. Maliks Gesicht blieb verzerrt in einem Zwischenbild hängen, seine Augen schienen für einen Moment schwarz, leer, als hätte sich sein Gesichtsausdruck verändert. Als hätte jemand anderes kurz durch seine Augen gesehen. Ein elektrisches Zischen durchzog die Leitung, ein kaum wahrnehmbares Geräusch, als würde jemand tief einatmen, direkt ins Mikrofon.

Natascha erstarrte. Sie hörte ein dumpfes Knacken, als ob jemand das Signal absichtlich dämpfte. Und plötzlich, für einen Sekundenbruchteil – eine Stimme? Kein Wort, kein klarer Satz. Nur ein tiefer, verzerrter Laut, etwas Unmenschliches, durchbrochen von einem leisen, metallischen Echo.

»—ssst—ncht—sstsst—«

Dann war es weg. Der Bildschirm blieb für ein paar Sekunden stehen. Dann flackerte er, und plötzlich tauchte eine Fehlermeldung auf:

Verbindungsproblem. Netzwerkfehler – Bitte überprüfen Sie Ihre Einstellungen

Ihr Magen zog sich zusammen. Sie drückte hektisch auf *neu verbinden*. Sekundenlang geschah nichts. Dann ein erneutes Flackern und Maliks Gesicht erschien wieder.

»Was war das denn?«, fragte er verwirrt.

»Ich weiß es nicht«, log sie, während ihr Herz gegen die Rippen pochte, als würde es Alarm schlagen wollen. Fing es nicht immer genau so an? Erst kleine Störungen. Dann Sperrungen. Und dann ein Besuch des »Finanzamts« oder einer anderen Behörde, die alle nichts Gutes wollten.

Natascha versuchte, sich nichts anmerken zu lassen und fuhr einfach fort, blieb aber bewusst vage in ihren Erzählungen. Für den Fall der Fälle.

»Vor ein paar Tagen habe ich ein Bild von einer leeren Bäckerei gepostet, mit einem Kommentar dazu, wie absurd es ist, dass sie keine Arbeitskräfte mehr finden, nachdem sie alle ›Nicht-Einheimischen‹ loswerden wollten. Der Post war innerhalb von Minuten verschwunden. Und dann gestern: Ich wollte einen Screenshot von den verschwundenen Inhalten posten, und mein Account war plötzlich gesperrt. Ohne Begründung.«

»Du musst echt vorsichtig sein, Natascha.«

»Ich weiß.« Sie senkte den Blick. »Aber wenn ich die Klappe halte, kann ich nicht mehr in den Spiegel schauen.«

Sie schwiegen eine Weile. Dann sagte er leise: »Ich vermisse dich.«

Sie schluckte. »Ich dich auch.«

Sein Blick wurde weicher. Er sah sie an, als würde er sich jedes Detail einprägen wollen. Die Art, wie sie den Kopf hielt, wie ihr Atem sich leicht beschleunigte. Maliks Gesicht kam näher an die Kamera, als wolle er mehr von ihr sehen, als wäre das Bild allein nicht genug.

»Ich wünschte, ich könnte…« Er brach ab. Der Satz blieb offen, als Einladung, nicht als Bitte.

Natascha lächelte kaum sichtbar. Ihre Hand lag still neben der Tastatur. Ganz kurz bewegte sich ihr Daumen, als hätte er jemanden berührt, den es dort gar nicht gab. Und plötzlich war sie nicht mehr allein in dieser Wohnung. Nicht mehr vor einem kalten Bildschirm. Er stand nun in ihrer Küche – barfuß auf den kühlen Fliesen, in Boxershorts, das T-Shirt vom Schlafen noch ein wenig zerknittert. Sein Blick halb verschlafen, halb schmunzelnd, während er den Espressokocher befüllte.

»Zucker oder Liebe?«, hatte er einmal gefragt, den Löffel im Mund, während er Bohnen mahlte und sich dabei gegen das Regal lehnte. Sie fühlte auch jetzt noch, wie er sich manchmal einfach so hinter sie gestellt und seine Hände auf ihre Taille gelegt hatte, sein warmer Atem an ihrem Ohr.

Vor dem Haus startete ein Auto, der Motor brummte auf. Ein dumpfes Poltern auf der Straße, vielleicht eine Autotür, vielleicht etwas anderes. Die Szene zerbrach wie Glas. Die Küche war leer, sie allein.

»Hör auf«, flüsterte sie. »Sonst halte ich es nicht aus.«

Er schloss die Augen. »Ich schwöre dir, irgendwann wird es wieder anders.«

»Versprochen?«

»Hoch und heilig.«

Hinter Natascha wurde die Tür einen Spalt weit aufgeschoben. Malik sah es aus dem Augenwinkel und seine Miene hellte sich sofort auf. Ein kleines Gesicht lugte hervor. Strähnen von zerzaustem Haar fielen über die Stirn, die Augen noch halb geschlossen, aber voller Neugier.

»Mama?« Die Stimme ihrer jüngsten Tochter klang verschlafen.

Natascha zuckte zusammen, fuhr instinktiv mit der Hand an die Laptop-Kamera, als müsste sie Malik verstecken. Dann atmete sie aus. Es war nur ihre Tochter.

»Oh, Baby, du solltest schlafen!«

»Ich will Malik sehen.«

Malik lachte. »Hey, kleine Maus!«

Das Mädchen kletterte auf Nataschas Schoß, ihre Finger winzig und warm, als sie sich an ihrer Mutter festhielt. Ihre großen Augen fixierten den Bildschirm. »Warum bist du nicht hier?«

Malik seufzte. »Bald, Prinzessin. Sobald ich kann.«

Sie nahm seine Worte als absolute Wahrheit. Kinder zweifelten nicht. Kinder glaubten.

Hinter ihr tauchte ihr älterer Bruder auf. Natascha hatte seine Schritte kaum gehört, aber plötzlich war auch er da, mit dieser ehrlichen Begeisterung, die sie so sehr liebte und so sehr fürchtete.

»Malik!« Sein Gesicht leuchtete auf. »Ich hab' heute ein Bild von deinem Graffiti gesehen!«

»Echt? Wo?«

»Mama hat mir Bilder gezeigt. Ich finde das voll cool.«

Malik grinste stolz. »Danke, Kleiner.«

Sein Lächeln war echt, aber hinter der Freude lag ein Schatten. Natascha wusste, was er dachte: »Was, wenn sie nie wirklich verstehen, warum ich weg bin? Was, wenn sie aufwachsen und meine Abwesenheit nur als

Lücke spüren, ohne den Grund dahinter zu begreifen? Was, wenn das nie endet?«

Natascha legte eine Hand auf den Kopf ihrer Tochter. »Okay, ihr zwei, jetzt aber wieder ins Bett.«

»Nur noch eine Minute«, protestierte das Mädchen und kuschelte sich an ihre Mutter. In ihrer kleinen Welt gab es keine Verfolgung, keine Zensur, keine Angst. Nur die Wärme von Mamas Armen, die Stimme aus dem Laptop, ein Gesicht, das ihnen sagte, dass alles gut werden würde. Alles, was sie wollten, war eine Minute mehr.

Malik sah sie an, lächelte, aber in seinen Augen lag etwas Trauriges. Die Widersprüchlichkeit dieses Moments war erdrückend – ihre Unschuld, sein Wissen.

»Ich wünschte, ich könnte euch in echt umarmen.«

»Wir auch.« Natascha zog ihre Tochter fester an sich, als könnte sie die Zeit einfrieren. Dann küsste sie ihre Stirn. »Wir auch.«

Zweites Kapitel

PURE REINHEIT

Als Joe Novotny an diesem Morgen die Tür zu seinem neuen Unternehmen aufschloss, spürte er zum ersten Mal eine seltsame Beklemmung. Die einst florierende Autowaschanlagen-Kette *Glanz & Sauber*, die er vor wenigen Wochen für einen Spottpreis übernommen hatte, stand still. Gespenstische Ruhe, als hätte jemand die Zeit angehalten. Keine summenden Maschinen, kein plätscherndes Wasser auf dreckige Karosserien, kein geschäftiges Treiben der Mitarbeiter, keine Kundschaft. Die Hallen waren erfüllt von einem seltsam abgestandenen Geruch, einer Mischung aus altem Reinigungsmittel und feuchtem Beton. Die Werbeschilder, einst leuchtend und einladend, waren verstaubt, die bunten Aufkleber an den Scheiben begannen sich an den Rändern zu lösen. In der Ecke der Empfangstheke stand eine vergessene Kaffeetasse, der Inhalt längst eingetrocknet.

Die Bildschirme des Kassensystems blieben schwarz, und als Novotny versuchte, die Hauptsteuerung zu aktivieren, gab es nur ein kurzes, verzweifeltes Aufblinken, als würde das System nach einem Impuls suchen, der nicht mehr kam. Draußen vor der Halle stand eine einzelne Taube auf dem staubbedeckten Asphalt seltsam starr herum. Sie schien ihm Vorwürfe zu machen, alles ruiniert zu haben. Ein unbestimmtes Gefühl kroch in ihm hoch. Hatte er einen Fehler gemacht? Hatte er etwas übersehen, als er sich auf dieses Geschäft eingelassen hatte? Der Stillstand lag nicht nur in den Maschinen – er war überall.

Jahrelang hatte er als leitender Mitarbeiter für das Unternehmen gearbeitet, immer im Schatten eines Albaners als Chef. Nun, da er hier stand, fragte sich Herr Novotny zum ersten Mal, ob er sich vielleicht geirrt hatte. Der ehemalige Besitzer, dieser Mann mit dem Namen, den er nie richtig hatte aussprechen können, hatte etwas an sich gehabt, das Novotny immer irritiert hatte – eine unaufgeregte Leichtigkeit, eine fast schon dreiste Art, Geschäfte zu führen, die dennoch erstaunlich erfolgreich gewesen war. Ein Kerl, der nie den Eindruck machte, sich zu sorgen, der mit Kunden lachte, sich Zeit nahm, um mit den Arbeitern einen Kaffee zu trinken, als wäre das hier nicht einfach nur ein Betrieb, sondern eine Art Gemeinschaft. Eine Mentalität, die Novotny als fahrlässig empfand. Doch rückblickend musste er zugeben: Die Kunden hatten ihn geliebt, die Zahlen stimmten, und das Geschäft war gelaufen.

Er konnte sich noch gut an die für Hochzeiten polierten und mit Blumen geschmückten Autos erinnern, an die Sommerabende, wenn die letzte Schicht gerade aufräumte und die jungen Männer mit ihren tiefergelegten Schlitten noch schnell eine Handwäsche machen wollten. An die Taxifahrer, die sich hier in den Pausen trafen, scherzten, rauchten und einander halfen, wenn einer Probleme mit der Lichtmaschine oder der Servopumpe hatte. Die Bauarbeiter, die ihre Firmenwagen mit der gleichen Sorgfalt pflegten wie ihr eigenes Kind. Die Männer aus den umliegenden Vierteln, die hier Stammkunden waren, mit ihren Familienkombis, Transportern und alten BMWs, in denen der Innenraum nach Minz-Kaugummi und Lederpflegemittel roch.

Und heute? Nichts davon war geblieben.

Novotny schob die Hände in die Hüften. »Eine vorübergehende Flaute«, murmelte er zu sich selbst. »Wir brauchen was Neues.«

Seit der Übernahme hatte er alles versucht: Neue Preisstrukturen, aggressive Werbekampagnen, eine effizientere Betriebsweise. Aber die Kunden blieben weg. Novotny ballte die Fäuste. Nein, das hier war kein Fehler. Es war eine Herausforderung. Und er würde beweisen, dass Disziplin und Ordnung am Ende immer gewinnen.

Novotny war ein massiger Mann, dessen Körperhaltung stets etwas Herausforderndes an sich hatte. Sein breites Gesicht wirkte, als würde es nie ganz entspannen, seine Mundwinkel blieben oft in einem skeptischen Zug hängen. Die dünner werdenden Haare hatte er akkurat zur Seite gekämmt, als könnte akribische Ordnung sein leicht aufbrausendes Temperament zügeln. Sein Bauchansatz, Zeugnis eines Lebensstils, der wenig Bewegung und eine Vorliebe für deftige Speisen beinhaltete, spannte sich unter dem Jackett. Wenn er ging, dann mit einem festen, energischen Schritt, als wolle er die Erde unter sich beeindrucken. Doch jetzt, als er durch die verwaisten Hallen der Hauptfiliale schritt, wurde ihm schon mulmig zumute. Auch die meisten der früheren Arbeitskräfte waren weg – die Männer, die mit routinierter Präzision die Autos poliert und mit Kunden gescherzt hatten.

Nur einer war geblieben. Kevin. Ausgerechnet Kevin. Von all den Mitarbeitern, die die Waschanlage je gesehen hatte, war er derjenige, auf den auch Novotny am liebsten verzichtet hätte. Ein Kerl, der sich mit einer beneidenswerten Selbstverständlichkeit der Arbeit entzog, wenn niemand hinsah. Er hatte sich immer in den Randbereichen der Anlage herumgedrückt, irgendwo zwischen Raucherpause und Pseudo-Fleiß, ohne je wirklich aufzufallen. Doch jetzt war er der Letzte.

Als Novotny die Tür zum kleinen Pausenraum aufstieß, fand er ihn genau dort vor: Der Plastikstuhl quietschte leise, als Kevin sich noch ein Stück tiefer in die Lehne sinken ließ. Die Füße auf dem gegenüberliegenden Stuhl abgelegt, ein halb leerer Kaffeebecher balancierte auf seinem Bauch. Über ihm flackerte die Neonröhre und summte leise, genau wie der alte Getränkeautomat in der Ecke, der seit Wochen nur noch lauwarme Suppe ausspuckte.

»Chef«, begrüßte ihn Kevin blöd grinsend, ohne sich zu erheben. »Alles ruhig hier.«

Novotny kniff die Augen zusammen. Das konnte doch alles nicht wahr sein. Er hätte den Kerl am liebsten hochkant rausgeworfen, aber dann hätte er überhaupt niemanden mehr. Er atmete tief durch. Kevin blieb also. Und mit ihm der Stillstand.

Er trat an die große Glasfront, sah hinaus auf die leere Straße. Ein kalter Windstoß ließ ein Stück Papier über den Asphalt wirbeln. Er biss die Zähne zusammen, straffte die Schultern. Er musste sich zusammenreißen. Disziplin. Ordnung. Das war es, worauf es ankam.

»Du sitzt hier rum, als wäre das ein verdammtes Sanatorium. Draußen ist nix los! Null! Und du hängst hier, als wärst du die Königin von Saba!«

Kevin wackelte mit dem Fuß, quittierte den Satz mit einem frechen Augenzwinkern.

»Verdammt noch einmal: Komm in die Gänge, Bursche! Ich will wenigstens ein bisschen Einsatz! Wir brauchen jetzt Tatkraft und Elan. Die Leute da draußen müssen spüren, dass wir hier bei der Sache sind, was Neues machen! Sie brauchen ein neues Lebensgefühl! Etwas, das sie hereinlockt zu uns!«

Kevin drehte den Becher langsam zwischen den Fingern. »Ja. Und was soll ich da tun?«

Novotny schnaubte. »Hör auf mit der Jammerei! Die Leute sind da draußen, verdammt. Sie fahren Autos, sie haben nur andere Prioritäten.«

Kevin ließ den Becher auf dem Tisch klacken, richtete sich auf. »Chef, bitte. Früher sind wir an einem Samstag hier gestanden und haben nicht mehr gewusst, wo vorne und hinten ist. Alles voll mit Taxis, Lieferwagen, Familienkutschen. Schau dich jetzt mal um: Null Komma Josef.«

Novotny winkte ab. »Die Gewohnheiten haben sich geändert.«

Kevin schüttelte den Kopf, langsam. »Nein. Sie sind weg.«

»So ein Scheiß …«

»Doch! Wir haben sie rausgeschmissen.«

»Komm mir jetzt nicht mit diesem linksversifften Dreck. Als ob wir auf ein paar Ausländer angewiesen wären.«

Kevin musterte ihn einen Moment, dann lehnte er sich wieder zurück. »Glaub, was du willst. Aber du kannst schwarz-weiß-goldene Waschbürsten aufstellen, du kannst jedem Kunden eine Fahne in die Hand drücken und einen Orden umhängen. Das wird nichts ändern – weil's keine Kunden hier gibt!«

Novotny wandte sich ab. Draußen heulte der Wind über den leeren Parkplatz. Ein altes Reklameschild klapperte in der Böe. »Komm jetzt endlich in die Gänge, Kevin! Oder …«

Kevin nahm einen letzten Schluck Kaffee, stellte den Becher neben sich ab. Dann hob er angestrengt die Füße vom Stuhl und folgte seinem Chef. Es half ja nichts. Job war Job.

Dann, endlich, das vertraute Klingeln der Türglocke. Novotny drehte sich überrascht um.

Ein Mann mittleren Alters trat ein. Er trug ausgewaschene Jeans und eine abgetragene Windjacke, die an den Ärmeln ausgefranst war. Seine Schritte waren zögerlich, als fürchtete er, hier nicht mehr willkommen zu sein. Er blieb einen Moment stehen, ließ den Blick über die Tafel mit den Angeboten gleiten, als könne er sich nicht entscheiden, und trat dann langsam an den Tresen.

»Äh, hallo.« Er räusperte sich, irritiert, weil ihn die zwei Männer anstarrten, als wäre er ein Alien. »Ich hätte gern eine Basiswäsche. Ohne Unterbodenreinigung.« Während er sprach, fingerte er nervös an einem zerknitterten Geldschein, den er aus seiner Hosentasche zog. Es war nicht viel, gerade genug für das einfachste Paket.

Novotny presste die Lippen aufeinander. Wieder nur eine Basiswäsche. Früher hatten die Kunden fast ausschließlich die Premium-Angebote gebucht – Politur, Wachsversiegelung und selbstverständlich Unterbodenpflege und Innenreinigung. Sie hatten Wert auf ein glänzendes, makelloses Fahrzeug gelegt. Jetzt schienen selbst die, die manchmal noch hereinschneiten, nur das Nötigste auszugeben.

Er nahm das Geld mit einem knappen Nicken entgegen und winkte Kevin, der wider Erwarten herbeischlurfte. »Weise den Herrn bei der Einfahrt ein.«

Kevin führte den Mann zu seinem Auto, während Novotny im Kundenbereich stehen blieb und nicht ganz wusste, was er nun tun sollte, nachdem der Kunde versorgt war. Sein Blick fiel auf eine vergilbte Fotografie an der Wand, ein Relikt aus der Vergangenheit. Sein ehemaliger Chef, der Mann, der ihn jahrelang herumkommandiert hatte, lächelte ihn von oben herab schief an. Novotny kniff die Augen zusammen. Wie er dreinschaute – die Hände verschränkt, den Kopf in den Nacken gelegt, stolz auf das, was er erreicht hatte.

»So so, alter Freund«, begann Novotny laut, mit der Überzeugung eines Mannes, der sich selbst Mut zuspricht. »Hast wohl gedacht, du bist der König des Autowaschens. Was sagst du jetzt?« Er streckte eine Hand aus, als würde er das Foto direkt ansprechen. »Das ist meins! Alles meins!« Und dann, als könne er es selbst nicht ganz glauben: »Jetzt machen wir es hier richtig!«

Die Regierung hatte erst kürzlich das Tempolimit auf Autobahnen auf 180 Kilometer pro Stunde erhöht. Eine Maßnahme, die als Freiheitsakt verkauft wurde, als Rückkehr zu alten Werten. Das Auto galt als Symbol nationaler Stärke, der schnelle, laute Motor als Ausdruck des ungebändigten Willens. Kein Mensch sollte gezwungen sein, langsam zu fahren wie anderswo, wo Angst und Regulierung den Straßenverkehr erstickt hatten. Ab jetzt wurde frei gefahren, nicht mehr auf Energieverbrauch oder Emissionen herumgeritten.

Für Novotny bedeutete das freilich etwas anderes: Mehr Geschwindigkeit, mehr Dreck, Insekten, aufgepeitschter Staub – die Autos würden viel schneller verschmutzen als zuvor. Das war eine Chance. Eine Höchstgeschwindigkeitswäsche für wahre Patrioten. Spezielle Programme für jene, die sich nicht mit Tempo 120 zufriedengaben, sondern das Leben auf der Überholspur lebten.

Als drüben die Anlage für den Kunden mit dem alten Volkswagen zu rattern begann und der süßliche Orangenblütengeruch des hochalkalischen Vorreiniger-Konzentrats sich bis in den Kundenraum breitmachte, war sie da, die Erinnerung.

»Und wir machen eine Wäsche für echte Männer«, murmelte Novotny, trat einen Schritt von dem Bild zurück und sog das Aroma noch einmal ganz tief ein.

Sommer. Er war zehn, vielleicht elf Jahre alt. Sein Großvater saß auf einem Holzschemel im Hof, die Ärmel hochgekrempelt, das Gesicht von der Sonne gegerbt. Neben ihm stand ein alter Emaille-Kübel, gefüllt mit Wasser. Kein chemischer Schaum, kein Hochdruckfirlefanz – nur Wasser, ein altes T-Shirt als Putzfetzen und ein Schuss Apfelessig.

Vor ihnen stand sein Fahrrad – sein ganzer Stolz. Es war nicht neu, nicht teuer, aber es war seins. Der rote Rahmen hatte Kratzer von all den Abenteuern, die sie gemeinsam erlebt hatten. Die Speichen waren mit feinem Staub überzogen, ein getrockneter Schlammspritzer am Hinterrad erinnerte an die letzte wilde Fahrt über die Feldwege. Er hatte es sich zusammengespart – über Wochen, Monate –, hatte Rasen gemäht, Leergut der Nachbarn eingesammelt, jede Münze in sein Sparschwein geworfen. Und jetzt, wo es schmutzig war, musste es wieder in Ordnung gebracht werden. Denn es war mehr als nur ein Fahrrad. Es war Freiheit. Der Wind im Gesicht, die schnellen Abfahrten, das Kribbeln im Bauch, wenn er die Pedale hochtreten ließ und die Reifen auf dem Kies knirschten.

Sein Großvater tauchte das Tuch ins Wasser, wrang es aus und begann mit ruhigen, gleichmäßigen Bewegungen den Rahmen abzureiben. »Schau, Bub«, brummte er dabei, »ganz langsam muss man das machen. Mit Gefühl. Alles braucht seine Zeit.«

Er hockte daneben, nahm das Tuch selbst in die Hand und fuhr über die Speichen. Er sah, wie das Wasser den Dreck löste, wie der Rahmen wieder glänzte – als würde das Fahrrad bei jedem Mal Drüberwischen ein Stück von seiner Seele zurückbekommen.

Auch damals war alles sauber geworden. Ohne blumigen Duft, ohne extra Versiegelung, ohne lackschonende Programme. Nur mit Geduld, Wasser, einem

Schuss Essig – und der Liebe zu den Dingen, die einem wirklich etwas bedeuteten.

Novotny starrte weiter auf das Foto seines ehemaligen Chefs. Dieses verdammte Grinsen. Diese lässige Haltung, als ob er selbst jetzt noch – selbst auf diesem Bild – die Oberhand hätte.

»Du denkst, du hast hier immer noch das Sagen, hä?«, murmelte Novotny. Sein Kiefer mahlte, als er die Hände auf den Tresen stemmte. »Jetzt wird hier alles neu!«

Der Albaner hatte es eilig gehabt, das Geschäft loszuwerden, Novotny musste nur abwarten. Erst kamen die neuen Vorschriften, dann die ständigen Kontrollen. Plötzlich tauchten Inspektoren auf, prüften jede Rechnung, jeden Arbeitsvertrag, fanden hier einen fehlenden Nachweis, dort eine angeblich nicht erfüllte Auflage. Die Behörden erließen neue Regelungen, auf einmal war eine zusätzliche Gewerbeerlaubnis notwendig, eine Betriebskontrolle wurde angekündigt – eine, die nie gut ausging. Eine Frist wurde gesetzt. Und dann noch eine. Und dann war plötzlich keine Zeit mehr. Wer nicht freiwillig ging, musste mit Beschlagnahmung rechnen.

Also verkaufte der Mann, oder besser gesagt, er musste verkaufen. Und schnell. Kaufinteressenten gab es nicht viele und Herr Novotny war schon da, hatte sich das Schauspiel in erster Reihe fußfrei angesehen, beobachtet – und zugeschlagen, als der Preis tief genug gesunken war. Sein ehemaliger Chef hatte ihm beim Abschied nicht einmal mehr in die Augen sehen können. Zwei Tage später war er weg.

Novotny sah zu Kevin hinüber, der gerade den Kunden betont langsam zu seinem Auto winkte. Der Kerl trieb ihn in den Wahnsinn. Um nicht komplett auszurasten, nahm er noch einen tiefen Atemzug vom süßlich-schweren Orangen-Aroma, ließ es durch seine Lungen strömen, bis es in seinem Kopf kribbelte. Das konnte so nicht weitergehen. Autos wusch man einfach mit den eigenen Händen. Ohne computergesteuerte Automaten. Ohne Programme für Leute, die zu faul waren, selbst anzupacken. Der Gedanke schoss wie ein Befehl durch seinen Schädel. Ab jetzt machte jeder Fahrer es selbst. Denn so war es richtig. Alles andere war Dekadenz. *Wer sein Land liebt, baut es selbst auf. Wer sein Auto liebt, wäscht es selbst.* Novotny sah die Worte vor sich, ein flammender Slogan am Himmel, wie eine Vision.

Ein riesiger Hof dehnte sich vor seinem inneren Auge aus, der schwarze Asphalt so sauber, als wäre er mit Fett poliert worden. Dann ein Geräusch – das tiefe, grollende Atmen eines Motors, das von den Wänden widerhallt. Ein Auto, das kein Auto ist, sondern eine Festung aus Stahl, die Karosserie wie ein massiver Felsblock, die Reifen grob wie Bergrücken, die Scheinwerfer wie zwei unbewegliche Augen, die alles prüfend fixieren. Kein verweichlichtes Hybrid-Spielzeug, kein leise summender Elektromüll. Die Maschine verstummt mit einem tiefen Knurren, dann öffnet sich langsam die Tür. Ein Mann steigt aus, ohne Unsicherheit, ohne hektisches Hantieren mit Touchscreens, ohne zögerndes Herumfingern an Kunststoff-Knöpfen. Er rollt die Ärmel hoch, eine Bewegung so endgültig wie ein Schwur.

Die Waschanlage ist verschwunden. Es gibt nur noch das Firmament, weit und golden wie ein ewiger Nachmittag, die Sonne ein glühendes Siegel am Horizont. Das Wasser im Kübel schimmert metallisch, ein stilles Spiegelbild, in dem sich keine Unreinheit hält – *so wie das Blut der Erde.* Der Mann taucht das grobe Leinentuch hinein, die Oberfläche kräuselt sich. Ein Schuss Apfelessig. Dann setzt er an, langsam, bedacht. Kein hektisches Schrubben, keine mechanische Bewegung – sondern Andacht. Es gibt keine Eile, keine unnötige Hast. Nur einen Mann und sein Auto. Kein Parfum. Keine Zusatzstoffe. Pur. Rein. Der Lack glänzt nicht künstlich, sondern tief, als hätte das Metall eine neue Haut bekommen.

Novotny blickte in die Ferne.

Bzzzt. Das Kassensystem flackerte plötzlich auf, als hätte es seine Gedanken gehört. Da war sie wieder, diese komische Taube, den Kopf leicht geneigt, als würde sie ihm direkt in die Augen starren. Er schaute verächtlich in Richtung des stummen Fotos an der Wand.

»So sieht das jetzt aus, mein Lieber. Wir machen das jetzt my way!« Er schnaubte zufrieden. Das war es. Keine faulen Kompromisse. Ein Mann, ein Auto, eine Aufgabe. Wer hierherkam, suchte nicht nach Bequemlichkeit. Er suchte nach Ehrlichkeit.

»Oh, das ist jetzt wirklich unangenehm«, murmelte plötzlich eine Stimme hinter ihm.

Novotny fror ein. Kevin stand in der Tür, direkt neben dem Kunden, der sich eine Hand vors Gesicht hielt, als würde er sich ein Lachen verkneifen.

»Haben Sie gerade … mit dem Bild gesprochen?«, fragte der Kunde vorsichtig.

Novotny blinzelte. Sein Mund öffnete sich, schloss sich, öffnete sich wieder. »Ich … ich habe nur … laut nachgedacht.«

Es entstand eine unangenehme Pause, in der Novotnys Ohren zu glühen begannen. Kevin und der Kunde tauschten einen Blick. Dann drehte sich der Kunde um, bedankte sich für die Basiswäsche und verließ den Raum.

Kevin nahm einen letzten Schluck seines kalten Kaffees und verzog das Gesicht spöttisch.

»Und was ist mit den Frauen, Chef? Oder meinst du, die brauchen keine besondere Wäsche?«

Novotny schnaubte. Wie lange hatten die zwei Idioten schon in der Tür gestanden?

»Natürlich brauchen sie das – aber keine alberne Wellness-Show mit Orangenduft und Glitzerlack, du Vollidiot! Verpiss dich irgendwo anders hin!«

Sanft, fast zärtlich strich er über den Rand einer alten Broschüre der Waschanlage, die schon seit mindestens vier Jahren auf dem Pult lag: eine glückliche Familie, die in ihren blitzblanken Kombi einsteigt. Vater fährt, Mutter lächelt, die Kinder auf dem Rücksitz wohlbehütet. Ein Bild von Ordnung und Beständigkeit. Genau das brauchte es wieder.

Er hob den Kopf und sprach mit fester Stimme: »Die Heimatwäsche.«

Kevin blinzelte träge. »Die was?«

Novotny zuckte zusammen. »Hab' ich nicht gesagt, du sollst dich –« Er gab es auf. »Die Heimatwäsche! Wir machen eine Spezialwäsche für Frauen, die noch wissen, was Verantwortung bedeutet. Die ihren Wagen mit der gleichen Sorgfalt behandeln wie ihr Zuhause. Die nicht nur für sich fahren, sondern für ihre Familie, für ihre Kinder, für das große Ganze.«

Kevin schnaubte leise. »Hm.«

Novotny wartete. »Hm – was?«

Kevin zuckte mit den Schultern. »Nichts. Klingt … gut.«

»Das ist mehr als gut. Das ist notwendig. Die Leute brauchen jetzt Orientierung, Werte.«

Kevin zuckte erneut die Schultern. »Was soll ich sagen? Autos brauchen Wasser und Putzmittel …«

»Wenn du dich nicht aufführen würdest wie ein verdammter Zirkusaffe und stattdessen mal was tun würdest, dann hätten wir auch mehr Kunden! Aber nein, du stehst hier rum, glotzt, als wärst du Zuschauer! Was hast du eigentlich den ganzen Tag gemacht? Ich sehe hier nichts, was du erledigt hast!«

Kevin ließ den Blick durch die verlassene Waschanlage schweifen. »Gibt halt nicht viel zu tun, wenn keiner kommt.«

Das war der Moment, in dem Novotny die Beherrschung verlor. »Weißt du was? Ende! Das war's. Du bist hiermit gekündigt. Nimm deinen Scheiß und hau ab.«

Kevin blinzelte, dann kratzte er sich am Nacken.

»Sicher?«

»Raus mit dir!«

»Na gut.« Er schob sich die Kappe auf den Kopf, zuckte mit den Schultern. Dann, mit gesenktem Blick: »Vielleicht eh nicht so schlecht… Gibt ja ein paar Sachen, die man machen kann…«

Novotny funkelte ihn an. »Ach ja? Was denn?«

Kevin zog den Reißverschluss seiner Jacke hoch. »Naja, gibt hier und da… Möglichkeiten.«

»Was für Möglichkeiten?«

Kevin trat zur Tür, öffnete sie, drehte sich noch einmal um.

»Keine Ahnung. Gibt ja so viele Förderungen für alles Mögliche gerade…« Er grinste flüchtig – nicht arrogant, nicht triumphierend. Nur ein bisschen ratlos. Dann war er weg.

Novotny blieb zurück. Nur er. Und draußen, auf dem staubbedeckten Hof, die regungslose Taube am Asphalt. Sie starrte ihn an, ohne zu blinzeln.

Drittes Kapitel

SYSTEM ERROR

Die Konzernzentrale der *Kohlenberger Metall AG* erhob sich wie eine trutzige Festung aus Stahl und Glas über der Stadt. Ein Monolith der Industrie, vierzig Stockwerke hoch, mit einer Fassade, die das fahle Licht der Sonne in alle Himmelsrichtungen spiegelte.

Dr. Maximilian Weissenfels stand in seinem Büro im obersten Stockwerk und ließ den Blick über die Straßen unter ihm schweifen. Alles war ruhig, geordnet, effizient. Er wandte sich seinem Schreibtisch zu, einem massiven Mahagoni-Möbelstück mit eingelassenem Bedienfeld für seine elektronischen Geräte. Sein Computer funktionierte nicht. Das Mail-Programm fror ein, der Cursor bewegte sich träge, dann wurde der Bildschirm schwarz. Schließlich erschien eine Fehlermeldung:

System Error 53: The network path was not found.

Er stieß ein verärgertes Schnauben aus, griff zum Telefon und wählte die Durchwahl der IT-Abteilung. Es tutete. Einmal. Zweimal. Dreimal. Viermal. Niemand hob ab. Er versuchte es erneut, diesmal über die Personalverwaltung.

»Ja, Herr Weissenfels?«, meldete sich eine überforderte Stimme.

»Ich brauche sofort jemanden aus der IT, mein Computer reagiert nicht.«

Die Frau am anderen Ende zögerte. »Ähm… Herr Weissenfels, die IT ist momentan… unterbesetzt.«

»Unterbesetzt?«, wiederholte er ungläubig. »Das ist ein Milliardenkonzern, und ich bekomme keinen IT-Support?«

»Wir haben fast unser gesamtes IT-Team verloren. Wegen der Remigration.«

Er schwieg. Er hatte gewusst, dass es Einschnitte geben würde. Aber so konkret hatte es ihn noch nicht getroffen. Zumindest nicht ihn persönlich. Er legte auf, nahm sein Sakko und machte sich selbst auf den Weg in die IT-Abteilung, die sich in einem der unteren Stockwerke befand. Sanfte Fahrstuhlmusik im Aufzug. Als die Tür sich öffnete, trat er in einen nüchternen, kargen Flur. Kein Teppich, kein Hochglanz-Holz, nur grauer Linoleumbelag. Die IT-Abteilung war funktional gehalten, früher ein pulsierender Ort voller junger Angestellter, die mit schnellen Fingern über Tastaturen tippten, Fehler analysierten, Netzwerke aufrechterhielten. Jetzt war es still.

Er ging den Flur entlang, vorbei an leeren Arbeitsplätzen, an vergessenen Kaffeetassen, an Notizzetteln, die niemand mehr lesen würde. Dann blieb sein Blick an einer Tür hängen. *IT-Administration* stand darauf. Darunter ein verblichenes Schild mit den Namen der Mitarbeiter: *Zeydan, Rahmani, Braun, Öztürk, Nguyen, Kumar, Deveci, Güzel, Joncic, Jovic, Kosian, Lal, Muharremoglu, …*

Seine Hand erstarrte kurz vor der Türklinke. Natürlich. Er hatte die Namen nie bewusst wahrgenommen. Aber jetzt war es glasklar.

Er drückte die Tür auf. Nur ein einziger Angestellter saß in dem leeren Großraumbüro. Ein Mann, Mitte fünfzig, mit blassem Gesicht, eingefallenen Wangen und müden Augen, die von endlosen Nachtschichten erzählten. Vermutlich Herr Braun, dachte Direktor Weissenfels. Auf seinem Schreibtisch standen drei Monitore

– zwei davon schwarz, einer mit kryptischen Fehlermeldungen. Der Mann drehte sich langsam um.

»Oh. Herr Weissenfels.« Er klang verdutzt und zugleich ängstlich.

»Mein Computer funktioniert nicht. Ich brauche Zugang zu meinen E-Mails.«

Der IT-Mitarbeiter sah ihn einen Moment lang an, als müsse er erst verarbeiten, dass der Vorstandsvorsitzende persönlich vor ihm stand. Dann fuhr er sich mit einer zitternden Hand durch das Haar und sagte mit belegter Stimme: »Ja… wahrscheinlich ein Netzwerkproblem.«

»Wer kann sich darum kümmern?«

Der Mann lehnte sich in seinem Stuhl zurück. »Nun… wir waren mal zwanzig Leute hier. Jetzt sind wir noch vier. Ich bin eigentlich nur für den Handy-Support zuständig. Unser Netzwerkadministrator wurde letzten Monat abgeschoben. Der Systemingenieur auch. Der Rest hat gekündigt und ist auch fort.«

Das fahle Neonlicht flackerte leicht, warf harte Schatten auf die unaufgeräumten Schreibtische. Die Atmosphäre in der IT-Abteilung hatte etwas grabähnliches.

»Und wer macht das jetzt?«

Braun hob den Blick. »Niemand.«

Ein mulmiges Gefühl kroch Weissenfels den Nacken hinauf. »Was heißt ›niemand‹?«

Braun drehte seinen Bildschirm in die Richtung des Direktors. Er zeigte ein Terminalfenster voller Fehlercodes, rote Zeilen über rote Zeilen.

»Die Netzwerke laufen aktuell noch, weil sie laufen. Verstehen Sie? Solange keiner was anfasst, geht es irgendwie. Aber wenn irgendwo was abstürzt, ein Server neu gestartet werden muss, ein Datenbankfehler kommt… Dann war's das.«

Weissenfels' Augen verengten sich. »Was genau heißt ›dann war's das‹?«

Braun zuckte mit den Schultern. »Dann fährt die gesamte Firmen-IT runter. Zugriff auf Lieferketten, Bestellvorgänge, Maschinensteuerungen – weg. ERP-System? Offline. Kundenanfragen? Fehlanzeige.« Er zog die Augenbrauen hoch. »Stellen Sie sich vor, Sie haben eine Fabrik mit lauter Maschinen, aber niemand hat mehr die Bedienungsanleitung. Und irgendwann geht einfach der Strom aus.«

Weissenfels' Kiefer mahlte stärker. In der Produktion die Maschinenführer, in der Verwaltung die Buchhalter, in der Technik die Ingenieure. Die Lohnkosten waren zuletzt um über 60 Prozent gestiegen. Wo früher fünfzig Bewerber um eine Stelle konkurriert hatten, gab es heute kaum noch welche.

Genau davor hatten er und die anderen Industriekapitäne immer gewarnt, immerhin ging es um die Wettbewerbsfähigkeit am Weltmarkt. Seit Monaten erhielt er Anrufe aus Indien. Dort hatte die *Kohlenberger AG* bereits eine Niederlassung, die ursprünglich für Zulieferteile gedacht war. Die Inder sahen ihre Chance. Die *Papi Group*, *Dhirubhal Industries*, *Mohnundra* – alle wollten Kooperationen. Die indische Regierung selbst hatte ihn eingeladen. Sie boten Steuererleichterungen, modernste Produktionsstätten, eine zuverlässige Infrastruktur und, am wichtigsten: Dort gab es IT-Spezialisten in Hülle und Fülle.

Er hatte die Angebote bislang ignoriert. Aus Stolz, aus Gewohnheit, aus einer tief verwurzelten Überzeugung, dass das geschichtsträchtige Unternehmen im Land bleiben sollte. Seit der Gründung von *Kohlenberger Metall* war die nationale Identität der Firma ein zentrales Element gewesen. Die Idee, eine Verlagerung ins Ausland überhaupt in Betracht zu ziehen, schien ihm bis vor wenigen Monaten noch absurd. Freilich, er hatte den jeweiligen Regierungen immer damit gedroht, damit sie Steuern senkten oder den Standort verbesserten, und es hatte immer funktioniert. Auch die aktuelle Regierung hatte wiederholt betont, dass die Wirtschaft sich anpassen würde, und umfangreiche Hilfspakete geschnürt, um die Auswirkungen des Remigrationsgesetzes abzufangen. Doch es reichte bei weitem nicht. Fachkräfte gab es keine. Bewerber gab es keine. Und die wenigen, die sich fanden, forderten Gehälter, die die Produktionskosten in schwindelerregende Höhen trieben. Seine Konkurrenten im Ausland lachten längst über die Lage, während sie ihre Marktanteile ausbauten.

Ein Knacken über die Lautsprecher der IT-Abteilung unterbrach seine düsteren Gedanken. Irgendwo brummte ein Drucker und spuckte eine fehlerhafte Statusmeldung aus. Weissenfels rieb sich die Schläfen, atmete langsam aus, versuchte, seinen Puls unter Kontrolle zu bekommen.

»Gut. Können Sie das Problem jetzt beheben?«, fragte er schließlich mit angespannter Stimme.

Braun zuckte mit den Schultern. »Haben Sie versucht, den Computer aus- und wieder einzuschalten?«

Weissenfels blinzelte. Ein absurdes Gefühl stieg in ihm auf, das er schon lange nicht mehr gespürt hatte. Er kam sich blöd vor.

Wortlos drehte er sich um und kehrte in sein Büro zurück. Er setzte sich an den Schreibtisch, presste mit leichtem Zorn den Finger auf den Power-Knopf. Der Bildschirm wurde schwarz. Dann wartete er kurz und schaltete ihn wieder ein. Es funktionierte. Sein E-Mail-Programm öffnete sich. Erleichterung – aber nur kurz. Dann griff er zum Telefon.

»Ja, Herr Weissenfels?«

»Verbinden Sie mich mit unserer Niederlassung in Mumbai.«

Viertes Kapitel

NACHJUSTIERUNG

Die Tür flog auf. Alle Köpfe ruckten herum. Familienministerin Steinbach stand im Türrahmen, das Haar leicht zerzaust, den Mantel noch halb über den Schultern – eine Inszenierung, die sie mittlerweile perfektioniert hatte. Ihre Hacken klackten auf dem Marmorboden, als sie schnellen Schrittes zu ihrem Platz eilte.

»Verzeihen Sie meine Verspätung«, sagte sie knapp und ließ sich auf den Stuhl sinken. »Es ist … schwierig, morgens noch einen Kaffee zu bekommen. Die Schlange war endlos.«

Der Wirtschaftsminister, ohnehin in finsterer Stimmung, schnaubte sarkastisch. »Ja, wenn die Leute weg sind, sind Baristas auch eine aussterbende Spezies.«

Steinbach antwortete nicht. Sie griff nach dem Pappbecher, ließ einen genervten Seufzer hören – sie hatte überhaupt nicht warten müssen. Es war ihre Taktik, zu spät zu kommen. Sie hatte sich bewusst Zeit gelassen, um die erste Runde der üblichen Schwanzvergleiche zu umgehen. Wer am frühesten da war, positionierte sich, steckte Territorium ab, etablierte sich als Meinungsführer. Die Männer in der Runde spielten dieses Spiel mit einer Selbstverständlichkeit, die sie gleichzeitig langweilte und anekelte. Also wartete sie. Kam zu spät. Ließ sich erst blicken, wenn die Karten längst auf dem Tisch lagen. Sie war nicht naiv genug zu glauben, dass sie so dem Wettbewerb entkam – aber sie verweigerte wenigstens die erste Runde.

Sie schlug die Beine übereinander, richtete sich auf und sah den Wirtschaftsminister mit säuerlicher Miene an. »Dann sollten Sie sich vielleicht einen neuen Markt erschließen. Mangel erzeugt Nachfrage.«

Kanzler Humpl räusperte sich.

»Bitte! Lassen Sie uns zur Sache kommen. Die Lage ist ernst.«

»Die Lage ist eine Katastrophe!« Der Finanzminister donnerte mit der Faust auf den Tisch. »Wir stehen vor dem wirtschaftlichen Zusammenbruch! Die Hälfte aller Arbeitskräfte ist weg! Ein Drittel unserer Wirtschaftsleistung ist verloren, Herr Kanzler! Und wir diskutieren hier immer noch über Beruhigungspillen für die Bevölkerung?«

»Ruhig, ruhig«, sagte Humpl und hob beschwichtigend die Hand. »Natürlich sind das Herausforderungen.«

»Herausforderungen?!« Der Innenminister rieb sich mit beiden Händen das gerötete Gesicht, man sah ihm an, dass er gerne ein Glas zu sich nahm. »Drei Viertel der Gastronomiebetriebe stehen leer. Ich habe gestern mit dem Inhaber von *Susi's Wursthimmel* gesprochen. Sie erinnern sich? Die berühmte Bratwurstbude mit der hausgemachten Soße? Geschlossen. Kein Personal. Keinen einzigen Bewerber hat es gegeben.«

Schweigen in der Runde. Im großen Sitzungssaal des Kanzleramts hing die Luft schwer. Der lange Tisch aus dunklem Kirschholz glänzte poliert, die Wasserflaschen und Kaffeetassen standen akkurat vor jedem der Minister und der Ministerin. Doch niemand rührte sie an. Die Stimmung war eisig. Kanzler Humpl saß am Kopfende und trommelte mit den Fingern auf die Tischplatte. Sein Blick glitt durch den Raum. Da waren sie, die Männer, die die Geschicke des Landes lenken sollten – alle mit tiefen Falten auf der Stirn, mit angespannten Gesichtern und nervösen Händen. Nur die Familienministerin, die einzige Frau in der Runde, saß aufrecht, nippte an ihrem Pappbecher und schien stoisch den Sturm zu erwarten.

»Also, meine Herren ... und Frau Steinbach.« Humpl nickte ihr zu. »Wir müssen uns der Realität stellen. Die Lage ist schwierig, aber nicht unlösbar. Die Presse ist noch unter Kontrolle, die Bevölkerung hält sich ruhig. Doch wir müssen Maßnahmen ergreifen.«

Der Wirtschaftsminister hustete trocken. »Schwierig ist gut. Herr Kanzler, das Bruttoregionalprodukt der Hauptstadt ist um ein Drittel gesunken. Ein Drittel! Wir reden hier von zig Milliarden, die fehlen! Die Steuereinnahmen brechen weg, die Wirtschaft schrumpft. Die Hälfte aller Arbeitskräfte ist fort. Die Hälfte! In der Gastronomie sind es sogar drei Viertel. Drei Viertel! Der Einzelhandel blutet aus, die Bäckereien schließen reihenweise, und die Bauwirtschaft ist am Abgrund.«

Der Kanzler winkte ab. »Aber die Löhne sind gestiegen. Und das ist gut. Das sorgt für Freude.«

»Ja, anfangs!« Der Finanzminister lehnte sich vor und blickte den Anwesenden reihum bedeutungsvoll in die Augen. »Anfangs waren alle begeistert, weil sie plötzlich das Doppelte verdient haben! Aber dann sind die Preise noch schneller nachgezogen. Die Inflation ist außer Kontrolle! Ein Brot kostet inzwischen das Dreifache, und Benzin ... reden wir nicht davon. Die Kaufkraft ist im Keller, und die Menschen murren, weil sie sich trotzdem nichts mehr leisten können.«

Der Arbeitsminister nickte.

»Und was ist mit den leerstehenden Wohnungen? Das war doch ein Erfolg. Die Mieten sind gesunken.«

»Ja, aber die Immobilienpreise sind eingebrochen!«, polterte der Innenminister, der selbst auch mehrere Liegenschaften in der Stadt und am Land besaß. »Die Häuser sind nichts mehr wert, aber die Kredite müssen weitergezahlt werden! Wissen Sie, wie viele Privatinsolvenzen wir haben? Die Banken fordern die Kredite zurück, und Hunderttausende sind pleite!«

Der Verteidigungsminister verschränkte die Arme und zog eine Braue hoch. Mit einem bitteren Lächeln sagte er: »Manche mussten in ihre eigenen leerstehenden Mietwohnungen ziehen.«

Einen Moment lang herrschte absolute Ruhe im Raum. Dann lachte der Verteidigungsminister trocken auf. »Kein Witz, ich habe hier einen Fall aus der Vorstadt –«, es handelte sich um seinen eigenen Schwager, »ein Mann, zwei Vorsorgeimmobilien, beide vermietet. Dachte, er wäre klug gewesen, hat sich mit den niedrigen Zinsen vor ein paar Jahren zwei Wohnungen für seine Rente gesichert. Dann kam das Gesetz. Seine Mieter mussten gehen. Plötzlich standen beide Wohnungen leer. Die Mieten sanken ins Bodenlose, er fand keine neuen Mieter, wen auch. Und die Bank? Die hat sich nicht für den Leerstand interessiert – die wollte ihre Raten. Irgendwann konnte er sie nicht mehr zahlen.«

Der Innenminister nickte nur.

»Und wissen Sie, was passiert ist?« Der Verteidigungsminister blätterte durch seine Unterlagen. »Er hat sein eigenes Haus verloren. Zwangsversteigerung. Seine Eigentumswohnungen? Weg. Seine einzige Option? In eine seiner leerstehenden Mietwohnungen ziehen – nur diesmal nicht als Vermieter, sondern als Mieter. Er zahlt jetzt für eine Wohnung, die er selbst mal besessen hat.«

Die Familienministerin blies die Luft aus. »Und das passiert überall!« Auch sie besaß einige Wohnungen in bester Innenstadtlage und ein nun wertloses Wochenendhaus im Grünen, das aber freilich abbezahlt war.

»Überall«, bestätigte der Finanzminister (mehrere Zinshäuser). »Wer auf Immobilien gesetzt hat, ist am Ende.«

»Das ist nur ein Beispiel«, fuhr der Verteidigungsminister fort. »Fragen Sie mal die Handwerkskammer! Die Maler, die Klempner, die Elektriker – keiner ist mehr da! Wissen Sie, was es jetzt kostet, eine Toilette einzubauen? 6000! Und es dauert vier Monate, weil es nur noch drei Installateure im Umkreis von 50 Kilometern gibt!«

Der Kanzler schwieg und blickte aus dem Fenster. »Das Volk muss das erdulden«, sagte er schließlich. »Solange die Presse nicht darüber berichtet.«

Der Finanzminister fuhr fort: »Und was die Industrie angeht… Die Unternehmen folgen den Arbeitskräften ins Ausland. *Kohlenberger* hat wieder gedroht nach Indien abzuwandern. Und diesmal scheint es wirklich ernst. Selbst die Autoindustrie verlagert ihre Zulieferketten. Die Länder, die uns zuerst für das Remigrationsgesetz verurteilt haben, öffnen jetzt großzügig die Grenzen für unsere Unternehmen.«

»Und das Schlimmste ist…« Der Innenminister sah betreten zu Boden. »Die Schwarzarbeit floriert. Wir haben Berichte über illegale Textilfabriken, über dunkle Märkte für Handwerkerdienste. In der Landwirtschaft fehlen uns 70 Prozent der Erntehelfer – aber die Felder werden trotzdem irgendwie bestellt. Wie, glauben Sie, geht das?«

Alle schwiegen.

»Es gibt Busse«, fuhr er leise fort. »Busse, die ausgereiste Arbeiter aus dem Ausland illegal zurückbringen. Sie werden nachts an den Grenzen abgesetzt und in versteckten Unterkünften untergebracht, alles leerstehende Häuser in der Pampa. Sie arbeiten in illegalen Fabriken, auf Feldern, in Privathaushalten in der Altenpflege. Wir haben Zahnärzte, die bar abrechnen. Wir haben Ärzte, die sich offiziell abgemeldet haben – aber noch arbeiten. In geheimen Praxen.«

»Aber wir haben doch Milliarden in das Grenzschutzprogramm gesteckt!«

Der Verteidigungsminister wurde blass. »Und es bringt nichts. Wir sind den Schleusern immer einen Schritt hinterher. Sie verdienen Millionen. Wer eine günstige Pflegekraft braucht, findet eine. Es ist billiger, sie wieder illegal ins Land zu holen, als eine der unsrigen anzustellen. Das ganze System funktioniert einfach … anders.«

Alle Blicke wanderten zu Humpl. Der Kanzler strich sich übers Kinn und dachte nach. »Sich um die Alten zu kümmern ist nun wirklich Privatsache«, sagte er mürrisch, mehr zu sich selbst als in die Runde. »Wir müssen dem Volk mehr Zusammenhalt und Familiensinn beibringen.« Nach einer kurzen Pause wiederholte er lauter: »Das Volk muss das erdulden. Solange die Presse nicht darüber berichtet.«

Zustimmendes Nicken. Die Medien hielten sich bislang an die Leitlinien, und das war entscheidend.

»Wir brauchen aber auch spürbare Sofortmaßnahmen«, betonte der Kanzler, jetzt wieder mit gewohnt fester Stimme. »Wir schütten weitere finanzielle Hilfen für Unternehmen aus!«

Der Finanzminister verdrehte die Augen. »Wir haben kein Geld mehr, Herr Kanzler. Wir drucken bereits rund um die Uhr nach.«

»Dann drucken wir mehr. Und wir geben dem Volk etwas zurück. Einmalzahlungen! Jeder Bürger erhält einen Bonus. Einen *Vaterlandsbonus*. Das hebt die Stimmung.«

Die Familienministerin hob die Augenbrauen. »Bald geben wir den Leuten Geld, das nichts mehr wert ist?«

»Es geht um die Wahrnehmung«, sagte Humpl kühl.

»Und was ist mit der Arbeit?«, fragte der Arbeitsminister. »Wir haben Krankenhäuser, die unterbesetzt sind. Straßen, die marode sind. Felder, die bestellt werden müssen.«

»Dann muss das Volk eben mit anpacken.« Humpl lächelte kurz verschmitzt. Er hatte eine Idee.

»Wie meinen Sie das?«

»Der Freiwillige Landesdienst. Schüler und Studenten arbeiten in den Ferien in Krankenhäusern, auf dem Bau, in der Landwirtschaft. Unbezahlte Arbeit für das Vaterland.«

»Das wird nicht gut ankommen…«

»Unbezahlte Arbeit?«, fragte die Familienministerin spitz.

»Einsatz für das Vaterland!«

»Und was genau sollen sie tun?«

»Straßen sanieren. In der Landwirtschaft helfen. Pflegearbeiten in Krankenhäusern übernehmen. Die Leute müssen spüren, dass sie gebraucht werden.«

»Kinder im Krankenhaus arbeiten lassen?«

»Nur die leichten Aufgaben. Essen verteilen, Bettwäsche wechseln. Und auf den Feldern: Erdbeeren pflücken. Das gefällt doch allen!«

Der Verteidigungsminister schüttelte ungläubig den Kopf. »Sie wollen Schüler in die Landwirtschaft schicken?«

»Es gibt bereits ein Pilotprojekt«, sagte der Kanzler stolz. »Drei Gymnasien haben letzte Woche ihre ersten Schüler losgeschickt. Sie fanden es ganz toll, die frische Luft, die harte Arbeit. Manche haben sich beschwert, weil sie nicht an ihre Handys durften. Aber am Ende hatten sie gelernt, was echte Arbeit bedeutet.«

»Und die, die das nicht gut fanden?«

Humpl zuckte mit den Schultern. »Nun. Wir werden sehen. Es wird gut ankommen, wenn wir es richtig verpacken.«

»Wie?«

»Als patriotische Pflicht. Als Einsatz für das Volk.«

Einer nach dem anderen nickte schließlich. Die Familienministerin zögerte am längsten, doch schließlich gab auch sie sich geschlagen.

Der Kanzler lehnte sich zurück. »Dann wäre das beschlossen.«

Draußen vor den Fenstern der Regierungskanzlei leuchteten bereits die ersten Straßenlaternen. Unten in den Straßen schlurften vereinzelt Menschen an den Bollwerken zur Terrorabwehr vorbei, schulterten schwere Einkaufstaschen, kramten nach Kleingeld, blickten verstohlen über die Schulter, wenn sie in dunkle Seitengassen abbogen.

Fünftes Kapitel

VEXO

Ein einziger Fahrer, gut erkennbar mit grauer Weste und Schirmkappe, stand sich in der Ankunftshalle des Flughafens die Beine in den Bauch. Auf ein Schild mit dem Logo des altehrwürdigen Grand Hotels hatte er fein säuberlich und gut leserlich *Vexo* geschrieben. Mehr hatte man ihm über seinen Fahrgast nicht gesagt, nicht einmal, ob er nach einem Mann oder eine Frau Ausschau halten sollte. Er rätselte schon die ganze Zeit darüber, ob das der Vor- oder der Nachname war und woher die Person kam. Womöglich, fragte er sich, war es eine prominente Person?

Eine Lautsprecherstimme erinnerte auf Deutsch und Englisch daran, dass unbeaufsichtigte Gepäcksstücke aus Sicherheitsgründen entfernt würden. Es klang fast wie Hohn, denn momentan war es hier menschenleer. Nur mehr eine Handvoll Flieger landeten täglich, noch weniger flogen ab. Ein Polizist lehnte drüben gelangweilt an der Theke einer Cafeteria, während sein Drogen- oder Was-auch-immer-Spürhund aus einem Wassernapf schlabberte, dass man es bis hierher hören konnte. Schmatz- und Schlabbergeräusche nervten ihn heftig. Gereizt blickte er auf die Uhr und versuchte seinen Rücken zu dehnen. Die Maschine seines Gastes war bereits vor über einer Stunde gelandet. Die Gepäckabfertigung zog sich wieder einmal so endlos wie ein Kaugummi.

Endlich öffnete sich die Schiebetür und eine hagere Frau mittleren Alters trat zögernd heraus. Sie wirkte erschöpft, als hätte sie eine lange Reise hinter sich, und zog einen abgewetzten Trolley hinter sich her. Ihr Blick huschte suchend durch die Ankunftshalle, blieb aber nirgendwo lange hängen. Sie trug einen beigen Trenchcoat, der ihre schmale Statur noch betonte. Der Fahrer musterte sie unauffällig. War das Vexo? Sie passte so gar nicht zu dem Bild, das er sich ausgemalt hatte – falls das überhaupt ein Promi war. Vielleicht eine Künstlerin? Oder eine Schriftstellerin? Er räusperte sich und hob das Schild ein Stück höher, als sie in seine Richtung kam. Doch sie lief an ihm vorbei, ohne das kleinste Anzeichen, dass sie nach ihm suchte.

Seufzend ließ er den Arm wieder sinken. Minuten verstrichen, ohne dass sich etwas tat. Dann erschien eine weitere Gestalt in der Tür. Ein junger Mann mit Kapuze, einer oversized Bomberjacke in glänzendem Nylon und einem schweren Rucksack auf dem Rücken. Er trug eine dunkle Sonnenbrille, obwohl es drinnen nicht besonders hell war, und hatte eine Schiebermütze tief ins Gesicht gezogen. Er wirkte in Eile, hielt sein Handy ans Ohr gepresst und redete leise, aber mit Nachdruck. Zielstrebig bog er gleich links in Richtung der Züge ab. Zwei Schritte hinter ihm tauchte eine ältere Dame in einem blauen Hosenanzug auf. Sie sah sich suchend um und blieb schließlich mitten im Durchgang stehen, als wüsste sie nicht recht, wohin. Der Fahrer hielt ihr das Schild entgegen, aber wieder nichts.

Ungeduldig schnalzte er mit der Zunge. Hatte das Hotel ihn etwa mit falschen Informationen versorgt? Womöglich war Vexo gar nicht mit dieser Maschine gekommen. Er griff nach seinem Telefon, um nachzufragen, doch in dem Moment hörte er ein knappes »Hallo!« direkt hinter sich. Nicht »Hello«, sondern »Hallo« – in perfektem Deutsch. Er sah auf. Der junge Mann mit der Schiebermütze stand vor ihm, das Handy nun gesenkt, die Sonnenbrille an den Hosenbund gehängt.

»Grand Hotel?«, fragte er.

Überrascht musterte der Fahrer ihn. »Vexo?«

»Genau. Sorry, dass Sie so lange warten mussten, aber …«

»Die Gepäckabfertigung hier ist wirklich ein Problem«, unterbrach ihn der Fahrer wissend und schüttelte den Kopf. »Das zieht sich jedes Mal endlos. Und wenn mal ein voller Flieger kommt, dann können Sie sich vorstellen, was hier los ist. Ein einziges Chaos.«

Vexo verzog kurz den Mund, als wollte er etwas erwidern, ließ es dann aber bleiben. Er nickte nur knapp. »Ja, ich hab's gemerkt.«

Der Fahrer musterte ihn einen Moment lang, dann machte er eine einladende Geste. »Kommen Sie, der Wagen steht draußen.«

Vexo zögerte, bevor er sich in Bewegung setzte. Er setzte sich die Sonnenbrille wieder auf, sein Herz hämmerte. Nur ein paar Meter weiter ließ ein Polizist mit Schäferhund den Blick durch die Halle schweifen – routiniert, aber wachsam. Vexo zwang sich, nicht zu hastig zu gehen. *Nicht stehenbleiben. Nicht umdrehen.* Dann waren sie an den wartenden Taxis vorbei und endlich draußen. Erst als er die frische Frühlingsluft auf seiner Haut spürte, wagte er es, auszuatmen. Anders als sonst hing kein Kerosingeruch in der Luft, keine dichten Abgaswolken von Taxen oder Reisebussen, kein Feinstaub, der sofort im Hals kratzte. Die Luft war überraschend klar. Vexo lockerte den Griff um seine Jacke, fast so, als sei ihm jetzt erst bewusst geworden, dass er sie gar nicht brauchte.

Der Fahrer ging mit schnellen Schritten voraus. Der Wagen war nicht zu übersehen. Eine schwarze Limousine mit getönten Scheiben, die elegant und ein wenig deplatziert vor dem fast menschenleeren Terminal stand. Er zog die Tür auf und trat zuvorkommend beiseite. »Bitte.«

Vexo drehte sich noch einmal unauffällig um, während er auf die Limousine zuging. Am Eingang des Terminals stand ein Mann in dunkler Kleidung, das Gesicht halb verborgen unter einer tief ins Gesicht gezogenen Kappe. Er telefonierte - oder tat er nur so? Er konnte nicht sagen, ob es Einbildung war, aber sein Magen zog sich zusammen.

»Problem?«, fragte der Fahrer beiläufig, als sie im Wagen saßen.

»Nein.« Vexo entspannte sich demonstrativ. »Alles gut.«

Doch sein Blick wanderte wieder zum Rückspiegel, zu dem Mann mit der Kappe, der noch immer am Terminal stand. Der Fahrer hielt sich zurück, in seinem Berufsstand wusste man, wann weitere Fragen zu viel waren.

Der Innenraum der Limousine war luxuriös und makellos. Weiche Ledersitze, eine diskret beleuchtete Minibar, eine Geräuschdämmung, die selbst das entfernte Brummen eines startenden Flugzeugs sofort ausblendete. Im Wagen hing der Duft blühender Kirschbäume, hereingeweht durch die geöffnete Tür.

»Grand Hotel?«

Vexo zögerte. »Nein.«

Der Fahrer hob eine Augenbraue.

Vexo lehnte den Kopf nach hinten und ließ seinen Blick über die glänzenden Glasfassaden des Terminals gleiten.

»Fahren Sie erst mal los in Richtung Stadt. Ich sage Ihnen unterwegs, wo ich hinmuss.«

Der Fahrer nickte knapp, startete den Motor und lenkte den Wagen aus der Parkbucht.

Die Autobahn lag still wie ein ausgetrocknetes Flussbett. Nur hin und wieder huschten einzelne Autos vorbei wie Geisterfahrzeuge in einer Stadt, die langsam ihren Puls verlor. Der Fahrer nutzte die Gelegenheit und beschleunigte, die Tachonadel kletterte über die 180. Vexo verlagerte das Gewicht, presste unauffällig eine Hand gegen die Innenverkleidung der Tür. Der Fahrer bemerkte seine Reaktion und schmunzelte leicht.

»Kein Grund zur Sorge. Seitdem die neue Regierung das Tempolimit erhöht hat, kann man endlich wieder richtig fahren. Keine nervigen Beschränkungen mehr, keine Radarfallen, die einem das Leben schwer machen.«

Vexo schwieg einen Moment, ließ den Blick über die vorbeirasende Landschaft wandern, um sich abzulenken. Die weiten Felder, die sich rechts und links der Autobahn erstreckten, wirkten unbestellt. Hier und da standen alte Traktoren oder anderes Gerät herum. Vorbei ging es an einem stillgelegten Industriegebiet mit hohen Werksgebäuden, Schloten und riesigen Hallen.

»Das hätten Sie früher bei Nacht sehen sollen«, meinte der Fahrer beiläufig, ohne den Blick von der Straße zu nehmen. »Alles beleuchtet von tausenden Industrielampen, wirklich imposant. Aber das war einmal. Heute leuchtet hier nichts mehr.«

Vexo nickte nur. Seine Finger spielten unbewusst mit dem Stoff seiner Jacke. Die Sonne blendete, als sie von den Glasfassaden der verlassenen Bürogebäude reflektiert wurde. »Ja«, murmelte er. Ohne lange zu überlegen, bedeutete er dem Fahrer, die nächste Ausfahrt zu nehmen. Kurz darauf verließen sie die Autobahn und gelangten in ein Gewerbegebiet. Auch hier war kein Mensch zu sehen. Die Geschäfte schienen geschlossen, Firmenschilder waren verblasst oder fehlten ganz. Und das an einem Werktag.

»Unheimlich, oder?«, kommentierte der Fahrer, während er in eine der Seitenstraßen einbog. Als sie sich dem Stadtzentrum näherten, wurde die Szenerie noch beklemmender. Die Stadt war nicht nur leer – sie war dabei, von der Natur zurückerobert zu werden. Gras spross durch Asphalt, Fenster standen offen wie leere Augenhöhlen. Viele waren eingeschlagen, andere mit Brettern vernagelt. Pflanzen wuchsen aus den Rissen, junge Bäume brachen durch das Mauerwerk.

»Da vorne bitte rechts«, sagte Vexo und deutete auf eine Nebenstraße.

Der Fahrer runzelte die Stirn. »Sie kennen sich hier gut aus.«

»Ich war schon mal hier.«

»Woher kommen Sie eigentlich?«, fragte der Fahrer, während er den Wagen langsam durch die gespenstisch ruhige Straße lenkte.

»Berlin.«

»Und was machen Sie hier?«

Vexo drehte den Kopf zu ihm. »Ich bin Künstler. Ich habe einen Auftrag für ein großes Mural.«

»Ein was?«

»Ein Wandbild. Eine Malerei auf einer Hauswand.«

Der Fahrer schüttelte leicht den Kopf. »So was gibt's hier noch? Ich dachte, die Stadt gibt kein Geld mehr für Kunst aus.«

»Das Projekt kommt nicht von der Stadt«, erwiderte Vexo trocken. »Private Initiative.«

Schließlich erreichten sie ihr Ziel: ein moderner Wohnkomplex mit großzügigen Freiflächen und einem begrünten Innenhof. Teile der Fassade waren aus Holz gefertigt, und im Kontrast zur verlassenen Stadt wirkte der Ort fast wie eine Oase.

Vexo ließ sich nicht bis direkt vor den Eingang fahren, er hatte noch ein paar Minuten Zeit. »Hier ist gut«, sagte er knapp vor einer Querstraße. Der Fahrer hielt an. Vexo zog sein Portemonnaie aus dem Rucksack und reichte ihm großzügiges Trinkgeld. »Von hier aus komme ich dann selbst ins Hotel. Danke.«

Der Fahrer zuckte mit den Schultern, verstaute das Geld in seiner Hosentasche und beobachtete, wie sein Fahrgast ausstieg. Dann legte er den Gang ein und fuhr davon, im Rückspiegel betrachtete er den mysteriösen jungen Mann, wie er einfach nur dastand und sichtlich nervös, aber mit freudigem Ausdruck ein bestimmtes Ziel beobachtete. Vom Aussehen her war es kein Deutscher, dachte er noch, aber in Berlin lebten ja allerhand Leute, dann verschwand er aus dem Sichtfeld.

Vexo hatte seinen Flug und die Ankunft genau getimed. Wie jeden Tag würden gleich – und da ging die Eingangstüre auch schon auf – Natascha und die Kinder in den angrenzenden Park gehen. Lara einen Ball in der Hand, den sie, sobald sie draußen war, gleich einmal wegkickte. Adam hatte eine Frisbee-Scheibe dabei. Hinter ihnen Natascha, die Kinder ermahnend, sie sollten nicht so rennen. Der Ball rollte direkt vor Vexos Füße, schnell schoss er ihn zurück, um nicht bemerkt zu werden. Niemand tat es.

Die weitläufige Parkanlage war erst vor wenigen Jahren künstlich in dieser Wohngegend angelegt worden. Die Bäume waren noch jung, standen in dieser Jahreszeit aber in voller Blüte. Für Natascha und die Kinder war es ein tägliches Ritual, wenn es das Wetter zuließ, und so war es an diesem Tag. Mitten auf der Wiese breitete sie eine kleine Decke aus und setzte sich auf den Boden. Als die Kinder ihre Freunde auf einem der Spielplätze entdeckt hatten und für geraume Zeit fort sein würden, war der Zeitpunkt für Vexo gekommen.

Doch er blieb noch einen Moment stumm stehen. Sein Atem ging flach, sein Herz hämmerte gegen seine Rippen. Da war sie. Natascha. Sie saß im Gras, die Beine angewinkelt, eine Strähne ihres dunklen Haares fiel ihr ins Gesicht. Ihre Schultern waren schmaler geworden, die Haut unter ihren Augen leicht geschwollen. Aber es war ihr Gesicht. Ihr Gesicht. Die Welt drehte sich um ihn, wurde dumpf, stumm. Er hörte nur noch das Blut in seinen Ohren rauschen. Er wollte loslaufen, auf sie zurennen, ihren Namen rufen – aber seine Beine fühlten sich an, als wären sie in Beton gegossen. Was, wenn sie sich verändert hatte? Was, wenn sie ihn nicht mehr wollte? Die eigentümlichsten Gedanken schossen ihm durch den Kopf.

Sie tippte gerade irgendwas in ihr Handy, da hob der Wind die Decke leicht an, auf der sie saß. Sie wollte sie glätten und drehte dabei unbewusst den Kopf in seine Richtung. Ihre Augen trafen seine. Es war nur eine Sekunde.

Ihre Lippen formten seinen Namen. Erst stumm. Dann laut. »Malik?«

Er hatte sich vorgenommen, ruhig zu bleiben. Er wollte einen Moment abwarten, sich sicher sein. Aber als er ihre Stimme hörte, als er sah, wie ihre Hand zitternd an ihren Mund fuhr –

Er war bei ihr, bevor er überhaupt nachdachte. »Nats.«

Sie wich nicht zurück, sie blieb sitzen. Ihre Finger gruben sich in das Gras, als müsste sie sich irgendwo festhalten. Dann war er auf den Knien, sein Gesicht nah an ihrem, und seine Hände umfassten ihre Wangen, als müsste er sich vergewissern, dass sie echt war.

»Hi, Baby«, flüsterte er.

Ihr Körper begann zu beben, ihre Schultern zuckten. Sie schlug die Hände vors Gesicht, ein heiseres Schluchzen entrang sich ihrer Kehle, und er zog sie zu sich. Er wusste nicht mehr, wer wen hielt. Er spürte nur, wie sich ihre Arme um ihn klammerten, wie ihre Hände sein Hemd packten, als wollte sie sich in ihn hineingraben.

»Ich…« Sie schluchzte. »Ich dachte… ich dachte, du bist…«

»Nein.« Seine Lippen berührten ihre Stirn, ihre Wangen. Er schmeckte das Salz ihrer Tränen. »Nein. Ich bin hier. Und ich gehe nicht mehr.«

Sie klammerte sich noch fester an ihn, ihre Finger in seinem Nacken, ihr Gesicht in seiner Halsbeuge verborgen.

»Sag es nochmal«, flüsterte sie.

»Ich bin hier.«

Ihre Tränen liefen warm über seine Haut. Er drückte seine Stirn an ihre, spürte ihr Zittern.

»Ich bin es so leid, Angst zu haben«, flüsterte sie schließlich.

»Dann lass uns damit aufhören.«

Er küsste sie. Erst vorsichtig, dann mit einer Dringlichkeit, die all die verpassten Tage, all die schlaflosen Nächte, all das Verlorengeglaubte in sich trug. Und in diesem Moment existierte nichts anderes mehr.

Nun saßen sie, wie früher so oft, gemeinsam auf dem frischen Rasen, fassten sich an den Händen und Malik begann zu erzählen.

»Ich musste zurückkommen, Natascha. Ich konnte einfach nicht mehr ruhig schlafen, nicht mehr arbeiten, nicht mehr atmen, ohne zu wissen, ob es euch gut geht.« Malik sprach leise, seine Stimme rau. Natascha hielt seine Hand so fest, dass ihre Knöchel weiß hervortraten, als wollte sie sich vergewissern, dass er wirklich hier war.

»Als du mir erzählt hast, dass du womöglich überwacht wirst, ist mir ganz schummrig geworden …« Er schüttelte den Kopf, als wollte er so den Gedanken loswerden.

»In Berlin lief es endlich richtig gut, weißt du?« Er zwang sich zu einem Lächeln – einem, das sich anfühlte wie ein zu eng geschnürtes Seil um die Brust. »Ich hatte ganz schnell richtig gute Aufträge: Zuerst ein neues Boutiquehotel, für das ich alle Zimmer mit verschiedenen Motiven bespraytt habe. Dann das Jüdische Museum mit der Ausstellung zu Graffiti im Widerstand. Das war riesig, Natascha! Sie wollten, dass ich im Museum die Wände mit Sprüchen besprühe, die vom Widerstand in der Nazizeit als geheime Codes oder auch als Botschaften für die Bevölkerung verwendet wurden, um zu zeigen, wie Kunst gegen Unterdrückung eingesetzt wird. Und während ich dort stand und mit der Sprühdose vor diesen weißen Wänden saß, dachte ich nur: Was mache ich hier eigentlich? Die brauchen mich nicht. Aber du und die Kinder, ihr braucht mich. Ich brauche euch …«

Natascha schniefte und senkte den Kopf. Sie warf einen raschen Blick in Richtung des Spielplatzes. Lara und Adam lachten mit den anderen Kindern, sie hatten keine Ahnung, dass Malik nur wenige Meter entfernt saß.

»Aber du weißt, dass es gefährlich ist«, flüsterte sie.

Malik nickte. »Natürlich weiß ich das. Deswegen darf niemand wissen, dass ich hier bin. Nicht die Kinder, nicht die Nachbarn, auch Flo und Klaus nicht, niemand. Es wäre zu riskant.« Er presste die Lippen zusammen, dann beugte er sich leicht vor. »Aber ich bin nicht zurückgekommen, um mich zu verstecken. Ich bin hier, um etwas zu tun. Wir zwei werden diese Arschlöcher fortjagen, Natascha. Zusammen.«

Er sah, wie sich ihr Gesicht veränderte. Noch immer schien sie zwischen Schock, Freude und Angst zu schwanken, aber in ihren Augen flackerte nun etwas anderes auf – etwas, das ihm Hoffnung machte.

»Wie zur Hölle bist du zurückgekommen? Die lassen doch keinen einfach so rein.« Sie musterte ihn, als wäre ihr erst jetzt bewusst geworden, dass es eigentlich unmöglich war.

Malik grinste. »Mit einem klitzekleinen Trick. Ich habe die Identität mit einem Freund aus Berlin getauscht. Jemandem, dem ich mein Leben anvertrauen würde. Wir sind im selben Alter, seine Mutter stammt auch aus Marokko, sein Vater ist Ur-Berliner. Er kommt aus dem Osten und ist nach der Teilung in den Westen geflüchtet, hat aber seinen preußischen Pass nie abgegeben. Wir sehen uns ähnlich, nur dass er Micha Schmidt heißt und nicht Samir oder Malik Al-Irgendwas. Und für die Grenzbeamten? Tja…« Er hob ironisch die Schultern. »Was soll ich sagen? Preußen gehört zur NOVA und als preußischer Bürger habe ich hier jetzt offiziell einen Daueraufenthalt.«

Natascha starrte ihn an. »Meinst du das ernst?«

Er lachte leise. »Ja. Um auf Nummer sicher zu gehen, hab' ich mir den Bart ein bisschen länger wachsen lassen, damit ich ihm auf dem Foto noch ähnlicher sehe. Aber ehrlich gesagt wäre das nicht mal nötig gewesen.« Er zog eine grimmige Grimasse und imitierte den gelangweilten Grenzbeamten: »Papiere bitte.« Dann ließ er die Hände sinken, verdrehte die Augen und brummte: »Micha Schmidt. Ost-Berliner. Aha. Bart, Buzz Cut – passt schon. Weitergehen. Nächster! Keine biometrische Gesichtserkennung, keine Fingerprints für die neuen preußischen Freunde.«

Natascha schnaubte. »Das ist verrückt… Was, wenn sie dich erwischen?«

»Was soll sein? Wir haben unsere Pässe getauscht. Ich bin Micha, er ist Malik. Micha lebt jetzt offiziell hier. Malik ist immer noch in Berlin. Und selbst wenn mich jemand erkennen sollte, werde ich alles abstreiten und glaub mir«, er veränderte seine Stimme, »ick kann echt jut berlinern mittlerweile.« Gelächter. »Ich bin jetzt hier. Und ich bleibe.«

Natascha nahm ihm die Schiebermütze ab und versetzte ihm einen Klaps auf den Hinterkopf: »Aber deine schönen Locken sind weg!«

Malik lachte so laut auf, dass sie ihre Finger auf seinen Mund legte. Er nahm das zum Anlass, die vor Aufregung immer noch klammen Hände zu küssen und sagte dann: »Ich werde mit dem Geld, das ich in Berlin verdient habe, eine der leerstehenden Wohnungen, von denen es ja offensichtlich viele gibt, mieten und mir dort ein Atelier einrichten, das wir auch als Versteck nutzen können. Sophie Milot will das Ganze dokumentarisch begleiten. Sie arbeitet jetzt für den größten noch freien Verlag in ganz Europa an einem Buch über die Zustände hier. Auch das wird uns zusätzlich ein monatliches Einkommen sichern, wenn wir ihr regelmäßig Fotos und Reels von unseren Aktionen schicken. Wir Ausländer sind halt einfallsreich. Egal was passiert, wir machen was draus.«

Natascha grinste wissend. »Wie findest du sie?«

Sie und Sophie Milot hatten sich vor Jahren bei einer Podiumsdiskussion über *Radikalen Konservatismus* kennengelernt und auf Anhieb verstanden, menschlich wie fachlich. Natascha war seither Milots erste Adresse, wenn es um Hintergrundfragen zu politischen Entwicklungen ging.

»Ganz ehrlich«, antwortete Malik, »nach unserem ersten Treffen in Berlin war ich skeptisch, aber mittlerweile würde ich für sie die Hand ins Feuer legen. Sie ist wirklich eine jener seltenen Ausnahmen im Journalismus, denen es nicht nur um möglichst geile Headlines geht, sondern um die Sache. Ich vertraue ihr.«

Bevor er von den Kindern entdeckt werden konnte, machte Malik sich auf und spazierte unauffällig zu Fuß in die Innenstadt, wo er im Grand Hotel ein Zimmer für die nächste Woche reserviert hatte. Auf dem Weg fiel ihm über einem prächtigen Haustor ein Banner mit der Aufschrift *Luxuriöse, möblierte Wohnungen zu vermieten* auf. Die Tür stand offen und im Treppenhaus – was für ein Zufall – war der Eigentümer gerade damit beschäftigt, diverse Hinterlassenschaften in einen Verschlag im Innenhof zu räumen.

»Warum haben Sie denn in dieser Lage gleich mehrere Wohnungen zu vergeben?«

»Ach, es ist ein Elend! Die halbe Stadt steht leer«, antwortete der Zinshausbesitzer. »Hier haben zuletzt vor allem Diplomaten gewohnt, die von ihren Staaten nach und nach abgezogen wurden. Wir haben hier jetzt nur mehr drei Parteien, ein pensioniertes Ehepaar, eine verwitwete Diplomatengattin, und ganz oben lebt ein Unterstaatssekretär des Innenministeriums, der aber nur zu Sitzungszeiten in der Stadt ist und ansonsten auf dem Land wohnt.«

Er zeigte Malik eines der leerstehenden Apartments im dritten Liftstock. Zwei Schlafzimmer, ein großes Wohnzimmer, eine voll ausgestattete Küche, Bad und Toilette getrennt und ein weiterer von Sonnenlicht durchfluteter Raum, der gut als Arbeitszimmer geeignet war. Vom Fenster aus war das Innenministerium in Sichtweite, was die Immobilie für Malik umso spannender machte. Er gab dem Eigentümer die geforderte Miete für die nächsten Monate an Ort und Stelle in bar und in Euro, was den Mann besonders freute und die Gefahr, verraten zu werden, minimierte. Devisen waren selten und wer eine solche Quelle hatte, würde sie auf jeden Fall für sich behalten.

Zufrieden und voll hoffnungsvoller Vorfreude verabschiedete sich Malik und nahm im Hotel, dessen einziger Gast er zu sein schien, erst einmal ein langes Schaumbad.

Sechstes Kapitel

DER WUT-HAUSBESITZER

In den Kommentarspalten des größten und wichtigsten Nachrichtenportals des Landes sorgte der offene Brief eines wütenden Immobilienbesitzers mit der Forderung, den Mieterschutz angesichts der aktuellen Lage auszusetzen, für hitzige Diskussionen.

Sinngemäß war da zu lesen, dass die Regierung mit dem Remigrationsgesetz eine neue Realität geschaffen habe, nun aber die wirtschaftlichen Konsequenzen ignoriere und die Eigentümer mit den Folgen allein lasse. Hunderttausende Wohnungen stünden leer, die Mietpreise seien ins Bodenlose gefallen, und Immobilien, die einst wertstabile Anlagen waren, hätten massiv an Wert verloren.

»Absolut richtig! Wir Vermieter wurden enteignet, ohne dass es einer so nennt.« – 12k Likes.

Der Verfasser des Briefes machte kein Geheimnis daraus, dass er die Politik der Regierung grundsätzlich unterstützte und das Gesetz für notwendig hielt. Doch er klagte an, dass die Regierung an alten, unzeitgemäßen Mieterschutzregeln festhalte, obwohl sich der Wohnungsmarkt grundlegend verändert habe.

»Ich kann nicht einmal mehr die Handwerker bezahlen, um eine kaputte Heizung zu reparieren – weil ich den Mietpreis nicht anheben darf. Und die Regierung schaut einfach zu.« – 8k Likes.

Besonders grotesk sei die Lage für ihn geworden, als er zu seinem größten Glück schließlich doch einen neuen Mieter gefunden habe, und zwar keinen Geringeren als einen international renommierten Künstler, der auf der ganzen Welt zuhause sei und nun ausgerechnet in seinem Haus eine Wohnung bezogen hatte. Der Maler, ein bekannter Name in Galerien von London bis New York, sei geradezu entsetzt gewesen, als er ihm von den hiesigen Mietrechtsbestimmungen berichtet habe. Er, der zuletzt an den besten Adressen Berlins ausgestellt hatte und in den kapitalistischen Mechanismen der Kunstwelt bestens geschult war, hatte geglaubt, das Mietrecht der westdeutschen Linken sei schon unerträglich – aber was er hier vorfand, habe ihn sprachlos zurückgelassen.

Laut dem Briefverfasser habe der Künstler mit schallendem Lachen erklärt, dass sich inzwischen in Berliner Unternehmerkreisen und unter internationalen Investoren über die Regelungen hierzulande lustig gemacht wurde. Während man in anderen Ländern auf eine liberale Wirtschaftspolitik setze, halte man hier weiterhin an antiquierten Mieterschutzgesetzen fest, die in der aktuellen Situation völlig widersinnig seien. Es sei eine absurde Vorstellung, dass Investoren in einem Land Kapital anlegen sollten, in dem man als Eigentümer keine Kontrolle mehr über seine eigenen Immobilien habe.

Mit wachsendem Frust stellte der Immobilienbesitzer in seinem Brief die Frage, wer eigentlich von dieser Situation profitiere. Die Nation sicherlich nicht, denn mit den fallenden Mieten gingen auch die Steuereinnahmen zurück. Die Städte litten unter zunehmendem Leerstand, Investitionen in Wohnraum lohnten sich nicht mehr, und das Vertrauen in Immobilien als Wertanlage sei zerstört worden. Der Brief endete mit der unmissverständlichen Forderung:

»Der Mieterschutz ist sofort aufzuheben oder zumindest drastisch zu lockern. Der Markt muss sich frei regulieren können, um sich zu stabilisieren. Nur so könnten die Mietpreise wieder steigen, die Immobilienwerte sich erholen und die Wirtschaft profitieren.
Mit besorgten Grüßen,
Vincent Schwegelein, Immobilieninvestor und Unternehmer«

Die Zuschrift war mit dem redaktionellen Zusatz versehen, dass die inhaltliche Verantwortung ausschließlich beim Verfasser liege, wurde aber auf allen Kanälen veröffentlicht. In den Online-Foren ging es schnell rund: Während viele Eigentümer und Investoren dem Verfasser Recht gaben und sich ebenfalls über die Marktlage beklagten, hielten andere dagegen, dass eine Aufhebung des Mieterschutzes nur die wenigen verbliebenen Mieter belasten würde.

»Ohne Mieterschutz wären meine Eltern auf der Straße. Ihr Kapitalisten habt den Schuss nicht gehört.«
– Top-Kommentar mit 24k Likes

Einige Nutzer argumentierten, dass sich das Problem nicht durch Deregulierung, sondern nur durch wirtschaftliche Reformen lösen ließe. Andere wiederum sahen – ganz offen – in der aktuellen Krise einen Beweis dafür, dass die Politik der Regierung unüberlegt und rein ideologisch motiviert gewesen sei.

Der Name Schwegelein war bald in aller Munde, vom Interessensverband der Immobilieneigentümer wurde er zum Vorstand gewählt, doch die Angst quälte ihn, etwas falsch zu machen. Er dachte oft an seinen ältesten Mieter, einen pensionierten Buchhändler.

»Ich kann die Erhöhung nicht zahlen, Herr Schwegelein«, hatte der alte Mann mit flehenden Augen gesagt. »Ich habe doch nichts anderes.«

Schwegelein hatte nichts darauf geantwortet, das schlechte Gewissen stattdessen weggeschoben. Und je mehr Zeit verging, desto mehr begann er den Ruhm, den er sich mit dem offenen Brief erkämpft hatte, zu genießen. Er wollte es auskosten. Wie oft hatte man schon so eine Chance? Irgendwann waren die Zweifel weg – und der Rausch, die Kontrolle zu haben, war da. Von da an tingelte er vom Frühstücksfernsehen bis zur sonntäglichen Diskussionssendung im Hauptabendprogramm.

Immer wieder holte er sich Rat bei seinem reichen und weltgewandten Mieter aus Berlin, der sich inzwischen in der Wohnung eingerichtet hatte. Und Malik alias Vexo hetzte ihn immer weiter auf, sprach von Versklavung der Vermögenden, die sich wie Lämmer auf die Schlachtbank führen ließen und drohte damit, das Land alsbald wieder zu verlassen, falls sich keine Änderung einstellte. Die Aussicht, einen so finanzkräftigen und berühmten Barzahler zu verlieren, ließ Vincent Schwegelein erschaudern.

»Was sollen wir tun? Es sind mir am Ende doch die Hände gebunden.«

Der Künstler antwortete mit Berliner Akzent: »Wissen Se was, Sie müssen jetzt harte Bandagen auffahren. Gehen Se in die Offensive, trommeln Se noch heute den Verband zusammen und drohen Se mit Streik. Keine Instandhaltungsarbeiten mehr zu diesen Preisen, keine einzige defekte Lampe wird mehr ausgetauscht, kein zerborstenes Rohr ersetzt und schon gar kein steckengebliebener Fahrstuhl repariert. Ick würde an Ihrer Stelle auch keine Steuern mehr entrichten! Wozu auch? Was haben Se davon? Sie müssen der Regierung zeigen, dass es ohne Sie nicht geht. Und ganz ehrlich, wohnen nicht auch die Minister dieser Regierung, die Kabinettsmitarbeiter und hohen Beamten in Wohnungen wie diesen? Denken Se nur an den Unterstaatssekretär von oben. Der ist doch auch Mieter hier. Auch diese Personen haben ein Interesse daran, dass ihr Heim nicht zur Gänze verkommt.«

Herr Schwegelein nickte heftig und bedankte sich überschwänglich, dass er ihm so viel Mut machte für diesen Kampf.

Es kam genauso wie von dem Künstler vorgeschlagen. Noch am selben Abend ließ Vincent Schwegelein den Verband der Immobilienbesitzer einberufen. Die Sitzung war kurz, die Geduld der Vermieter erschöpft, die Wut auf ihrem Höhepunkt. Ein Ultimatum wurde beschlossen: Die Regierung hatte genau drei Tage Zeit, den Mieterschutz abzuschaffen – oder sie würden ihre Arbeit niederlegen. Die Botschaft war klar, der Druck auf das Kanzleramt enorm. Als die Schlagzeilen am nächsten Morgen die Runde machten, war das Land in Aufruhr.

Kanzler Humpl stellte sich zunächst quer. Er sprach von sozialer Verantwortung, von der Notwendigkeit, Stabilität zu wahren. Man könne den Mieterschutz nicht einfach aufheben, das würde den vielen Millionen Mietern die letzte Sicherheit nehmen. Doch sein eigenes Kabinett fiel ihm in den Rücken, Humpl wurde überstimmt. Und so fiel das Mieterschutzgesetz. Von einem Tag auf den anderen wurden sämtliche Begrenzungen für Mietpreise aufgehoben. In einigen Online-Kommentaren wurde bald gemunkelt, dass einige der Minister (und die Ministerin) selbst Zinshäuser besaßen oder Beteiligungen an großen Wohnkonzernen hielten. Die Immobilienbesitzer feierten, Schwegelein ließ sich als *Retter des Marktes* zelebrieren und die

Mietpreise passten sich sofort der Teuerung an. Gleich am nächsten Morgen erhöhte Schwegelein die Mieten in all seinen Gebäuden. Dreifach.

»Das ist der Markt. Zahlen – oder gehen«, sagte er zu Vexo bei einer teuren Flasche Cognac. Er genoss es sichtlich. »Ohne uns läuft hier gar nichts mehr, das haben wir denen gezeigt!«

Der Künstler grinste – bitter, aber Schwegelein bemerkte es nicht – und ließ den Blick durch die teure Altbauwohnung schweifen, in der er als Einziger zum alten Preis residierte.

»Na sehen Se, Vincent. Dit musste man denen mal klarmachen. Der Markt muss frei sein.«

Währenddessen nahm die Unzufriedenheit im ganzen Land zu. Die Mehrheit der Bevölkerung besaß keine eigenen Immobilien und fühlte sich durch die steigenden Mieten zunehmend unter Druck gesetzt. Aus Empörung wurde Wut, und schon am ersten Tag versammelten sich spontan Hunderte vor den Stadtverwaltungen, Ministerien und den Zentralen großer Wohnungsunternehmen. Die Menschen forderten Antworten, doch überall blieben die Türen verschlossen. Die Polizei reagierte mit Härte. Bereits am Nachmittag wurden die ersten Versammlungen gewaltsam aufgelöst. Beamte in schwerer Schutzausrüstung drängten Demonstrierende mit Schlagstöcken zurück, Tränengas wurde eingesetzt, um die Menge auseinanderzutreiben. Besonders brutal ging die Hundestaffel der Polizei vor. Beamte trieben die Menschen mit Rottweilern zurück. Die Tiere bellten, zogen an den Leinen, die kräftigen Körper bereit zum Angriff.

Mitten im Chaos stand eine ältere Frau, die sich verzweifelt an ein Schild klammerte, auf dem in dicken schwarzen Buchstaben *Miete oder Essen? Beides geht nicht!* geschrieben stand. Ihr Gesicht war angespannt, doch sie wich nicht zurück. Einer der Hunde riss sich fast aus dem Griff seines Hundeführers und sprang vor. Die Frau hob instinktiv den Arm, um sich zu schützen – doch da hatte das Tier sie schon gepackt. Ein schmerzerfüllter Schrei, dann sackte sie zu Boden, das Schild rutschte ihr aus der Hand. Der Hund ließ erst los, als der Beamte ihm einen schweren Tritt versetzte. Blut tropfte aus der Wunde, färbte ihren Ärmel dunkelrot. Zitternd versuchte sie, sich aufzurichten, stützte sich mit der unverletzten Hand am Pflaster ab.

»Los, los!«, schrie einer der Einsatzleiter eine Polizeischülerin an, die am nächsten an der Szene dran war. »Worauf wartest du, verdammt?!«

Die junge Frau stockte, etwas hielt sie fest. Es war der innere Drang, hinzulaufen und zu helfen, auf der einen, und die strikte Anordnung, mit aller Härte durchzugreifen, auf der anderen Seite. Der brüllende Vorgesetzte vor ihr und die blutende Frau dort drüben. Sie wollte das Richtige tun. Aber was war richtig? Also stand sie nur wie angewurzelt da. »Loyalität ist kein Gefühl. Loyalität ist eine Entscheidung«, waren die ersten Sätze, die sie in der Akademie gehört hatten. »Wir formen euch hier nicht nur zu Hütern des Gesetzes«, hatte der Dozent immer wieder gesagt. »Wir formen euch zu Hütern der Nation.« Ein Staat könne nur mit den Richtigen funktionieren. Sie hatten nicht nur Nahkampf- und Deeskalationstechniken gelernt, sondern auch eine neue Art von mentaler Vorbereitung. Kein Zögern, kein Mitleid. Der Schutz des Staates stehe über allem. Wer sich auf Gefühle einlasse, schwäche das System.

»Verdammte Bitch! Mach schon!«, brüllte der Einsatzleiter ihr ins Gesicht und packte sie an den Gurten der Sicherheitsweste. Er zwang sie, ihm direkt in die Augen zu sehen, in sein vor Wut verzerrtes Gesicht – der hochrote Kopf, der durch sein Visier leuchtete, die gnadenlosen, zornigen Augen. »Wo stehst du überhaupt?!«

Sie stand hier. In Kampfausrüstung. Im Ernstfall. Loyalität als Entscheidung. Das hatte sich tief eingebrannt.

Um die verletzte Frau am Boden hatte sich inzwischen eine Gruppe von Demonstranten geschart. Einer kniete neben ihr, versuchte die Blutung zu stoppen, presste ein Tuch auf ihre Wunde. Doch noch bevor er sie ganz aufrichten konnte, stürmten die Beamten heran. Einer von ihnen packte sie grob an den Schultern, riss sie auf die Beine. Sie keuchte auf, während die Menge um sie herum schrie. Die Handykameras der Umstehenden hielten alles fest. Sekunden später verbreiteten sich die Bilder der blutüberströmten Frau in Windeseile in den sozialen Medien. Trotz der massiven Online-Überwachung, trotz Versuchen, die Videos zu löschen, waren sie nicht mehr aufzuhalten.

Die Entschlossenheit der Protestierenden wuchs weiter. Sie suchten nach Möglichkeiten, sich abseits der überwachten Plätze zu organisieren – der Gastronom Klaus Schönmann wagte kurzentschlossen einen mutigen Schritt und entschied sich, seine ohnehin nur mehr schlecht laufenden Lokale für den Widerstand zu öffnen. Während sie für die allgemeine Kundschaft geschlossen blieben, wurden sie schnell zu geschützten Räumen für die Demonstrierenden. In den Gasträumen entstanden nun Plakate und Transparente mit Aufschriften wie *Wohnen ist kein Privileg!* und *Wir zahlen nicht!* Auf den großen Holztischen breiteten Aktivist:innen Papier und Farbe aus, diskutierten Strategien und bereiteten sich auf weitere Aktionen vor.

Klaus unterstützte sie nicht nur mit einem sicheren Treffpunkt, sondern versorgte sie auch mit Speisen und Getränken auf eigene Kosten. Seine Lokale wurden zu einer Anlaufstelle für die Bewegung – ein Ort, an dem sich Menschen austauschen, organisieren und gemeinsame Ziele formulieren konnten. Während die Proteste draußen weiterliefen, boten diese Räume die Möglichkeit zur Koordination und zum Durchatmen.

Am zweiten Tag waren bereits Tausende auf den Straßen. In großen Städten, aber auch auf dem Land, in den halb leerstehenden Wohnvierteln. Die Gewerkschaften, die lange schon von jeder politischen Teilhabe abgeschnitten waren, spürten wieder Auftrieb und riefen ebenfalls zum Protest auf, soziale und zivilgesellschaftliche Bewegungen schlossen sich an, selbst einst regierungstreue Verbände erklärten sich solidarisch.

Am dritten Tag stand das ganze Land still. Niemand erschien mehr zur Arbeit. Alle waren auf den Straßen. Der Verkehr kam zum Erliegen, Fußgängerzonen verwandelten sich in kilometerlange Protestzüge, Marktplätze wurden zu Kundgebungsorten. In der Hauptstadt strömten Hunderttausende zum Regierungsviertel und skandierten mit Plakaten, auf denen die Gesichter der Minister (und der Ministerin) entweder durchgestrichen oder mit Farbe beschmiert worden waren. Der Vorsitzende des Verbands der Immobilienbesitzer Vincent Schwegelein wurde in seinem Haus belagert. Irgendwie war seine Adresse durchgesickert. Er bekam es mit der Angst zu tun und wählte Vexos Nummer, doch es war jedes Mal besetzt.

Malik stand reglos am Fenster seiner Wohnung im dritten Stock, die Stirn gegen das kühle Glas gepresst. Draußen flackerte das blaue Licht der Einsatzfahrzeuge über die Fassade des Innenministeriums, warf verzerrte

Schatten der Protestierenden an die Wände, als würde die Stadt ihren Widerstand in die Mauern brennen. Er ließ den Blick über die Menge gleiten, hob nachdenklich ein Weinglas zum Mund und betrachtete eine Weile die Reflexion seines eigenen Gesichts in der Scheibe. Seine Spiegelung verschmolz für einen Moment mit den flüchtigen Umrissen der Protestierenden. Ein bitteres Lächeln huschte über seine Lippen. »Na, das nenn ick mal 'nen Aufstand«, murmelte er zu sich selbst.

Siebtes Kapitel

BIG BUSINESS

Nach einem schon wieder ereignisreichen und wenig zufriedenstellenden Tag lehnte Unterstaatssekretär Harald Ehrlich sich in seinem Arbeitszimmer in seinen Ledersessel zurück und rieb sich genervt über die Stirn. Das Licht der Schreibtischlampe war gedämpft, auf dem dunklen Holz seines massiven Schreibtisches lagen ein paar Akten, sauber gestapelt und mit bunten Markierungen versehen. Doch heute hatte er keinen Kopf mehr dafür. Sein Handy hielt er fest umklammert, das Display leicht schmierig vom Wischen.

Er tippte in die Suchleiste. *Blonde MILF deutsch*. Ein paar Sekunden ließ er die Vorschläge auf sich wirken, scrollte durch die Vorschaubilder. Er klickte auf eines der Videos, ließ es für ein paar Sekunden laufen. Doch dann – *Bzzzt* – das Display vibrierte. Eine neue Nachricht poppte auf.

»Was ist das für ein Verrat, Herr Ehrlich?«

Er fluchte, wischte die Nachricht zur Seite und versuchte sich wieder zu konzentrieren. Weiteres Scrollen. Neues Video. Doch kaum hatte es begonnen – *Bzzzt*.

»Ich habe dich gewählt, weil ich dachte, du wärst für uns da …«

Genervt drückte er die Lautlos-Taste und nahm sich vor, die Nachrichten später zu lesen. Oder gar nicht. Er tippte erneut in die Suchleiste. *Strenge Lehrerin bestraft Schüler*. Ein Clip lud gerade – wieder eine Nachricht. Seit Tagen ging das schon so. Ehrlich bereute, dass er im Wahlkreis seine private Handynummer so großzügig verteilt hatte. Das war gut angekommen, die Leute hatten sich dadurch wichtig und ernstgenommen gefühlt, aber jetzt … Er starrte einen Moment auf die Nachricht, presste dann die Lippen zusammen. Mit einem lauten Seufzen ließ er das Handy sinken und rieb sich mit der Hand über das Gesicht. Anstelle der erhofften Entspannung blieb erregte Anspannung.

Ein weiteres Vibrieren. Mit einer schnellen Bewegung schloss er den Browser und ließ das Handy auf die Tischplatte fallen. Warum konnte ihn nicht wenigstens für fünf Minuten niemand belästigen? Er wusste, dass die Lage angespannt war. Dass die Leute wütend waren. Dass die Partei mit dem Rücken zur Wand stand. Aber verdammt noch mal – ein bisschen Ruhe, ein bisschen Entspannung, das konnte doch wohl nicht zu viel verlangt sein.

Er stieß sich aus dem Sessel hoch, stopfte sich das Hemd wieder in die Hose. Draußen im Flur wartete bereits seine Frau, die Arme verschränkt. Der Blick ruhig, aber durchdringend.

»Du fährst in die Hauptstadt.«

Kurz zögerte er schuldbewusst, dann nickte er nur, zog die Schultern straff und log: »Ich muss. Die Lage wird nicht besser, wenn wir nichts tun.«

Unten im Wohnzimmer lag der älteste Sohn, achtzehn, mit verschränkten Armen auf dem Sofa. Er war gerade von einem Vernetzungstreffen der örtlichen Parteijugend zurückgekommen und trug dunkle PME-Legend-Jeans, ein schwarzes Fred-Perry-Poloshirt, ein Thor-Steinar-Lederarmband, die Alpha-Industries-Kappe noch am Kopf und seine New-Balance-Sneaker an den Füßen.

»Zieh die Schuhe gefälligst aus!«, herrschte ihn seine Mutter an, doch er ignorierte sie geflissentlich und wandte sich an seinen Vater.

»Ihr hättet härter durchgreifen müssen«, sagte er kühl. »Jetzt rennt ihr nur noch hinterher.«

Ehrlich hielt dem Blick seines Sohnes stand. »Wir haben einen Plan.« Dann stieß er die Beine des Jungen unsanft vom Tisch, schnappte sich sein Sakko – »Hör gefälligst auf deine Mutter!« – und ging nach draußen.

Die kühle Abendluft roch stark nach Jauche, die tags zuvor ausgebracht worden war. Es war dieser dichte, ätzende Geruch, der sich in den Kleidern festsetzte, sich durch jede Pore in den Körper fraß. Ehrlich verzog unwillkürlich das Gesicht, atmete vorsichtig durch den Mund. Die Felder ringsum lagen dunkel und reglos in der Nacht, nur vereinzelt schien in den Nachbarhäusern Licht. Selbst auf der Schnellstraße brannte ihm der Geruch des Landlebens noch in der Nase.

Kurz vor der Stadteinfahrt bog er ab. Er kannte den Weg. Jeder kannte ihn. Die große Reklame war bereits von der Autobahn aus sichtbar: *LUXOR PALACE – Best Girls in Town – 24/7.* Grellrote Buchstaben auf einer verblichenen Leuchttafel, ein leicht flackerndes Neonherz daneben. Auf dem Parkplatz stand nur ein weiteres Auto, ein älteres Modell mit verdunkelten Scheiben. Ehrlich schaltete den Motor aus und ließ für einen Moment seine Hände auf dem Lenkrad ruhen. Dann stieg er aus.

Das Gebäude selbst war ein merkwürdiger Widerspruch. Es war offensichtlich in die Jahre gekommen – ein langgestreckter Bau mit bröckelndem Putz, dessen einst weiße Fassade nun eher grau und fleckig wirkte. Vor dem Eingang prangten zwei überlebensgroße Löwenstatuen aus Kunststein, golden lackiert, die Mäuler aufgerissen in einem stummen Brüllen. Sie sahen aus, als hätte sie jemand aus dem Garten eines Spielcasinos gestohlen und hier abgestellt.

Als er die schwere Glastür aufdrückte, schlug ihm eine feuchte Wärme entgegen – eine Mischung aus billigem Lufterfrischer und Alkohol. Doch drinnen war es leer. Keine Musik, keine Stimmen, keine Bewegung. Ehrlich runzelte die Stirn, ließ seinen Blick durch den Raum schweifen. Die Bar mit ihrer spiegelnden Rückwand und den neonblauen Lichterketten war unbesetzt. Die roten Ledersessel wirkten benutzt, aber verlassen. Die Tür zu den hinteren Zimmern stand halb offen, ein leiser Luftzug bewegte die Perlenvorhänge, die dort angebracht waren. Dann tauchte eine Gestalt aus dem Halbdunkel hinter der Bar auf. Der Besitzer, ein Mann mittleren Alters mit schütterem Haar und einem Bauch, der sich unter einem zu engen schwarzen Hemd abzeichnete, lehnte sich gegen die Theke. Sein Blick war müde, aber wachsam.

»Haben heute geschlossen«, sagte er, ohne ihn wirklich anzusehen.

Ehrlich verzog das Gesicht. »Was soll das heißen? Ich dachte, ihr habt immer offen.«

Der Mann zuckte mit den Schultern, griff nach einem Glas, das er ohne erkennbaren Grund mit einem Lappen polierte. »Mädels sind keine da. Keine Ware, kein Geschäft.«

Ehrlich ließ den Blick noch einmal durch den Raum gleiten. Die Stille war bedrückend. »Und wo sind sie?«, fragte er schließlich.

Der Besitzer hob langsam den Blick, ein angedeutetes Lächeln auf den Lippen. »Im Ausland.«

Ehrlich blinzelte. »Alle?«

»Tja. Heimische Frauen sind teuer.« Der Mann zuckte mit den Schultern. »Und Sie wissen ja, wie das ist – jeder muss sparen.« Er grinste breit, als hätte er einen besonders guten Witz gemacht, und ließ das Glas, das er polierte, mit einem dumpfen Klacken auf die Theke sinken. Dann musterte er Ehrlich genauer. Einen Moment lang war es still. Großzügig schenkte er Schnaps ein und reichte es dem verhinderten Freier wie zum Trost. Ehrlich zögerte kurz, aber die Geste war kein Angebot, eher eine Aufforderung. Er nahm einen großen Schluck. Da war etwas in diesem Blick. Eine Spur von Erkenntnis. Dann folgte das, womit er nicht gerechnet hatte.

»Ich hab' die ganze Zeit schon überlegt, aber jetzt weiß ich, warum Sie mir so bekannt vorkommen«, sagte der Puffbesitzer.

Ehrlich gefror das Blut in den Adern. Seine Kehle brannte, im Magen wurde es flau. Es war nicht nur die Erkenntnis, dass der Mann ihn erkannt hatte. Es war die Art, wie er es aussprach. Nicht laut, nicht triumphierend, sondern ruhig, fast beiläufig – wie ein Spieler, der gerade ein Blatt aufgedeckt hatte, das den ganzen Tisch schlagartig zum Schweigen brachte. Der Zuhälter stützte sich mit beiden Händen auf die Theke, beugte sich leicht nach vorne, als würde er ihm ein Geheimnis zuflüstern.

»Harald Ehrlich. Der Mann des Volkes.«

Ehrlich sagte nichts. Sein Blick flackerte für einen Moment zur Tür. Hatte ihn jemand gesehen, als er reingekommen war? Er versuchte sich zu erinnern, aber sein Kopf arbeitete nicht mehr richtig. Der Zuhälter grinste, als hätte er den Gedanken erraten.

»Entspannen Sie sich, mein Lieber. Ist niemand da. Kein Empfangskomitee, keine Kameras. Aber Sie und ich … wir wissen jetzt beide, dass Sie hier waren.« Er ließ die Worte wirken und griff nach einer Zigarettenschachtel, klopfte sie nachdenklich auf die Theke.

Ehrlich straffte sich. Er durfte jetzt nicht unsicher wirken. Also ging er in die Offensive. »Na und? Ich bin hier privat.« Seine Stimme war fester, als er erwartet hatte.

Der Zuhälter schnaubte leise. »Klar. Privatsache.« Er schob sich eine Zigarette zwischen die Lippen, zündete sie mit einem abgegriffenen Feuerzeug an, ohne den Blick von Ehrlich zu nehmen.

»Aber wissen Sie… für einen Politiker Ihrer Art ist so eine Privatsache… na ja, sagen wir mal, ungünstig.«

Ehrlich spürte, wie seine Fingernägel sich in die Innenseite seiner Handflächen gruben. »Wollen Sie mir drohen?«

Der Mann lachte, kurz und trocken. »Bedrohen? Ach, bitte. Das klingt so… kriminell. Nein, nein. Ich sehe das eher als… Gelegenheit.« Er lehnte sich wieder nach vorn, den Ellenbogen auf die Theke gestützt. »Sagen wir es mal so: Sie haben ein Problem. Ich habe ein Problem. Vielleicht können wir uns gegenseitig helfen.«

Ehrlich kniff die Augen leicht zusammen. »Was für ein Problem?«

Der Zuhälter nahm einen tiefen Zug von seiner Zigarette, blies den Rauch langsam aus. Dann deutete er mit der freien Hand auf die leeren Sessel, auf die vereinsamte Bar. »Das hier ist mein Problem.« Er ließ den Blick durch den Raum schweifen. »Ihr habt mir das Geschäft ruiniert. Strenge Kontrollen, geschlossene Grenzen. Die Mädchen sind fort. Die Kunden auch. Ich verliere Geld, viel Geld.« Er tippte mit dem Zeigefinger auf die Theke. »Und Sie… Sie sitzen in dieser Regierung, die das Ganze zu verantworten hat. Was für ein Zufall.«

»Ich sitze nicht in der Regierung, ich bin Unterstaatssekre…«

»Du sitzt jedenfalls näher an den Hebeln als ich!«

Ehrlich wusste, dass er hier nicht einfach aus der Sache herauskam. Also entschied er sich, mitzumachen. »Und was genau stellen Sie sich vor?«, fragte er kühl.

Der Zuhälter grinste. »Na ja. Ich dachte, jemand wie Sie könnte vielleicht Türen öffnen. Die richtigen Leute kennen. Vielleicht hier und da ein Auge zudrücken lassen. Wissen Sie, so eine Regelung, ein Sonderstatus für Arbeitskräfte oder wie auch immer Sie es nennen wollen.«

Ehrlich atmete langsam aus. Er kannte diese Sprache. Keine direkten Forderungen, keine Namen. Alles nur Andeutungen. Aber er verstand genau, worauf das hinauslief. »Und wenn ich das tun würde?«

Der Zuhälter schnippte die Asche seiner Zigarette in ein halbvolles Glas. »Dann wäre das hier ein gutes Geschäft. Und ich könnte Ihnen versichern, dass Ihr Privatleben privat bleibt.«

Ehrlich ließ sich die Worte auf der Zunge zergehen. Erpressung wie sie im Buche stand, dachte er. Dann kam ihm ein Gedanke. Langsam drehte er das Schnapsglas zwischen den Fingern. »Und wenn wir das größer aufziehen?«

Der Zuhälter hob eine Augenbraue. »Größer?«

»Sie brauchen Mädchen. Aber es gibt noch mehr Leute, die gebraucht werden. Erntehelfer, Bauarbeiter.« Dabei lächelte er kühl, fühlend, dass er zurück im Business war. »Vielleicht geht es hier nicht nur um Ihr kleines Etablissement. Vielleicht könnten wir eine Lösung für alle finden.«

Der Zuhälter blinzelte, dann begann er langsam zu grinsen. »Jetzt sprechen wir dieselbe Sprache.«

Die Stimmung löste sich augenblicklich. Um die unerwartete Zusammenarbeit zu feiern, zog der Zuhälter eine Magnumflasche Champagner aus einem Kühlschrank hinter der Bar, drehte langsam an der Folie und ließ mit einem geübten Griff den Korken knallen.

»Na dann«, sagte er mit einem schiefen Lächeln, füllte zwei breite Gläser bis zum Rand und reichte eines Ehrlich. »Ich bin Rainer.« Der Schaum quoll über, tropfte auf den klebrigen Tresen.

»Harald.« Ehrlich nahm das Glas, nickte und trank einen großen Schluck. Der Champagner war kalt, aber nicht besonders gut. Das störte ihn nicht. Er ließ sich auf einem der roten Sessel nieder, während der Zuhälter schon in Richtung des Hinterzimmers ging.

»Kommen Sie, Herr Staatssekretär!«

»Unterstaatsekretär.«

»Wir sollten das an einem angemesseneren Ort weiterführen.«

Ehrlich folgte ihm durch eine Tür, einen schmalen Gang entlang, bis sie in einen Innenhof traten. Unter einer mit bunten LED-Streifen beleuchteten Überdachung stand ein Whirlpool, das Wasser blubberte träge vor sich hin. Zwei Plastikliegen standen daneben, ein alter Aschenbecher quoll über. Der Zuhälter stellte die Champagnerflasche auf den Beckenrand, zog Hemd und Hose aus und ließ sich wie Gott ihn geschaffen hatte ins Wasser sinken.

»So lässt es sich doch gleich viel besser reden. Nackt sind wir alle gleich«, sagte er, als Ehrlich nach kurzem Zögern folgte. Das Wasser war heiß, das Summen der Düsen übertönte die ausgebreitete Leere des Bordells. Ehrlich nahm einen weiteren Schluck Champagner, sah dem Zuhälter dabei zu, wie er eine dicke Zigarre aus einem feuchten Päckchen fischte, sie zwischen den Fingern rollte und mit einem silbernen Feuerzeug ansteckte.

»Also, Herr Staatssekretär«, begann dieser schließlich und blies den Rauch langsam aus. »Sie wollen, dass ich mein Geschäft wieder ins Laufen bringe.«

Ehrlich lehnte sich zurück. Der Alkohol begann, in seinem Kopf zu kribbeln. »Sagen wir so: Ich will, dass sich Dinge wieder normalisieren. Für alle.«

Der Zuhälter lachte laut auf. »Normalisieren, ja. Schöne Umschreibung.«

Er nahm einen Schluck direkt aus der Flasche. »Und Sie glauben, Sie können dabei helfen?«

Ehrlich zuckte mit den Schultern. »Ich sitze an einer Stelle, an der man Dinge, nun ja, regeln kann. Vorschriften anpassen, bestimmte Kontrollen lockern, vielleicht sogar eine Sonderregelung durchbringen.«

Der Zuhälter nickte langsam. »Das gefällt mir.«

Der Champagner wurde geschmacklich immer besser, das Gespräch lockerer. Während der Dampf aus dem Wasser aufstieg und die Lichter der Schnellbahn in der Ferne aufblinkten, sanken beide tiefer in die Sitzflächen des Whirlpools.

»Du weißt, Harald…«, sagte Rainer nun vertraulicher vor sich hin, während er mit der nassen Fingerspitze einen Kreis auf dem Beckenrand zog. »Macht bedeutet, sich das zu nehmen, was andere sich nicht einmal zu wünschen trauen.«

Ehrlich lachte leise. »So einfach ist das nicht.«

»Doch, genau so einfach ist es.« Der Zuhälter ließ seine Hand ins Wasser gleiten, rührte die Oberfläche kaum merklich. »Man muss es nur tun.«

Ehrlich fühlte sich schwer, der Druck des heißen Wassers auf seiner Haut, der Champagner in seinem Kopf, der Rauch der Zigarre, der ihm in die Nase stieg.

»Wir verstehen uns«, murmelte er schließlich und nahm einen letzten tiefen Schluck, während die nackten Füße der beiden Männer sich zaghaft unter Wasser berührten.

Achtes Kapitel

EINE SCHIFFFAHRT

Auf dem oberen Deck der *Atlantica*, einem riesigen Luxusliner, hatten sich einige junge Männer afghanischer Herkunft auf den Liegestühlen breitgemacht und ließen sich die Sonne auf den Bauch scheinen. Der Himmel war wolkenlos, das Meer so ruhig, dass es sich fast wie eine Ewigkeit anfühlte.

»Ich schwöre, wenn wir hier noch eine Woche festsitzen, fange ich an, mit den Fischen zu sprechen«, murmelte Reza, ein hagerer, drahtiger 22-Jähriger, der mit einem Stück Holz spielte und es immer wieder zwischen seinen Fingern drehte.

»Die antworten dir vielleicht klüger als wir«, grinste sein Freund Kamal, der sich gähnend auf die Seite drehte. »Aber wenn du willst, ich kann einen Wal für dich rufen.«

Nabi, der Älteste in der Runde, 26 Jahre alt und der mit der tiefsten Stimme, lachte. »Ihr redet Blödsinn. Wir sollten uns lieber Gedanken machen, was wir tun, wenn das nächste Versorgungsschiff nicht kommt.«

»Immer du mit deiner schlechten Laune«, brummte Yassin, der Jüngste von ihnen. Er trug eine Jogginghose mit riesigem Louis Vuitton-Aufdruck. »Vielleicht sollten wir stattdessen darüber nachdenken, wie wir ein Boot klauen und uns an Land schmuggeln.«

»Oh ja, weil das so gut geklappt hat, als wir das letzte Mal versucht haben, ein Land zu betreten«, warf Reza trocken ein, während er versuchte, sich sein T-Shirt als Sonnenschutz um den Kopf zu wickeln. »Ich bleibe hier. Ist doch schön.«

Schon seit fast einem Jahr waren die Jungs auf dem Kreuzfahrtschiff unterwegs. Die Bezeichnung traf es gut, denn das Schiff schipperte tatsächlich in einer Tour kreuz und quer um die Welt. Wo sie sich gerade befanden, wussten sie gar nicht.

Sie alle hatten versucht, sich der Ausweisung zu widersetzen und sich tagelang in einem feuchten, muffigen Keller versteckt, zusammengekauert zwischen alten Möbeln und kaputten Kisten, die ihnen als dürftige Deckung dienten. Sie hatten kaum geschlafen, nur von ein paar hastig eingesteckten Brotresten gelebt und abgestandenes Wasser aus einer ausgebeulten Plastikflasche getrunken. Von draußen immer wieder Stimmen, Schritte, das bedrohliche Knacken von Funkgeräten. Doch als die Tür schließlich aufgebrochen worden war und die grellen Taschenlampen ihre Gesichter getroffen hatten, wussten sie, dass das Verstecken umsonst gewesen war.

Die Polizei war unerbittlich gewesen. Noch bevor einer von ihnen ein Wort sagen konnte, waren sie auf den Boden gedrückt worden, grobe Hände hatten ihre Arme gepackt, sie hochgerissen, ihnen Plastikfesseln um die Handgelenke gedrückt. Reza hatte versucht, sich zu wehren, doch ein Schlag in die Rippen hatte ihn keuchend zusammenbrechen lassen, bis heute litt er an regelmäßig auftretenden Kopfschmerzen. Schreie, Befehle, Stöhnen – dann nur noch das metallische Klacken der Transportkäfige, in die sie gestoßen worden waren. Zusammen mit Hunderten anderen, die sich gegen die Ausweisung gewehrt hatten, waren sie in gepanzerte Hochsicherheitsbusse verfrachtet worden. Die Fahrt hatte Stunden gedauert, keiner hatte gesprochen. Einige hatten leise geweint, andere stur aus den vergitterten Fenstern gestarrt. Als sie schließlich das Meer erreicht hatten, konnten sie bereits das riesige Schiff sehen, das dort vor Anker lag – die *Atlantica*. Ein ausrangierter Luxusliner und eine gütige Gabe eines griechischen Reeders und persönlichen Freundes Kanzler Humpls, um das alte Schiff nicht verschrotten zu müssen. Ohne weitere Erklärungen waren sie an Bord gezwungen worden.

Die ersten Tage auf dem Schiff waren ein einziger Albtraum gewesen. Sie hatten nicht gewusst, wo sie hingebracht wurden, niemand hatte ihnen etwas erklärt. Jede Flucht war aussichtslos. Irgendwann waren die bewaffneten Sicherheitskräfte weg gewesen, nur ein paar waren geblieben, und das Schiff hatte ablegt. Seitdem schipperte es scheinbar ziellos über den Ozean.

Gerade als Kamal sich daran machte, einen Stein – wo immer er ihn auch herhaben mochte – über den Deckboden zu schnippen, wurden sie durch einen plötzlichen Schrei unterbrochen. Er kam von der Reling, nicht weit entfernt. Als sie sich aufrichteten, sahen sie Fariba, eine Frau mit fast afromäßiger Mähne, aufgebracht gestikulieren.

Sie war eine von denen, die auf irgendwelchen Flughäfen gestrandet waren, weil sie entweder kein Visum hatten oder es ihnen bei der Passkontrolle entzogen worden war, und dann gesammelt aus allen Ecken der Welt ebenfalls auf das Schiff gebracht worden waren. Viele hatten das Land ohne Vorbereitungen und völlig überstürzt verlassen, weil sie zu lange geglaubt hatten dazuzugehören, bis ihnen die Staatsbürgerschaft von der Humpl-Administration entzogen wurde. Oft wegen Banalitäten wie Ladendiebstahl oder einem plötzlich aufgedeckten Steuervergehen, oder, wie im Fall von Fariba, weil sie von ihren Eltern eine zweite Staatsbürgerschaft hatte, was verboten war, obwohl sie nicht einmal davon gewusst hatte.

»Da ist etwas im Wasser! Da! Da drüben!«

Die Jungs sprangen auf, endlich tat sich etwas. Nabi rannte als Erster zur Reling, gefolgt von den anderen. Was sie sahen, ließ ihnen kurz das Blut in den Adern stocken: Ein kleines, umgedrehtes Boot trieb einige Meter vom Schiff entfernt, und daran klammerte sich eine Gestalt.

»Verdammt!«, rief Kamal. »Da sind Menschen!«

Es waren dutzende Menschen auf einem nur mehr zur Hälfte aufgeblasenen Schlauchbot, das bereits auseinanderzubrechen schien. Furchtbare Szenen spielten sich da unten ab – Menschen schrien, klammerten sich verzweifelt an die Ränder, versuchten, sich gegenseitig über Wasser zu halten. Einige waren ins Meer gefallen, wild paddelnd, einige wirkten bereits lethargisch und drohten unterzugehen. Viele hatten keine Schwimmwesten, ihre Kräfte schwanden schnell.

»Wir müssen etwas tun!«, stieß Reza hervor, seine Finger krallten sich ins Metall des Geländers.

Nabi presste die Lippen zusammen, sein Blick war panisch. »Und was? Ins Wasser springen?«

Yassin riss seine Sonnenbrille ab. »Verdammt, wenn wir nichts tun, sterben sie!«

Doch hinter ihnen klapperten bereits die Stiefel der Schiffssicherheit auf dem Deck. Befehle wurden gerufen, Männer in Uniform schoben sich durch die Menge. Die Jungen wussten, dass es gleich zu spät sein würde.

Ein dumpfer Knall ließ sie zusammenzucken. Ein Gewehrschuss. Die Sicherheitskräfte auf der *Atlantica* schienen nicht daran interessiert, eine Rettungsaktion einzuleiten. Im Gegenteil, sie schienen bereit, jeden Versuch im Keim zu ersticken.

»Das ist Wahnsinn!«, flüsterte Kamal. Reza schlug

mit der Faust gegen die Reling. »Wir können sie nicht einfach ersaufen lassen!«

»Wenn wir uns einmischen, sind wir die Nächsten«, murmelte Nabi. Doch seine Stimme zitterte. Die Entscheidung, die sie jetzt trafen, konnte über Leben und Tod bestimmen.

Ein weiterer Schuss krachte durch die Luft, gefolgt von panischen Schreien. Doch statt zurückzuweichen, griffen auch andere der gefangenen Passagiere ein. Ein wütender Tumult entstand, als sie sich auf die Handvoll Sicherheitskräfte stürzten. Nabi packte einen der Männer und rammte ihm das Knie in den Magen. Kamal entriss einem anderen die Waffe und warf sie über Bord. Reza und Yassin schlugen mit allem zu, was sie in die Hände bekamen – Sonnenliegen, Feuerlöscher, sogar Teller aus der Bar. Die Sicherheitskräfte waren überfordert, stolperten zurück, bis sie schließlich entwaffnet am Boden lagen.

»Jetzt! Die Boote losmachen!«, schrie Nabi.

Fariba und andere rannten zu den Seilen, während die Jungs halfen, es zu Wasser zu lassen, um die geschwächten Flüchtlinge aus dem sinkenden Schlauchboot an Bord des Rettungsbootes zu ziehen. Reza kniete sich an den Rand, streckte die Arme aus und zog eine zitternde Frau mit letzter Kraft aus dem kalten Wasser. Ihr Gesicht war blass, ihre Lippen blau vor Kälte. Kamal und Yassin arbeiteten zusammen, um ein Kind aus den Armen seiner halb bewusstlosen Mutter zu nehmen und sicher an Bord zu bringen. Ein junger Mann klammerte sich an die Reling, seine Hände rutschten immer wieder ab, doch Nabi packte ihn fest und zog ihn mit einem kräftigen Ruck hoch. Wasser tropfte von ihren Haaren, ihre Hände zitterten, aber sie waren gerettet. Die schwachen Überlebenden sanken erschöpft in die Ecken des Bootes, einige weinten, andere starrten fassungslos ins Nichts. Direkt daneben die überwältigten Wachen am Boden. Die Jungs hatten die ledernen Gurte ihrer Bauchtaschen, die sie immer dabeihatten, verwendet, um sie zu fesseln.

»Was machen wir mit ihnen?«, fragte Kamal und spuckte aus.

»Wir lassen sie nicht an Bord«, entschied Nabi. »Aber wir töten sie auch nicht.«

Statt sie zurückzulassen, setzten sie die Männer auf einem weiteren Rettungsboot aus. Mit angespannten Kiefern und gezwungenem Schweigen kletterten die Sicherheitskräfte widerwillig, aber resigniert in das kleine Boot. Reza löste das letzte Seil, und sie stießen es mit vereinten Kräften vom Schiff weg.

»Ihr kommt klar«, rief Yassin ihnen mit finsterem Blick nach. »Besser, als ihr es für die Leute in dem gekenterten Boot vorhattet.«

Als das Rettungsboot langsam auf das offene Meer hinaustrieb, atmete Nabi schwer. Sein Brustkorb hob und senkte sich vor Erschöpfung. Doch als er sich umsah, auf die geretteten Menschen, auf seine Freunde, die atemlos, aber am Leben waren, breitete sich ein müdes Lächeln auf seinem Gesicht aus.

»Respekt! Ihr habt es geschafft«, sagte plötzlich eine brummige Stimme. Der sonst so finstere Kapitän Stavros stand hinter ihnen. Sein Blick war schwer zu deuten, doch er zeigte keine Wut. Eigentlich hatten sie gedacht, dass der große Mann mit dem dichten, schwarzen Vollbart auf der Seite seiner Sicherheitsleute stehen würde, doch wie sich herausstellte, war er ein Mann von Seemannsehre.

Neuntes Kapitel

UMBRÜCHE

Vor über zwei Jahren hatte Kanzler Humpl auf dem großen Parteitag das Rednerpult betreten, die Halle zum Bersten gefüllt. Tausende Anhänger, Fahnen schwenkend, hatten seinen Namen skandiert.

»Sobald das Remigrationsgesetz durch ist«, hatte er gerufen, »werden sich die politischen Kräfte in diesem Land wieder annähern! Die Spaltung, die Unruhe, die Streitereien – es wird ein Ende haben!«

Tosender Applaus. Seine Worte klangen damals wie eine Verheißung.

Heute, mehr als ein Jahr nach der endgültigen Umsetzung des Gesetzes, zeigte sich, dass er recht behalten hatte. Aber anders, als viele – und er selbst – sich das vorgestellt hatten.

Ohne Ausländer fehlten Arbeitskräfte. Krankenhäuser kämpften mit Engpässen, Maschinen in den Fabriken standen still, Müll stapelte sich in den Straßen. Die Regierung rief nationale Arbeitsprogramme ins Leben, doch die Begeisterung dafür hielt sich in Grenzen. Wer sein Leben lang im Büro gesessen hatte, wollte nicht plötzlich Pflastersteine verlegen. Die staatlichen Medien verkündeten stolz: »Es ist eine Ehre, dem Vaterland durch harte Arbeit zu dienen!« Doch während die Redakteure diese Zeilen tippten, saßen sie selbstverständlich hinter ihren Schreibtischen.

Die Kriminalität sank – vorerst. Die Statistiken lobten den *Sicherheitsgewinn*, doch dann breitete sich Arbeitslosigkeit aus, alte soziale Spaltungen brachen auf. Verlassene Viertel, aus denen die ehemaligen Migrant:innen geflohen waren, wurden geplündert. Nationalistische Jugendgruppen, einst die stolzen *Beschützer der Heimat*, richteten ihre Wut bald gegeneinander. Lokale Parteiverbände versuchten, mit Bürgerwehren für Ordnung zu sorgen. Doch die Gewalt eskalierte weiter.

Auf staatlicher Ebene verlief die Entwicklung ähnlich vorhersehbar wie beängstigend. Die Sozialdemokraten kollabierten als Erste – ihre Wählerschaft war weg. Wer übrig blieb, spaltete sich. Manche passten sich an, andere gaben auf. Ein paar Idealist:innen hielten durch, wurden im Parlament aber nur noch geduldet, weil sie keine Stimmgewalt mehr hatten. Auch die Konservativen zerbrachen. Ihre Partei wurde zerrissen. Die Wenigen vom christlich-sozialen Flügel versuchten zunächst noch Widerstand – und landeten in Haft. Die anderen unter Vizekanzler Hartmann, der gerne im Trachtenanzug auftrat und den Verteidiger alter Traditionen spielte, dienten sich aus vorauseilendem Gehorsam der Nationalen Freiheitspartei an und wurden von ihr regelrecht verschluckt.

Auch die Kirche litt besonders unter der neuen Realität. Pfarrer Johannes Merz, ein angesehener Geistlicher, war einer der wenigen, die sich trauten, das Unrecht offen anzusprechen. Seine Predigten warnten davor, dass »ein Staat ohne Barmherzigkeit und Menschlichkeit auf Sand gebaut ist«. Das reichte, um ihn ins Visier der Behörden zu bringen.

Eines Sonntags, während er in seiner Dorfkirche predigte, drangen uniformierte Männer herein.

Die ersten Geräusche waren kaum mehr als ein leises Klacken. Metall auf Stein. Ein, zwei Köpfe in den hinteren Reihen drehten sich um, dann wurde die Kirchentür mit einem Ruck aufgestoßen. Die schweren

Flügel schlugen gegen die Wände, ließen das ehrwürdige Gebäude erbeben. Ein paar ältere Frauen in den vorderen Bänken zuckten zusammen. Ein Kind begann zu weinen. Ein ganzer Polizeitrupp trat ein, die schweren Schuhe hallten auf dem Steinboden. Die Uniformierten schritten ohne zu zögern durch den Mittelgang, ohne die Gläubigen zu beachten. Einige wichen zurück, manche pressten sich enger zusammen, als könnten sie sich gegenseitig Schutz bieten. Eine alte Frau bekreuzigte sich, flüsterte ein Gebet. Ein Mann in der dritten Reihe ballte die Hände zu Fäusten, wagte es aber nicht, aufzustehen.

Dann blieben sie stehen. Direkt vor dem Altar. Einer der Männer trat vor, die Stimme kühl, unbarmherzig: »Mitkommen!«

Ein Raunen ging durch die Menge. Jemand stieß einen entsetzten Laut aus. Eine Frau rief: »Um Gottes Willen!«

Merz bewegte sich nicht. Doch die Gemeinde sah, wie sein Adamsapfel zuckte, als er schluckte. Seine Hände lagen auf der Kanzel, als könnte er sich daran festhalten. In den hinteren Reihen begann ein Kind zu schluchzen. Seine Mutter versuchte, ihm eine Hand über den Mund zu legen, es zu beruhigen. Doch Schweigen war auch für die anderen Kirchgänger keine Option mehr.

»Ihr könnt ihn nicht mitnehmen!«, rief eine Stimme. Es war eine junge Frau, kaum zwanzig. »Er hat nichts getan!«

Ein Soldat fuhr herum. »Sie halten den Mund!«

Sie hielt dem Blick stand, ihr Atem ging schnell. Doch ihre Eltern zogen sie hastig zurück auf die Bank.

Merz hob die Hand. Nicht zu den Soldaten, sondern zu seiner Gemeinde. Sein Blick war ruhig. »Alles ist gut.«

Die Menschen in den Bänken wollten es nicht glauben. Manche standen, zögerten, als würden sie sich jeden Moment vor ihn stellen. Doch sie wussten, was mit denen geschah, die Widerstand leisteten. Ein älterer Mann sank auf die Knie, murmelte unhörbare Gebete.

Ein Uniformierter packte den Priester am Arm. »Komm schon, Pfaffe.«

Johannes Merz ließ sich abführen. Doch als er durch den Mittelgang geführt wurde, sah er sie alle an. Menschen, die auf ihn gezählt hatten. Menschen, die ihn nun in Ketten sahen. Dann durchschritt er die Tür. Sie fiel mit einem lauten Knall hinter ihm ins Schloss.

Jemand hatte alles gefilmt und das Video trotz strengen Verbots gepostet. Es verbreitete sich millionenfach, als zwei Tage später das Gerücht umging, er sei im Gefängnis verstorben. In den Staatsmedien keine offizielle Erklärung dazu – nur eine dürre Pressemitteilung, die von einem *tragischen Unfall in der Haftanstalt* sprach.

Die Liberalen und die Grünen verschwanden still. Ihre Ideale – individuelle Freiheit, Minderheitenschutz, Weltoffenheit, Klimaschutz – waren nichts mehr wert. Wer konnte, floh. Wer blieb, passte sich an oder verstummte. Ein paar wagten es, öffentlich zu protestieren – sie landeten vor Gericht oder verloren ihre Existenz.

Dann, nachdem die Opposition vernichtet war, stagnierte auch die Nationale Freiheitspartei. Der äußere Feind war besiegt, doch ohne ihn zerfiel die eigene Einheit. Ehemalige Verbündete bekämpften sich nun. Pragmatiker forderten eine Korrektur, Ideologen wollten den radikalen Kurs weiter vorantreiben. Mit dem Verschwinden der Migrant:innen gerieten andere ins Visier. Störenfriede der neuen Ordnung. Queere Menschen, dann Feministinnen.

Der Fall Clara Heller hatte es sogar in die Hauptnachrichten-Sendung des Staatssenders geschafft:

»Ein außergewöhnlicher Fall vor Gericht«, hatte die Moderatorin mit kühlen Augen erklärt. »Clara Heller, selbsternannte Frauenrechtlerin und Podcasterin, musste sich heute wegen gesellschaftlicher Aufwiegelung verantworten.«

Hinter ihr erschien ein großes Bild der Angeklagten. Kein schmeichelhaftes Foto – aufgenommen aus einem ungünstigen Winkel, ihre Stirn leicht gerunzelt, als hätte man sie in einem Moment der Unsicherheit erwischt.

»Heller, die in ihren Sendungen immer wieder die traditionelle Rolle der Frau in Frage gestellt hat, wurde beschuldigt, gezielt gegen die natürlichen Strukturen unserer Gesellschaft Stimmung gemacht zu haben.«

Die Szene wechselte zu Archivaufnahmen: Heller in einem dunklen Podcast-Studio, Kopfhörer auf, die Stimme fest und klar. Ein Ausschnitt wurde eingespielt: »Wenn wir akzeptieren, dass Frauen wieder allein für Haushalt und Kinder zuständig sind, dann geben wir nicht nur unsere Freiheit auf, sondern auch unsere Sicherheit.«

Schnitt in den Gerichtssaal. Heller saß auf der Anklagebank, das Gesicht ernst, aber undurchdringlich. Dann ein Zitat aus dem Plädoyer der Staatsanwaltschaft: »Es geht hier nicht nur um eine Einzelperson. Es geht darum, ob wir zulassen, dass Menschen wie sie das gesellschaftliche Fundament untergraben.«

Die Sprecherin im Studio fuhr fort: »Das Gericht kam nach eingehender Prüfung zu dem Urteil: Freispruch aus Mangel an Beweisen. Ein überraschender Ausgang – doch die Frage bleibt bestehen: Ist unsere Gesellschaft ausreichend geschützt vor derartigen zersetzenden Einflüssen?«

Hinter ihr tauchten nun Kommentare aus der Bevölkerung auf – oder zumindest das, was als *Stimme des Volkes* präsentiert wurde.

Ein Mann mittleren Alters, verschränkte Arme: »Die Gerichte lassen sich zu viel gefallen. Wer unser System infrage stellt, sollte auch die Konsequenzen tragen.«

Eine ältere Frau in einem Park: »Früher hätten wir solche Ideen nicht gehabt. Heute darf jeder sagen, was er will, und am Ende wundern wir uns über den moralischen Verfall.«

Dann eine junge Mutter, mit einem Kind auf dem Arm, lächelnd, aber bestimmt: »Ich erziehe meine Tochter zu einer starken Frau – aber zu einer, die weiß, wo ihr Platz ist.«

Zurück im Studio. Die Sprecherin faltete die Hände auf dem Tisch. »Clara Heller mag freigesprochen worden sein, aber sie ist und bleibt eine umstrittene Figur.«

Ein letztes Bild – Heller, wie sie nach dem Prozess durch eine kleine Seitentür das Justizgebäude verließ, den Kragen hochgeschlagen, den Blick gesenkt. Dann folgte das Wetter. Nicht erwähnt wurde, dass Heller durch den Prozess finanziell ruiniert war, ihr Podcast eingestellt und ihre Produktionsfirma geschlossen wurden.

Mit den politischen Veränderungen hatte sich auch das ganz alltägliche Leben geändert. Auf den Straßen gingen die Leute mit gesenktem Blick, die Schultern eingezogen, die Schritte hastig. Auch wer es wagte, das Phönix-Abzeichen – das offizielle Symbol der nationalen Freiheit – nicht zu tragen, wurde schnell zur Zielscheibe. In jeder Kommune hatten sich Patrouillen gebildet, die es sich zur Aufgabe gemacht hatten, die *moralische Ordnung* zu überwachen. Selbst wer das

Abzeichen nur versehentlich vergessen hatte, musste überall und jederzeit mit Kontrollen rechnen.

Man hörte es meist schon, bevor man es sah. Die schneidenden Stimmen halbwüchsiger Burschen, wie sie sich aufplusterten. Man senkte instinktiv den Kopf, um nicht selbst aufzufallen, prüfte die eigene Anstecknadel, beschleunigte den Schritt.

»Ich habe es... Ich wollte es gleich...« Ein Mann, eine Frau in die Zange genommen, eingekesselt. Hände, die nervös in Taschen kramten und doch nichts fanden. »Ich hab's verloren...«

Noch schneller gehen. Nicht stolpern. Keinesfalls die Straßenseite wechseln, das wäre verdächtig. Verdächtiger, als einfach weiterzugehen.

»Auch noch schlampig mit dem Symbol unserer Nation umgehen?« Der Kreis zog sich zusammen.

Zähne zusammenbeißen. Gleich würde es vorbei sein. Ein Schritt, zwei. Sich zwingen, nicht zu reagieren. Kein Zucken, kein Schauen.

Ein gepresstes Flüstern aus der Gruppe: »Es... es wird nicht wieder vorkommen.«

Dann das Geräusch. Ein dumpfer Laut. Vielleicht ein Schlag. Vielleicht nur ein Stoß gegen die Hauswand. Ein gestautes Keuchen. Das Zerreißen von Stoff.

Noch schneller gehen und - endlich um die Ecke.

Vorbei. Herzpochen.

Und trotzdem weiter, nicht stehenbleiben.

Wie die anderen auch. Abzeichen kontrollieren.

Mit der Zeit aber begann der Phönix, ein eigentümliches Eigenleben zu entwickeln. Auslöser war ein gewisser Konrad W., ein verurteilter Sexualstraftäter, der bereits einige Jahre wegen mehrerer Vergewaltigungen in Haft verbracht hatte. Er galt als Wiederholungstäter, doch nach der Machtübernahme der neuen Regierung änderten sich die Dinge. Sein Fall wurde neu aufgerollt, als er sich bei seiner Verteidigung auf eine neue Strategie verlegte: Er ließ sich in den Medien als reuiger *Patriot* darstellen, der *seine Fehler eingesehen* und sich nun dem Dienst an der Nation verschrieben hatte. W. trat öffentlich als Redner auf Parteiveranstaltungen auf, sprach über *männliche Ehre* und forderte eine *Rückkehr zu natürlichen Rollenbildern*. Dabei trug er stets das Phönix-Abzeichen stolz auf seiner Brust. Seine Anhänger, meist junge Männer, die sich als *Verteidiger der Ordnung* sahen, verklärten ihn als geläuterten Kämpfer gegen den *moralischen Zerfall.*

Doch dann kam die Wahrheit ans Licht. Eines Abends berichtete eine junge Frau in einem Online-Forum, dass W. sie und eine Freundin nach einer Kundgebung vergewaltigt habe. Sie nannte Details, die niemand hätte erfinden können. Doch statt Empörung folgte erst ein Aufschrei der Verteidigung:

»Das sind Lügen der Feinde unseres Volkes!«, schrieb ein User mit tausenden Followern.

»So ein tapferer Mann würde so etwas niemals tun!«, hieß es in Kommentaren.

Doch die Anschuldigungen häuften sich. Immer mehr Frauen meldeten sich. Einige hatten sich zuvor nicht getraut, weil sie wussten, dass er unter dem Schutz der Partei stand. Doch nun, da sie sahen, dass sie nicht allein waren, brach eine Welle der Enthüllungen über das Land herein.

Die Partei erkannte, dass sie ein Problem hatte. W. war zu exponiert, um noch verteidigt zu werden. Noch am selben Tag verbreiteten sich offizielle Verlautbarungen, die ihn als »moralisch nicht tragbar« bezeichneten.

»Wir distanzieren uns auf das Schärfste von dieser Person«, erklärte ein Sprecher der Regierung. »Jemand, der unser heiliges Symbol des Phönix missbraucht, hat nichts in unserem Kreis verloren.«

Am Abend lief sein Bild durch die Nachrichten – diesmal nicht als patriotischer Vorzeige-Bürger, sondern als Staatsfeind. In den sozialen Netzwerken tauchten Fotos auf, in denen er das Abzeichen trug, begleitet von Kommentaren:

»Wir wollen keine Verbrecher unter uns!«

Immer mehr Menschen legten das Abzeichen ab, um nicht mit einem solchen verwechselt zu werden. Tagelang waren überall auf den Straßen kleine verdreckte Metallvögel zu finden. Der Phönix war tot und erstand auch nicht wieder auf. Selbst Kanzler Humpl war nie wieder mit einem Phönix auf dem Revers zu sehen.

Zehntes Kapitel

NEUE MODE

An einem strahlenden Sommertag streifte Malik alias Vexo alias Micha Schmidt durch die Straßen, um zu sehen, was aus seiner Stadt geworden war. Sonst verließ er seinen Bezirk kaum, da er in seinem Atelier zu arbeiten hatte oder mit Natascha unterwegs war, wenn sie es schaffte, die Kinder für ein paar Stunden bei Florian und Klaus unterzubringen. Das Bild, das sich ihm bot, war mit der Stadt, in der er aufgewachsen war, nicht zu vergleichen, aber es amüsierte ihn dennoch derart, dass er laut auflachen musste.

»Mashallah!«, stieß er aus und sah sich um – hoffentlich hatte es niemand gehört. »Das ist ja wie bei *Sound of Music* hier.«

Im Schankgarten vor einem ehemals als besonders hip bekannten Straßenlokal ließ es sich eine Gruppe Männer und Frauen mittleren Alters gut gehen, prostete sich mit großen Biergläsern zu und war schon sichtlich guter Laune. Diese Tatsache war an sich nichts Besonderes, doch sie wirkten in ihrer Aufmachung vollkommen deplatziert auf ihn. Offensichtlich hatten sich bei den Männern Loden, traditionelle Lederhosen mit Stutzen, und bei den Damen Dirndlkleider mit Schürzen als vorherrschende Modetrends durchgesetzt. Und das, obwohl weit und breit kein Berg in der Nähe war, wo man derartige Kleidung noch als Eyecatcher für Touris hätte betrachten können.

Andere Passant:innen waren auf Funktionskleidung umgestiegen, trugen Shirts aus schnelltrocknendem High-Tech-Material, das angeblich Schweiß sofort nach außen transportierte, kombiniert mit knallbunten Softshelljacken, die an diesem sonnigen Tag wohl kaum notwendig waren. Ihre Beine steckten in flexiblen Trekkinghosen mit abnehmbaren Hosenbeinen, die in der Mittagshitze bereits zu Shorts umfunktioniert worden waren. Einige trugen sogar klobige Wanderschuhe mit dicken Sohlen, obwohl das Einzige, was hier erklommen werden konnte, die Bordsteinkante oder höchstens eine U-Bahn-Treppe war. Manche hatten sich mit breiten Hüten oder atmungsaktiven Caps gegen die Sonne geschützt, während andere sogar noch einen kleinen Rucksack mit integrierter Trinkblase dabeihatten, als stünde ihnen eine Tageswanderung bevor und nicht bloß ein Spaziergang durch die Stadt.

Malik schüttelte grinsend den Kopf. Entweder war er in den 1950er-Jahren gelandet und jemand veranstaltete ein Heimatfilm-Casting oder es hatte gerade ein Massenwandertag stattgefunden. Letzteres erschien ihm gar nicht einmal so ungewöhnlich, zumal die Regierung tatsächlich einen Freizeit- und Sportfonds eingerichtet hatte, der regelmäßig Massenausflüge und Kurzurlaube organisierte.

Aus dem Augenwinkel bemerkte er, wie ihn einige Menschen anvisierten oder hinter seinem Rücken bereits tuschelten, was wohl an seiner eigenen legeren Kleidung lag: ein oversized Radiohead-Bandshirt, das so ausgeblichen war, dass man das ohnehin verschwommene Highway-Motiv des *OK Computer*-Albums nicht einmal mehr erahnen konnte, dazu locker sitzende, leicht ausgewaschene Cargo-Shorts mit tiefen Taschen. Auf der Nase eine schmale, getönte Sonnenbrille und über der Schulter einen schlichten, aber zugegeben teuren Crossbody-Bag für sein Skizzenbuch und seine Polaroidkamera. Er fiel offenkundig auf, was auch aus der einen oder anderen schnippischen Bemerkung zu entnehmen war, die er im Vorbeigehen aufschnappte.

Angriff war die beste Verteidigung. »Tachchen! Ein Traum dit Wetter, wa'?«

Sein breites Grinsen irritierte die Einheimischen – beim zweiten Blick sahen sie weniger misstrauisch aus. Offenbar ein Tourist.

Am frühen Abend traf er Natascha in einem traditionsreichen Eissalon, der für *Zitronensorbet in Weißwein* und seinen *Coup Alpine* berühmt war. Nachdem sie sich ausgiebig geküsst hatten, erzählte Natascha, dass im Freundeskreis bereits aufgefallen war, dass sie in letzter Zeit oft weg war. Flo und Klaus vom oberen Stock hätten sie darauf angesprochen und gefragt, wo sie sich denn neuerdings immer herumtreibe; sie munkelten bereits darüber, dass sie womöglich eine Affäre am Laufen oder gar eine neue Beziehung gefunden habe.

Malik zog eine Augenbraue hoch. »Und? Was hast du gesagt?«

Natascha tunkte ihren Löffel ins Sorbet und zog die Antwort unnötig in die Länge. »Naja … zuerst hab' ich ein bisschen rumgedruckst. So à la ›Ach, ihr wisst doch, ich brauche manchmal meine Zeit für mich.‹ Aber die haben natürlich nicht lockergelassen.«

Malik seufzte amüsiert. »Natürlich. Flo und Klaus sind die schlimmsten Tratschtanten.«

»Genau das«, bestätigte sie und löffelte weiter. »Irgendwann war's mir zu blöd, also hab' ich halt einfach alles zugegeben.«

Malik erstarrte mit dem Löffel in der Luft. »Alles?«, fragte er gedehnt.

»Naja, nicht wirklich alles«, korrigierte sie sich grinsend. »Ich hab' gesagt, dass ich einen gewissen Micha date, der zufällig genau wie Malik ein Sprayer ist.«

»Du hast ihnen erzählt, dass du dich mit Micha Schmidt triffst?!«

»Yep«, sagte Natascha und leckte seelenruhig an ihrem Löffel. »Soll ich dir was sagen? Sie fanden's völlig logisch.«

Malik blinzelte. »Logisch?«

»Na ja.« Sie zuckte mit den Schultern. »Der eine Sprayer geht, der andere kommt. Wer würde da schon einen Zusammenhang vermuten?«

»Und? Wie haben sie reagiert?«

»Ach, ziemlich entspannt. Klaus meinte, er hätte es ja schon geahnt, und Flo wollte direkt wissen, wer der Typ ist.« Sie grinste. »Also hab' ich halt gesagt: Ein Sprayer aus Berlin. Ist zufällig gerade in der Stadt, weil er einen Auftrag für eine Fassadengestaltung bekommen hat.«

Malik rieb sich über das Kinn.

»Ein Sprayer aus Berlin«, wiederholte er trocken. »Wie originell. Ist ihnen nichts komisch vorgekommen? Ich meine: Malik wandert nach Berlin aus und dieser Micha Schmidt kommt kurz darauf von genau dort? Und beide sprayen? Was für ein Zufall!«

»Na ja, die Geschichte ist so verworren, dass sie schon wieder wahr sein könnte«, erwiderte Natascha mit gespielter Unschuld. »Ich hab' nur ein paar Details ausgelassen. Und jetzt kannst du überlegen, ob wir ihnen irgendwann die Wahrheit sagen oder du weiter in geheimer Mission unterwegs sein willst.«

Malik rollte mit den Augen.

»Sieh's positiv«, meinte Natascha. »So oder so wird diese Story eines Tages zu einer Urban Legend.«

Malik kaute eine Weile gedankenverloren auf dem Löffel herum. Das Versteckspiel aufzugeben hatte Vor- und Nachteile. Auf der einen Seite würde es für ihn vieles einfacher machen: keine Angst, sich zu verplappern, keine Geheimnistuerei mehr. Auf der anderen

Seite… Nun ja, wer wusste, ob die Geschichte dann nicht doch irgendwann weitere Kreise ziehen würde?

»Ich denk drüber nach«, murmelte er schließlich und nahm einen weiteren Löffel Sorbet.

Natascha entschied sich, nicht weiter nachzubohren – vielleicht, weil sie wusste, dass Malik erst einmal mit sich selbst ausmachen musste, wie er weitermachen wollte.

»Übrigens«, sagte sie, als wäre das völlig beiläufig, »ich hab' die Kinder für ein Sommercamp angemeldet. Zwei Wochen, ab nächstem Monat.«

Malik hob eine Augenbraue. »Zwei Wochen? Klingt fast zu schön, um wahr zu sein.«

»Tja, manchmal trifft die Regierung auch ins Schwarze.« Ironie in ihrer Stimme. »Statt sich über Overtourism zu beschweren, pumpen sie jetzt Steuergelder rein und bekämpfen den Undertourism in den Ferienorten mit Schulkindern.«

Malik zog eine Schnute. »Und die Kinder sind dann zwei Wochen lang damit beschäftigt, Kanus zu fahren, Lagerfeuer zu machen und Wanderlieder zu singen?«

»Mehr oder weniger.« Sie zuckte mit den Schultern. »Aber sie freuen sich wie wild… und es ist kostenlos. Eine Win-win-win-Situation für alle.« Sie lachte.

»Definitiv«, meinte Malik und konnte nicht anders, als zu grinsen. Zwei Wochen ohne Kinder – eine kleine Sensation. »Und was machen wir in der Zeit?«

Natascha beugte sich mit einem verschwörerischen Lächeln vor. »Tja, ich hätte da ein paar Ideen…«

Elftes Kapitel

EINE BUSFAHRT

Gut ein Dutzend Busse von *Steinhart Reisen* reihten sich an der Grenze wie die Glieder einer Kette, ihre Motoren grollten dumpf, als warteten sie auf ein Signal, während die grauen Auspuffgase sich wie Schleier über den Asphalt legten. Die Karosserien, überzogen mit einer feinen Staubschicht, wirkten trotz allem gepflegt – schließlich handelte es sich um ein traditionsreiches Unternehmen, das seit Jahrzehnten zuverlässig Menschen durch das Land chauffierte. Der Schriftzug auf der Seite pries stolz: *Seit Generationen unterwegs.*

Mit einem ratternden Geräusch öffnete sich der Schlagbaum und der erste Bus rollte langsam bis zur Kontrollstelle vor. Grenzsoldaten in graugrünen Uniformen traten an, die Maschinenpistolen locker vor der Brust hängend. Ihre Finger lagen auf den Griffen, als könnte jederzeit etwas aus dem Bus springen, während die Zollbeamten mit Klemmbrettern bereitstanden. Einer von ihnen gab dem Busfahrer mit einer knappen Geste zu verstehen, die Tür zu öffnen. Ein leises Zischen, dann strömte ein kühles Gemisch aus verbrauchter Luft und dem säuerlichen Geruch von mitgebrachten Wurstsemmeln, Schweiß und Bergkräuterbonbons hinaus. Drinnen saßen gedrängt junge Frauen und Männer in Lodenhosen, mit Trachtenwesten und sorgfältig gebundenen Dirndlschürzen. Einige wenige in Outdoor-Jacken, weil die Klimaanlage recht kühl eingestellt war. Die Gepäckablagen vollgestopft mit Wanderrucksäcken und Trekkingstöcken.

Ein junger Soldat bestieg den Bus und trat an die erste Reihe, sein Blick wachsam. »Ausweise.«

Die Hände der Passagiere griffen synchron in ihre Jacken und Taschen. Pässe wurden hervorgeholt, abgenutzt, manche in dunklen Lederhüllen, die alle gleich aussahen, andere lose. Der Soldat nahm sich den ersten, blätterte durch, seine Augen huschten über die Seiten.

Ein Zollbeamter trat neben ihn. »Zweck der Reise?«

»Ausflug.« Die Stimme des Mannes in der ersten Reihe klang tief und kurz angebunden.

»Wohin?«

»Berge.«

»Wie lange?«

»Drei Tage«, sagte er – eine Spur zu schnell, als hätte er sich die Antwort zurechtgelegt.

»Organisiert?«

»Freizeit-Fonds.«

Die Soldaten warfen sich einen kurzen Blick zu. Einer von ihnen verzog kaum merklich den Mund, als hätte er einen merkwürdigen Nachgeschmack auf der Zunge. Normalerweise kamen die Reisegruppen nach solchen Ausflügen deutlich gelöster zurück, um nicht zu sagen angeheitert bis besoffen, mit roten Wangen und singend. Doch diese hier? Stocknüchtern, wortkarg, fast steif, diszipliniert. Kein blöder gelallter Witz, keine Schnapsfahne.

Einer der Soldaten schürzte die Lippen, doch keiner stellte eine weitere Frage. Die Busse, die Kleidung – es passte ins Bild. Vielleicht war der Kurztrip ein Reinfall oder alle waren einfach nur müde vom Wandern. Gerade wollte der Soldat die Ausweise wortlos zurückgeben, als ein lautes Poltern durch den Bus hallte. Ein Rucksack, prall gefüllt, war von der Gepäckablage gefallen. Der dumpfe Aufprall schien den Bus für eine Sekunde in Starre zu versetzen. Ein Mädchen mit blonden Locken zupfte am Ärmel ihrer Nachbarin. Die zuckte kaum merklich mit den Schultern. Kein Wort. Niemand rührte sich. Nur der Zollbeamte drehte langsam den Kopf. Die junge Frau sah ihn ruhig an. Zu ruhig. Mit geübtem Griff packte er das Gepäckstück. Ein entschlossener Ruck am Reißverschluss und der Inhalt fiel ihm in die Hände – eine Wanderkarte, Socken, Dosen-Leberwurst. Dann … ein Buch. Ein dickes, abgegriffenes Taschenbuch mit Eselsohren. Der Beamte runzelte die Stirn, drehte es in den Händen und versuchte, den Titel zu entziffern.

»P… Pie… Piec lat… Ka…« Er stockte, verzog die Stirn. Keine Chance. Auch der Name des Autors darunter war ihm fremd und nicht entzifferbar. Er hob den Blick zur Besitzerin des Buches, einem hübschen Mädchen mit festem Blick, tiefem Ausschnitt und einem Kopftuch, das ihre blonden Haare nur noch besser zur Geltung brachte.

»Was ist das?«, fragte er misstrauisch.

»*Pięć lat kacetu* von Stanisław Grzesiuk«, sagte sie. Ihre Stimme war ruhig, ihre Hände lagen gefaltet in ihrem Schoß.

Der Beamte blätterte langsam durch die Seiten, überflog die Buchstaben, die ihm nichts sagten. Die Seiten waren vergilbt, die Ränder leicht ausgefranst. Es roch nach altem Papier.

»Welche Sprache ist das?«, fragte er, sein Tonfall scharf.

»Polnisch«, sagte die Frau. Der Soldat neben dem Beamten schnaubte kaum hörbar. Vielleicht sollte er weiterfragen. Vielleicht sollte er den Rucksack mitnehmen. Doch dann zuckte er nur mit den Schultern. Wer sich an sowas festbiss, bekam nur Ärger.

»Zum Sprache lernen.« Ihr Blick blieb unbewegt, die Stimme tonlos, als hätte sie den Satz einstudiert.

Einen Moment lang schien der Beamte noch zu überlegen, dann klappte er das Buch zu und schob es zurück in den Rucksack. Immerhin kam die Reisegruppe ja gerade aus dem befreundeten Polen.

»Sie müssen Ihr Gepäck sicherer verstauen.« Seine Stimme klang neutral, fast müde. Dann nickte er dem Soldaten zu.

»Weiterfahren.«

Die Tür schloss sich zischend, der Bus rollte an. Der nächste fuhr vor. Wieder dieselben trockenen Gesichter, die gleichen einsilbigen Antworten. Diese Fahrt musste furchtbar gewesen sein – der Soldat atmete schwer aus, richtete sich auf und warf einen Blick zum Kollegen.

»Nichts für ungut, aber wenn mich jemand fragt, ob ich mal so eine Fahrt mitmache – ich glaub', ich lehn' ab.«

Der Kollege konnte sich ein spöttisches Grinsen nicht verkneifen. »Gute Entscheidung.«

Der Bus verschwand in der Dunkelheit. Der Soldat trat einen Schritt zurück, ließ die Finger kurz über seine Maschinenpistole gleiten.

»Warum hast du da drin gezögert?«, fragte sein Kollege unvermittelt, während der nächste Bus an die Rampe rollte. Seine Stimme klang beiläufig, doch in seinen Augen lag ein prüfender Ausdruck. »Ich hab's gesehen. Nicht gut.«

Keine Antwort.

»Wenn du zögerst, denken die anderen, dass du nicht bei der Sache bist«, fuhr er fort. »Und wenn du nicht hinter der Sache stehst, frag dich lieber, wie lange du hier noch Dienst schieben willst.«

»Ich hab' nichts gesagt.«

»Das ist genau das Problem.« Sein Blick wurde schmal. »Hier draußen halten wir zusammen.« Er machte eine vage Geste in Richtung der Grenzschutzanlagen. »Wir brauchen keine Weicheier. Wir sind Soldaten.«

Einen Moment lang herrschte Stille, unterbrochen nur vom dumpfen Brummen der Busse, die in gleichmäßigem Takt weiterrollten. Der junge Soldat wandte den Blick ab. Der andere ließ ihn jedoch nicht aus den Augen. Er wusste genau, dass sein Kollege nicht ahnte, was wirklich lief. Es war nicht das Zögern aus Mitleid, das er fürchtete – sondern jenes Zögern, das Fragen aufwarf.

Jedenfalls war es kein Zufall, dass bestimmte Busse schneller passieren durften als andere. Ein Anruf von oben und ein kleiner Umschlag, der hie und da den Besitzer wechselte, machte vieles möglich. Eine rein technische Angelegenheit, nichts Persönliches. Junge Idealisten konnte er nicht gebrauchen. Die waren gefährlich, weil sie Aufmerksamkeit auf Dinge lenkten, die besser unbemerkt blieben.

»Hör zu, Kamerad«, sagte er schließlich und klopfte dem anderen beschwichtigend, aber dennoch hart auf die Schulter. »Du hast schon recht: Die Besten in diesem Job sind die, die den Mund nicht groß aufreißen. Nichts für ungut.«

Dann trat er an die Tür des nächsten Busses, die sich zischend öffnete. Die Nacht war erfüllt von gedämpften Stimmen, Motorengeräuschen und dem leisen Klacken von Stiefeln auf Asphalt, während am Himmel ein einsamer Scheinwerfer seine Kreise zog.

Nur ein paar dutzend Kilometer entfernt, über den Dächern der Hauptstadt, stolzierte Unterstaatssekretär Harald Ehrlich telefonierend im Schlafzimmer seiner Dienstwohnung auf und ab. Zufrieden, fast triumphierend blieb er am Fenster stehen und musterte die beleuchtete Fassade des Innenministeriums gegenüber – das Gebäude, aus dem er gerade gekommen war.

»Also, alles glatt gelaufen?«, fragte er beiläufig, während er mit einer Hand den Krawattenknoten lockerte.

»Wie geschmiert«, kam die Antwort aus dem Hörer. »Die erste Fuhre ist da. Keine Zwischenfälle an der Grenze, keine Nachfragen. Hab' den Frauen die Papiere wieder abgenommen, wie abgesprochen.«

Ehrlich nickte unbewusst, zufrieden. »Und?«

»Sitzen erst mal in meinem Geschäft«, sagte die Stimme am anderen Ende, »müssen sich erholen. War 'ne lange Fahrt. Aber sie wissen, was Sache ist.«

»Gut. Die Männer?«

»Weitergeschickt, genau wie geplant. In den Bussen auf dem Weg zum Bau, die anderen aufs Feld. Sind wohl gerade auf halber Strecke. Spargelsaison dauert nicht mehr lang.«

Ehrlich grinste. Perfekt. Keine Verzögerungen, keine Zwischenfälle. Alles lief reibungslos, diskret und effektiv.

»Und unser Freund?«, fragte er.

Ein kurzes Lachen aus der Leitung. »Hat sein Geld. Zufrieden. Fragt schon nach der nächsten Lieferung.«

Ehrlich nahm einen Schluck aus seinem Whiskeyglas. Die Nachfrage nach billigen Arbeitskräften war hoch – und Angebot war nie ein Problem. Wenn jemand verschwand, kümmerte es niemanden.

»Er soll sich bereithalten.«

»Wann?«

Er trat einen Schritt vom Fenster zurück, musterte sein Spiegelbild, überrascht, wie kühl und berechnend es war. »In den nächsten Tagen«, sagte er schließlich. »Wir holen noch viel mehr Bauarbeiter und Feldarbeiter herein. Und natürlich Nutt…«

»… sag's nicht! Nicht am Telefon.«

Ehrlich leerte sein Glas mit einem einzigen Zug, dann ließ er sich in den ledernen Sessel neben seinem Bett sinken. »Halt mich auf dem Laufenden.«

»Verlass dich drauf.«

Ein leises Klicken, die Verbindung wurde getrennt. Ehrlich lehnte sich zurück. Menschen kamen, Menschen gingen. Man nannte es Wirtschaft. Was sein Partner nicht wusste war, dass die hohlen Trekking- und Wanderstöcke, die sie den »Ausflüglern« zur Tarnung mitgegeben hatten, voll mit Kokain waren.

Ein Bombengeschäft, dachte er, als er sein Smartphone entsperrte. Das gelbe Logo der App strahlte ihm fahl ins Gesicht. Zögerlich öffnete er sie. Ein Grid voller Gesichter, verschwitzte Gym-Selfies, Spiegelbilder mit gesenktem Blick, Brustmuskeln, Sixpacks, mehr Haut als Identität. Anonyme Profile mit kryptischen Namen. Dazu Entfernungsangaben. 230 m entfernt, 1,5 km, 5 km. Nahe genug für eine Nacht, aber weit genug entfernt, um keine Fragen aufkommen zu lassen.

Sein Finger glitt über den Bildschirm. Die Hände schwitzten, er spürte das Blut durch seine Adern blubbern. Hitze stieg in ihm auf, als läge er wieder im Whirlpool, wie an jenem ersten Abend.

Neu hier – unscharfes Bild, aber die Silhouette sprach für sich. *Mask, diskret. Keine Zeit für Smalltalk*. Keine ewigen Beschreibungen, keine Emojis. Einer von denen, die nicht lange reden, nur kommen und wieder gehen. Ein Klick, der Chat öffnete sich.

»Lust auf ein Treffen?«

»Ja.«

»Jetzt?«

Ehrlichs Mundwinkel zuckte leicht. Er streifte die Socken ab und rieb seine nackten Füße gegeneinander. Dann sendete er seine Location, beobachtete mit gerötetem Gesicht, wie der andere die Nachricht las. Gelesen.

Keine Verzögerung. Sekunden später erschien die Antwort.

»In 20 Min da. Bin unterwegs.«

Ehrlich ließ das Handy sinken, öffnete langsam die Knöpfe seines Hemdes, streifte die Hose ab. Ein kurzer Blick in den Spiegel: die Reflexion eines Mannes, der wusste, was er wollte. Bombe.

Zwölftes Kapitel

WALDSPORTÜBUNGEN

Die kleine, rot-weiße Schmalspurbahn schnaufte durchs Tal, als hätte sie keine Eile und keinen Ehrgeiz. Natascha saß auf einer schmalen Bank mit viel zu gerader Rückenlehne und rang mit dem Schiebefenster, das sich nur widerwillig öffnen ließ. Ein Kind auf dem Sitz gegenüber kaute geräuschvoll an einer Wurstsemmel. Es starrte sie dabei an, lang und ohne Regung. Sie zerrte, ruckelte, fluchte leise. Schließlich gab der Metallrahmen nach, begleitet von einem langen Quietschen, das fast als Alarmsignal durchgegangen wäre. Zwei Mitreisende drehten sich um.

Ein Schwall kühler Morgenluft drang herein. Windige Frische, der Geruch von trockenem Heu, Stall, heißem Bitumen. Die Landschaft flog vorbei, in ihrer ganz eigenen Dramaturgie. Zwischen den Berghängen zogen sich gigantische Strommasten wie Metallgerippe durchs Tal, schamlos sichtbar, nicht einmal kaschiert. Der Zug folgte dem Ufer eines naturnah regulierten Wildbachs – Betonmauern, in akkurat gesetztem Bruchstein, hielten das Wasser im Zaum. Auf der anderen Seite eine breite, mehrspurige Asphaltstraße, die ohne Rücksicht auf das Gelände schnurgerade durch das Tal schnitt, als habe man beim Bau die Natur übersehen. Lastwagen bretterten durch die Kulisse. Sonst gab es nicht viel Verkehr, ein paar Autos mit Skiträgern, alle mit Nummernschildern aus benachbarten NOVA-Ländern. Die nationale Tourismusbehörde hatte dort Werbung für Sommer-Gletscher-Skivergnügen geschaltet.

Die Hänge entlang des Tals waren teils saftig grün, teils verbrannt von der Hitze der letzten Wochen. Braune, ausgedörrte Wiesen, auf denen Kühe standen, die auch keine Lust mehr zu haben schienen. Ortschaften mit fast exotisch klingenden Namen zogen vorbei. Häuser im Stil alter Bergbauernhöfe, mehrgeschossig, mit Tiefgarage und Carport. Die Dächer, aus praktischen Gründen nicht mit den für diese Region typischen Holzschindeln, sondern schwarz gedeckt, weil praktischer. An den Fronten statt fein geschnitzter Balkongeländer überdimensionale Terrassen mit Blumenkästen in Industrienorm. Überall kündigten Werbeschilder die Attraktionen der Region an: *Besuchen Sie die Speckalm!* – direkt daneben *Edelschmiedekunst seit 1894*, obwohl das Gebäude mit der Schmiede offensichtlich längst zu einer Frühstückspension umfunktioniert worden war, wie an dem grünen Aushang *Zimmer frei* zu erkennen war.

Die Schaffnerin trat heran und riss Natascha aus ihrer Faszination. Dutt, Uniform, generalstabsmäßige Haltung. Sie stempelte Nataschas Ticket mit einem gezielten, fast aggressiven Ruck, ohne die Miene zu verziehen oder sie eines Blickes zu würdigen.

»Guate Fahrt.« Formell, routiniert, unbeteiligt. Ihren Dialekt schien sie aber selbst bei diesen zwei Worten besonders hervorzuheben, als müsste sie beweisen, dass sie sich von der Insassin abhob.

Natascha erwiderte ein unsicheres »Ebenso«, was ihr selbst sofort komisch vorkam. Die Schaffnerin ignorierte es. Dem Jungen mit der Semmel nickte sie nur zu und übersprang auch ein paar andere Fahrgäste, die sie als Einheimische zu erkennen schien.

Als der Zug an der Endstation ruckelnd zum Stehen kam, schienen sich die Gleise einfach aufzugeben, sie liefen in einem Schotterplatz aus, daneben eine Laterne, ein Parkplatz mit Schlaglöchern. Die gewaltige Bergkulisse dahinter stoisch, überwältigend. Der Rest eines Gletschers blitzte von ganz hinten in der Ferne im Sonnenlicht.

Natascha stieg aus, die Tasche über der Schulter. Sie war nicht zum Wandern hier, dennoch trug sie Wanderschuhe, um nicht aufzufallen – und das tat sie nicht.

Die anderen Fahrgäste verstreuten sich in verschiedene Richtungen. Es war ruhig. Nicht die Art von Ruhe, die man sucht. Eher die, mit der man klarkommen muss. Am Rand des Parkplatzes drückte jemand eine Dose Bier aus einem Automaten, die geräuschvoll in das Ausgabefach plumpste. Orientierungslos suchte Natascha irgendeinen Wegweiser. Noch wusste sie nicht, was der Tag bringen würde. Aber es roch nicht nach Idylle.

Nach nur einer Woche im Sommercamp hatten die Kinder angerufen. Nicht nacheinander, nicht abwechselnd, sondern gemeinsam und mit einer Ernsthaftigkeit, die Natascha sofort aufhorchen ließ. Die Stimme ihres Sohnes zitterte leicht, obwohl er sich Mühe gab, cool zu klingen. Ihre Tochter sagte kaum etwas, flüsterte mehr, als sie sprach.

»Mama, kannst du bitte… kannst du uns holen?«

Dann ein Rascheln. Eine zweite Stimme aus dem Hintergrund an Natascha gerichtet – tiefer, streng. Kein Name, kein Gruß. Nur ein knappes: »Bitte fassen Sie sich kurz.«

Sie kannte die Person nicht, aber es war sowieso egal. Der Tonfall reichte.

»Alles okay bei euch?«, hatte sie noch gefragt.

Kurze Pause. Dann: »Geht so.«

Der Mann im Hintergrund – ein Betreuer oder Ausbildner oder wie auch immer er sich nannte – schnitt das Gespräch schroff ab. »Wir haben hier ein strukturiertes Programm. Die Kinder melden sich wieder, wenn es passt.«

Es passte offenbar nicht. Seitdem hatte niemand mehr angerufen. Auch sie hatte niemanden erreicht. Die Durchwahl der Einrichtung endete in einer Sprachbox mit fröhlicher Musik und der Information, dass das Mobilnetz im Tal gelegentlich eingeschränkt sei – *wegen der Topografie*. In der Infobroschüre der Schule über das Sommercamp war von Kletterkursen, Wanderungen und Waldpädagogik die Rede gewesen. Die Kinder waren sofort begeistert gewesen. Nun hatte sie den verschreckten Tonfall ihrer Tochter im Kopf. Das Schweigen. Die wenigen Sekunden, in denen etwas zwischen den Worten lag, das schwerer wog als alles Gesagte.

Eigentlich hatten sie und Malik die kinderlose Zeit nutzen wollen, um einen Plan auszuarbeiten, wie sie die Informationsbeschränkungen auf Social Media umgehen konnten. Jetzt stand sie da, am Rand des Bahnhofsplatzes, und wusste nicht genau wohin. Ein Blick auf ihr Handy bestätigte: Sie hatte hier tatsächlich keinen Empfang. Der Mann mit der Bierdose war verschwunden. Der Bummelzug hatte sich schon wieder in Bewegung gesetzt, talauswärts. Kein Taxistand, der Zigarettenkiosk war geschlossen, weit und breit keine Menschenseele.

Dann hörte sie es. Blasmusik. Zuerst nur dumpf, wie durch Watte. Dann deutlicher. Ein Marsch, gleichförmig, energisch. Kein volkstümlicher Schunkel – eher etwas mit Taktgefühl und Ansage. Und dann: Kinderstimmen. Ein Chor. Hoch, dünn, sauber geübt.

»... dort, wo unsere Wurzeln steh'n ...«

Natascha fröstelte, aber nicht wegen des Wetters. Sie folgte dem Klang. Ein Kiesweg führte hinaus aus dem Bahnhofsareal, vorbei an einer geschlossenen Frühstückspension. Das Schild *Frühstück ab 6:30* war mit gelbem Klebeband überklebt worden. Ein weiteres Haus trug die Aufschrift *Landhaus Sonnberg*, daneben ein Plakat: *Demnächst NEU – mit Saunahaus & Panorama-Zimmern!* Alle Gebäude waren eingerüstet, die Fassaden verdeckt von Planen mit Aufdrucken: *Zukunft gestalten, Region stärken, Gemeinsam nach vorn.* An einem Bauzaun hing ein laminiertes DIN-A4-Blatt: *Dieses Projekt wird kofinanziert durch Mittel des Bundes und des Regionalentwicklungsfonds.* Auf einem anderen: *Wir danken der Regierung Humpl für die rasche Umsetzung der Strukturpakete.* Fenster wurden getauscht. Balkone vergrößert. Carports betoniert. Wellnessbereiche saniert oder neu angebaut. Sie ging an einem Skiverleih vorbei – geschlossen, aber mit Bauschild: *Neueröffnung Winter – mit 24-Stunden-Automatenverleih.*

Der Weg war nicht weit, die Musik wurde immer lauter. Vor dem Gemeindehaus, direkt neben der Kirche, hatte sich eine kleine Menschenmenge versammelt. Über dem Pavillon, in dem die Kinderkapelle aufgebaut hatte, spannte sich ein Banner:

Kinder.Sommer.Kraft – Ein Fest der Zukunft.

Darunter standen dutzende Kinder in kurzen Wanderhosen, weißen Blusen, goldgelben Halstüchern und schwarzen Schiffchenmützen, aufgeteilt in Bataillone aus Mädchen und Buben. Alle bewegten sich im Takt.

»… unser Herz schlägt für die Heimat …«

Ein Mann mit Megafon gab ruhige, aber bestimmte Anweisungen. Er trug die gleiche Uniform wie der Kinderchor, nur in Erwachsenengröße. Es schien eine Probe zu sein.

Natascha stand eine Weile mit offenem Mund da, staunend und entsetzt zugleich. Von Lara und Adam keine Spur. In der Ordnung und dem Aufzug mit ihren Mützen sahen alle gleich aus. Uniformität. Synchronisierte Bewegungen. Disziplin, die in Kinderkörpern fremd und künstlich wirkte.

Sie trat einen Schritt zurück, weg von der Menge, weg von den geordneten Reihen, weg von dem Gefühl, dass alles hier einstudiert war – zu perfekt, zu glatt, zu falsch. Dann spürte sie eine Berührung an ihrer Schulter. Sie zuckte zusammen, drehte sich ruckartig um. Ein Mann stand da. Die Hände hielt er ihr offen entgegen, als wolle er gleich sagen, dass er nichts tue.

»Sie sind die Rechtsextremismusforscherin aus dem Internet, nicht wahr?«

Sein Ton war weder aggressiv noch spöttisch oder freundlich. In Natascha stieg dennoch sofort dieses Unbehagen auf, erkannt worden zu sein. Nicht bewundert, nicht freundlich erkannt, sondern durchschaut, entlarvt, vielleicht sogar verraten. Ein Hase in der Höhle des Löwen.

Sie wich einen halben Schritt zurück. Ihr Blick suchte den Platz, die Uniformen, die Schärpen. Niemand schien Notiz von der Begegnung zu nehmen. Der Mann jedoch stand einfach da. Breit gebaut, aber nicht einschüchternd. Sein Gesicht war seltsam vertraut. Eine leicht schiefe Nase. Die Art, wie er sprach – überlegt, aber nicht zögerlich. Wie er sich bewegte – mit einem leichten Hinken, kaum merklich, aber da. Dann traf es sie.

»Schneemandl«, entfuhr es ihr.

Er nickte leicht. Kein Stolz in der Geste. Vielleicht ein Rest von Müdigkeit.

»Josef Schneemandl. Ja.«

Sie hatte ihn oft in Talkshows gesehen. In den Nachrichten. Jahrelang war er der Macher bei den Konservativen gewesen, ein Mann fürs Grobe. Ein Hardliner. Irgendwann war es dann still geworden um ihn.

»Sie suchen Ihre Kinder, nicht wahr?«, fragte er unvermittelt.

»Woher wissen Sie…?«

Sein Blick wurde weicher, konzentrierter. »Die sind in meinem Hotel. Gruppe II. Waldsport. Ich habe ihren Nachnamen gesehen und gleich vermutet, dass sie zu Ihnen gehören könnten.«

Sie wollte etwas sagen, doch er kam ihr zuvor.

»Ich habe Ihre Arbeit immer verfolgt. Schon lange. Ich habe andere Ansichten – meistens. Aber als Politiker war es mir wichtig, alle Meinungen zu kennen.« In seinen Worten lag kein Vorwurf, keine Ironie.

»Und jetzt?«, fragte sie leise.

Er atmete durch. »Jetzt bin ich kein Politiker mehr. Zumindest keiner, der noch etwas zu sagen hätte.«

Natascha nickte langsam. Sie erinnerte sich an seinen Sturz. Die Sache mit dem Remigrationsgesetz. Dass er zugestimmt hatte, ohne den genauen Text noch einmal zu prüfen. Dass er, wie es hieß, *auf Druck von oben* einen Rückzieher gemacht hatte, obwohl er intern davor gewarnt hatte. Sie schielte auf seine Nase. Eine Schlägerei mit blutigem Ausgang. Ein verwackeltes Handyvideo, schlechte Tonqualität. Viele hatten behauptet, er hätte als Erster provoziert. Andere meinten, er habe sich verteidigt. Wieder andere schrieben von einem geplanten Übergriff. Die Bilder waren rauf und runter gespielt worden. Ein Schlag, eine Flasche, eine gebrochene Nase. Der Rest war Interpretation.

Die offiziellen Medien hatten daraus einen regelrechten Sturz gebaut. Einen moralischen Zusammenbruch. *Vom Hoffnungsträger zum Gewalttäter*. Aber was genau geschehen war, wusste niemand so richtig. Was ihr damals aufgefallen war: Wie rasch man ihn entsorgt hatte. Wie schnell sich die Konservativen von einem ihrer Mächtigsten distanziert hatten. Und dann war er abgetaucht.

Jetzt stand er hier. Mitten unter den Kindern in Uniformen, die marschierten, als wäre das ganz normal.

»Kommen Sie«, sagte er mit einer einladenden Handbewegung. »Ich bringe Sie zum Waldspielplatz.«

Natascha zögerte, nicht wissend, was sie von dem Mann und der Begegnung halten sollte. Aber sie folgte ihm – weniger aus Vertrauen, denn aus Berechnung.

Der schmale Pfad führte in den Wald hinein. Schneemandl ging trittsicher voran. Er schien jede Wurzel, jeden Stein zu kennen. Das Licht wurde dunkler, die Geräusche gedämpfter. Baumkronen schoben sich über den Himmel, ließen nur gefilterte Streifen durch.

»Ich war lange nicht mehr hier«, sagte er unvermittelt. »Als Kind war das mein Revier. Damals war der Wald größer. Wilder. Und später dann« – er zögerte – »kam ich mit meinen Enkeln. Stöcke sammeln. Feuer machen. Geschichten erfinden. Aber jetzt…« Er fuhr sich über den Kragen, als müsste er sich schützen.

»Was ist passiert?«, fragte Natascha vorsichtig.

Er zuckte kaum merklich mit der Schulter. »Sie sind weg. Meine Schuld.«

Sie erinnerte sich vage an einen Bericht darüber. Der Schwiegersohn, seine Tochter. Ein Streit. Dann Malta. Es war damals durch die alternativen Kanäle gegangen, aber niemand hatte es genau einordnen können.

»Und trotzdem sind Sie geblieben«, sagte sie. Keine Antwort. Ein Windzug fuhr durch die Bäume. Vögel zwitscherten vergnügt. Ein seltsamer Kontrast.

»Und Sie?«, fragte er nach einer Weile.

»Ich dachte, ich bin wegen meiner Kinder hier«, sagte sie. »Aber vielleicht ist es mehr.« Sie war sich selbst nicht sicher, warum sie das sagte. Aber es fühlte sich nicht falsch an.

Vor ihnen öffnete sich der Wald. Eine flache Lichtung mit einem Spielplatz, idyllisch inmitten der Bäume. Ein hölzerner Kletterturm ragte zwischen den Fichten auf, daneben eine breite Rutsche aus Edelstahl, eingebettet in einen sanften Hang. Balancierbalken aus Baumstämmen, ein kleines Wasserspiel mit Holzrinnen, Seilnetze, die sich zwischen Stämmen spannten – alles sorgfältig in die Landschaft gesetzt, als hätte der Wald selbst mitgeplant. Ein Ort, an dem früher Kinder barfuß gelacht und geplanscht hatten.

Jetzt lag eine unheimliche Stille über dem Gelände. Kein Lachen, kein Kreischen. Stattdessen: knarzendes Leder, dumpfes Trommeln kleiner Stiefel auf Waldboden, Kommandos wie fernes Donnergrollen. Die Seilbrücke war mit Tarnnetzen behängt. Das Klettergerüst diente als Aussichtsturm – an seinen Türmen flatterten Stofffetzen in Tarnfarben, dort hatten einige der Kleineren Stellung bezogen, Gewehrattrappen vor dem Körper, bereit, zu zielen. Der Wackelsteg war mit rot-weißen Warnbändern gesperrt, als sei dort etwas geschehen. In Wahrheit war er Teil eines Parcours. Ein nicht einmal Neunjähriger robbte darunter hindurch, als müsse er Feindesland queren. Ein kleines Mädchen mit Schlamm im Gesicht hechtete über die Holzstufen der Balancieranlage, rief dem Jungen etwas zu, er robbte schneller.

Über der Szene schwebte ein echtes Hirschgeweih, mit Seilen zwischen den Bäumen aufgehängt. Darunter ein Kreis aus Baumstümpfen, der eigentlich für Picknicks gedacht war, jetzt aber der Befehlsstand zu sein schien. Dort stand ein Ausbildner in olivgrüner Weste, die Hände hinter dem Rücken, als kontrolliere er einen Appell. Seine Stimme war für Natascha kaum hörbar, zeigte aber Wirkung: Bewegung im Unterholz. Kinder in Tarnfarben wie auf einer Pirsch. Erde im Gesicht. Blätter im Haar. Kleine Gewehrattrappen aus Holz am Rücken. Vierergruppen, lautlos. Natascha glaubte, Lara und Adam zu erkennen. Sie wollte ihnen zurufen, hielt den Impuls aber gerade noch zurück und zwang sich, stillzustehen. Zu beobachten. Zu kalkulieren. Sie hockte gemeinsam mit Schneemandl im dichten Gebüsch am Rande der Lichtung zwischen Brombeergestrüpp und jungen Fichten, verborgen hinter einem großen Felsbrocken, der von Moos überwuchert war. Würde sie sich jetzt zeigen und Lara und Adam vor aller Augen zu sich holen, wären sie alle sofort markiert. Auf einer Liste. Ihr Name. Der ihrer Kinder. Und dann wäre jeder weitere Schritt unmöglich. Sie konnte es nicht riskieren – nicht jetzt. Nicht so kurz vor dem Punkt, an dem sie und Malik endlich davor waren, zu tun was sie tun mussten.

Auf ein Kommando des Mannes hin krochen alle Kinder nun auf die Mitte des Spielplatzes zu, tief geduckt, Ellbogen im Waldboden. Die ersten erreichten den Kletterturm. Der Schnellste – vielleicht zwölf Jahre alt – tauchte oben auf, löste routiniert sein Gewehr, zielte wie ein Scharfschütze auf den Parcours. Ein Windstoß ließ das Hirschgeweih über ihm pendeln. Der Ausbildner nickte. Der Junge oben hob die Waffe. Keine Bewegung im Gesicht. Kein Zögern. Ziel. *Peng.* Das Mädchen auf dem Wackelsteg erstarrte und ließ sich auf den Boden fallen.

Die anderen Kinder beobachteten die Szene mit reglosen Mienen aus ihren Stellungen heraus. Kein Kichern. Kein Tuscheln. Nur gespannte Haltung, als hätte man ihnen das Atmen abtrainiert.

»Treffer«, sagte der Ausbildner trocken.

Der Junge auf dem Turm salutierte kurz, ließ dann das Gewehr sinken. Das Mädchen lag weiter regungslos da, das Gesicht im Mulch.

Natascha spürte, wie sich ihre Fingernägel in die Handfläche gruben.

Neben ihr murmelte Schneemandl bitter: »So sehen heute Sieger aus.« Er klang, als hätte er sich selbst nie verziehen.

Sie blinzelte gegen das diffuse Licht und trat einen halben Schritt zurück, ganz nah neben ihren Begleiter. Ihr Blick blieb auf den Kindern.

»Sie müssen mir einen Gefallen tun«, flüsterte sie. Es war keine Erklärung, keine Bitte, sondern eine Aufforderung.

Er antwortete nicht. Doch sein Nicken genügte.

Als sich langsam der Abend über das Tal legte, wirkten die schroffen Berghänge im warmen Licht mit einem Mal, als hätte jemand einen Weichzeichner über ihre Konturen gelegt. Die Luft war noch satt vom Tag, durchzogen von einem Hauch von Heu, Diesel, und Holzkohle. Ein Moped röhrte auf, kurz und heiser. Der Bach rauschte gleichmäßig im Hintergrund, eingesäumt von akkurat gestutzten Wiesen, auf denen Kühe standen, regungslos wie aus Holz. Die Seilbahn war längst zum Stillstand gekommen, die Gondeln schaukelten sanft über dem Hang. Aus einer nahen Gaststube drang das Klirren von Gläsern, dazwischen ein kehliges Lachen, das sich verlor, ehe es zu Natascha empordrang.

Lara und Adam plantschten ausgelassen im Infinitypool, tauchten unter, spritzten sich gegenseitig an. Das Wasser schwappte über den Rand, für einen Moment wirkte es, als könnten die Kinder bis in den Himmel schwimmen. Nichts an ihnen erinnerte an die Erlebnisse vom Nachmittag. Keine Spur von Tarnfarben, der Schmutz des Waldbodens abgewaschen, kein Ernst mehr in ihren Gesichtern, keine Schwere in den Bewegungen. Als hätte ihr Gedächtnis einen weichen Schnitt gemacht, ein Bild übersprungen, das nicht in die Geschichte passte. Adam lachte so laut, dass das Echo von der Hausfassade widerhallte. Lara streckte sich im Wasser wie eine Katze in der Sonne. Der Wald, die Kommandos, das Holzgewehr - all das war fort. Natascha hatte ihnen nichts erklärt. Sie hatte sie einfach mitgenommen, so beiläufig wie möglich, als wäre es ein Spiel im Spiel. Und sie hatten begeistert mitgemacht.

Schneemandl hatte seine Rolle gut gespielt. Wie aus dem Nichts war er auf dem Übungsplatz mit dem selbstverständlichen Auftreten eines Mannes, der glaubte, noch etwas beizutragen zu haben, aufgetaucht. Mitten in der Übung hatte er die Ausbildner dann über Jagdmethoden im Gebirge belehrt - Fallenjagd, Pirschzeiten, Windrichtungen. Offensichtlich war er bekannt für solche Auftritte. Ein Nörgler, ein Ehemaliger, den man besser reden ließ, bevor er sich beschwerte. Die Ausbildner hatten genickt, ungeduldig, aber höflich. Die Kinder mussten pausieren. Adam und Lara hatten sich zum Glück etwas abseits auf einen Felsblock gesetzt, die Gewehre neben sich, als wüssten sie schon, dass sie sie nicht mehr brauchen würden. Natascha hatte vom Rand der Lichtung aus nur einen Moment gebraucht. Ein kurzer Pfiff, eine Umarmung. Dann waren sie verschwunden.

Natascha stand barfuß auf der Dachterrasse ihrer Hotelsuite, die Schneemandl ihnen überlassen hatte, und versuchte mit ihrem Handy alles festzuhalten. Die ausgelassenen Grimassen der Kinder hinter Wassertropfen, in denen sich das Sonnenlicht brach wie in kleinen Kristallen. Die Dächer des Dorfs, geordnet wie in einem Miniaturmodell. Eine schmale Straße, die sich in der Ferne den Hang hinaufzog, zwischen Zäunen und Obstbäumen, an deren Rändern die Schatten länger wurden. Die Kirchenglocke schlug zur vollen Stunde, der Klang hallte von den Berghängen zurück. Für Natascha war das das Signal.

»Kommt rein, Filmzeit!«, rief sie.

Adam und Lara sprangen aus dem Wasser, quietschten vor Freude, ließen sich in die Handtücher wickeln. Drinnen warteten ihre Pyjamas, Popcorn und ein Animationsfilm im Pausenmodus auf einem übergroßen Flatscreen. Die Kinder lachten, als sie sich aufs Sofa warfen. Beide waren sofort im Sog der Geschichte.

Natascha schob die Glastüre hinter sich sanft zu und machte sich bereit. Von der Terrasse aus hatte sie den gesamten Dorfplatz im Blick. Als der letzte Glockenschlag verstummt war, setzte wieder die Blasmusik ein. Genau wie Schneemandl es angekündigt hatte: Abendappell.

Alle Kinder strömten aus ihren Unterkünften. In Zweierreihen, marschierend im Takt. Statt der Jagduniform wieder weiße Blusen, goldene Halstücher, Schiffchenmützen. Die gleiche Uniformität, die gleiche steife Ordnung wie schon am Morgen. Nur das Licht war anders – wärmer jetzt, fast rot. Routiniert traten alle in Reih und Glied vor dem Pavillon an. Die Älteren vorn, die Jüngeren weiter hinten. Aus der ersten Reihe jeder Gruppe trat nun ein Kind hervor. Die Gruppenführer. Jungen und Mädchen, etwa zehn oder elf, alle mit einem Klemmbrett und einer Liste in der Hand. Dann wurde laut durchgezählt. Die Kinderstimmen waren fest und durchdringend.

»Eins, zwei, drei, vier, …«

Natascha hielt ihr Handy hoch. Kein Zoom nötig. Die Linien waren klar. Die Ausbildner in der ersten Reihe, die Arme verschränkt, die Gesichter unbewegt. Auf den Fotos von oben wirkten die Kinder wie Figuren aus einem Strategiespiel, ihre Formation unnatürlich präzise. Von ihrem Platz am Dach des Hotels aus dokumentierte Natascha kein Ereignis, sondern vielmehr einen Zustand.

»… fünf, sechs, sieben, acht, neun …« Die Stimmen vermischten sich, manchmal riefen zwei Gruppen gleichzeitig, manchmal leicht versetzt. Ein eigenartig dissonanter Klang, der über den Platz wehte wie ein kaputtes Echo.

Dann: eine Pause. Ein Zögern in der Gruppe II.

»Noch einmal durchzählen«, schrie der pubertierende Gruppenführer so laut, dass ihm die Stimme entglitt.

Wieder dasselbe Ergebnis. Unruhe machte sich breit. Kinder drehten die Köpfe, manche auf Zehenspitzen. Der Junge mit der Liste sah ratlos zu den Ausbildnern, die vor dem Pavillon Aufstellung genommen hatten. Einer trat nach vorn, nahm dem Kind das Klemmbrett ab, überflog die Liste und rief an die hintere Reihe: »Bestätigt! Zwei fehlen!«

Ein zweiter Ausbildner kam dazu. Die Musik verstummte. Bewegung in den Reihen. Die Formation franste aus.

»Alle bleiben auf Position«, rief jemand durchs Megafon. »Niemand verlässt den Platz!«

Doch der Befehl ging ins Leere. Die Menge geriet

durcheinander, einzelne Kinder rannten bereits los, als wollten sie selbst suchen. Andere kehrten hastig in ihre Unterkünfte zurück – aus Unsicherheit oder, weil man es ihnen aufgetragen hatte. Manche standen einfach nur da und sahen sich um. Die eben noch scharf gestochene Ordnung löste sich auf wie Kreidelinien im Regen.

Einige Ausbildner versuchten hektisch, Gruppen für Suchtrupps zusammenzustellen. Andere versuchten, die Kinder zurückzuhalten. Rufe flogen durcheinander: »Hat jemand was gesehen?« – »Letzte Sichtung?« – »Zimmer kontrollieren!« Es war kaum noch auszumachen, wer hier eigentlich das Sagen hatte. Dorfbewohner:innen kamen aus ihren Häusern, angelockt vom Lärm, einige sahen gebannt von ihren Balkonen oder Fenstern aus zu. Natascha beobachtete das Chaos aus der Vogelperspektive. Ihre Kamera klickte lautlos.

Bald senkte sich dämmriges Licht über das Tal. Ein Zwielicht, das zwischen den hohen Bergen schneller einsetzte, als Natascha es gewohnt war. Die Ausbildner hatten sich Stirnlampen und Taschenlampen besorgt. Einige trugen sie an Stirnbändern, andere hielten sie wie Schlagstöcke vor sich. Kleine Lichtkegel begannen die Hänge oberhalb des Dorfes abzusuchen. Im dunklen Wald zuckten erste Blinklichter.

Natascha schloss leise die Tür zur Terrasse. Drinnen war es warm. Der Film war zu Ende. Adam lag bereits eingerollt auf dem Sofa, ein Arm über dem Bauch, das Popcorn halb aus der Schale gerutscht. Lara gähnte und zog sich mit halb geschlossenen Augen ihr T-Shirt über den Kopf. Natascha deckte sie zu. Für die beiden war es einfach ein langer, aufregender Tag gewesen. Ihre Körper entspannten sich sofort. Zwei Kinder, müde, satt, sicher. Natascha strich Lara noch einmal über die

Stirn, löschte das Licht und nahm sich ein Glas Wein aus der Minibar. Sie trat wieder auf die Terrasse hinaus, setzte sich in einen der Korbsessel, zog die Decke über die Beine und wartete. Unten flackerte inzwischen ein provisorisches Lagezentrum vor dem Gemeindehaus: Klapptische, Kartons mit Funkgeräten, Thermoskannen, ein Generator, der leise vor sich hin brummte. Die Stimmung war angespannt, aber funktional, fast militärisch. Natascha nippte am Wein. Alles lief nach Plan.

Punkt zehn Uhr stand sie wieder am Geländer. Die Kamera in der einen Hand, das Glas nun leer. Die Glocken hatten erneut geschlagen. Dann, fast pünktlich, bewegte sich eine Gestalt aus dem Dunkel des Weges, der hinter der Kirche in den Wald führte. Erst konnte sie nur einen Schatten ausmachen, im Gegenlicht sah sie es dann klarer: eine breite Silhouette. Schneemandl.

Er hatte zwei Kinder im Arm. Eines links, eines rechts, eng an den Körper gedrückt, als müsse er sie stützen – oder verstecken. Ihre Gesichter waren nicht zu erkennen.

Schneemandl schritt mitten hinein in den Lichtkegel vor dem Pavillon. »Ich habe sie gefunden«, verkündete er laut.

Die Dorfplatzbeleuchtung fing die Szene wie eine Theaterkulisse ein. Natascha drückte mehrfach ab. Als die Ausbildner die Kinder übernehmen wollten, stellte Schneemandl sich vor sie und verkündete, dass er sich selbst um sie kümmern werde. Er würde sie in seinem Hotel unterbringen und versorgen. Sie müssten sich erst einmal beruhigen. Er duldete, wie mit Natascha vereinbart, keine Widerrede. Dann ging Schneemandl ohne ein weiteres Wort. Langsam, ohne Hast, die beiden Kinder an sich gedrückt. Die Leute machten ihm Platz. Ein zustimmendes Nicken hier, ein bewunderndes Schulterklopfen dort.

Oben auf der Terrasse hob Natascha die Kamera noch einmal. Schneemandl blickte kurz hoch, fand ihr Objektiv – und zwinkerte. Dann verschwand er mit den Kindern im Schatten seines Hotels.

Früh am nächsten Morgen saß Natascha wieder in der Schmalspurbahn. Adam war noch halb im Schlaf, sein Kopf an ihrer Schulter. Lara blätterte in einem Pixiheft, das sie in der Hotellobby gefunden hatte. Draußen zog die Landschaft in umgekehrter Reihenfolge vorbei, als hätte jemand die Rückspultaste gedrückt: die Kuhwiesen, die Baustellen, der Gletscher, der in der Ferne immer noch kleiner wurde.

Die beiden Findlinge, die Schneemandl am Abend gerettet hatte, waren längst zurück bei ihren Eltern. Zwei Kinder aus dem Dorf, die überraschend gut geschauspielert hatten. Es war nur eine Inszenierung gewesen. Aber sie hatte gewirkt.

Auch wenn Schneemandl sich bisher als Verbündeter erwiesen hatte, hatte es Natascha doch nicht über sich gebracht, ihm Lara und Adam für den nächtlichen Auftritt anzuvertrauen. Zu ihrem Glück hatte er jedoch immer noch gute Verbindungen zu den Einheimischen, weshalb es ein Einfaches gewesen war, zwei Freiwillige zu finden und für ein großzügiges Taschengeld auch deren Eltern ins Boot zu holen. In der Früh hatte Natascha vor den zerknirschten Ausbildnern noch schnell die zornige Mutter gespielt, ihre Entschuldigungen entgegengenommen und war mit den Kindern abgerauscht.

Natascha spürte das vertraute Vibrieren ihres Telefons. Empfang. Endlich. Ohne Zögern verschickte sie die Fotos – vom Waldspielplatz, vom Appell, von der inszenierten Rettung – an Sophie Milot nach Berlin. Im Inland würden alle Medien sie ignorieren, vom Ausland aus würde die Geschichte von den verschwundenen Kindern und ihrer Rettung durch den gefallenen Politiker aber bald ihren Weg zurückfinden. Während sie sich noch die Schlagzeilen ausmalte, zogen sich dunkle Wolken über den Bergen zusammen. Ein Wetterumschwung kündigte sich an.

Dritter Teil

Erstes Kapitel

UNERKLÄRLICHE ZEICHEN

Als nach einem endlosen, heißen Sommer endlich tagelanger Starkregen einsetzte, brachte das zwar Abkühlung, aber auch Ungemach. Das städtische Kanalsystem und in Folge auch die Kläranlagen waren heillos überlastet, Straßen und Keller voll mit Abwasser und Unrat. Eine Rattenplage machte sich breit. Die Viecher waren überall und niemand wusste, wie man sie loswerden konnte. Alles schniefte und hustete. Bald wurde in den Foren und Messenger-Diensten über eine neue Epidemie spekuliert. Die Frage wurde laut, ob es sinnvoll sei, wieder Masken zu tragen, um Ansteckungen zu vermeiden, doch die Mehrheit entschied sich dagegen.

Zu allem Übel tauchten über Nacht überall mysteriöse Schmierereien auf: An den Fassaden der leerstehenden Häuser, auf Garagentoren, Stromkästen und Bushaltestellen, sogar auf Schaufensterscheiben verwaister Geschäfte. Unübersehbar, in wenigen, kräftigen Strichen aufgesprayt.

An einer Hauswand prangte die Silhouette eines Mannes mit leerem Einkaufswagen. Die Regale vor ihm waren verwaist, die Linien grob, aber so gesetzt, dass sie Schatten warfen, als wäre er in eine Sackgasse geraten. Über ihm stand in dicken Lettern: *DIE STADT*

VERKOMMT. Ein paar Straßen weiter, auf dem heruntergelassenen Rolltor einer ehemaligen Bäckerei, war eine Hand zu sehen – ausgestreckt, bettelnd, aber niemand reichte ihr etwas. Die Finger waren langgezogen, wirkten ausgemergelt, fast krampfhaft. *WIR WURDEN IN DIE IRRE GEFÜHRT*. Auf einem stillgelegten Kiosk zeichnete sich ein einfaches Motiv ab: Ein Haus mit offenen Fenstern, dahinter nur Dunkelheit, ein schwarzes Quadrat. Die Worte darunter waren kantig gesprüht, als wären sie in letzter Sekunde noch hinzugefügt worden: *WIR GEHEN ZUGRUNDE*. Das größte Bild zog sich über eine lange Backsteinmauer in der Nähe des Rathauses. Ein Gesicht, schemenhaft, fast aufgelöst in wenigen Linien, mit einem weit geöffneten Mund – als schrie es, doch kein Laut drang heraus. Darunter stand in blutroter Schrift: *WIR MÜSSEN UNS WEHREN!*

Obwohl es immer noch wie aus Kübeln schüttete, rotteten sich vor den besprühten Wänden schnell ganze Mobs zusammen, um die frechen Schmierereien zu begutachten.

»Sauerei«, skandierte einer und erntete breite Zustimmung. »Frechheit!«

Die Stadtverwaltung reagierte schnell. Trotz des Personalnotstands in der Magistratsabteilung für Instandhaltung standen vor Mittag bereits Reinigungstrupps mit Farbkübeln und Hochdruckreinigern bereit. Der Dringlichkeit geschuldet wurden auch aus anderen Abteilungen Mitarbeitende zusammengezogen; selbst aus der Stadtverwaltung, weshalb sich plötzlich Beamte und Vertragsbedienstete, die sonst in ihren Büros Formulare zu verwalten hatten, mit Blaumann und Gummistiefeln auf der Straße wiederfanden. Der Notdienst war eine patriotische Pflicht, aber viele dachten dabei sehnsüchtig an ihre Schreibtische.

Am nächsten Morgen waren die Bilder wieder da. An denselben Orten, wo sie tags zuvor entfernt worden waren. Diesmal waren es überall dieselben Sujets. Ein dampfender Haufen menschlicher Ausscheidung (vielleicht war es auch ein Hundehaufen, wer konnte das schon sagen), stilisiert wie das in den Foren der eingeschworenen Parteianhänger besonders beliebte Pile-of-Poo-Emoji. *DAS BILD VERSCHWINDET - DIE SCHEISSE BLEIBT!* stand darunter, passenderweise meist in unmittelbarer Nähe zu komplett übergelaufenen Gullys, wo sich penetrant riechende Pfützen (man hätte sie schon als Seen bezeichnen können) gebildet hatten. Nachdem nun dieselben Stellen in zwei aufeinanderfolgenden Nächten beschmiert worden waren, wurden in der dritten Nacht Wachen aufgestellt und die zivilen Bürgerwehren in den betroffenen Bezirken in Alarmbereitschaft versetzt. Doch nichts geschah mehr. Keine Spur von dem Übeltäter.

Am nächsten Morgen allerdings tauchten an anderen Stellen der Stadt weitere Bilder auf. Auf einer zentralen Fußgängerbrücke etwa prangte ein neues Motiv: eine große Sanduhr, fast leer, der Sand bereits größtenteils nach unten gefallen. Die Worte darunter waren knapp und unmissverständlich: *DIE ZEIT LÄUFT AB*. Und so ging es von nun an Nacht für Nacht. An den Betonpfeilern der Hochstraße erschien eine stilisierte Bauruine mit der Frage: *UND WEITER?* Auf den Fassaden gleich mehrerer Einkaufszentren prangte in großen Buchstaben: *NICHTS ZU KAUFEN*.

Morgen für Morgen versammelten sich immer größer werdende Menschenmengen an den Schauplätzen. Die anfängliche Empörung über die rätselhaften Bilder wich zunehmend der Neugier über den oder die noch rätselhafteren Urheber. Viel wurde spekuliert. Die einen verdächtigten ehemalige Klimaaktivist:innen und Straßenkleber. Eine andere Vermutung: frustrierte Studierende, die ihre Studienplätze verloren hatten, nachdem der Wissenschaftsbetrieb (der nun einmal besonders international war) reduziert und viele Studiengänge gestrichen werden mussten. Wieder andere glaubten fest an einen Einzeltäter, einen wütenden Geschäftsmann eventuell, der, wie so viele, hatte zusperren müssen. Sogar von jemandem aus dem innersten Kreis der Regierung war die Rede, denn man munkelte schon lange, dass es im Kabinett Humpl längst nicht mehr so friedvoll zuging, wie man den Leuten weiszumachen versuchte.

Gefasst wurde jedenfalls niemand, obwohl inzwischen auch der Staatsschutz aktiv geworden war und eine großangelegte Telefon- und Online-Überwachung eingeleitet hatte. Die Stadtverwaltung sah sich schließlich gezwungen, eine offizielle Pressekonferenz einzuberufen. Der Bürgermeister trat vor die Kameras, versprach Maßnahmen, sprach von Sabotage und Terror. Doch schon am Morgen nach seiner Rede wurde die nächste Welle neuer Bilder enthüllt. Langsam, aber sicher setzten sich die klug gewählten Botschaften in so manch einem Gedächtnis fest, bis bei den morgendlichen Versammlungen eines Tages der Applaus für die neue Idee lauter war als das Geschimpfe über die Schmiererei. Für viele war es eine Art Schnitzeljagd geworden, ein Spiel für die Massen mit immer neuen Rätseln, die gelöst werden wollten.

Sicherlich der absolute Höhepunkt war erreicht, als die berühmten Säulen der Nationaloper, der Stolz der Republik, eines schönen Morgens in Regenbogenfarben gestrichen waren. (Es regnete nun nicht mehr ganz so stark.) Auf dem Bürgersteig davor stand auf einer Länge von sicherlich 30 Metern: *LIEBER LESBISCH SCHWUL UND LEBENSFROH ALS VERKLEMMT UND HETERO.*

Gerade als sich die ersten Menschen dort versammelten, um über neue Hinweise zu diskutieren, rollte die Humpl'sche Wagenkolonne vorbei. Der Kanzler, der stets auf Volksnähe und Hemdsärmeligkeit bedacht war, ließ anhalten, stieg aus und hielt vor den Schaulustigen eine spontane Rede. Darin sprach er über Sachbeschädigung und die Zersetzung des Staates, warnte vor Sittenverfall und Pornografie.

Im Internet kursierten daraufhin hunderte Memes, die Humpl mit weit ausgebreiteten Armen zeigten, als wäre er der neue Prophet der queeren Community. Jemand hatte es sogar geschafft, einen Schnappschuss von einem oberen Stockwerk des gegenüberliegenden Hauses zu machen, während Humpl direkt auf *VERKLEMMT* stand. Das fanden sogar seine treuesten Anhänger witzig.

Die Cybersecurity-Abteilung der Polizei war in den folgenden Tagen ganz schön überfordert, tappte aber weiter im Dunklen. Auch die städtischen Reinigungstrupps standen, obwohl in Dauerbereitschaft versetzt, auf verlorenem Posten. Wie schnell sie auch vor Ort waren, eine Gruppe von Schaulustigen war immer schneller. Selbst, wenn sie es ausnahmsweise einmal schafften, eine der frechen Schmierereien rechtzeitig zu entfernen, tauchten dennoch Bilder davon im Internet auf und gingen nicht selten viral. Schnell war klar, dass der Übeltäter mit der ausländischen Presse zusammenarbeitete und den Behörden immer einen Schritt voraus war.

Die eigens eingerichtete Taskforce mit dem Codenamen *SAVOS* (Sonderabteilung für visuelle Ordnung und Sauberkeit) verstärkte ihre Anstrengungen digital wie analog. Straßensperren wurden errichtet, Verdächtige verhört, sogar der Verkauf von Spraydosen eingeschränkt. Doch nichts half. Die Bilder erschienen weiterhin und in den sozialen Netzwerken wurde weiter spekuliert.

Besonders eine Person fiel den Ermittlern dort auf: eine französische Journalistin namens Milot. Sie hatte eine unheimliche Treffsicherheit, wenn es darum ging, neue Bilder als Erste zu posten. Schnell war klar, dass sie einen Draht in den innersten Kreis der Aufrührer haben musste. Die Informationen über die Reporterin wurden streng unter Verschluss gehalten. Dass sie etwa bei der Präsentation des Remigrationsgesetzes damals als Berichterstatterin akkreditiert gewesen war, dass sie in einem zentral gelegenen Hotel untergebracht gewesen war und sich mehrere Tage in der Stadt aufgehalten hatte, wo sie vermutlich bereits Kontakte geknüpft hatte. Doch sie war nicht greifbar, weil inzwischen im Ausland. Niemand konnte sich an Details erinnern. Der damalige innenpolitische Ressortleiter des bis dahin auflagenstärksten Boulevardblattes, der inzwischen zum zentralen Chefredakteur der noch viel größeren *Heimatstimme*, dem Medienkonzern der Regierung, aufgestiegen war, geriet in seiner Einvernahme in Verlegenheit, weil er ihr damals freigiebig Details zur politischen Struktur des Landes offenbart hatte. Er konnte sich schließlich daran entsinnen, dass sie sehr hübsch gewesen war und direkt nach der Kanzlerrede hektisch telefonierend (wovon er aber nichts verstanden habe, da sie Französisch gesprochen hatte) aufgebrochen sei.

Der Auslandsgeheimdienst hatte sie daraufhin lange in Paris gesucht, nur um festzustellen, dass sie nicht mehr für *Le Figaro*, sondern inzwischen für einen westdeutschen Verlag in Berlin arbeitete und dort tatsächlich für heimische Belange zuständig war. Für ihre Berichte nutzte sie keine gewöhnlichen Kanäle – offensichtlich eine Meisterin der digitalen Tarnung. Ihre Postings wurden über das *Tor*-Netzwerk verschickt, das es ermöglichte, ihre IP-Adresse zu verschleiern und ihre Identität zu schützen, auch wenn sie jeden Online-

Artikel oder Kommentar mit Klarnamen unterzeichnete. Zudem nutzte sie verschlüsselte Messenger-Dienste wie Signal oder Threema, um mit ihren Quellen zu kommunizieren. Angeblich verwendete sie auch Steganographie – eine Technik, bei der Nachrichten in harmlos wirkenden Bildern oder Audiodateien versteckt wurden. Während die Datenforensiker nur eine scheinbar belanglose Fotografie analysierten, konnten Eingeweihte mithilfe spezieller Programme die verborgenen Botschaften herauslesen. Doch Milots eigentliche Stärke war die internationale Vernetzung. Ihre Beiträge erschienen nicht nur in den sozialen Medien, sondern wurden auch von ausländischen Nachrichtenseiten aufgegriffen, die ebenfalls außerhalb der Reichweite der staatlichen Zensur lagen.

Auch der oder die eigentlichen Täter vor Ort kommunizierten ausschließlich über gesicherte Foren im Darknet, wo der Zugang nur über Einladungen möglich war. Die Pläne für neue Bilder wurden verschlüsselt ausgetauscht, manchmal sogar in Form von Codes, die nur Eingeweihte entschlüsseln konnten. Die Experten der SAVOS waren ratlos. Der Bürgermeister stand zunehmend unter Druck, der Kanzler wurde in den Medien verspottet, und selbst die konservativen Zeitungen konnten sich kleine Sticheleien bezüglich des Queer-Propheten-Memes nicht verkneifen.

Dann kam die nächste Stufe. Statt Graffiti: QR-Codes. Überall. Stromkästen, Bushaltestellen, Wände. Wer sie scannte, landete auf einer Website, die keine Spuren im Netz hinterließ. Ein Video startete automatisch. Es zeigte eine einfache, animierte Sanduhr, deren letztes Sandkorn fiel. Dann erschienen nur zwei Worte:

ES BEGINNT.

Die Stadt, das ganze Land, um nicht zu sagen die gesamte Welt hielt den Atem an.

Zweites Kapitel

NATIONALE TRIAGE

Dr. Florian Wagner starrte auf die große weiße Magnettafel im Dienstzimmer. Die schwarzen Filzstiftlinien, die die geplanten Operationen des Tages auflisteten, wirkten wie eine nicht enden wollende Wand aus Namen und Diagnosen. Hinter einigen standen rote Kreuze: abgesagt oder verschoben. Die Schriftzüge seiner Kollegen, die einst ordentlich die Eingriffe vermerkt hatten, waren von hektischen Korrekturen und Notizen überdeckt. Notfall-OPs quetschten sich in jede noch so kleine Lücke, während die Namen planmäßiger Patient:innen immer weiter nach unten rutschten – oder gänzlich durchgestrichen wurden.

Die Luft im Krankenhaus war stickig, geschwängert von Schweiß, Desinfektionsmittel und dem stechenden Geruch von Stress. Florian fühlte sich seit Wochen wie in einem Marathon, nur ohne Ziellinie. Seine Augen brannten, und ein pochender Schmerz zog sich durch seinen Rücken. Jede Bewegung fühlte sich an, als würde sie seine erschöpfte Muskulatur weiter zermürben. Sein Körper war nicht für solche Belastungen gemacht, nicht für 18-Stunden-Schichten, in denen er nicht einmal Zeit hatte, eine Flasche Wasser zu leeren. Seine Füße waren wund von den langen Wegen durch die endlosen Flure, und seine Hände zitterten vor Übermüdung.

Seit über einem Jahr war die Klinik heillos unterbesetzt: Die Operationssäle konnten nicht mehr ordentlich genutzt werden, weil sie nicht rechtzeitig gereinigt wurden. Fast alle Reinigungskräfte waren weg, die wenigen, die übrig geblieben waren, waren überlastet oder krank, alle arbeiteten am Limit. Ohne sterile Instrumente und desinfizierte Räume war jeder Eingriff ein potenzielles Risiko.

In einem ungesäuberten OP-Saal stank es nach altem Blut und Schweiß, die Laken auf dem Tisch waren mit getrockneten Flecken überzogen. Skalpellgriffe waren mit Blutspritzern verunreinigt, und an den Rändern der Überwachungsmonitore sammelte sich Staub. Die Metallwägen, auf denen sonst akribisch sortiertes OP-Besteck lag, waren leer, weil niemand mehr die Geräte in den Sterilisationsprozess überführte. Die Mülltonnen quollen über mit blutigen Tupfern und gebrauchten Einwegmaterialien. Es war ein Anblick, der noch vor wenigen Jahren undenkbar gewesen wäre. Aber nun war das der Normalzustand.

Florian hatte keine Wahl: Wenn er operieren wollte, musste er zuerst putzen. Also zog er sich einmal mehr Einweghandschuhe über, griff zu einem Kanister voller Desinfektionslösung und begann. Er wischte mit langen Zügen über die OP-Tische, schrubbte mit rauen Schwämmen über die Edelstahloberflächen der Instrumentenablagen, sprühte Desinfektionsmittel auf die Monitore, Schränke und Fußböden. Dann nahm er die benutzten Klingenhalter, Pinzetten und Klemmen, verpackte sie einzeln und sortierte sie für die Aufbereitung in den Autoklaven. Nach jeder Operation wiederholte sich dieser Vorgang. Er war keine Reinigungskraft, aber er war Arzt – und Ärzte mussten operieren.

Die wenigen Pausen, die er sich gönnte, verbrachte er zusammengesackt auf einem alten Stuhl in der Teeküche der Station, den Kopf gegen die Wand gelehnt. Sein Kittel war durchgeschwitzt und fleckig, seine Augenringe tief und violett. In den Ecken der Kantine standen zusammengebastelte Pappschilder mit der Aufschrift *Danke für euren Einsatz!* – kleine, hastig angebrachte

Botschaften der Wertschätzung, als die Bevölkerung die Not in den Krankenhäusern mitbekam, die aber kaum noch jemand beachtete.

Er wusste, dass es so nicht weiterging und zog sein Handy aus der Tasche.

»Mama?«

»Florian?« Die Stimme seiner Mutter klang besorgt. »Ist alles in Ordnung?«

Er schloss für einen Moment die Augen. »Nein. Ich brauche deine Hilfe.«

Seine Mutter, eine pensionierte Krankenpflegerin mit Jahrzehnten an Erfahrung, verstand sofort. Am nächsten Morgen stand sie in der Klinik, zog sich einen weißen Kittel über und machte sich ohne zu zögern an die Arbeit. Sie sortierte sterile Handschuhe und OP-Tücher, reinigte Tische, desinfizierte Geräte, bereitete die wenigen verfügbaren Operationsräume vor und koordinierte das verbliebene Personal. Florian konnte endlich für einen Moment durchatmen.

Doch es reichte nicht. Noch immer gab es zu viele Patient:innen, zu wenig Zeit. Die geplanten Operationen wurden priorisiert, aber für manche war es zu spät. Menschen starben nicht wegen der Schwere ihrer Erkrankung, sondern weil sie nicht rechtzeitig operiert werden konnten. Die Erkenntnis brannte in Florian wie eine offene Wunde. Die Angehörigen weinten vor Wut und Trauer, beschimpften das überforderte Personal, während Florian nicht einmal die Kraft hatte, sich zu verteidigen. Er verstand sie. Dankesbekundungen gab es lange schon keine mehr. Es fühlte sich wie ein kollektives Scheitern an.

Nach einer besonders schweren Nacht, in der ein junger Mann mit einer vermeidbaren Sepsis starb, saß er mit gesenktem Kopf in der Umkleide. Die Müdigkeit ließ seine Hände zittern. Seine Mutter trat leise ein und legte ihm eine Hand auf die Schulter.

»Du tust, was du kannst, mein Lieber«, sagte sie sanft.

Er schüttelte den Kopf. »Aber es reicht nicht.«

Sie schwieg einen Moment, dann nahm sie seine Hand. »Nein, vielleicht nicht. Aber wenn du aufhörst, dann gibt es gar keine Hoffnung mehr.«

Florian atmete tief durch.

Am nächsten Morgen war er gerade dabei, sich die OP-Kleidung anzulegen, als die Tür zur Umkleide aufschwang. Dr. Elias Vogl, Pathologe der Klinik, stand im Türrahmen, einen Ordner unter den Arm geklemmt. Seine Miene war angespannt, seine Augen von einer dunklen Unruhe durchzogen.

»Florian, hast du einen Moment?«

Florian blickte auf, überrascht vom ernsten Tonfall. »Elias, wenn du mir sagen willst –«

»Nein«, unterbrach ihn der Pathologe, trat näher und senkte die Stimme, als wolle er nicht, dass irgendjemand sie belauschte. »Die Todesursache des jungen Mannes – sie war nicht, wie wir dachten. Es war keine Sepsis. Ich habe ihn untersucht. Normalerweise führen wir keine routinemäßigen Obduktionen mehr durch, aber in Fällen wie diesem …«

Florian nickte. Er wusste, dass Obduktionen inzwischen zu den untersten Prioritäten der Klinik gehörten. Nur wer nicht an einer tödlichen Krankheit gestorben war, kam überhaupt noch für eine Untersuchung in Frage. In den meisten Fällen war die Todesursache ohnehin offensichtlich, die bürokratischen Hürden für eine Autopsie enorm. Doch dieser Fall war anders. Der junge Mann hätte nicht sterben dürfen. Also hatte Elias ihn untersucht.

»Und?«

Elias seufzte. »Er ist nicht an einer Sepsis gestorben. Jedenfalls nicht so, wie wir es erwartet hätten.«

Florians Herzschlag beschleunigte sich. »Was meinst du damit?«

Der Pathologe presste die Lippen aufeinander. »Ich habe mir seine Organe angesehen, alles war unauffällig. In seiner Milz konnte ich keine Bakterien nachweisen. Etwas stimmt nicht. Ich will eine toxikologische Analyse machen.«

Florian runzelte die Stirn. »Dafür haben wir doch weder Zeit noch Ressourcen.«

»Ich weiß.« Elias klappte den Ordner bestimmt zu. »Aber ich tue es trotzdem. Und du hilfst mir!«

Doch der Tag war unerbittlich. Florian eilte von einem Notfall zum nächsten, seine Gedanken schweiften aber immer wieder zu den Worten des Pathologen. Sie kannten sich bereits seit Studienzeiten, hatten sogar einmal gemeinsam in einer WG gewohnt. Er traute seinem Urteil.

Erst spät in der Nacht, als die Krankenhausflure leerer wurden und nur noch das entfernte Piepen von Monitoren die Stille durchbrach, trafen sie sich im Labor. Der Raum lag in grellem Neonlicht, die sterilen Arbeitsflächen warfen kalte Reflexionen. Elias stand bereits vor der Gaschromatographie-Anlage, seine Hände bewegten sich routiniert, doch in seinen Augen lag etwas anderes – eine Unruhe, die Florian nicht entging.

»Ich habe Proben aus Leber, Nieren und Mageninhalt entnommen«, sagte er mit tonloser Stimme und startete die Analyse. Die Maschine begann zu summen, ein leises mechanisches Geräusch füllte den Raum. Florian lehnte sich über den Monitor, verfolgte die langsam erscheinenden Werte. Dann hielt er abrupt inne.

»Moment mal… das kann nicht sein.«

Elias trat näher, seine Stirn legte sich in Falten. »Das... das ist doch Natrium-Pentobarbital.«

Florian sog scharf die Luft ein. »Aber... das gibt es hier doch gar nicht.«

Stille. Schwere, drückende Stille.

Natrium-Pentobarbital war ein hochwirksames Barbiturat, das in der richtigen Dosis den Atemreflex lähmte, das Herz verlangsamte und zum sicheren Tod führte. Laut Gesetz durfte es nur unter strengsten Auflagen an unheilbar Kranke verabreicht werden, die sich für den assistierten Suizid entschieden hatten. Ein monatelanger, komplizierter Prozess ging dem voraus – psychologische Gutachten, medizinische Überprüfungen, behördliche Genehmigungen. Nur eine spezialisierte Kommission durfte die Freigabe erteilen. Und selbst dann wurde das Präparat ausschließlich an die betroffenen Patient:innen selbst übergeben. Sie mussten es in Form einer bitteren, dickflüssigen Lösung selbstständig trinken, oft vermischt mit Fruchtsaft, um den Geschmack zu überdecken. Es wurde niemals von Dritten verabreicht, niemals injiziert. Nur Haustiere wurden damit eingeschläfert.

Florian sprach die Worte aus, die ihm eiskalt im Nacken saßen. »Unser Patient... er war jung. Er war körperlich gesund. Er hatte keinen Antrag gestellt, keine Diagnose, die es ihm erlaubt hätte. Es gibt keine Möglichkeit, dass er dieses Medikament auf legalem Weg bekommen hat.«

Elias schüttelte langsam den Kopf. »Und selbst wenn – er hätte es selbst einnehmen müssen. Doch das hier«, er deutete auf die Daten auf dem Monitor, »das wurde ihm verabreicht.«

Florian runzelte die Stirn. »Bist du sicher?«

Elias nickte langsam. »Sieh dir das an: Die Menge im Blut und in den Organen entspricht exakt einer tödlichen Dosis. Wäre es durch eine unsachgemäße Einnahme oder einen Fehler geschehen, wäre die Konzentration möglicherweise niedriger oder zumindest ungleichmäßig verteilt. Zweitens: Das Medikament ist im Krankenhaus nicht verfügbar, es kann also nicht zufällig verabreicht worden sein. Drittens: Es wurde in einer Weise in den Körper aufgenommen, die nicht zur üblichen oralen Einnahme passt.«

Florian verschränkte die Arme. »Wie kannst du das so genau sagen?«

Elias deutete auf eine weitere Reihe von Werten auf dem Monitor.

»Wenn Natrium-Pentobarbital getrunken wird, dauert es eine gewisse Zeit, bis es vollständig in den Blutkreislauf aufgenommen wird. Die Konzentration steigt allmählich an, bevor sie wieder abfällt. Aber hier...« Er zeigte auf eine Messkurve. »Das Muster ist anders. Die Werte zeigen einen fast sofortigen Anstieg der Wirkstoffkonzentration – das spricht für eine direkte Injektion oder eine Infusion.«

»Also wurde es ihm gespritzt?«

Elias nickte. »Genau. Es gibt keinen anderen Weg, um solch eine gleichmäßige und schnelle Verteilung im Körper zu erklären. Wenn es über eine Infusion verabreicht wurde, dann wurde sie mit einer hohen Flussrate gegeben. Falls es eine Spritze war, dann wurde es direkt in die Vene injiziert. Beides bedeutet, dass jemand anderes die Kontrolle hatte.«

Florian schüttelte den Kopf. »Das heißt, es war kein Unfall. Keine Selbstmedikation. Jemand hat es absichtlich getan.«

Die Worte hingen in der Luft, schwer wie Blei.

»Jemand wollte, dass er stirbt«, flüsterte Florian.

Das Summen der Maschine klang plötzlich wie ein unheilvolles Brummen. Elias trat einen Schritt zurück, als hätte er Angst, eine unsichtbare Grenze überschritten zu haben.

»Das Medikament wird nicht einfach so im Krankenhaus gelagert«, murmelte er. »Es kann nicht aus Versehen hierher gelangt sein.«

Florian schloss kurz die Augen, kämpfte gegen das aufsteigende Gefühl der Beklemmung. »Wir müssen herausfinden, wer das getan hat und warum.«

Kurz darauf hasteten die beiden Ärzte, die nun zu Mordermittlern geworden waren, durch die kalten, sterilen Gänge der Pathologie im Keller des Krankenhauses. Um diese Uhrzeit war hier alles menschenleer. Ihre Schritte hallten auf dem gefliesten Boden wider. Überall beißender Geruch von Desinfektionsmittel. Sie erreichten den Sektionssaal, in dem Elias die Autopsie des jungen Verstorbenen durchgeführt hatte. Doch als sie eintraten, hielten sie abrupt inne. Der Sektionstisch war leer. Die Edelstahloberfläche glänzte unter dem grellen Licht der Operationslampen. Ein leicht feuchter Abdruck auf der Liege deutete darauf hin, dass hier bis vor kurzem noch ein Körper gelegen hatte. Ein metallisches Instrumenten-Tablett stand seitlich auf einem Rollwagen, darauf eine Schere, eine Knochensäge und Pinzetten, noch sorgfältig angeordnet, als hätte Elias sie gerade erst zur Seite gelegt. Doch der Leichnam war verschwunden.

»Wo ist er?« Elias' Stimme war kaum mehr als ein Flüstern.

Florian zog seine Handschuhe fester und wandte sich um. »Vielleicht haben sie ihn bereits in die Leichenhalle überführt.«

Doch als sie die Tür zur Kühlzelle öffneten, fröstelte es beide. Ein kalter, süßlicher Luftzug schlug ihnen entgegen. Die Rollbahren, die noch vor wenigen Stunden mit den Leichnamen der jüngst Verstorbenen belegt gewesen waren, standen leer. Die Schubladen der Kühlkammern, sonst akribisch beschriftet, waren sämtlich ohne Kennzeichnung. Sie öffneten eine nach der anderen. Kein einziger Körper war mehr da.

Elias' Blick huschte über die leeren Lagerungsliegen. »Das kann nicht sein.«

Normalerweise verblieben Verstorbene mindestens zwölf bis vierundzwanzig Stunden in der Kühlzelle, bevor sie vom Bestattungsinstitut abgeholt wurden. Manchmal dauerte es länger, wenn Angehörige noch nicht benachrichtigt waren oder eine gerichtliche Obduktion angeordnet wurde. Dass jedoch alle Leichen plötzlich verschwunden waren, ohne dass eine Dokumentation über ihre Überführung vorlag – das war weit außerhalb jeder Norm.

»Jemand hat sie verschwinden lassen.« Elias' Stimme war rau. »Aber warum?«

Florian rieb sich die Stirn, während sein Blick auf ein paar Wasserflecken am Boden fiel, als hätte hier jemand erst kürzlich etwas weggewischt. »Vielleicht, um eine toxikologische Untersuchung zu verhindern.«

Sie dachten gleichzeitig an den jungen Mann. An die Möglichkeit, dass er nicht durch einen Unfall oder eine fehlerhafte Selbstmedikation verstorben war. Was, wenn jemand seine Injektionsspuren absichtlich vertuschen wollte? Und was, wenn die anderen Verstorbenen ebenfalls keines natürlichen Todes gestorben waren?

Elias trat nervös von einem Fuß auf den anderen. »Das bedeutet …«

»Dass jemand nicht nur seinen Tod gewollt hat, sondern möglicherweise noch andere umgebracht hat.« Florian ließ die Worte sacken. Das gleichmäßige Tropfen von Kondenswasser verstärkte das unheilvolle Schweigen, das sich zwischen ihnen ausbreitete. Wer auch immer hinter alldem steckte, hatte nicht nur einen Mord zu vertuschen versucht, sondern gleich mehrere.

»Wir müssen dem nachgehen«, sagte Elias leise. »Bevor noch jemand stirbt.«

Während sich die beiden Ärzte noch Fragen stellten, hatte Florians Mutter bereits einen Verdacht. Vage zunächst. Ein unbestimmtes, aber ungutes Gefühl. Sie war alt genug, um sich an die Zeiten zu erinnern, in denen Pflege noch eine Frage der Menschlichkeit war, nicht der Kosten-Nutzen-Rechnung. Und sie hatte ein Gespür für verborgene Strukturen, für die leisen Verschiebungen im Klinikalltag, die andere übersahen.

Seit sie wieder zurück war, beobachtete sie die immer selben Gesichter in entscheidenden Positionen. Junge Frauen mit herablassenden, emotionslosen Mienen, deren Dienstkleidung stets makellos war und deren Hände nie wirklich Spuren harter Arbeit trugen. Sie bewegten sich mit einer beunruhigenden Selbstverständlichkeit durch die Flure, standen selten für Gespräche zur Verfügung, hielten sich in Besprechungen auffällig zurück, waren aber doch immer da. Und immer waren es Frauen, die einst als Pflegehelferinnen angefangen hatten. Unauffällig, still, ohne besondere Ambitionen. Und doch hatten sie in rasantem Tempo Karrieresprünge gemacht, die unter normalen Umständen unmöglich gewesen wären.

Dann fiel ihr eine alte Bekannte ins Auge: Maria Lainzner. Vor ein paar Jahren, kurz bevor sie in Rente gegangen war, hatte Lainzner ebenfalls als Stationsassistentin angefangen und sich darüber beschwert, dass sie mit den Medikamentenlisten überfordert war. Sie war damals nach einer Umschulung ins Krankenhaus gekommen – ohne jede Liebe oder Leidenschaft für den Beruf. Ihren vorherigen Job im Einzelhandel hatte sie gekündigt, nachdem eine Frau mit Kopftuch ihre Chefin geworden war.

»Unter so einem Gesindel arbeite ich nicht«, hatte sie immer wieder ganz offen herumposaunt.

Deshalb war ihr diese Frau all die Zeit über im Gedächtnis geblieben. Schon komisch: Jetzt saß sie an einem der wichtigsten Posten des Krankenhauses, mit direktem Zugang zu Patientendaten, Medikationsplänen und Personalentscheidungen. Sie hatte sich nicht verändert. Keine plötzliche Reife, kein erkämpftes Wissen, kein Stolz in ihrem Blick. Sie war einfach nur aufgestiegen. Florians Mutter spürte es in jeder Faser ihres Körpers: etwas stimmte nicht. Zu viele der alten, erfahrenen Kolleginnen und Kollegen waren plötzlich verschwunden. Pensionierungen, Versetzungen, Kündigungen und natürlich die Ausweisungen. Und an ihrer Stelle diese Neuen, die niemals zu hinterfragen schienen, was sie taten. Sie waren leise. Sie waren effizient. Sie waren … regierungstreu.

Als sie eines Abends mit Florian im Aufenthaltsraum saß, legte sie ihm eine Hand auf den Arm.

»Florian, wer ist aktuell die Stationsschwester?«

»Die Lainzner, glaube ich. Wieso?«

Seine Mutter schüttelte langsam den Kopf, als hätte sie diese Antwort befürchtet.

»Maria war vor zwei Jahren noch Pflegehelferin, wie soll sie jetzt plötzlich Stationsleiterin sein?«

Florian richtete sich auf. »Was willst du damit sagen?«

Sie hielt einen Moment inne, als wöge sie ihre Worte sorgfältig ab. Dann sagte sie leise: »Ich sage, dass diese Frau nicht wegen ihrer Kompetenz aufgestiegen ist. Und andere auch nicht.« Ihr Blick bohrte sich in seinen. »Sondern weil es Parteisoldatinnen sind.«

Florians Nackenhaare stellten sich auf. Das Wort hallte in seinem Kopf wider. Parteisoldatinnen.

Plötzlich ergab alles Sinn. Die rasanten Beförderungen. Die verschwundenen Leichen. Das Medikament, das niemand im Krankenhaus hätte haben dürfen. Ein unsichtbares Netz, gesponnen von einer Hand, die niemand sehen sollte – aber deren Wirkung nun erschreckend offensichtlich war.

Die Tür schwang auf und Elias trat ein, einen Packen Zettel in der Hand. Sein Gesicht war bleich.

»Florian, du solltest dir das ansehen.«

Florian nahm die Papiere, überflog sie und runzelte die Stirn. Totenscheine. Name, Geburtsdatum, Todeszeitpunkt. Nichts, was ihn auf den ersten Blick beunruhigte. Doch Elias trat näher, seine blassen Finger umklammerten den Papierstapel so fest, dass die Blätter leicht knitterten.

»Schau genau hin!«

Florian spürte, wie seine Mutter neben ihm aufstand. Die pensionierte Pflegerin hatte schon unzählige Totenscheine in Händen gehalten. Jetzt griff sie über seine Schulter, zog sich ein Blatt heraus, betrachtete es mit geübtem Blick.

»Die Zeitpunkte«, murmelte Florian.

Seine Mutter nickte langsam. »Alle zwischen zwei und vier Uhr morgens.«

Elias legte ein weiteres Dokument auf den Tisch. Medikationsprotokolle. »Und jetzt das hier.«

Florian ließ seine Augen über die Zeilen gleiten. Ein Medikament tauchte immer wieder auf. Lorazepam. Ein Beruhigungsmittel. Gängig, unauffällig. Aber warum hatten es alle Verstorbenen in ihrer letzten Nacht bekommen?

Seine Mutter sog scharf die Luft ein. »Das stimmt nicht«, sagte sie leise.

Florian und Elias sahen sie überrascht an.

»Lorazepam steht da, ja«, fuhr sie fort. »Aber wenn ich mir die Todesursachen ansehe… Es passt nicht.« Sie zog einen Totenschein aus dem Stapel, zeigte auf eine Diagnose. »Herzversagen. Bei jemandem ohne schwere Vorerkrankungen. Plötzlich, mitten in der Nacht.« Sie nahm das nächste Blatt. »Lungenembolie - aber kein Hinweis auf eine bestehende Thrombose.« Sie griff ein weiteres. »Multiorganversagen, aber ohne Infektion, ohne Anzeichen für eine Vergiftung…« Sie hob den Blick. »Das sind nicht die richtigen Todesursachen. In keinem der Fälle. Und schon gar nicht hat das etwas mit Lorazepam zu tun. Warum sollten alle dasselbe Medikament kriegen? Immer mitten in der Nacht zur gleichen Zeit?«

Etwas in Florian zog sich zusammen, tief in seinem Bauch. Kein Gedanke, kein Gefühl. Eher ein Reflex, wie kurz vor dem Erbrechen.

Elias holte zitternd Luft. »Was, wenn das nur ein Deckname ist? Was, wenn sie nicht Lorazepam bekommen haben?«

Florians Mutter sah ihn erstaunt an. »Wie meinst du das?«

Ihre Stimme war ruhig, aber Florian bemerkte, wie ihre Finger sich fester um den Totenschein schlossen. Sie suchte nach einer logischen Erklärung, aber es gab keine, die harmlos genug war, um die Wahrheit zu verdrängen.

Seine Mutter schüttelte den Kopf. »Das ist absurd. Warum sollte jemand so etwas tun?«

Florian sah zu Elias. Beide wussten, was sie sagen mussten. Und doch war es fast unmöglich, die Worte auszusprechen. Florian holte tief Luft. »Weil es nicht um Einzelfälle geht.«

Seine Mutter blinzelte. »Was?«

Elias legte die letzten Papiere auf den Tisch. »Wir glauben, dass es in Wahrheit Natrium-Pentobarbital war.«

Florians Mutter starrte ihn an. »Das ist ein Sterbehilfe-Medikament.« Ihre Stimme klang tonlos, als hätte sie den Satz bereits aus ihrem Mund gelöscht, bevor er verklungen war. »Das… das kann doch nicht wahr sein.«

Elias nickte langsam. »Ja. Und genau deshalb wurde es auch nirgendwo offiziell dokumentiert.«

»Aber…«, sie sah von ihm zu Florian. »Aber wozu? Wer würde so etwas tun?«

Florian massierte seine Schläfen. Sein Herz pochte, als würde sein Körper sich gegen die Wahrheit wehren, die sich vor ihm ausbreitete wie ein düsteres Mosaik. Er sprach es aus.

»Weil es die einfachste Lösung ist.«

Seine Mutter sagte nichts.

»Seit Monaten reden wir von nichts anderem mehr, oder? Es ist so offensichtlich«, fuhr er leise fort. »Die Überlastung. Der Personalmangel. Die Pflegeheime, die aus allen Nähten platzen. Zu wenige Betten, zu wenig Personal, zu wenig Geld. Und dann sterben plötzlich all diese Menschen, immer nachts, immer nach demselben Muster. Kein Aufsehen, keine Skandale – nur Klinikbetten, die plötzlich frei werden.«

Seine Mutter schüttelte den Kopf. »Das… das ist nicht möglich.«

Elias' Stimme war kaum mehr als ein Flüstern. »Warum nicht? Es ist effizient. Unauffällig. Die Ärzte schreiben natürliche Todesursachen auf, weil sie selbst nichts wissen. Die Leichen verschwinden schnell. Keine Ermittlungen. Kein Medienrummel. Und die Regierung muss sich nicht mit den Problemen eines kollabierenden Gesundheitssystems auseinandersetzen.«

Florians Mutter sah ihn an, als wollte sie ihn zur Vernunft bringen. »Du sagst mir gerade, dass der Staat seine eigenen Bürger ermordet, anstatt sich um sie zu kümmern?«

Florian erwiderte ihren Blick. »Ja.«

Seine Mutter wich einen Schritt zurück. Sie wollte widersprechen, brachte aber nur ein leises Keuchen heraus. »Mein Gott…«

Dann öffnete sich die Tür. Alle fuhren herum.

Maria Lainzner stand im Türrahmen, die Hände in die Seiten gestemmt. Das blonde Haar streng zu einem Zopf gebunden, die schmalen Lippen fest aufeinandergedrückt. Florian schaffte es gerade noch, die Dokumente unterm Tisch verschwinden zu lassen, bevor ihre funkelnden, haselnussbraunen Augen ihn fixierten.

»Was soll das hier? Wir schwimmen da draußen.«

Drittes Kapitel

FAHNE IM WIND

Josef Schneemandl stand vor dem Spiegel in seinem Büro und betastete wie so oft sein Gesicht, als hoffte er auf eine Veränderung. Das Licht war matt, fiel durch die angegrauten Vorhänge und ließ die Falten tiefer erscheinen, als sie vielleicht waren. Die Nase war seit jener Nacht im Wirtshaus nicht mehr dieselbe. Ein wenig schief, als hätte jemand ein Kunstwerk grob nachmodelliert und sich dabei in den Proportionen vertan. Er fuhr mit dem Finger darüber, spürte die leichte Wölbung, die es früher nicht gegeben hatte. Es war eine Erinnerung, die sich wortwörtlich in sein Gesicht gegraben hatte.

Die Szene kam zurück, wie sie es immer tat. Das Klirren von Glas, das dumpfe Echo eines Aufpralls, der heiße, metallische Geschmack von Blut auf seiner Lippe. Der Wirt hatte den ersten Schlag geführt. Oder war es doch einer der Hoteliers gewesen? Einer von denen, mit denen er Jahre zuvor über Champagnerpreise und Investorendeals verhandelt hatte, bei Wildragout und Zigarre, in luxuriösen Lodges, die jetzt leer standen. Die Männer, die ihn damals noch als einen der Ihren betrachtet hatten, waren über ihn hergefallen wie über einen räudigen Hund. Ein einziger von ihnen hatte gereicht, um ihn zu Boden zu bringen. Die anderen hatten sich angeschlossen. Er erinnerte sich an den Stiefel in seinen Rippen, an die höhnischen Stimmen, die irgendwo über ihm durch den Dunst der Kneipe zu ihm herabklangen. Ein Denkzettel für den Mann, der ihnen die billigen Arbeitskräfte geraubt hatte.

Dabei war es nicht einmal seine Schuld gewesen. Hartmann und Humpl waren es, die sie alle über den Tisch gezogen hatten. Seine eigene Partei hatte ihn fallen gelassen, und mit ihm sein gesamtes Lebenswerk. Die Tourismusbranche lag im Sterben, aber anstatt gemeinsam nach einer Lösung zu suchen, hatte man einen Schuldigen gebraucht. Und wer eignete sich besser, als der Mann, der einst an den Schalthebeln der Macht gesessen hatte? Die ersten Wochen nach der Prügelei hatten ihn wie ein Gespenst durch das Parlament schleichen lassen, bis er endlich begriff, dass er dort nichts mehr verloren hatte. Ein Mann ohne Macht, ohne Rückhalt, ohne Zukunft.

Er hatte sein Mandat zwar nicht zurückgelegt, war aber aus der Partei ausgetreten. Da er nun im Parlament so gut wie kein Gewicht mehr hatte, wurde er im Tourismusverband als Vorsitzender abgesetzt. Er, der einst mächtige Seilbahn-Lobbyist, der Mann mit Verbindungen in jede Ecke des Landes, war gefällt worden wie ein morscher Baum. Sein Hotel, sein Netzwerk, seine Partei – alles war ihm entglitten. Und nun stand er hier. Vor einem Spiegel. Vor einem Gesicht, das er kaum noch erkannte.

Von Humpl oder Hartmann war nichts gekommen. Nicht einmal eine fadenscheinige Entschuldigung. Der Kanzler und sein eigener Parteichef hatten ihn geopfert, wie man einen Bauern auf dem Schachbrett abräumte, um die eigene Position zu sichern.

Seine Hände griffen nach dem Schnapsglas auf dem Schreibtisch. Es war leer. Seit wann? Er wusste es nicht mehr. Vielleicht hatte er es ausgetrunken, während er sich selbst anstarrte. Er konnte sich nicht erinnern.

Das Hotel stand still. Früher war der Lärm aus der Lobby bis in sein Büro gedrungen, das Klackern von Koffern über den Marmorboden, das leise Gemurmel von Touristen, die sich nach dem Skibus erkundigten. Jetzt hörte er nichts. Kein Personal, keine Gäste. Die wenigen, die noch kamen, waren Rentner, die die billigen Angebote nutzten, weil sie nicht wählerisch waren. Der Concierge hatte gekündigt. Die Zimmerinnen waren gegangen. Die Bar war verwaist, weil es niemanden mehr gab, der Cocktails mixte, und die Küche war nur noch an drei Abenden pro Woche geöffnet. Die Zimmer halb verwüstet von den paar Schulklassen, die der Freizeit-Fonds ein paar Mal geschickt hatte, bevor auch dieses Programm nach nur einer Saison eingestellt werden musste, weil der Aufwand für die Unterbringung ohne Personal zu groß war.

Er drehte sich um und sah aus dem Fenster. Die anderen Hotels im Tal lagen genauso verlassen da. Man hatte geglaubt, die Wirtschaft ließe sich mit Parolen am Leben halten, mit nationalem Stolz und hartem Durchgreifen. Die Realität war eine andere. Mit den staatlichen Hilfsgeldern hatten die meisten neue Wellness-Bereiche gebaut oder die Fassaden renoviert, in der Hoffnung auf bessere Tage, die nie kamen. Ohne Arbeitskräfte keine Gäste. Ohne Gäste kein Geld. Und ohne Geld?

Er dachte an Jens. Sein Schwiegersohn war jetzt auf Malta. Ausgerechnet jener Mann, der zehn Jahre lang das Hotel geführt hatte, während er selbst sich im Parlament für Partei und Staat abgerackert hatte. Jens, der mit seinem Charme Gäste bei der Stange gehalten und mit seinem Organisationstalent die Abläufe optimiert hatte. Ein Fremder, hatte Humpl gesagt. Jemand, der hier nichts zu suchen hatte. Ausgerechnet er, der in seinem Haus geheiratet, ihm zwei Enkel geschenkt und geschuftet hatte, während die Einheimischen längst nicht mehr bereit waren, die schweren Jobs zu übernehmen.

Seine Tochter hatte ihn nie wieder angerufen. Es gab nur diesen einen Brief, der auf dem Küchentisch gelegen hatte, als sie gegangen waren. Keine langen Erklärungen, keine wütenden Vorwürfe. Nur ein paar Zeilen. Sie hatten nicht einmal darauf gewartet, dass er sich verteidigte. Die Kinder lebten jetzt unter Palmen, spielten an Sandstränden, wuchsen in einer Welt auf, die nichts mehr mit der seinen zu tun hatte. Ob sie sich an die Winter hier erinnerten? An den Weihnachtsmarkt im Dorf, an die Fahrten mit dem Schlitten? Vielleicht nicht. Welche Sprache sprach man dort überhaupt? Seine Stirn runzelte sich.

Und Anna. Seine Frau hatte ihn bloß angesehen, damals, als das Telefonat mit dem Parteichef geendet hatte. Sie hatte nicht geschrien, nicht geweint. Sie hatte ihm nur diesen Blick zugeworfen – einen Blick, der sagte: »Ich kenne dich. Ich weiß, dass du das nicht rückgängig machen kannst.« Dann hatte sie ihre Tasche gepackt und war gegangen.

Jetzt saß er hier, allein in einem Haus, das noch immer seinen Namen trug, aber ihm nicht mehr gehörte. Er fuhr sich mit einer Hand durch das graue Haar und ließ den Blick durch den Raum schweifen. Das Büro hatte sich kaum verändert: dasselbe dunkle Holz, derselbe schwere Schreibtisch, dieselben prunkvollen Hirschgeweihe an der Wand, die er in besseren Tagen mit stolzgeschwellter Brust seinen Investoren präsentiert hatte. Doch das *Alpen Grand Resort Schneemandl* war nicht mehr seines. Die Bank hatte es sich geholt. Nach einem Jahr mit leeren Betten, stornierten Buchungen und unbezahlten Rechnungen war der Kredit geplatzt. Er hatte es zwar hinauszögern können, hatte gehofft, dass sich die Lage bessern würde, dass die Regierung einlenken und eine Lösung präsentieren würde. Aber das Gegenteil war passiert. Keine Arbeiter, keine Gäste, kein Geld.

Irgendwann hatte der Direktor der regionalen Genossenschaftsbank, bei der er schon seine gesamte Geschäftslaufbahn über Kunde war, mit einem derart aufgesetzten Lächeln angerufen, dass es sich förmlich durch den Hörer drückte.

»Josef, alter Freund, du weißt doch, dass wir das nicht wollen, aber uns sind die Hände gebunden.«

Die Bank hatte die Immobilie in einer »geordneten Verwertung« übernommen. Geordnete Verwertung, was für ein Begriff. Früher hätte er über solche Floskeln gelacht. Heute stand er mittendrin in der Realität, die dahinterlag. Und in dieser Realität gehörte sein einstiger Stolz nun einem Fonds. Einem verdammten Fonds aus Dubai. Irgendein Scheich oder Oligarch hatte das *Alpen Grand Resort Schneemandl* für einen lächerlichen Preis erstanden, zusammen mit ein paar anderen Skihotels in der Region, in der Hoffnung, dass der Markt sich irgendwann erholen würde. Bis dahin ließ man es weiterlaufen – mit minimalem Personal, eingeschränktem Betrieb und einem neuen, sehr auf Effizienz bedachten Geschäftsführer, einem smarten jungen Mann, der bis dahin am Schalter der scheiß Bank tätig gewesen war, mit einem Marketing-Masterabschluss und null Ahnung vom Gastgewerbe.

Trotzdem wohnte Schneemandl noch immer hier. Warum? Weil es für alle Beteiligten einfacher war. Die neuen Eigentümer hatten es nicht eilig, ihn loszuwerden. Wer würde schon in eine Branche investieren, die auf dem absteigenden Ast war? Also ließ man ihn gewähren. Offiziell war Schneemandl als Berater angestellt, was bedeutete, dass er kostenlos in einer Suite im obersten Stock wohnen durfte, solange er sich aus dem operativen Geschäft heraushielt. Das tat er nicht. Er war nicht der Typ, der einfach nur still in einer Ecke saß. Stattdessen streifte er durch die Hotellobby, nörgelte am

Frühstücksbuffet herum, beäugte das verbliebene Personal misstrauisch und trank sich jeden Abend an der Bar durch den restlichen Bestand der edlen Whiskeysammlung, die noch aus besseren Tagen übriggeblieben war. Er war wie ein alter Hund, den man nicht mehr loswurde – nicht wirklich nützlich, aber ihn zu vertreiben wäre den Aufwand nicht wert gewesen. Er wusste, dass ihn die Angestellten nur widerwillig duldeten. »Der alte Schneemandl«, murmelten sie hinter seinem Rücken. »Der Ehemalige.« Ein Relikt aus einer Zeit, in der er noch einer der mächtigsten Männer im Tourismus gewesen war, wenn nicht der mächtigste. Jetzt war er nicht einmal mehr Herr über seine eigene Hotelbar.

Sein Handy vibrierte. Er zögerte, wie immer in letzter Zeit. Anrufe kamen selten – und wenn, dann wollte jemand etwas von ihm. Keine Nummer. Kein Name. Er nahm ab. Ein paar Sekunden Stille. Dann eine freundliche, verbindliche Stimme. Er erkannte sie sofort wieder. Nicht, weil sie besonders war, sondern weil sie in all dem Lärm der letzten Monate die Einzige gewesen war, die nicht nur kleine Gefälligkeiten von ihm gewollt hatte, sondern andere Ziele verfolgte. Größere Ziele. Es war die Frau, die ihm gezeigt hatte, dass man auch handeln konnte, ohne zu siegen. Dass es nicht um ein Comeback ging, nicht um Gesichter auf Plakaten, sondern um echte Haltung. Nicht um Macht, sondern um Wirkung. Sie hatte keine Bühne gewollt, keinen Applaus. Nur eine präzise Störung – die Finte mit den Kindern, ein Moment der Unordnung, mitten in diesen unsäglichen Waldsportübungen. Ein paar Wochen später hatte eine deutsche Zeitschrift den Rest erledigt: ein Bericht über schlecht ausgebildete Betreuer, über Drill, fragwürdige Erziehungspraktiken, über ein System, das Erziehung mit Gehorsam verwechselt hatte. Die Sommercamps wurden eingestellt. Ein Geschäft, auf das er gern verzichtet hatte. Was er stattdessen bekommen hatte, war etwas viel Bedeutenderes. Nämlich eine Erinnerung daran, wofür er einmal eingestanden war. Nicht für eine Partei, auch nicht für sich. Für die richtige Sache.

Schneemandl atmete leise durch. »Wie kann ich behilflich sein?«

»Es ist so weit«, sagte Natascha am anderen Ende der Leitung ohne Umschweife. »Die Bewegung wächst. Überall. Die Leute wollen nicht mehr zuschauen. Und sie erinnern sich. Überall, in den Foren, den Kommentarspalten, auf der Straße, fällt inzwischen ein Name.«

Schneemandl lachte bitter. »Na? Welcher?«

»Ihrer.«

Er drehte sich langsam um und stützte sich an der Kommode ab.

»Die Leute sehen Sie als einen von ihnen. Sie haben den Verrat durch die eigene Partei am eigenen Leib erlebt. Sie haben Ihre Familie, Ihre Position, Ihr Hotel und – im wahrsten Sinn des Wortes – Ihr Gesicht verloren. Und doch haben alle gesehen, wie Sie sich für andere einsetzen. Diese Kombi kommt gut an.«

»Weil ich gefallen bin.«

»Weil Sie wieder aufgestanden sind.« Natascha sprach mit Nachdruck: »Und sie brauchen jemanden, der ihre Wut kanalisieren kann. Der sagt, was er denkt. Der einen Kompass hat. Der sich nicht mehr an die Regeln hält.«

Schneemandl schwieg. Er dachte an Humpl. An seine alten Parteikollegen, die ihn einfach stehen gelassen hatten wie einen alten Koffer. Dann dachte er an die Proteste, die überall aufflackerten.

»Sie wollen, dass ich wieder in die Politik zurückkomme?«

»Genau. Sie kennen das Spiel, Herr Schneemandl. Und diesmal spielen Sie auf der anderen Seite. Nicht mehr für Humpl oder die Konservativen. Starten Sie eine neue Bewegung. Es geht um etwas. In welcher Welt sollen unsere Kinder leben? Unsere Enkelkinder?«

Er ließ das Handy langsam sinken. Damit hatte sie ihn. Er wusste, dass er nur zwei Möglichkeiten hatte: Nichts tun – oder den Spieß umdrehen. Er kannte das Spiel nur zu gut. Es war brutal und gefährlich. Hatte er die Kraft dafür? Was, wenn es wieder schiefging?

Langsam zog er sich sein Sakko über und richtete sich auf. Zu verlieren gab es nichts mehr. Dann: »Ich rufe sofort meine alten Pressekontakte an. Ich habe ein Statement zu machen.«

Viertes Kapitel

NICHT WIE BISHER

Das glanzvolle Foyer der Nationaloper war in fahles Licht getaucht. Die Kristalllüster warfen verzerrte Schatten auf den Marmorboden, als wären sie Geister einer vergangenen Ära, die sich nur widerwillig in die Gegenwart retten wollten. Einst war der Ball der Künstler ein rauschendes Fest der Sinne gewesen, ein Spektakel aus Exzess, Pomp und Exzentrik. Heute jedoch war er ein blasses Abbild seiner selbst, ein Mahnmal der Tristesse inmitten der Faschingszeit.

Draußen am roten Teppich standen nicht wie sonst hunderte Fotografen, sondern nur einige Gäste in kleinen Gruppen beisammen. Ein paar einsame Blitzlichter durchzuckten die Nacht. Der eisigen Kälte geschuldet trugen alle Mäntel über ihren Kleidern, wodurch sich für das Publikum zu Hause – das Spektakel wurde nach wie vor live im Staatsfernsehen übertragen – ein noch graueres Bild offenbarte. Keine glamourösen Roben, keine skandalösen Posen, keine Stars.

An der Garderobe musterte eine ältere Dame die wenigen Neuankömmlinge kritisch. »Ist das wirklich der große Ball der Künstler?«, fragte sie mit gespieltem Erstaunen. »Ich hätte fast gedacht, ich bin auf einem Bauernfest gelandet.«

Ein Herr mit tiefen Stirnfalten nickte ihr zu. »Man sagt, das sei eine neue Ästhetik. Traditionelle Rückbesinnung.«

Die Dame schnaubte. »Eine Rückbesinnung auf die Langeweile, meinen Sie wohl. Aber gut, warum feiern, wenn man auch trauern kann?«

Die wenigen Gäste, die den Weg in das Opernhaus gefunden hatten, bewegten sich mit einer fast gespenstischen Zurückhaltung. Es fehlte das Lachen, das früher die Hallen erfüllt hatte, es fehlte der überschwängliche Glamour. Die Herren trugen ihre in die Jahre gekommenen Fräcke mit einer besonderen Steifheit, als hätten sie sich aus Pflichtgefühl hineingezwängt. Die Damen, sonst eine schillernde Parade aus Samt, Seide und Federn, erschienen in aufgepeppten Trachtenröcken, ein seltsamer Kontrast zu den hochgesteckten, kunstvoll toupierten und drapierten Frisuren.

In der Regierungsloge erschien Kanzler Humpl, alle Kameras auf ihn gerichtet, die Schärpe über seine mit allerlei Orden behangene Brust gespannt, als sei sie ein Rettungsanker in diesem Meer der Missstimmung. Neben ihm, mit amüsierter Miene, sein Staatsgast aus den USA – nicht etwa deren Präsident (das wäre ein Coup gewesen!), sondern Konrad Stiehl. Multimilliardär und Meister darin, Versprechen zu machen, die nie eingelöst wurden. Er hatte es in Washington inzwischen zum Minister für Deregulierung gebracht, eine Berufsbezeichnung, die etwa so viel Sinn ergab wie »Wolf im Amt für Schafschutz«. Einst hatte er mit windigen Deals, Steuervermeidungsstrategien und einer Armada von Lobbyisten die Weltmärkte nach seinem Belieben verzerrt. Dann hatte er beschlossen, sich direkt ins System einzuhebeln und die Regeln gleich selbst abzuschaffen. Seitdem war er eine Art Wirtschaftsgott – zumindest für jene, die es liebten, wenn Geld nur nach oben floss.

Hunderte Millionen an Investitionen hatte er Humpls Regierung einst zugesichert – doch bis heute war davon nichts geflossen. Nun stand er da, perfekt frisiert (dank teurer Haarimplantate) und mit einem

Gesichtsausdruck, der irgendwo zwischen gelangweilt und belustigt schwankte.

Humpl konnte nicht warten. Er neigte sich unauffällig zu Stiehl. Zumindest glaubte er, es sei unauffällig. In Wahrheit sahen alle, wie sich der Kanzler mit ernster Miene vorbeugte, nervös redete, mit den Händen fuchtelte, dann wieder innehielt, als suche er nach den richtigen Worten.

»Mistah Stiehl. Konrat, my friend. The invest... äh... the finance? The kontakts?«

Stiehl, der gerade auf seinem Handy tippte, reagierte nicht sofort. Dann hob er kurz die Augenbrauen. Er ließ Humpl ausreden – oder sich in seinen Worten verheddern.

»Humpl!« Ein amüsiertes Lächeln. »You know how this works.«

Er sprach leise, fast beiläufig, nippte an seinem Champagner, als wäre dies nur eine weitere belanglose Plauderei. Für die Zuschauer:innen vor den Bildschirmen und die Ballgäste im Saal hätte es tatsächlich wie ein gewöhnlicher Austausch wirken können, vielleicht über Kunst, Politik oder die Qualität des Weins. Doch die Kameras hielten gnadenlos auf die beiden. Humpls nervöse Gesten, das angespannte Lächeln, das Zittern seiner Finger am Glas.

»You say we... get the money!«, flüsterte er mit gesenkter Stimme, doch seine Mimik sprach Bände. Wie Stiehl ihn musterte – abwartend, gelangweilt, überlegen.

»Markets, my friend. Always tricky. Timing is everything.«

Keines der im Raum verteilten Mikrofone fing ein, was genau gesprochen wurde. Aber jeder konnte sehen, wer hier der Ober und wer der Unter war. Stiehl nahm einen weiteren Schluck, lehnte sich entspannt zurück. Dann zog er sein Handy hervor, schoss ein Foto von der Tanzfläche, grinste.

»So, this is your famous *Ball of the Arts*?« Er schüttelte den Kopf. »Man, this is hilarious. It's like a Renaissance fair, but everyone looks slightly depressed.«

Irgendwo wurde laut gelacht. Humpl fuhr ruckartig herum. Es war wohl hoffentlich kein Mikrofon oder eine Kamera in der Nähe? Erleichterung, sein Stab riss draußen Witze. Also nickte er mit einem steifen Lächeln, tat, als wäre sein Gast überaus geistreich gewesen. Doch in seinem Inneren spannte sich etwas an, als hätte jemand eine Schraube zu fest gedreht.

»Man, I love this country!«, tönte Stiehl, während er seinen Blick durch das Opernglas über den Saal streifen ließ.

Humpl wusste: Das Geld würde nie kommen. Und Stiehl wusste, dass er es wusste.

Die Musik begann, doch es war nicht die triumphale Eröffnung, die man von früher kannte. Das Orchester spielte mit einer spürbaren Müdigkeit, als würde es eine Verpflichtung abarbeiten, die nicht einmal mehr den Musikern Freude bereitete. Die Tanzfläche blieb lange leer. Wo sonst Paare in schwindelerregenden Walzern ihre Kreise gezogen hatten, standen nun Grüppchen zusammen, tuschelten oder tranken in seltsam gedrücktem Schweigen.

Schließlich wagte sich ein Paar zögerlich auf das Parkett. Eine junge Frau mit blasser Haut und ernsten Augen wurde von einem Mann mit steifer Haltung geführt. Während sie langsam tanzten, flüsterten sie leise miteinander.

»Fröstelt es dich auch?«, fragte die Frau.

»Vielleicht ist es nur der fehlende Champagner«, murmelte ihr Begleiter und lächelte, der Kameras um sie herum gewahr.

Ein paar Schritte weiter standen zwei Männer am Rand des Parketts und beobachteten die Tanzenden.

»Ich erinnere mich an die Zeiten, als hier noch echte Künstler auftraten«, sagte der eine leise. Die Stars der Nationaloper, Sopranistinnen, Tenöre, Orchestermusiker und Tänzerinnen waren aus Gesangsvereinen und Musikkapellen rekrutiert worden, nachdem nahezu die gesamte künstlerische Belegschaft remigriert war.

Der andere nickte. »Jetzt hampeln da Statisten herum.«

Der Zeremonienmeister, ein Mann, dessen Karriere eng mit diesem Ball verwoben war, versuchte die Stimmung zu retten. Er trat an das Mikrofon, ließ seinen Blick über die versammelte Gesellschaft gleiten und hob die Stimme: »Meine Damen und Herren, ein Hoch auf die Kunst, ein Hoch auf die Freiheit!«

Humpls Ehrengast applaudierte frenetisch, ohne ein Wort verstanden zu haben.

»Der ist doch ein Roboter!«, rief jemand belustigt und deutete mit seinem Glas auf die Leinwand. Klaus hatte die Leute der Protestbewegung in seinem Innenstadtrestaurant zum Public Viewing geladen. Alle hatten sich entsprechend angezogen. Sakko und Krawatte oder ein Abendkleid waren das Mindeste. »Humpl sitzt da wie ein Schulbub und der andere klatscht, als wäre er bei einem Folkloreabend.«

Die Stimmung im Lokal war ausgelassen. Lachen hallte durch den Raum, während Champagnergläser aneinanderstießen. Klaus hatte großzügig die letzten Flaschen aus seinem Weinkeller geholt und es wurde getrunken, als gäbe es kein Morgen. Die Luft war erfüllt vom Aroma frisch gebackenen Brots, Töpfe dampften auf den Tischen, während Natascha mit geschickten Handgriffen Teller verteilte und sich lachend durch die Menge bewegte. An den Wänden hingen alte Plakate vergangener Protestaktionen, Erinnerungen an Demos und geheime Treffen, und je mehr sie die absurde Inszenierung auf der Leinwand betrachteten, desto klarer wurde den Anwesenden: Ihre Zeit war gekommen.

»Na, seht euch das an!«, rief jemand und deutete auf das Bild des Kanzlers, wie er gerade der überschaubaren Menge auf dem Parkett huldvoll zuwinkte. »Er tut so, als wäre das hier noch ein Ball der Bälle, dabei ist es nicht mal mehr eine schlechte Satire.«

Klaus, der gerade sein Glas nachfüllte, schüttelte schmunzelnd den Kopf. »Ihr macht euch lustig, aber eines muss man ihm lassen: Er ist standhaft. Selbst während sich der Ball vor seinen Augen auflöst, hält er die Tradition hoch.«

»Ach, nächstes Jahr gibt's dann einen Ball mit Sponsoren, Influencern und einer Lichtshow über den Dächern der Stadt.« Eine Stimme aus der hinteren Ecke. »Der Kanzler im Livestream mit den Worten: ›Liebe Bürger, Walzer ist jetzt auch marktwirtschaftlich optimiert!‹«

Natascha seufzte und stellte eine dampfende Schüssel vor einen der Gäste. »Das Tragische ist doch: Viele von denen da drinnen wissen genau, was schiefläuft. Aber was sollen sie tun? Was anderes bleibt ihnen ja nicht mehr.«

Kamerawechsel. Unterstaatssekretär Ehrlich, ebenfalls beschärpt und mit Orden behangen, irgendwo in einer Ecke des Festsaals. Neben ihm ein Mann mit ölig zurückgekämmtem Haar und einem viel zu breiten Lächeln, das ebenso wenig Vertrauen weckte wie seine Begleiterin, eine auffällig geschminkte junge Frau mit besonders tiefem Ausschnitt und einem Gesichtsausdruck von demonstrativer Gleichgültigkeit. Dann zog sie eine Schnute – Duck Face – und machte ein Selfie von der Runde.

»Na wunderbar«, kommentierte jemand im Lokal mit einer theatralischen Geste. »Die feinen Herren mit den feinen Damen. Fehlt nur noch, dass sie das Tanzparkett in einen Laufsteg für Steuergeldverschwendung verwandeln.«

»Was meinst du – ist er ihr Onkel oder ihr Steuerberater?«, fragte eine Frau spöttisch, während sie sich nachschenkte.

»Weder noch. Wenn du mich fragst, hat er einfach nur einen verdammt teuren Geschmack.«

Allgemeines Gelächter ging durch den Raum, während Natascha schmunzelnd ein Tablett mit neuen Gläsern durch die Menge balancierte. »Klaus, wenn das so weitergeht, müssen wir noch ein Trinkspiel draus machen. Einen Schluck für jedes peinliche Detail.«

»Dann wäre die ganze Runde in zehn Minuten unterm Tisch«, entgegnete Klaus trocken. »Aber einen habe ich noch: Einen Schluck für jeden Orden, den dieser Unterstaatssekretär trägt. Hat der sich die aus einem Überraschungsei geholt?«

»Oder von einem Ramschmarkt für gescheiterte Politkarrieren.«

Die Gläser klirrten erneut, diesmal aus purem Vergnügen. Trotz aller Ernsthaftigkeit der Lage war es in dieser Runde möglich, die Farce zu durchschauen, sie zu benennen und sich dennoch darüber lustig zu machen. Doch hinter all dem Lachen wuchs eine Erkenntnis, die nicht mehr zu ignorieren war.

»Wenn selbst der Künstlerball zu einer Karikatur verkommt, dann kann es nicht mehr lange dauern, bis auch der Rest in sich zusammenfällt«, sagte jemand aus der Ecke und schenkte sich mit einem zufriedenen Lächeln nach.

»Da fehlt nur noch, dass jemand mit einem Hut herumgeht und Münzen sammelt«, murmelte jemand anderes mit einem Anflug von Wehmut.

»Ach was, Kulturförderung ist passé. Bald müssen

die Künstler selbst ihre Notenblätter verkaufen, um sich die Noten leisten zu können.«

»Das ist es doch. Sie haben nichts mehr außer Kulissen. Und wenn die einstürzen...«

Ein anderer nickte. »Dann kommt das, was dahinterliegt, endlich zum Vorschein.«

Klaus wischte sich die Hände an seinem Küchentuch ab, legte es beiseite und hob sein Glas. Sein Blick war ernst, aber voller Entschlossenheit. »Auf die, die durchhalten. Und auf die, die nicht länger zuschauen. Die Neuwahlen sind zum Greifen nah.«

Sie stießen an diesem Abend auf die Zukunft an.

Fünftes Kapitel

BESOFFENE GESCHICHTE

Mit einem Ruck fuhr Malik aus dem Schlaf. Ein dumpfes Poltern hallte durch das Treppenhaus, gefolgt von einem schabenden Geräusch, als würde jemand mit den Schuhen über die Stufen schleifen. Für einen Moment blieb er reglos liegen, lauschte in die Dunkelheit seiner Wohnung hinein. Vielleicht nur ein Nachbar, der spät nach Hause kam? Doch als ein kehliges Lallen gefolgt von einem unsicheren Murmeln ertönte, war es mit der Ignoranz vorbei.

Seufzend schob er die Decke zur Seite, griff nach der Jogginghose, die über der Stuhllehne hing, und tappte barfuß zur Tür. Als er sie öffnete, schlug ihm eine Woge abgestandenen Alkohols entgegen. Im matten Licht der Treppenhausbeleuchtung lag eine Gestalt auf den Stufen, lang ausgestreckt, eine Hand schlaff über der Kante hängend, die andere wie ein hilfloses Insekt in der Luft zuckend. Malik runzelte die Stirn. Sein Nachbar von oben, der Unterstaatssekretär.

Der sonst so unnahbare Typ war kaum wiederzuerkennen. Sein Frack zerknittert und fleckig, das weiße Hemd durchgeschwitzt. Die feine Hose war ihm über die Knie gerutscht, schlaff und schmutzig. Die Fliege hing lose um den Hals, sein Haar – sonst penibel gescheitelt – stand wirr in alle Richtungen. Vor allem aber sein Gesicht verriet, dass er weit mehr als nur ein paar Gläser über den Durst getrunken hatte. Seine Pupillen waren unnatürlich geweitet, sein Blick irrlichternd, und sein Lächeln hatte etwas Seltsames.

»Herr Ehrlich?« Malik hockte sich hin und tippte den Mann vorsichtig an der Schulter.

Ehrlich blinzelte, dann verzog er sein Gesicht zu einem lüsternen Grinsen.

»Aaaaaah, Herr Schmidt… Sie sind so… ein sehr attraktiver Mann.« Seine Zunge formte die Worte schwerfällig. »Komm, hilf mir… rein… in meine Wohnung… oder zu dir? Noch ein Absacker?«

»Sie sollten lieber ins Bett, Herr Ehrlich.« Malik verzog den Mund.

»Ins Bett, ja, ja… genau mein Gedanke… aber nicht alleine!« Ehrlich kicherte und griff nach Maliks Arm, seine Finger überraschend fest.

»Herr Ehrlich…« Malik versuchte, seinen Arm vorsichtig zu lösen, aber Ehrlich ließ nicht locker. Stattdessen rutschte er mit einer plumpen Bewegung noch näher und legte die andere Hand auf Maliks Brust.

»Du bist so stark… Ich mag Männer wie dich. Große Hände…« Seine Finger krallten sich für einen Moment in Maliks Shirt, zogen daran.

»Herr Ehrlich.« Maliks Stimme wurde schärfer.

»Nicht so schüchtern, hmm?« Ehrlich grinste, seine Lippen schoben sich über seine Zähne. »Du weißt doch, dass ich großzügig bin, oder?« Seine Hand rutschte weiter, tiefer, ein ungeschickter Versuch, Malik näherzuziehen.

Genug. Mit einem bestimmten Griff packte Malik das Handgelenk des Mannes und schob es weg. »Sie sind betrunken. Und noch anderes. Ich bringe Sie in Ihre Wohnung, damit Sie nicht im Treppenhaus liegen bleiben. Mehr nicht.«

Ehrlich blinzelte ihn an, seine geweiteten Pupillen flackerten für einen Moment zwischen Verwirrung und gekränkter Arroganz. Dann kicherte er wieder, als hätte er einen besonders amüsanten Scherz gehört.

»Ach, du spielst nur schwer zu kriegen…«

Als er ein weiteres Mal nach Malik griff, riss dessen

Geduldsfaden endgültig. Malik packte ihn fester und zog ihn hoch, was Ehrlich mit einem unwilligen Murmeln quittierte. »Na gut, na gut… bin ja kein Unmensch…«

In der Wohnung schlug Malik süßlich-schwere Luft entgegen. Überall Spuren einer wilden Party: leere Gläser mit milchigen Rückständen, ein Röhrchen mit weißem Pulver auf einem Smartphone, kleine Tabletten, verstreut wie Konfetti auf dem Boden.

Ehrlich ließ sich schwer auf sein Bett fallen, murmelte noch »Du hast nichts gesehen. Nichts gesehen…« und grinste seltsam in sich hinein, als wäre er in einem absurden Gedanken gefangen. Malik hatte keine Ahnung, was er meinte. Dann verzog Ehrlich sein Gesicht zu einer Grimasse, die Augen halb offen, als würde ihn ein verdrängter, plötzlicher Einfall mit voller Wucht treffen. Einen Atemzug später brach es über ihn herein. Ohne Vorwarnung. Sein Körper zuckte, erst leicht, dann ruckartig, als würde er von innen heraus zusammengedrückt. Er riss seine Arme nach oben, die Finger verkrampften sich in der Luft. Der Rücken wölbte sich, als wolle er sich vom Bett lösen, doch dann sackte er wieder zusammen, nur um sofort erneut von einem Krampf erfasst zu werden. Sein Atem wurde stoßweise, dann abgehackt, dann zu einem tiefen, qualvollen Röcheln. Seine Augen rollten nach hinten, bis nur noch das Weiße sichtbar war. Sein Mund klappte auf, als würde er schreien, doch kein Ton kam heraus – nur ein ersticktes, leises Würgen.

Malik erstarrte für einen Sekundenbruchteil. Dann riss ihn die Panik aus der Starre.

»Scheiße!« Sein Herz raste. Was war das? Ein Anfall? Ersticken? Ein Schlaganfall? Sein Blick flog zu Ehrlichs Brust – hob sie sich noch? Ohne zu zögern, ohne nachzudenken, riss er sein Handy hervor. Seine Finger zitterten, doch er traf sofort die Notrufnummer.

»Notfall! Ein Mann hat einen Anfall, er atmet kaum noch! Ich brauche sofort einen Rettungswagen!«

Malik hatte keine Ahnung, ob er zu spät war. Die Zeit des Wartens war endlos. Er versuchte den schlaffen und doch verkrampften Körper aufzurichten, damit er besser Luft bekam, dann stabile Seitenlage, falls er kotzen würde. Was bist du für ein Arsch, dachte er und hatte ehrlich Angst, der Mann würde ihm gleich wegsterben. Klopfen auf Bauch und Brust, für eine Mund-zu-Mund-Beatmung oder eine Herzmassage war es zu früh. Malik fühlte sich komplett hilflos.

Wenige Minuten später füllten endlich hektische Stimmen und flackerndes Blaulicht das Treppenhaus. Getrampel. Sanitäter stürmten herein, verabreichten Ehrlich eine Infusion, versuchten, ihn zu stabilisieren.

Weil Malik wusste, wie schlecht die Rettung inzwischen aufgestellt war, hatte er am Telefon zum Glück geistesgegenwärtig dazugesagt, dass es sich bei dem Patienten um ein Regierungsmitglied handelte. Sonst hätte er lange warten können. Doch sein Hinweis führte auch dazu, dass nun automatisch zwei Polizisten auftauchten. Sie warfen einen Blick auf das Chaos in der Wohnung, die verstreuten Substanzen, und wechselten einen vielsagenden Blick.

»Wer hat ihn gefunden?«, fragte einer.

»Ich«, sagte Malik. »Er lag im Treppenhaus.«

Doch dann regte sich Ehrlich auf dem Bett. Sein Blick war flackernd, unruhig und dann, plötzlich, voller Panik. »Scheiße!«

Mit unerwarteter Kraft riss er sich von den Sanitätern los, taumelte durch den Raum. »DIE DÜRFEN MICH NICHT FINDEN!«

Bevor jemand reagieren konnte, rannte er los – barfuß, in Unterhose und seinem zerknitterten Frackoberteil – und stolperte in Richtung des offenen Dachfensters.

»Oh nein«, murmelte Malik.

Sekunden später war Ehrlich draußen, schwankend auf den Dachschindeln.

»Bleiben Sie ruhig, wir holen Sie da runter!«, rief einer der Polizisten.

Doch Ehrlich rutschte ab, ruderte mit den Armen und schlitterte das Dach hinab, konnte einen Sturz aber gerade noch abfangen, indem er sich mit einem Fuß in der Regenrinne verkeilte.

»Oh, verdammt. Das Ding hält nicht lange!«, rief Malik.

Schrecklich bange Minuten vergingen. Ein Feuerwehrwagen raste heran, die Drehleiter wurde ausgefahren.

»Herr Ehrlich, greifen Sie meine Hand!«, rief ein Feuerwehrmann.

Ehrlich, nun wieder mehr verzweifelt als übermütig, nickte schwach. Dann rutschte seine Hand weiter ab – doch in dem Moment wurde er gepackt und auf die Drehleiter gezogen.

Als er sicher am Boden stand, begann er sofort wieder zu lamentieren. »Ich wollte doch nur … ein bisschen Spaß …«

Malik seufzte, lehnte sich gegen die Wand und rieb sich die Stirn. So viel zu einer ruhigen Nacht. Er betrachtete das Chaos um sich herum: die Sanitäter, die Polizisten, die Feuerwehrleute, die Schaulustigen, die sich vor dem Haus versammelt hatten. Ehrlich saß mittlerweile zusammengesunken auf dem Bordstein, eine Rettungsdecke um die Schultern geschlungen, den Blick ins Leere gerichtet. Sein Gesicht wirkte jetzt nicht mehr arrogant, nicht mehr lüstern oder vernebelt von Substanzen. Nur müde. Für einen Moment spürte Malik so etwas wie Mitleid. Nicht, weil es der radikale Politiker nicht verdient hätte, sich endlich Konsequenzen zu stellen. Sondern, weil er ahnte, was jetzt folgen würde. Die Schlagzeilen würden sich auf den Frack, die Unterhose und die Tatsache konzentrieren, dass Ehrlich offensichtlich bei einer Drogenparty abgestürzt war. Wie lange würde es dauern, bis jemand von den Einsatzkräften darüber plauderte, was in der Wohnung alles gefunden wurde und dass der Familienvater womöglich auch etwas mit anderen Männern hatte? Malik konnte die homophoben Überschriften der Boulevardzeitungen schon vor sich sehen. Die moralischen Empörungsartikel, die süffisanten Kommentare, die billigen Witze. Er wusste genau, wie die Öffentlichkeit es ausschlachten würde – nicht als das persönliche Versagen, das es war, die Spirale aus Macht, Einsamkeit und Sucht. Sondern als reißerische Lachnummer. Eine unterhaltsame Geschichte, die man mit spitzen Fingern konsumierte, bevor man zum nächsten Skandal weiterklickte. Und das Schlimmste war, dass Ehrlich das wohl auch wusste.

Ein Polizist trat neben Malik. »Sie sollten jetzt auch nach Hause gehen. Wir haben Ihre Aussage, mehr brauchen wir erstmal nicht.«

Er nickte, sah noch einmal zu dem Mann auf dem Bordstein hinüber. Ein Gefangener seiner selbst. Jemand, der sein eigentliches Ich zeitlebens unterdrückt und jahrelang alles verteufelt hatte, was er eigentlich selbst gebraucht hätte. Er atmete tief durch, wandte sich um und ging.

Am nächsten Morgen fühlte sich Malik, als hätte er selbst eine durchzechte Nacht hinter sich. Sein Kopf dröhnte – nicht vom Alkohol, sondern von den Ereignissen, die ihn bis in die frühen Morgenstunden wachgehalten hatten. Die Bilder wollten nicht aus seinem

Kopf verschwinden: Ehrlichs wankende Gestalt auf dem Dach, das grelle Blaulicht, das erschöpfte Gesicht des Mannes, als er endlich am Boden saß und nur noch vor sich hinstarrte.

Er ließ sich mit einem Kaffee auf sein Sofa fallen, das Handy in der Hand. Noch bevor er danach suchte, sprang ihm die Schlagzeile eines großen Nachrichtenportals ins Auge:

UNTERSTAATSSEKRETÄR NACH DRAMATISCHER NACHT AUFGEGRIFFEN - WEITREICHENDE ERMITTLUNGEN EINGELEITET

Malik las weiter, bereit für die Häme, die Sensationslust, die billigen Anspielungen auf den nationalistischen Politiker, der sich selbst in die falsche Art von Schlagzeilen katapultiert hatte. Doch was er fand, war etwas ganz anderes:

Der nächtliche Einsatz von Polizei und Feuerwehr in einer exklusiven Wohngegend der Stadt hat weitreichendere Konsequenzen als zunächst angenommen. Was als eskalierter Vorfall um Unterstaatssekretär Harald Ehrlich begann, entpuppte sich bei den anschließenden Ermittlungen als Zugang zu einem weit verzweigten Netzwerk organisierter Kriminalität. Laut internen Behördeninformationen führten die Spuren zu Strukturen, die tief in Menschenhandel, Zwangsprostitution und die Ausbeutung von Arbeitskräften in mehreren Branchen verstrickt sind. Die Ermittlungen haben bereits zu ersten Festnahmen geführt und könnten noch politische und wirtschaftliche Kreise in höchsten Ebenen erschüttern.

Malik setzte den Kaffee ab. Menschenhandel? Er scrollte weiter, überflog die Zeilen, las einzelne Absätze noch einmal, um sicherzugehen, dass er sich nicht verlesen hatte. Ermittler hatten Beweise für ein Netzwerk mit Verbindungen in die Industrie, das Rotlichtmilieu und sogar in die Landwirtschaftskammer gefunden. Es ging um illegal eingeschleuste Migrant:innen und systematische Korruption auf mehreren Ebenen, bis hin zum staatlichen Freizeit-Fonds.

Malik starrte an die Decke. Er hatte mit allem gerechnet: mit spöttischen Kommentaren über Ehrlichs sexuelle Orientierung, mit moralinsauren Kommentaren über Politiker und ihre Exzesse. Aber nicht damit. Er dachte an die Drogen in der Wohnung. An die Panik in Ehrlichs Augen, als er begriffen hatte, dass die Polizei da war. Hatte er sich wirklich nur aus Angst um seine Karriere aus dem Staub machen wollen? Oder war da mehr gewesen?

Ein neues Detail im Artikel ließ ihn aufhorchen.

Laut Informationen aus Ermittlerkreisen stießen die Behörden bei der Auswertung von Harald Ehrlichs Mobiltelefon zur Ausforschung seiner Drogenlieferanten auf brisante Textnachrichten, die darauf hindeuten, dass der Unterstaatssekretär versuchte, sich aus einem kriminellen Netzwerk zu lösen. In mehreren Chats äußerte er gegenüber Vertrauten seinen Wunsch, »aus der Sache rauszukommen«, und sprach von »unhaltbaren Zuständen«, die ihn zunehmend belasteten.

Besonders heikel sind jedoch weitere Nachrichten, die offenbar enge Verbindungen zwischen dem Netzwerk und weiteren hochrangigen Regierungsmitgliedern belegen. Demnach sollen Personen aus Ehrlichs direktem Umfeld in dubiose Transaktionen verwickelt sein, die sich bis in politische und wirtschaftliche Spitzenkreise erstrecken.

Wie aus Justizkreisen bekannt wurde, hat Ehrlichs Rechtsbeistand inzwischen einen Antrag auf Kronzeugen-

schutz gestellt – ein Schritt, der weitreichende Konsequenzen für die laufenden Ermittlungen haben könnte.

Malik legte das Handy beiseite. Ein seltsames Gefühl breitete sich in ihm aus. Ehrlich war ein absoluter Hardliner, ein Mann mit eisernem Griff in der Politik, jemand, der auf Sauberkeit und Disziplin pochte. Aber er war auch ein Mensch. Und was, wenn er tatsächlich nicht der skrupellose Strippenzieher war, für den er immer gehalten wurde? Vielleicht war er einfach jemand, der in etwas hineingeraten war, das ihn überfordert hatte?

Er dachte an das Chaos in der Wohnung. An die verzweifelten Versuche, ihn in der Nacht noch zu überreden, zu bleiben. Ehrlich war betrunken und unter Drogen gewesen, aber Malik erinnerte sich jetzt an eine Nuance in seiner Stimme. Es war nicht nur Geilheit gewesen. Da war auch Angst. Vielleicht hatte er nicht nur um seine Karriere gefürchtet. Vielleicht hatte er um sein Leben gefürchtet.

Draußen hupte ein Auto, irgendwo im Haus schloss eine Tür. Malik nahm noch einen Schluck Kaffee und hätte sich am liebsten gleich wieder ins Bett gelegt.

Sechstes Kapitel

NEUES NARRATIV

Die Sonne von Neu-Delhi hing wie ein glühender Ofen über der Stadt, und Außenminister Siegfried Hartmann fühlte sich, als würde er langsam in seinem eigenen Anzug gegart. Der feine, maßgeschneiderte Stoff, den er sich für diesen Staatsbesuch hatte aufschwatzen lassen, versprach *atmungsaktive Eleganz*, erwies sich jedoch als mobile Sauna, die sich um seinen Körper legte wie ein nasser Lappen. Schweiß rann ihm unaufhaltsam den Rücken hinunter, sammelte sich im Hohlraum seines unteren Rückens und bahnte sich von dort aus seinen Weg in tiefere Gefilde, die er sich lieber nicht weiter ausmalen wollte.

Er hasste es hier. Er hasste die erdrückende Hitze, die würzige, zähe Luft, die ihm die Lungen verklebte, und er hasste vor allem den Grund, weshalb er überhaupt hier war. Kanzler Humpl, der sich für einen großen Strategen hielt, hatte ihn persönlich losgeschickt, um den einst größten Stahl- und Aluminiumkonzern des Landes wieder nach Hause zu holen – eine Mission, die sich nur mit den Worten »beschämend« und »erniedrigend« beschreiben ließ. Er kam sich vor wie ein verdammter Versicherungsvertreter auf Auslandsreise. Und jetzt das.

Mit zusammengebissenen Zähnen schritt er die endlose Reihe indischer Soldaten ab. Die Männer standen regungslos da. Eine Armee von Blechspielzeugsoldaten, die aussahen, als hätten sie sich für eine königliche Prozession verirrt. Steif, die Bajonette hoch erhoben, während ihre Gesichter die stoische Ausdruckslosigkeit von

Menschen zeigten, die sich wohl dachten: Was macht dieser verschwitzte Europäer hier überhaupt?

Hinter ihnen mühte sich die Militärkapelle mit einem Stück ab, das ins Hartmanns Ohren klang wie eine Mischung aus Jahrmarktsgedudel und einer übermotivierten Blaskapelle, die sich im Notenheft verirrt hatte. Die Trompeten schmetterten mit beängstigender Hingabe, während die Klarinetten einen unklaren, weinerlichen Unterton lieferten, als würde jemand gegen seinen Willen gezwungen, an diesem Schauspiel teilzunehmen. Er fühlte sich genauso. Sein Hemd klebte ihm mittlerweile derart am Körper, dass er es wohl von sich schälen würde müssen, sobald er zurück in die Botschaftsresidenz kam. Ein feuchter Film breitete sich an seinem Haaransatz aus, während sich sein Gesichtsausdruck irgendwo zwischen stoischer Missachtung und blankem Überdruss einpendelte.

Dann vibrierte sein Handy. Er zog es unauffällig hervor, um zu sehen, wer zum falschen Zeitpunkt anrief. Botschafter Ottenberg. Er nahm ab. Als Außenminister wusste man nie, wie dringend es war.

»Was?«

Die Kapelle spielte noch immer, ein krönendes Finale aus schallenden Trommeln und schrillen Bläsern, die sich mit schrecklicher Vehemenz in seinen Gehörgang bohrten. Um ihn herum erstarrten die Diplomaten, die Offiziere wechselten nervöse Blicke, sogar dem mit allen diplomatischen Wassern gewaschenen Protokollchef blieb der Mund offen stehen.

»Herr Minister, Sie müssen sofort nachhause zurück!« Ottenbergs Stimme am anderen Ende der Leitung klang hektisch, atemlos.

»Warum?«, murmelte Hartmann und wandte sich leicht ab, während ihm die Schweißperlen vom Kinn tropften.

»Die Republik steht am Abgrund.«

Er spürte, wie sich ein Knoten in seiner Brust zusammenzog. »Wieso?«

»Der Fall Ehrlich ist explodiert. Die Ermittler haben auf seinem Telefon Verbindungen bis in höchste Regierungskreise gefunden. Menschenhandel, Korruption, fragwürdige Geldströme. Erste Festnahmen laufen bereits.«

Hartmann hätte sich am liebsten über das Gesicht gewischt, aber er wusste, dass dies nur das Elend seines durchgeschwitzten Zustands offenbaren würde.

»Und Humpl?«

»Er liegt im Krankenhaus. Ein Herzanfall hat ihn niedergestreckt, als der Skandal bekannt wurde. Sein Zustand ist ernst.«

Ironisch, dass der Mann, der so sehr an der Macht hing, am Ende daran verreckte – ja, das hatte fast schon etwas Tragisches. Doch Hartmann hatte nie etwas für Tragödien übriggehabt. Da schoss es ihm wie ein Blitz durch den Kopf: Er war nicht mehr nur Außenminister. Nicht mehr nur Vizekanzler. Einen Moment lang herrschte absolute Ruhe um ihn herum. Die Blaskapelle spielte weiter, das Protokoll zog sich in seiner absurden Förmlichkeit hin. Aber in Hartmanns Kopf drehte sich alles nur um eine einzige Tatsache: ER war jetzt Kanzler. Mit einem Ruck klappte er das Telefon zu und steckte es zurück in die Tasche. Er war nicht mehr in Indien. Er war in der Zukunft.

Ohne ein weiteres Wort drehte er sich um. Kein Blick zurück, kein Händeschütteln, kein Dank an die Gastgeber – er ließ sie einfach stehen, immer noch mitten auf dem Paradeplatz, mitten im diplomatischen Protokoll, mitten in einer Zeremonie, die ihm ohnehin zuwider war. Ein empörtes Raunen ging durch die Reihen. Der indische Protokollchef, dessen Schnurrbart sich bedrohlich hob und senkte, versuchte ihn verzweifelt aufzuhalten.

»Herr Minister, die Zeremonie!«

Doch Hartmann hörte nicht hin. Er marschierte mit schnellen Schritten über den roten Teppich zurück zum Wagen, sein Jackett mittlerweile vollkommen durchnässt. Hinter ihm hielten die Soldaten ihre Positionen, die Musiker hielten verwirrt ihre Instrumente in der Luft, als überlegten sie, ob sie die Situation mit einer letzten Fanfare retten sollten.

Der Regierungsflieger summte leise, während er irgendwo über Osteuropa durch die Nacht schnitt, und Siegfried Hartmann starrte aus dem Fenster in die endlose Dunkelheit. Nur ein paar verstreute Lichter von Städten tief unter ihnen flackerten wie sterbende Glühwürmchen. Vielleicht war da unten gerade ein Mann, der seinen letzten Zug an einer Zigarette nahm, eine Frau, die mit müden Augen einen Nachtzug betrat, ein Hund, der ohne ersichtlichen Grund in die Nacht bellte. Sie alle ahnten nicht, dass über ihnen ein Kanzler überlegte, wie er das Land in eine Richtung lenken konnte, die ihm persönlich am besten passte.

Kanzler.

Das Wort fühlte sich immer noch fremd an, aber es hatte eine gewisse Schwere, die ihm gefiel. Er hatte das Jackett ausgezogen, die Krawatte gelockert, aber die Hitze von Neu-Delhi klebte ihm noch in den Poren. Er nahm einen Schluck Wasser. Abgestanden. Es schmeckte, als hätte es zuerst eine Runde durch das Belüftungssystem des Flugzeugs gedreht.

Altmann, sein Chefstratege, tippte auf seinem Tablet, wahrscheinlich an der ersten Erklärung für die Presse. »Wir müssen die Narrative kontrollieren«, murmelte er mehr zu sich selbst als zu jemand anderem.

»Das Narrativ ist, dass diese Regierung am Ende ist und ich der Einzige bin, der sie noch retten kann«, sagte Hartmann trocken.

»Dann müssen wir die ersten Schritte nach deiner Rückkehr planen«, versuchte Altmann es erneut mit diesem professionellen Ernst, den er immer aufsetzte, wenn er das Gefühl hatte, dass ihm jemand zuhören sollte.

Hartmann drehte langsam den Kopf zu ihm, ließ ihn einen Moment zappeln, ehe er ihn mit einer kurzen Handbewegung abwürgte. »Die ersten Schritte sind klar.«

Altmann öffnete den Mund, vermutlich, um eine Liste abzuspulen – mit *Krisenkommunikation*, *Stabilitätsnarrativ*, *klarem Führungsanspruch* und all diesen lächerlichen Konzepten, die sich Leute wie er ausdachten, um ihre Daseinsberechtigung zu untermauern.

Hartmann ließ ihn gar nicht erst zu Wort kommen. »Wir rufen Neuwahlen aus, bevor Humpl aus dem Krankenhaus kommt.«

Altmann schloss den Mund.

Pfeiffer, Kommunikationsleiter im Außenministerium, der aussah, als wäre er gegen Krisen nicht immun, sondern von ihnen genährt, hob zaghaft die Hand. »Und wenn die Partei Widerstand leistet?«

Hartmann lachte kurz auf. »Welche Partei? Die Hälfte sucht Anwälte, die andere Hälfte One-Way-Flüge. Die sind durch.«

Pfeiffer presste die Lippen zusammen. Er schien nicht sicher, ob er in diesem Moment Zeuge eines brillanten politischen Schachzugs oder eines eleganten Staatsstreichs wurde.

»Was ist mit Schneemandl?«, warf Geißler, Geschäftsführerin der Konservativen Partei, ein und machte sich dabei nicht einmal die Mühe, von ihren

Dokumenten aufzusehen, die sie wie eine Scharfrichterin mit ihrem Rotstift markierte.

Hartmann richtete sich in seinem Sitz auf, nahm das Glas abgestandenes Wasser von der Armlehne, schwenkte es kurz und stellte es wieder ab. Ach, Schneemandl. Sein eigener ehemaliger Klubchef im Parlament, den er damals mit einem einzigen Schnitt aus der Partei entfernt hatte, als es um die Ausnahmen beim Remigrationsgesetz ging. Ganz unten im Magen spürte er immer noch ein kleines schlechtes Gewissen lodern. Allerdings war er ihm danach auch in den Rücken gefallen mit dieser lächerlichen Parteiabspaltung. *Der Christlich-Soziale Weg. CSW.* Alleine der Name dieser Liste... Schneemandl hätte in der Versenkung verschwinden sollen, aber nein – der Kerl musste sich neu erfinden und wurde nun als Saubermann der Nation gehandelt.

Schneemandl war ein Problem. Ein Affront. Ein Ärgernis. Eine Gefahr. Ein Mann, der das Wort »Volk« noch so aussprach, dass man fast glaubte, er wüsste, was es bedeutete. Er durfte nicht zu groß werden.

»Ich werde ihn mir vornehmen«, sagte Hartmann beiläufig, als spräche er über ein Hühnchen, das es zu rupfen galt.

Altmann tippte weiter auf seinem Tablet, vermutlich bereits an einem Szenario, in dem Schneemandl entweder als glorifizierter Rückkehrer oder als gescheiterter Verräter inszeniert wurde.

»Und wie willst du das machen?«, fragte Pfeiffer zwischen zwei nervösen Keksbissen.

Hartmann verzog das Gesicht. »Ein Angebot. Ein Ministerium. Innen oder Wirtschaft. Irgendwas, das ihn groß genug macht, um sein Ego zu streicheln, aber nicht groß genug, um mir gefährlich zu werden.«

»Und wenn er ablehnt?«

»Dann erinnern wir ihn daran, dass auch er nicht makellos ist.«

Es gab immer etwas. Vielleicht keine echte Leiche im Keller, aber zumindest einen unglücklich formulierten Satz, eine anrüchige Bekanntschaft, eine harmlos wirkende Spesenabrechnung, die im richtigen Licht nach Korruption aussah. Irgendwas war sicher zu finden.

Plötzlich ging ein dumpfer Schlag durch die Maschine – ein metallisches *Klonk*, tief aus dem Rumpf, als hätte jemand mit einem Vorschlaghammer irgendwo dagegen geschlagen.

Dann sackte das Flugzeug ab. Plötzlich und brutal, mit der unerbittlichen Wucht eines Fahrstuhls, dessen Seil gerade gerissen war. Gläser und Besteck hoben ab, ein Aktenordner segelte in hohem Bogen durch die Kabine, irgendwo klatschte eine Kaffeetasse gegen die Wand. Altmann krallte sich an sein Tablet, als könne es ihm Halt geben, doch sein Gesicht sprach eine andere Sprache. Pfeiffer schnappte nach Luft, sein Keks zerbrach unbemerkt in seiner Faust.

Dann die Durchsage.

»Meine Damen und Herren, wir befinden uns in einer kurzen Zone mit Turbulenzen, bitte bleiben Sie angeschnallt.«

Der Pilot klang, als würde jemand in einem brennenden Haus beiläufig verkünden, dass der Kamin gerade etwas rauche. Dann das nächste Beben. Die Triebwerke jaulten unnatürlich auf. Die Sitze ächzten, der Boden schien kurz nicht zu wissen, wo er hingehörte. Gepäckfächer sprangen auf, eine Wasserflasche flog an Hartmann vorbei, jemand hinter ihm keuchte laut auf.

Geißler sog scharf die Luft ein. »Was zur Hölle ist das?«, ächzte sie, während sie mit zusammengekniffenen Lippen ihren Rotstift sicher in ihrer Jackentasche verstaute, als könnte er sich durch die Turbulenzen in der Kabine in ein Geschoß verwandeln.

Pfeiffer saß wie versteinert. Seine Finger umklammerten die Armlehnen so fest, dass man sich fragte, ob er versuchen würde, mit dem Sitz zu springen, falls es hart auf hart käme.

Und dann – genauso abrupt, wie es begonnen hatte – ließ das Chaos nach.

Das Flugzeug zitterte noch ein wenig weiter, als müsste es sich selbst schütteln, um die letzten Turbulenzen aus den Tragflächen zu vertreiben. Ein paar Sekunden lang hörte man nur das Summen der Triebwerke. Dann war es vorbei.

Hartmann ließ sich, so entspannt es ihm möglich war, in den Sitz zurücksinken, während Pfeiffer immer noch bleich wirkte, als hätte er in den letzten zwei Minuten sein ganzes Leben überdacht. Altmann rieb sich die Schläfen, Geißler überprüfte hektisch, ob ihre Papiere noch akkurat gestapelt waren – als könnte eine Flugzeugabsenkung eine politische Strategie aus dem Gleichgewicht bringen. Hartmann hingegen fasste sich schnell. Ein guter Kanzler musste Zeichen zu lesen wissen. Ein Moment der Unsicherheit, gefolgt von Stabilität. Genau so würde es auch jetzt laufen. Die Republik taumelte, geriet ins Schlingern, doch am Ende würde er derjenige sein, der die Kontrolle zurückgewann. Die Turbulenz war kein schlechtes Omen – sie war ein Beweis dafür, dass alles genau nach Plan lief.

»Ein reinigender Schock«, sagte er leise und nahm einen letzten Schluck von seinem abgestandenen Wasser. Man stelle sich das vor: eine Republik im Sturzflug, ein Kanzler, der sie auffing. Der Einzige, der den Sturm nicht fürchtete. Die Headline schrieb sich von selbst.

»Wie bitte?«, fragte Pfeiffer, dessen Hände immer noch verkrampft auf den Armlehnen lagen.

»Der Absturz, der keiner ist.« Hartmann stellte das Glas auf den Tisch. »Der Moment, in dem sich entscheidet, wer fällt und wer oben bleibt.«

Altmann sah ihn skeptisch an. »Du meinst, das Flugzeug wollte uns was sagen?«

»Nein, Bernd.« Hartmann grinste. »Aber wenn ich bei der nächsten Pressekonferenz sage, dass ich die Turbulenzen auf dem Flug als Zeichen gesehen habe, dass unser Land eine harte, aber notwendige Erschütterung durchmacht und dass ich derjenige bin, der es wieder in ruhige Höhen führt, dann glauben sie es.«

Geißler zog kurz den Mundwinkel nach oben, ein Lächeln in ihrer Sprache. »Kanzler aus Schicksal.«

»Exakt.«

Pfeiffer atmete hörbar aus, als hätte er befürchtet, dass er mit einem Wahnsinnigen im Flugzeug saß.

Ein erneutes *Ping*.

»Herr Auße... Entschuldigung... Bundeskanzler, wir beginnen mit dem Landeanflug.«

Hartmann legte sich die Krawatte wieder ordentlich um den Hals. Bundeskanzler klang wirklich gut für seinen Geschmack.

Siebtes Kapitel

IM HINTERZIMMER

Die hohen Decken des Plenarsaals verstärkten das gedämpfte Murmeln, das durch die Reihen der Abgeordneten ging. Es war eine dieser Sitzungen, in denen alle wussten, dass etwas Bedeutendes geschah, sich aber nach Kräften bemühten, so zu tun, als sei dem nicht so.

Der Bereich der Nationalisten war auffällig ausgedünnt, viele hatten sich entschuldigt. Offiziell aus *gesundheitlichen Gründen*, wegen *persönlicher Angelegenheiten* und *notwendiger Absprachen mit der Parteibasis*. Dafür waren die Konservativen vollzählig erschienen. Sie saßen in ehrfurchtsvoller Erwartung, als würde gleich eine göttliche Offenbarung verlesen - oder zumindest ein Posten verteilt. Und an der Regierungsbank thronte Außenminister Hartmann. Nicht auf seinem üblichen Platz, sondern demonstrativ dort, wo sonst der Kanzler saß. In seiner Hand hielt er ein Blatt Papier, sorgfältig geglättet wie das wohlüberlegte Narrativ, das er sich mit seinem Kommunikationschef zurechtgelegt hatte.

Er räusperte sich und begann mit einer Stimme, die keine Dramatik brauchte, um bedeutungsschwer zu klingen: »Meine Damen und Herren, ich habe die ehrenvolle und zugleich bedrückende Pflicht, Ihnen eine offizielle Mitteilung der behandelnden Ärzte des Kanzlers zu überbringen.« Er hob das Papier und las mit jener staatsmännischen Bedächtigkeit vor, mit der man auch eine Erhöhung der Mehrwertsteuer ankündigen würde: »Der Zustand des Herrn Bundeskanzlers ist stabil, aber weiterhin ernst. Die Ärzte sind mit dem

Verlauf der medizinischen Maßnahmen zufrieden, betonen jedoch, dass die kommenden Tage entscheidend sein werden. Der Kanzler ist bei Bewusstsein, wird aber zur Schonung weiterhin intensivmedizinisch betreut. Weitere Informationen folgen zu gegebener Zeit.«

Ein Moment der Stille. Das übliche kollektive Innehalten, während alle überlegten, wie sie auf eine Information reagieren sollten, die exakt nichts Neues enthielt. Dann, von der hinteren Bank der Sozialdemokraten, eine Stimme. Laut. Klar. Mit einem Sarkasmus, der scharf genug war, um die gespannte Ruhe des Saals zu zerreißen: »Na, wenigstens hat sich einer auf den Kanzlersessel gerettet!«

Daraufhin brach im Saal ein wildes Durcheinander aus. Gelächter aus den Reihen der Opposition, empörtes Schnauben von den Konservativen, hektisches Raunen aus den Regierungsbänken. Ein konservativer Hinterbänkler rief aufgebracht »Unverschämtheit!«, während zwei Reihen weiter ein Liberaler sein Kichern hinter einer Hand zu verbergen versuchte.

Hartmann blinzelte langsam, dann legte er das Bulletin mit übertriebener Sorgfalt zur Seite. Er sagte nichts – er musste nichts sagen. Seine Miene war die eines Mannes, der sich nicht provozieren ließ. Oder sich zumindest größte Mühe gab, es nicht zu zeigen. Doch bevor sich das Chaos legen konnte, räusperte sich jemand am Präsidiumstisch.

»Meine Damen und Herren! Ordnung! ORDNUNG!«, polterte die Stimme des zweiten stellvertretenden Parlamentspräsidenten, seines Zeichens ein linientreuer Konservativer, der sich heute in einer ungewohnten Rolle wiederfand. Sowohl der Präsident als auch sein erster Stellvertreter, beide von der Nationalen Freiheitspartei, waren ebenfalls nicht anwesend. *Terminliche Gründe*. Der zweite Vizepräsident rückte seine

Brille zurecht, zog die Stirn kraus und verkündete mit einer Mischung aus Entrüstung und bewusst aufgesetzter Autorität: »Ich erteile dem Abgeordneten eine Ordnungsrüge für diesen ungebührlichen Kommentar! So etwas entspricht nicht der Würde dieses Hauses!«

Noch mehr Raunen. In den hinteren Reihen der Opposition war ein amüsiertes »Ach, jetzt plötzlich!« zu hören. Irgendwo fiel eine Kugelschreibermine mit einem leisen Klicken zurück in ihr Gehäuse.

Hartmann ließ sich langsam zurücksinken, als wäre damit die Szene bereinigt, der Schmutz weggekehrt, die Störung aus dem Protokoll getilgt. Er sah sich im Saal um, atmete hörbar ein und sagte mit Nachdruck: »Die Arbeit dieses Hauses darf und wird nicht ruhen. Bitte lassen Sie uns zurück zur Tagesordnung kommen.«

Der zweite Vizepräsident nickte kurz, als hätte er damit die Ordnung wiederhergestellt. Eine kühne Annahme. Dann blätterte er in den Papieren vor sich und verkündete in feierlich-geschäftsmäßigem Ton: »Nächster Tagesordnungspunkt: Antrag der Staatsanwaltschaft auf Aufhebung der parlamentarischen Immunität mehrerer Abgeordneter der Nationalen Freiheitspartei zur Ermöglichung strafrechtlicher Ermittlungen in Folge des sogenannten Ehrlich-Skandals.«

Wieder ging ein Raunen durch den Saal. Offiziell war es keine Überraschung. Inoffiziell aber war es ein Moment von seltener politischer Klarheit. Denn die Staatsanwaltschaft hatte nicht irgendeinen Antrag gestellt. Es war der wohl umfangreichste Antrag auf Immunitätsaufhebung in der Geschichte des Parlaments. Zwölf Abgeordnete der Nationalen Freiheitspartei standen auf der Liste. Manche waren vorsorglich untergetaucht, andere suchten hektisch nach Fluchtwegen, sei es juristisch oder buchstäblich. Und eine ganze Reihe ihrer Kollegen hatte beschlossen, heute gar nicht erst zu erscheinen. Ein strategischer Fehler. Denn ohne die Stimmen der Nationalisten gab es eine klare Mehrheit für die Aufhebung der Immunitäten.

Der Vizepräsident räusperte sich und ließ den Blick durch den Saal schweifen, als müsse er sich erst vergewissern, dass er tatsächlich in einem beschlussfähigen Parlament saß und nicht in einer schlechten Komödie. Dann verkündete er förmlich: »Über die Anträge wird en bloc abgestimmt. Wer für die Aufhebung der Immunität der genannten Abgeordneten ist, den bitte ich um Handzeichen.«

Fast alle Hände gingen hoch. Die Sozialdemokraten. Die Liberalen. Und – mit einer Mischung aus politischer Disziplin und demonstrativer Unschuldsmiene – auch die Konservativen.

»Danke. Gegenstimmen?«

Die Überreste der Nationalistenfraktion zeigten auf, die Gesichter versteinert.

»Enthaltungen?«

Keine.

Der Vizepräsident nickte und schlug mit der flachen Hand auf das Rednerpult. Den Hammer konnte er nicht finden.

»Damit ist der Antrag mit der erforderlichen Mehrheit angenommen. Die Immunität der betroffenen Abgeordneten ist aufgehoben.«

Ein Moment der Anspannung. Dann, von der hinteren Bank der Liberalen, ein halblauter Kommentar: »Naja, wenn sie heute eh nicht da sind, kann die Polizei sich wenigstens die Anfahrt sparen.«

Vereinzeltes Lachen. Einige tadelnde Blicke. Und dann, mitten in die Stille hinein, eine Stimme, schrill vor Empörung.

»Was soll das?! Schleichen Sie sich!«

Der Saal drehte sich geschlossen zur Quelle des Aufruhrs.

Es war der Abgeordnete Breininger, einer der wenigen Nationalisten, die an diesem Tag tatsächlich erschienen waren. Links und rechts hinter ihm zwei livrierte Ordner des Hohen Hauses. Nicht drohend oder aggressiv, aber doch anwesend.

»Ja, Herr Abgeordneter, das gilt auch für Sie«, erwiderte der Vizepräsident trocken.

»Aber… Aber das kann doch nicht sein! Ich bin doch hier…«, stammelte Breininger, während sein Blick zwischen den Ordnern, dem Vizepräsidenten und – jetzt mit wachsender Panik – Hartmann hin und her huschte. Der Noch-Außenminister hob nicht einmal eine Augenbraue.

»Dann haben Sie die seltene Gelegenheit, sich direkt den Behörden zu erklären«, sagte Hartmann kühl.

Breininger riss den Mund auf, als wollte er noch einen Protest hervorbringen, doch da hatte einer der Ordner bereits eine Hand auf seine Schulter gelegt.

»Herr Abgeordneter, ich muss Sie bitten, mit uns zu kommen.«

Ein Geräusch ging durch den Saal, eine Mischung aus unterdrücktem Gelächter und fassungslosem Staunen. Breininger sprang auf, sein Stuhl kippte krachend nach hinten.

»Das ist eine politische Intrige! Eine Hexenjagd! Ein Justizputsch! Ich werde das nicht zulassen! Ich –«

Doch die Ordner waren Profis, ehemalige Staatsschutzbeamte. Zwei geschickte Griffe, ein bestimmtes, aber höfliches Zerren, und plötzlich bewegte sich Breininger unfreiwillig in Richtung Ausgang.

»Ich werde euch alle zur Rechenschaft ziehen! Ich werde –«

Die schweren Türen des Plenarsaals fielen hinter ihm

ins Schloss. Einen Moment lang passierte nichts, während die Anwesenden verarbeiten mussten, was sie gerade gesehen hatten. Dann von den Sozialdemokraten ein trockener Kommentar: »Na, immerhin verlässt er das Gebäude heute einmal, bevor die Kantine schließt.«

Der Saal explodierte in Gelächter. Selbst einige Konservative konnten sich ein Schmunzeln nicht verkneifen. Der Vizepräsident seufzte, zog seine Brille ab, rieb sich die Stirn und klopfte schließlich mit seinem Hammer, den er eben erst entdeckt hatte, aufs Rednerpult. Er hatte die ganze Zeit in einer Schublade unter seinem Tisch gelegen, von der er bis vor wenigen Minuten gar nicht gewusst hatte, dass es sie gab.

»Meine Damen und Herren, ich bitte um Ernsthaftigkeit. Lassen Sie uns zur Tagesordnung zurückkehren.«

Doch die heutige Sitzung war längst mehr als nur Tagesordnung. Sie war schon jetzt ein Kapitel für die Geschichtsbücher.

Wenig später stand Josef Schneemandl vor einer polierten Holztür im langen Korridor im hinteren Bereich des Parlaments. Es war eine eigenartige Wendung des Schicksals: Noch vor einem Jahr war er eine Randfigur gewesen, nachdem ihn Hartmann fallen gelassen hatte – ein einsamer fraktionsloser Abgeordneter, verstoßen aus dem konservativen Parlamentsklub, abgeschrieben, ohne Zukunft und Stimmgewalt. Doch heute? Heute war er der Königsmacher.

Seit er den CSW, den Christlich-Sozialen Weg, gegründet hatte und sich als ehrbare Alternative zu den Konservativen, die sich den Nationalisten zu sehr angedient hatten, inszenierte, hatte er etwas, woran es den meisten anderen fehlte: Zustimmung. Die Umfragen waren überraschend gut, vor allem bei jenen Wählern, die sich nach dem Ehrlich-Skandal angewidert von der Politik abgewandt hatten.

Kaum war die Immunitätsabstimmung vorbei, hatte man ihn von einer Besprechung zur nächsten gezerrt. Er wurde umgarnt, umworben, bestochen – natürlich rhetorisch. Die Konservativen wollten ihn zurück, und nicht nur ihn, sondern auch seinen Namen, seine Popularität, den CSW. Er ließ sich Zeit. Er genoss es.

Jetzt also wieder ein Hinterzimmer. Die Tür ging auf. Doch diesmal erwartete ihn keine Gruppe nervöser Funktionäre oder irgendein Unterhändler. Diesmal war es Außenminister Hartmann selbst. Oder besser gesagt: Fast-Kanzler Hartmann.

»Ah, lieber Schneemandl, komm doch herein.«

Der Raum war in Halbdunkel getaucht, nur zwei Lederstühle, die wirkten, als stammten sie aus einem zweifelhaften Etablissement. Hartmann saß dort in einer nachlässigen Pose, als hätte er den ganzen Tag über nichts anderes getan als Minister empfangen und Schachzüge ausgetüftelt.

»Ich fühle mich geehrt«, sagte Schneemandl sarkastisch und trat ein.

»Das solltest du auch. Bitte, setz dich.«

Schneemandl ließ sich in den Sessel gegenüber fallen. Dann, nach einem Moment des gegenseitigen Musterns: »Nun, Herr Minister. Sie wollen mich also zurückholen.« Das Wort »Kanzler« sprach er bewusst nicht aus.

Hartmann schmunzelte. »Wir brauchen dich, Josef. Und du weißt es.«

»Wirklich? Ich dachte, die Konservativen seien noch stark genug, sich ohne mich in die Neuwahlen zu retten.«

»Sind wir auch. Aber mit dir … wären wir unschlagbar.«

Ein Moment der Stille.

Schneemandl grinste. »Und was bekomme ich dafür?«

Hartmann beugte sich vor. »Einen sicheren Listenplatz. Einfluss. Und natürlich eine Rolle in meiner neuen Regierung.«

Schneemandl tat, als müsse er ernsthaft nachdenken. Dann lehnte er sich noch weiter zurück. »Schauen Sie, Herr Minister«, Betonung auf *Minister*, »ich weiß, dass Sie mich brauchen. Ich weiß, dass Sie verdammt viel brauchen. Ich könnte ein Ministerium verlangen. Ich könnte Einfluss fordern. Ich könnte mich mit einem netten Pöstchen zufriedengeben.« Er machte eine Pause. »Aber das wäre mir zu wenig.«

Hartmann blinzelte. »Nun… was genau möchtest du dann?«

Schneemandl stand auf. Er trat langsam um den Tisch, blieb direkt vor Hartmann stehen und beugte sich leicht vor. »Ich will Sie knien sehen.«

Hartmann erstarrte.

Ein Lächeln zuckte über Schneemandls Lippen. »Ich will, dass Sie mir zeigen, wie viel Ihnen diese Koalition wert ist.«

Für eine Sekunde dachte Schneemandl, Hartmann würde lachen. Ihm eine eiskalte Absage erteilen. Irgendetwas Zynisches sagen. Doch dann – langsam, mit einer fast unheimlichen Ruhe – stand der Außenminister auf. Und kniete sich hin. Oder versuchte es. Denn kaum war er in der Bewegung, entglitt ihm plötzlich ein ersticktes Geräusch; eine Mischung aus Fluch, unterdrücktem Schmerz und purem Entsetzen. Sein Rücken krümmte sich, seine Hände zuckten zu seinem Steißbein. Hartmann hatte sich einen veritablen Hexenschuss eingefangen.

»Verdammt«, knurrte er, die Zähne zusammenbeißend. Er versuchte, Haltung zu bewahren, doch stattdessen blieb er verrenkt halb in der Luft hängen, das Gesicht schmerzverzerrt.

Schneemandl rührte sich nicht. Er verschränkte die Arme. »Soll ich einen Arzt rufen?«, fragte er unschuldig.

Hartmann, die Stirn schweißbedeckt, presste hervor: »Hilf mir auf - oder du hilfst der Opposition, Schneemandl.«

Schneemandl grinste breit. »Eine interessante Verhandlungsstrategie.«

Dann, ganz gemächlich, streckte er eine Hand aus und half dem designierten Kanzler hoch. Hartmann richtete sich mühsam auf, rang nach Fassung. Als er schließlich wieder aufrecht stand, murmelte er kaum hörbar: »Gut. Was wollen Sie wirklich?«

Hartmanns Hand lag noch immer in Schneemandls, sein Griff war fest, aber seine Miene verriet alles. Er wusste, dass er verloren hatte. Schneemandl aber war noch nicht fertig.

»Das Innenministerium. Den Seilbahn- und Tourismusverband.« Er machte eine kurze Pause, lehnte sich noch ein wenig näher an Hartmann heran. »Und ich will den Parteivorsitz.«

Hartmann blinzelte. »Was?«

Schneemandl nickte mit einem zufriedenen Lächeln.

»Sie können ja Kanzlerkandidat bleiben. Aber ich will Parteichef sein.«

Der Außenminister und baldige Kanzler öffnete den Mund, als wollte er protestieren, aber da war dieses kurze Flackern in seinen Augen, dieser Moment, in dem er verstand: Schneemandl meinte es ernst.

»Eins noch: Ich will meinen Schwiegersohn zurück.«

»Für die Aufhebung des Ausweisungsgesetzes brauchen wir eine Zweidrittelmehrheit… die Nationalisten sind zwar geschwächt, aber immer noch zu stark.«

Schneemandl zuckte mit den Schultern. »Mein Schwiegersohn ist nicht verhandelbar.« Er sagte es genüsslich, als wüsste er, dass die Welt ihm zu Füßen lag. »Wenn Sie Kanzler werden wollen, geht das nur mit mir – und meinem Schwiegersohn.«

Hartmann rieb sich mit Daumen und Zeigefinger die Schläfen. »Das ist …«

»Das ist Realpolitik.«

Hartmann holte tief Luft. Er wollte Nein sagen. Aber konnte er es sich leisten? Schneemandl hielt alle Karten. Ohne ihn würden die Konservativen bei Neuwahlen in sich zusammenfallen, dann könnte er seine Kanzlerschaft vergessen. Er biss die Zähne zusammen. »Das …« Er schluckte. »Das ist unmöglich.«

Schneemandl zuckte mit den Schultern. »Dann können Sie ja nochmal versuchen, sich hinzuknien.«

Hartmann zögerte diesmal nur kurz. Sein Rücken brachte ihn um. »Abgemacht, verdammt.«

Noch einmal knien konnte er nicht. Nicht politisch. Nicht buchstäblich.

Schneemandl reichte ihm die Hand und drückte sie fest, zu fest. Und eine Spur zu lang. Hartmann sollte spüren, dass er verloren hatte.

»Also abgemacht.« Schneemandl grinste.

Gemeinsam gingen sie zurück in den Plenarsaal (Hartmann humpelte eher), um das Ergebnis ihrer Verhandlung zu verkünden. Nicht in allen Details freilich, vorerst nur die Wiedervereinigung der Partei. Die Abstimmung über die Neuwahlen war angesichts des ausgedünnten Nationalistenklubs ohnehin reine Formsache.

Achtes Kapitel

NEUWAHLEN

Der Fernseher in der oberen Ecke des Krankenhauszimmers flackerte, der Ton war aufgedreht. Manfred Humpl, Noch-Kanzler der Republik, lag in seinem Bett, den Oberkörper aufgerichtet, die Haut fahl, das Gesicht eingefallen. Unter einem viel zu dünnen Spitalshemd klebten Elektroden an seiner Brust. Sein Herz war angeschlagen, aber es schlug noch. Er war noch da.

Auf dem Bildschirm lief eine Live-Übertragung aus dem Parlament. Er sah, wie Hartmann auf seinem Platz saß. *Seinem* Platz. Er hörte die Abstimmung über die Aufhebung der Immunität seiner Leute, sah die versteinerten Gesichter der Übriggebliebenen und wie sie nichts dagegen unternahmen.

»Unfassbar… Unverzeihlich… Das sind… DAS SIND MEINE LEUTE!«, stieß er aus, zog sich die Sauerstoffmaske vom Gesicht und warf sie mit einer energischen Bewegung zur Seite. Der Monitor neben ihm piepste schrill auf, zeigte einen Puls, der in Regionen raste, die kein Arzt gutheißen konnte. Und dann die Meldung: Neuwahlen am 6. April. NEUWAHLEN! Hartmann wird Kanzlerkandidat der Konservativen! Und Schneemandl – den sie damals für das Ausweisungsgesetz gemeinsam versenkt hatten – Parteiobmann!

Manfred Humpl war ein kranker Mann, aber in diesem Moment spürte er nur eine einzige Emotion: rasende, alles verschlingende Wut. Sein Herz war vielleicht schwach, aber der Hass war stärker. Seine Hände griffen nach den Kabeln, den Infusionen – raus, alles raus! Er musste ins Kanzleramt. Jetzt! Mit einem Ruck riss er sich die EKG-Pflaster von der Brust. Der Monitor stieß einen monotonen Dauerton aus, als würde er seine Flucht verraten wollen. Hastig schwang er die Beine aus dem Bett. Seine Füße berührten den kalten Krankenhausboden. Doch kaum hatte er das Gleichgewicht gefunden, wurde die Tür abrupt aufgestoßen.

»Herr Kanzler, Sie bleiben hier!«

Die Stationsschwester füllte den Türrahmen, die Hände fest in die Hüften gestemmt, der blonde Zopf so straff gebunden, dass er fast knirschte. Die schmalen Lippen waren zu einer einzigen geraden Linie gepresst. Und die Augen … diese Augen. Sie wirkten streng, vielleicht ein wenig mütterlich. Aber vor allem starr. Zu starr.

»Herr Kanzler.« Ihre Stimme war ruhig und süßlich. »Was genau glauben Sie da zu tun?«

Er keuchte leicht, hielt sich mit einer Hand am Bettgestell fest. »Ich … muss zurück …«

Ein Schmunzeln zuckte über ihre Lippen. »Oh nein. Herr Kanzler, Sie bleiben hier.«

Er wusste, dass sie Parteimitglied war. Eine Treue, eine Eiserne. Seit Jahren dabei. Bei jeder Gelegenheit hatte sie ihm das erzählt, seit er hier und wieder ansprechbar war. Aber irgendetwas an der Art, wie sie ihn ansah, ließ ihn frösteln. Sie trat näher. Ihr Blick war unverwandt auf ihn gerichtet, als würde sie jede Bewegung berechnen, jede Muskelzuckung analysieren.

»Herr Kanzler, Sie hatten einen Herzanfall«, sagte sie, als spräche sie mit einem Kind. »Sie stehen unter ärztlicher Beobachtung. Und …« Sie machte eine winzige Pause. »Ich kümmere mich persönlich um Sie.«

Seine Finger krampften sich fester um das Bettgestell. »Wenn Sie sich um mich kümmern wollen, dann lassen Sie mich gehen!«

»Das kann ich nicht.«

»Warum nicht?!«

Wieder dieses Schmunzeln, aber nur für eine Sekunde. Dann beugte sie sich leicht zu ihm hinunter, ihre Stimme wurde leiser, aber nicht sanfter.

»Weil ich weiß, was das Beste für Sie ist.«

Er erstarrte. Ein seltsames Prickeln lief ihm über die Haut. »Sie verstehen nicht…«

Aber sie hatte sich schon direkt vor ihn gestellt, zwischen ihn und die Tür. Dann legte sie eine Hand auf seine Schulter, ein seltsam fester Griff. »Herr Kanzler, Sie setzen sich jetzt bitte wieder hin.«

»Ich bin der REGIERUNGSCHEF!«, fauchte Humpl. Sein Atem ging schwer.

»Das mag sehr gut sein, Herr Kanzler! Aber jetzt sind Sie mein Patient. Und als Stationsleitung trage ich die Verantwortung, dass Sie hierbleiben!«

Er machte einen Schritt auf sie zu – oder versuchte es zumindest. Kaum war sein zweiter Fuß auf dem Boden, gaben seine Knie nach. Seine Beine fühlten sich an wie zwei hohle Rohre. Verdammte Medikamente. »Ich will einen Arzt sehen«, röchelte er, hielt sich am Nachttisch fest und versuchte seine treue Anhängerin auf einer anderen Ebene zu erwischen: »Ich muss hier raus, sonst ist alles verloren!«

Die Stationsleiterin trat näher, ihr Blick streng, aber – und das war neu für ihn – irgendwie bewundernd.

»Herr Kanzler, ich verstehe sehr wohl. Ich verfolge alles genau. Ich weiß, was diese Verräter da draußen gerade tun. Und glauben Sie mir«, dann flüsterte sie ihm verschwörerisch ins Ohr, »ich stehe zu Ihnen.«

Humpl blinzelte. »Dann lassen Sie mich gefälligst gehen!«

»Das kann ich nicht.«

Er starrte sie an. Sie starrte zurück. Und dann, als hätte jemand einen stillen Alarm ausgelöst, stürmten plötzlich die zwei Sicherheitsbeamten herein, die zu seinem Schutz vor dem Zimmer abgestellt worden waren.

»Nein, nein, nein!« Humpl wich zurück, sein Rücken stieß gegen das Bett.

»Herr Kanzler, wir bringen Sie jetzt wieder ins Bett, ja?« Einer der Personenschützer – schwarzer Anzug, Knopf im Ohr – machte eine beruhigende Geste.

»FASSEN SIE MICH NICHT AN!« Humpl riss sich los, stolperte, klammerte sich am Nachttisch fest – doch das Miststück war auf Rollen. Der ganze Tisch kippte um. Das Wasserglas zersprang am Boden. Der eine griff nach ihm, der andere packte seine Schulter. Humpl trat um sich, aber seine Beine waren schwach. »Sie können mich nicht hierbehalten! Das ist ein politischer Anschlag!«

»Eine medizinische Schutzmaßnahme«, korrigierte die Pflegerin ruhig. Sie genoss es. Langsam trat sie an sein Bett heran und tippte mit einem makellos manikürten Finger auf das Infusionsfläschchen.

»Ich glaube, Sie brauchen eine kleine Beruhigung.«

Sein Blick zuckte zur Spritze in ihrer Hand. »Bitte…« Seine Stimme wurde flehend.

Sie neigte sich über ihn. Die Lippen zuckten. War das… ein Lächeln?

»Keine Sorge, Herr Kanzler«, flüsterte sie. »Ich werde mich gut um Sie kümmern.« Die Spritze klickte leise. »Sie bleiben hier.«

Manfred Humpl kämpfte. Aber sein Körper kämpfte nicht mit. Seine Lider wurden schwer. Die Bilder auf dem Bildschirm verschwammen. Hartmann. Schneemandl. Der Kanzlersessel. Er spürte, wie sein Kopf in das Kissen sank. Und das Letzte, was er sah, war die

Stationsoberin. Sanft strich sie ihm über die Wangen und legte sein in Unordnung geratenes Haar zurecht.

»Sie sind ein großer Kanzler. Aber jetzt müssen Sie sich ausruhen.«

Dann schaltete sie leise das Licht aus.

Neuntes Kapitel

DIE UHR LÄUFT AB

Mittagszeit. Zigtausende gebannt vor ihren Mobiltelefonen und Bildschirmen. Die Nation hielt den Atem an und starrte auf die Sanduhr, die langsam, aber unerbittlich ihre letzten Körner fallen ließ. Niemand wusste, was geschehen würde, doch eines war klar: Etwas Großes bahnte sich an. Dabei war in letzter Zeit schon genug passiert. In zwei Tagen standen Neuwahlen an.

Laut Umfragen kündigte sich ein fulminanter Sieg für die Konservativen an. Deren neu gewählter Parteichef saß gemeinsam mit seinem Vorgänger, dem baldigen Bundeskanzler der Republik, in seinem alten Büro im Hauptgebäude der Partei. Beide starrten auf ein Tablet. Schneemandls Fingerknöchel waren weiß vor Anspannung, so fest hielt er das Gerät. Seit Wochen schon lief der Countdown im Internet. Befeuert von immer neuen Wandschmierereien. Die Stimmung in der Bevölkerung war inzwischen gefährlich nah am Kipppunkt. Die Ankündigung, dass neu gewählt werden würde, hatte die Gemüter in letzter Minute etwas beruhigt.

Niemand konnte die Herkunft oder das Ziel der mysteriösen Website bestimmen, geschweige denn sie vom Netz nehmen. Kein Server, keine Backlinks, keine Protokolle. Es war, als wäre sie aus dem Nichts aufgetaucht.

»Herr Aussenm… äh… Kanzler, Herr Schnee… äh… Parteichef«, meldete sich die Parteigeschäftsführerin Geißler mit zittriger Stimme durch einen Spalt in der Tür. »Die Medien drehen durch. Die sozialen Netzwerke explodieren, und die Leute fordern Antworten.«

Schneemandl nickte und antwortete mit seltsam bitterer Ironie in der Stimme: »Lange dauert es ja nicht mehr. Dann wissen wir alle, was los ist.«

»Eine Sanduhr im Internet...« Hartmann schüttelte verständnislos den Kopf. »Niemand lernt je dazu.« Er spielte auf die Flut an gefälschten Videos, erfundenen Aussagen und gezielten Desinformationskampagnen an, die das Humpl-Lager neuerdings verbreitete. Von ihm selbst kursierten unzählige Bilder mit eingeschlagenem Gesicht im Netz. Alles KI-generierte Collagen. Von seiner Familie waren Fotos aufgetaucht, die sie angeblich in einem Luxusresort auf Malta zeigten, die tatsächlich in einem öffentlichen Strandbad aufgenommen worden waren. Der Ehrlich-Skandal wurde inzwischen als Intrige der Konservativen geframed. Was kam als Nächstes?

Es konnte sich nur mehr um Sekunden handeln.

In den Straßen war die Atmosphäre regelrecht elektrisiert. Menschen blieben an Bushaltestellen und in Cafés stehen, hielten ihre Smartphones hoch, zeigten sich gegenseitig die Sanduhr. In Büros wurde die Arbeit unterbrochen, die Kantinen verstummten. Ein Moment der kollektiven Erwartung breitete sich aus, ein gleichzeitiges Innehalten. Schneemandl schielte zu seinem Sitznachbarn, als wolle er dessen Reaktion beobachten.

Endlich fiel das letzte Sandkorn.

Auf den Bildschirmen flackerte es kurz. Die Sanduhr verschwand, und für den Bruchteil einer Sekunde wurde das Bild schwarz. Dann erschienen drei neue Worte:

SEID IHR BEREIT?

Die Spannung war mit bloßen Händen greifbar. Die Menschen starrten auf ihre Displays. Niemand bewegte sich, niemand sprach.

Auf jedem einzelnen Gerät - jedem Handy, jedem Laptop, jedem Computerbildschirm - ertönte ein piependes Signal. Es war so monoton wie das Geräusch eines EKG-Geräts. Gleichzeitig erschien auf allen Displays eine grüne Linie, die sich synchron mit dem Piepen bewegte, ein gleichmäßiges Auf und Ab, das an einen Herzschlag erinnerte. Das Piepen wurde unregelmäßiger. Die grüne Linie begann zu zucken, mal hochzuschnellen, mal flach zu verlaufen, als würde ein unsichtbarer Herzschlag stolpern. Dann, ganz plötzlich, verstummte der Ton. Eine gerade, gleichmäßige Linie. Ein einziger, langer Summerton, wie bei einem Herzstillstand.

Menschen wichen erschrocken zurück, manche waren dabei zu beobachten, wie sie sich die Ohren zuhielten. In den Straßen blieb der Verkehr stehen, weil alle auf ihre Armaturen blickten, wo der gleiche Ton aus den Autodisplays drang. Dann, so plötzlich wie es begonnen hatte, erlosch jede Anzeige. Was war jetzt los? Unruhe machte sich breit.

Nach einigen endlosen Sekunden begann auf allen Geräten gleichzeitig ein Video. Es zeigte zunächst unscheinbare Dokumente - Regierungsakten, streng vertraulich. Eine monotone Stimme sprach aus dem Off:

»Ende mit Top-Secret. Wir sagen euch, was die Regierung verschweigt. Das Sterbehilfegesetz wurde unter strengster Geheimhaltung ausgeweitet. Pflegebedürftige, Patienten in Krankenhäusern und alte Menschen, deren Versorgung als unrentabel eingestuft wurde, werden mit Natrium-Pentobarbital gezielt getötet.« Ein Becher mit einer Flüssigkeit erschien im Video. »Sterbezahlen explodieren. Der Beweis?«

Das Bild wechselte und eine Grafik erschien. Eine Statistik mit erschreckenden Zahlen: Die Sterberate unter Menschen über siebzig war in den letzten sechs Monaten sprunghaft gestiegen. Besonders betroffen: Pflegeheime, Langzeitpatient:innen in Krankenhäusern. Eine Tabelle mit Namen, Altersangaben und Todeszeitpunkten blitzte auf. Einige glaubten Familienmitglieder, Freunde, Nachbarn zu erkennen. Plötzlich wurde ihnen bewusst: Diese Menschen waren tatsächlich erst kürzlich verstorben, viele zu früh, zu unerwartet, manche unter mysteriösen Umständen. Ein Großvater, der nicht mehr aus dem Krankenhaus zurückgekehrt war. Eine Tante, die im Heim plötzlich nicht mehr aufgewacht war, obwohl sie zuvor stabil gewesen war.

Fassungslosigkeit, die sich langsam, aber sicher in Entsetzen verwandelte, verbreitete sich wie eine Schockwelle durchs ganze Land. In Wohnzimmern, Büros, U-Bahnen – überall schrien Menschen auf. Tränen, Wut, ungläubiges Starren auf den Bildschirm.

Dann folgte die letzte Szene: Eine versteckte Kameraaufnahme aus einer Klinik. Eine Ärztin oder Krankenpflegerin, deren Gesicht unkenntlich gemacht worden war (nur das blonde, zu einem Zopf geflochtene Haar war zu erkennen), sprach mit einem Regierungsbeamten.

»Die Listen werden wöchentlich aktualisiert. Wir führen die Dosen so unauffällig wie möglich zu. Keiner wird Verdacht schöpfen. Sie sterben ruhig.«

»Und falls doch?«, fragte der Beamte.

»Niemand hinterfragt, wenn in einem Spital jemand stirbt. Obduziert wird nicht mehr.«

Das Video endete abrupt. Dann erschienen erneut drei Worte auf schwarzem Hintergrund:

DAS IST MORD.

Und dann brach das Chaos los. Polizeieinheiten rückten aus, um die Kontrolle zu behalten, doch es war ein aussichtsloser Kampf. Die Straßen gehörten dem Volk. Überall loderten Hass und Verzweiflung. Menschen drängten sich auf Plätzen, skandierten Slogans, hielten Schilder hoch, auf denen Namen standen – Namen von Verstorbenen, von Vergessenen, von Menschen, die laut Statistik einfach »nicht mehr rentabel« gewesen waren. Diesmal waren es keine Proteste, es war ein Sturm.

Spezialeinheiten der Polizei formierten sich in voller Kampfausrüstung und mit schwerem Gerät, aber keiner der Beamten hob auch nur einen Knüppel, kein Tränengas, niemand wurde zurückgedrängt. Denn auch sie hatten gerade erst Freunde oder Angehörige beerdigt. Lange, viel zu lange hatten sie den offiziellen Erklärungen vertraut, die ihnen versichert hatten, dass ihre Angehörigen friedlich eingeschlafen waren. Nun aber wusste jeder, was wirklich geschehen war.

Einige Polizisten hatten ihre Helme abgesetzt, hielten sie in den Händen. Einige hatten ihre Schilde längst auf den Boden gelegt. Manche gingen einfach zur Seite, ließen die Menschen passieren. Nur die sensiblen Infrastrukturen – das Regierungsviertel, das Justizministerium, die Sender der Staatsmedien – waren noch mit Sicherheitspersonal besetzt. Doch auch dort standen keine Kämpfer mehr, nur noch stille Wächter. Sie waren da, aber sie waren nicht mehr im Dienst.

Sirenen heulten durch das Regierungsviertel, doch sie gingen in der aufgewühlten Menge fast unter. Ein Rettungswagen mit Blaulicht rollte langsam hupend voran, flankiert von zwei Polizeimotorrädern, deren Fahrer nervös nach links und rechts blickten. Die Menschen wichen kaum zurück.

Ein Notfall war aus der Parteizentrale der Konservativen eingegangen. Die Lage unklar. »Blutige Auseinandersetzung. Mindestens ein Verletzter, vermutlich schwer.«

Der Sanitäter am Steuer spürte, wie sich seine Finger um das Lenkrad krampften. »Zur Seite! Verdammte Scheiße, macht Platz!«

Der Beifahrer hämmerte gegen die Tür. Hände schlugen gegen die Karosserie, eine Faust prallte gegen die Windschutzscheibe. Einer der Motorradpolizisten gab Vollgas und bahnte sich eine schmale Schneise zwischen den panisch zurückweichenden Körpern. Der Rettungswagen folgte. Dann tauchte das Gebäude der Parteizentrale auf. Zerbrochene Fenster, eine offene Tür, grelles Licht dahinter. Vor dem Eingang kniete ein Beamter neben einem reglosen Körper.

»Los, los, los!«

Die Sanitäter sprangen heraus. Trage, Notfallkoffer. Hinein in den Tumult.

Zehntes Kapitel

WAS DAVOR GESCHAH

Während die Stimmung draußen eskalierte, saß Dr. Florian Wagner in der Klinik vor seinem Computer und starrte auf seinen Bildschirm. Hektik auf dem Flur vor seiner Tür. Er versuchte es zu ignorieren. Am liebsten hätte er sich in einem Erdloch vergraben. Doch die gedämpften Stimmen hinter der Tür wuchsen zu einem aufgeregten Tumult an. Jemand rief nach einem Arzt, eine andere Stimme versuchte energisch, Anweisungen zu geben, während eine Tür mit einem dumpfen Knall ins Schloss fiel. Jemand hastete am Büro vorbei.

»Haben Sie das gesehen?« Florian erkannte die Stimme einer der Krankenpflegerinnen, sie überschlug sich. »Das Video… ist es echt? Das wurde doch bei uns im Haus aufgenommen, oder?«

Florian nickte unbewusst und kaute auf seinem Kugelschreiber. Er selbst hatte es aufgenommen.

»Wir haben dort Dienst gehabt, verdammt!«, antwortete eine andere Stimme im Gang. »Wie konnte das passieren? Wie konnten wir das übersehen?!«

Dann schrie jemand: »Das ist doch die Lainzner! Sie ist auf dem Video!«

Kurz darauf hörte er entschlossene Schritte, unterbrochen von gepressten Wortfetzen, Schnaufen, dann ein dumpfer Aufprall. Jemand wurde gegen eine Wand gedrückt.

»Es ist nicht so, wie es aussieht!« Es war Maria Lainzner selbst, sie klang panisch. Ein Handgemenge, ein Gerangel.

»Doch, genau so sieht es aber aus…«

»Nehmt ihr diesen Dreck wirklich ernst?!« Lainzners Stimme war jetzt lauter, mit einem schrillen Unterton. »Ich habe nichts getan!«

»Das Video sagt etwas anderes.«

Florian hielt die Luft an. Draußen wurde die Lage immer unruhiger. Möbel wurden beiseitegeschoben, metallene Gegenstände klirrten. Schritte bewegten sich hastig Richtung Notausgang – oder in eine andere Richtung?

»Wohin mit ihr?«

»Die Putzkammer. Schlüssel liegt im Stationszimmer.«

Florian runzelte die Stirn. Meinten sie das ernst? Er wollte aufspringen, zur Tür eilen, aber dann hörte er ein weiteres Poltern, gefolgt von schweren Schritten. Eine Tür wurde aufgerissen.

»Lasst mich sofort los! Ihr ... ihr werdet alle gefeuert, wenn das hier vorbei ist!«

Lainzners Stimme war jetzt hysterisch. Ein finaler dumpfer Knall, ein Riegel, der einrastete. Dann nichts mehr. Nur schweres Atmen und Gemurmel.

»Wir müssen die Polizei holen.«

Wieder Schritte, die sich nun in alle Richtungen verteilten. Florian sank in seinem Stuhl zurück, fuhr sich mit der Hand übers Gesicht. Was zum Teufel geschah hier gerade? Er schluckte schwer. Das war genau die Reaktion, die sie erhofft und gleichzeitig gefürchtet hatten. Menschen, die begriffen, dass das Undenkbare tatsächlich geschehen war. Dass es ihre Familien, ihre Freunde, ihre Patienten betraf.

Wochenlang hatten seine Mutter, Elias und er Beweise und Indizien gesammelt, ohne mit irgendjemandem darüber reden zu können. Keiner von ihnen wusste, wer in der Klinik Freund und wer Feind war, also hatten sie alles für sich behalten, bis sie Lainzner quasi in flagranti erwischt hatten. Dass sie dabei sogar noch ein Geständnis auf Video abgelegt hatte, war reiner Zufall und der Tatsache geschuldet gewesen, dass jemand von ihnen rund um die Uhr im Krankenhaus geblieben war – eigentlich, um weitere Morde zu verhindern. Zum Glück war, soweit sie wussten, tatsächlich nichts mehr passiert, außer der ominöse nächtliche Kontrollbesuch und das denkwürdige Gespräch, als ausgerechnet Florian selbst die Stellung gehalten hatte. Mit zittrigen Händen hatte er alles mit seinem Handy aufgenommen.

Ein tiefes Durchatmen. Dann ließ er seinen Blick kurz zur Tür schweifen, vor der schon wieder jemand vorbeirannte. Die Unruhe war überall, doch die eigentliche Hektik spielte sich in seinem Kopf ab.

Sie hatten es befürchtet. Sie hatten es gewusst. Doch die Wahrheit zu kennen war das eine, sie zu verbreiten etwas anderes. Es war klar gewesen, dass sie Hilfe brauchen würden und jemanden einweihen mussten.

Nataschas erste Reaktion war ein kompletter Zusammenbruch gewesen, als sie ihr die Rechercheergebnisse aus dem Krankenhaus und die Unterlagen mit den Sterbezeiten und Todesursachen gezeigt hatten.

»Das ist schlimmer als jeder Alptraum.« Und später, als sie sich wieder etwas gefasst hatte: »Wenn wir das rausbringen, wird die Regierung sofort versuchen, uns zum Schweigen zu bringen.«

»Deswegen brauchen wir Hilfe«, war Klaus' Antwort gewesen. Er war der Erste, dem sich Florian anvertraut hatte. Er war es, der ihn dazu gedrängt hatte, etwas zu unternehmen. Komme was wolle. Natascha mit ihrem Wissen und ihren Kontakten war die erste Anlaufstelle gewesen.

Nachdem der erste Schock überstanden war, lehnte die Politologin am Tresen in Klaus' Restaurant, ordnete ihre Gedanken. Dann griff sie wortlos nach ihrem Handy. »Ich kenne jemanden, der helfen kann. Wartet hier.«

Mit schnellen Schritten verschwand sie durch die Tür. Florian warf Klaus einen Blick zu. Keiner von beiden wusste, was sie vorhatte. Keine zwanzig Minuten später ging die Tür wieder auf, und ein Mann trat ins Restaurant.

»Malik?!«, riefen Florian und Klaus wie aus einem Mund, beide mit weit aufgerissenen Augen.

Der Mann grinste breit. »Florian! Klaus! So schön, euch endlich wiederzusehen!«

Klaus sprang sofort auf, packte Malik an den Schultern, musterte ihn ungläubig. Dann zog er ihn in eine feste Umarmung – als wolle er sich vergewissern, dass er echt war. »Wir dachten, du wärst in Berlin! Wie zur Hölle hast du's hierher geschafft?«

Florian brauchte etwas länger, rechnete noch, setzte Puzzlestücke zusammen. Dann entglitt ihm die Erkenntnis, noch bevor sein Kopf sie ganz verarbeitet hatte.

»Warte... du bist...«

Ein zustimmendes Lachen von Malik. »Ja. Ich bin Micha Schmidt« – ein Grinsen zu Natascha – »und der neue Macker dieser schönen Frau hier.«

Klaus sog scharf die Luft ein. »Du bist der Sprayer.« Keine Frage, nur eine Feststellung. »Du bist der Typ, der mit seinen Graffitis alle verrückt macht!«

Malik lehnte sich betont lässig gegen die Tischkante, verschränkte die Arme. »Sorry, dass ich euch nicht früher eingeweiht habe. Aber je weniger Leute Bescheid wussten, desto sicherer waren wir alle.«

Sein Blick wanderte zu Natascha, die ihn mit einem wissenden Lächeln ansah.

Florian schüttelte erst fassungslos den Kopf, dann brach er in atemloses Lachen aus. »Du hast keine Ahnung, wie sehr wir dich brauchen.«

Pläne wurden ausgebreitet. Papier raschelte. Stifte kratzten über Backpapierbahnen. Was dort entstand, waren keine bloßen Ideen – es war der Beginn eines Angriffs. Dann kam Samir ins Spiel. Ein alter Bekannter von Malik aus Studientagen. Er wusste, dass Samir sich mit digitaler Anonymität, verschlüsselter Kommunikation und der verdeckten Verbreitung von Informationen beschäftigte – auch wenn ihm nie ganz klar geworden war, was genau er eigentlich tat. Malik selbst hatte das Studium schon nach einem halben Semester wieder abgebrochen, um sich seiner Kunst zu widmen.

»Er ist ein verdammtes Computergenie«, sagte er, während er in seinem Handy nach der richtigen Nummer suchte.

»Wo ist er?«, fragte Florian.

»London.«

»Perfekt«, warf Natascha ein. »Jemand, der außer Reichweite ist.«

Malik telefonierte lange mit Samir und erklärte ihm alles. »Wir haben alle Beweise, das ganze Material. Wir dürfen es nicht nur veröffentlichen. Wir müssen es in die Welt brennen.«

Ein Moment Stille, dann Samirs Stimme am anderen Ende – ruhig, gefasst, entschlossen: »Gebt mir 24 Stunden. Ich baue euch etwas, das nicht zu stoppen ist.«

Natascha hatte inzwischen bereits ihre Bekannte und mittlerweile auch Maliks Mitstreiterin Sophie Milot in Berlin kontaktiert. »Wir brauchen deine Verlagsserver. Es darf keine Spur zu uns führen. Und wir brauchen sie jetzt.«

Am anderen Ende der Leitung zunächst nur ein Atemzug. Dann: »Bist du verrückt?«

»Hör zu«, sagte Natascha – ruhig, aber eindringlich. Sie erläuterte ihren Plan.

Fünf Minuten später kam die Antwort: »Meine Herausgeberin wird sich freuen, die Schuldige zu sein.«

Es fühlte sich an, als würde ein Netz aus Funken durch die Welt schießen. Verbindungen wurden geknüpft. Zahnräder setzten sich in Bewegung. Dann kam die entscheidende Frage: Wie würden sie all das unter die Leute bringen?

Malik grinste in die Runde. Ein dunkles, hungriges Grinsen. »Lasst mich das machen.«

»Wie?«, fragte Florian.

»Wir sprayen die ganze Stadt mit QR-Codes voll. Es wird wie ein Virus sein. Jeder, der sie scannt, landet auf unserer Seite und auf der hauen wir dann alles raus, was wir wissen.«

»Wie soll das gehen?«

»Ganz schnell. Wir machen Stencils und sprayen drüber. Dauert ein paar Sekunden.«

»Und wenn die Links gelöscht werden?«, warf Klaus ein.

»Dann generieren wir neue.« Samir aus London war noch immer in der Leitung und auf laut gestellt. »Ich baue das System so, dass es sich selbst aktualisiert. Es wird unzerstörbar sein.«

»Dann tun wir es«, war Florians Antwort gewesen. »Lasst uns endlich diese scheiß Wahrheit ans Licht bringen!«

Das Aufheulen von Rettungs- und Polizeisirenen schreckte ihn nun aus seinen Gedanken auf. Er trat ans Fenster und sah, wie unten vor der Notaufnahme ein Krankenwagen zum Stehen kam. Flankiert von Polizeimotorrädern wurde ein Patient schnell in die Klinik gebracht, kurz darauf die schrille Lautsprecherstimme:

»Dr. Wagner bitte in die Notaufnahme. Dr. Wagner bitte.«

Mit einem tiefen Seufzen verließ er sein Versteck und betrat die Realität, der er hatte entkommen wollen. Polizisten eilten an ihm vorbei, einige drängten sich zielgerichtet in Richtung der Abstellkammer der Abteilung. Die Tür wurde aufgerissen, und Lainzner herausgezerrt. Sie wehrte sich, trat um sich, doch die Beamten nahmen sie in einen Zangengriff. Ihre Hände wurden auf den Rücken gedreht, Handschellen klickten.

»Lasst mich los! Ihr könnt das nicht machen! Ich habe doch nur geholfen!« Ihre Stimme überschlug sich. Sie wurde abgeführt.

Das anwesende Klinikpersonal bildete ein Spalier, einige hoben ihr den ausgestreckten Mittelfinger entgegen. Andere filmten. Ausschnitte aus diesen Videos sollten später zu den meistgesehenen Memes im Internet werden.

Florian ging weiter durch das Durcheinander. Vorbei an dem Krankenzimmer, in dem Noch-Kanzler Manfred Humpl lag. Die Personenschützer mit Anzug und Knopf im Ohr waren inzwischen durch einen Haufen uniformierter Polizisten ausgetauscht worden.

Draußen in den Straßen wurden die Rufe immer lauter. Wütende Chöre, gelegentlich unterbrochen von dumpfen Geräuschen. Ob es Flaschen waren, die geworfen wurden, oder Müllcontainer, die umkippten, konnte Florian nicht erkennen.

In der Notaufnahme wurde er von einer Kollegin in den Behandlungsraum C geholt. »Mach du das. Ich will mit dem nichts zu tun haben. Ich pfeife auf den Hippokratischen Eid.«

Vor der Tür ebenfalls mehrere Polizisten, die Florian aber nur kurz musterten, als er eintrat. Auf der Behandlungsliege lag Noch-Vizekanzler und Außenminister

Siegfried Hartmann, die Nummer Zwei nach Humpl in der Regierung, mit zugeschwollenen Augen und einer – man konnte es nicht anders sagen – zermatschten Nase. Die Lippen aufgerissen. Das Hemd zerrissen und blutverschmiert.

»Was ist passiert?« Florian bemühte sich um professionelle Distanz. Ganze dreimal musste er nachfragen, weil er Hartmanns gelallter Antwort nicht folgen konnte. Am Ende stellte sich heraus, dass »Schneemandl, diese Drecksau« ihn brutal angegriffen habe, nachdem das Video vorüber gewesen war. Während Florian den Mann versorgte, weil kein:e Unfallchirurg:in zur Verfügung war, konnte er es sich nicht verkneifen, ein paar Mal etwas fester zuzugreifen als nötig, was jedes Mal mit einem kreischenden »Au weh!« quittiert wurde. Dann betrachtete Florian sein Werk.

Es war vorbei. Oder es fing gerade erst an?

Besondere Genugtuung verschaffte Florian aber der Gedanke, dass die Polizisten vor der Tür auch bei Hartmann nicht mehr nur zu dessen Schutz da waren, sondern bereits zur sicheren Verwahrung.

Elftes Kapitel

WAS DANACH GESCHAH

Die Hauptnachrichtensendung im staatlichen Sender dauerte länger als geplant. Die Ereignisse konnten diesmal nicht mit Wiederholungen von Heimatfilmen überspielt werden, schon gar nicht, da sich morgen nach der Wahl die politischen Verhältnisse ohnehin gewaltig ändern würden. So hatten die programmverantwortlichen Redakteure (darunter keine Frau in relevanten Bereichen) entschieden, dranzubleiben, obwohl eigentlich bereits der Sportteil an der Reihe gewesen wäre.

Am Bildschirm ein immer unsicherer junger Reporter, der schlecht ausgeleuchtet vor der Parteizentrale der Konservativen schräg gegenüber vom Innenministerium stand. Der Anzug schien zu weit und angesichts des langen Arbeitstages schon recht ausgebeult, die Krawatte hatte er dafür viel zu eng um den Hals geschnürt. Durch das grelle Scheinwerferlicht funkelte der Schweiß auf seiner Stirn regelrecht. Seit Minuten schon rang er um Worte, überbrückte die nicht enden wollende Wartezeit mit gestelzten Floskeln.

»Wir erwarten jeden Moment den Auftritt des neuen Parteivorsitzenden der Konservativen, Josef Schneemandl. Eine kurzfristig einberufene Pressekonferenz, die, so hört man, eine Art politische Erschütterung sein könnte… Nun, das ist jedenfalls, was man aus internen Kreisen erfährt. Noch gibt es keine Bestätigung, aber es herrscht angespannte Stille hier vor dem Gebäude.«

Ein nervöser Blick zur Seite, als wolle er Zeichen von Bewegung ausmachen. Die Minuten zogen sich, und er redete weiter, zu schnell, zu fahrig.

»Was genau der Neo-Parteichef sagen wird, bleibt unklar. Wir wissen nur, dass die Ereignisse des heutigen Tages Schockwellen durch die politische Landschaft gesendet haben. Es gibt Spekulationen, dass …«

Plötzlich Bewegung und hektisches Flüstern in den Kopfhörern der Reporter. Der junge Mann drehte sich abrupt um, fast erleichtert, und wich ohne ein weiteres Wort zur Seite. Die Tür des Parteigebäudes öffnete sich, und heraus trat Josef Schneemandl in Jeans und einem perfekt sitzenden Sakko, der Kragen seines blütenweißen Hemdes offen. Die Kameras richteten sich wackelnd auf ihn. Hinter einem gläsernen Pult mit einem Haufen bunter Mikrofone blieb er energisch stehen. Dann ein Blick in die Menge. Als er zu sprechen begann, war seine Stimme ruhig und fest.

»Am Tag vor der Wahl stehe ich heute Abend hier vor Ihnen, weil es nicht anders geht. Es ist eine dunkle Stunde für unser Land, für unsere Partei, für mich persönlich. Die Nachrichten, die heute an die Öffentlichkeit gelangt sind, lassen sich nicht in Worte fassen. Sie sind erschütternd. Sie sind beschämend. Und sie machen mich wütend.«

Er hielt inne, sein Blick schweifte über die Gesichter vor ihm. Ein kurzes Husten aus der Pressemenge, aber sonst wagte sich niemand zu bewegen. Dann fuhr er fort.

»Ich habe heute gehandelt. Ja, ich habe Außenminister Hartmann, unseren Kanzlerkandidaten, zur Rechenschaft gezogen. Und ja – ich habe ihn geschlagen. Grün und blau, wie man im Volksmund so schön sagt. Ich schäme mich nicht dafür. Denn ich glaube, dass viele von Ihnen – viele von uns – in diesem Moment genau das Gleiche getan hätten, nach allem, was diese Regierung, der er angehört hat, getan hat.«

Ein Raunen ging durch die Menge. Einige Journalisten blickten sich ungläubig an, andere kritzelten hektisch auf ihre Notizblöcke oder tippten in ihre Laptops. Der Vorsitzende wartete nicht auf eine Reaktion.

»Aber ich bin auch hier, um zu sagen: So sind wir nicht! Das ist nicht die Politik, die wir wollen. Das ist nicht das Land, in dem wir leben wollen. Es reicht! Was geschehen ist, zeigt uns allen, wie tief die Wunde ist. Wie sehr wir uns entfernt haben von dem, was richtig und anständig ist.«

Sein Ton wurde eindringlicher, seine Hände ballten sich auf dem Pult.

»Wir müssen jetzt zusammenstehen. Wir müssen die richtigen Schlüsse ziehen. Und vor allem: Wir müssen Verantwortung übernehmen. Denn, meine Damen und Herren, wir schaffen das. Wir schaffen es, diesen Sumpf auszutrocknen. Wir schaffen es, das Vertrauen der Menschen zurückzugewinnen. Wir schaffen es, unser Land wieder auf den Boden von Anstand und Respekt zu stellen. Das sind wir den Menschen schuldig, die diese Regierung auf dem Gewissen hat!«

Er machte eine letzte Pause, dann hob er das Kinn, sah direkt in die Kamera des Staatssenders, als würde er ohne Umwege in die Wohnzimmer der Menschen oder gar in deren Augen blicken.

»Ich weiß, dass viele von Ihnen erschüttert, traurig, wütend sind. Ich bin es auch. Aber dies darf nicht das Ende sein. Es ist ein Neuanfang. Und ich werde alles tun, um sicherzustellen, dass diese Partei, dass dieses Land sich nicht von fehlgeleiteten Extremisten und menschenverachtenden Karrieristen in den Abgrund reißen lässt.«

Dann trat er einen Schritt zurück. Keine Fragen, keine Ergänzungen. Er drehte sich um, ging durch die schwere Tür des Parteigebäudes und verschwand in der Dunkelheit des Eingangsportals.

Von links unten tauchte der junge Reporter wieder auf. »Soweit das Statement des neuen Parteichefs der Konservativen heute hier. Und nun zurück ins Studio.«

Dort ging es hektischer zu als sonst. Kameraleute wechselten flüsternd die Perspektive, ein Regieassistent gab gestikulierend Anweisungen hinter der Kamera, während eine Maskenbildnerin hastig aus dem Bild huschte – Puderquaste in der Hand, die eigene Stirn glänzend. Vor der gläsernen Türe tigerte der Chefredakteur nervös hin und her, um seine eigene Zukunft bangend, sollte die Regierung, die ihn eingesetzt hatte, bald Geschichte sein. Auf den Monitoren flimmerten Live-Bilder, Schnitte, Laufschriften. Alles musste jetzt schnell gehen.

Inzwischen hatten zwei Polit-Experten Platz genommen und begannen, Schneemandls Ansprache und deren Auswirkungen auf die in nur wenigen Stunden bevorstehende Wahl zu analysieren.

Moderator (räuspert sich betont ernst, ordnet seine Zettel, als könnte er damit das Chaos im Land sortieren): »Ja, meine Damen und Herren, wir erleben gerade einen der wohl dramatischsten Momente in der Geschichte unseres Landes. Ein Skandal von beispiellosem Ausmaß erschüttert die politische Landschaft, ein Skandal, der – so heißt es – an den Grundfesten der Demokratie rüttelt. Die amtierende Regierung steht unter Verdacht, Pflegebedürftige mutmaßlich gezielt getötet zu haben. Ich betone: mutmaßlich, denn es gibt keine offizielle Bestätigung, keine unabhängigen Ermittlungen, nur ein Video unbekannter Herkunft, das sich viral verbreitet hat. Doch die politischen Umbrüche sind bereits in vollem Gange. Kanzler Humpl und Vizekanzler Hartmann liegen beide im Krankenhaus – der eine aus gesundheitlichen Gründen, der andere mit schwer gezeichneter Nase. Josef Schneemandl, erst kürzlich als Parteichef der Konservativen zurückgekehrt, nachdem er sich zuvor mit einer christlich-sozialen Liste abgespalten hatte, tritt nun als Retter in der Not auf. Mit dabei: Unsere beiden Experten, Dr. Eva Koksberg, Politikwissenschaftlerin und Wahlstrategin, sowie Professor Paul Unterberger, der vermutlich genauso fassungslos ist wie wir alle. Guten Abend!«

Dr. Koksberg (nickt, ein aufgesetztes Lächeln auf den Lippen): »Guten Abend.«

Prof. Unterberger (räuspert sich, blickt in die falsche Kamera): »Guten Abend.«

Moderator: »Frau Koksberg, bevor wir auf das politische Schachspiel von Herrn Schneemandl eingehen, lassen Sie uns die Tragweite dieses Skandals einordnen. Eine Regierung, die mutmaßlich systematisch Pflegebedürftige hat sterben lassen. Das ist eine Dimension, die wir so noch nie erlebt haben. Was bedeutet das für die politische Kultur dieses Landes?«

Dr. Koksberg (blickt ernst in die Kamera): »Wenn sich auch nur ein Teil dieser Vorwürfe erhärtet, dann sprechen wir hier von einem politischen und moralischen Zusammenbruch der staatlichen Integrität. Es geht nicht mehr nur um Machtkämpfe oder parteipolitische Taktiken, es geht um grundlegendes Vertrauen in den Staat, in seine Institutionen und in die Idee, dass eine Regierung ihre Bürger schützt, nicht ausnutzt oder gar eliminiert. Das erschüttert die Demokratie an ihrer Wurzel.«

Moderator: »Professor Unterberger, diese Regierung ist ja nicht einfach durch eine Reihe schlechter Entscheidungen unter Druck geraten. Hier stehen Worte wie Mord und systematische Verbrechen im Raum. Wie verändert so etwas das politische Klima?«

Prof. Unterberger (nachdenklich): »Nun, wir haben es mit einer toxischen Mischung aus Empörung, Angst und absolutem Kontrollverlust zu tun. Die Menschen sehen eine Regierung, die sich wegduckt, einen Skandal, der sich viral verbreitet, und eine politische Elite, die plötzlich so tut, als hätte sie nichts gewusst. Das kann zwei Dinge bewirken: Entweder es führt zu einem massiven Bruch mit der bisherigen politischen Ordnung, oder – und das ist gefährlicher – es schlägt in eine allgemeine Politikverdrossenheit um. Wenn niemand mehr an die Regierenden glaubt, dann ist das ein Nährboden für Extreme.«

Moderator (nimmt einen Stift, klopft nachdenklich auf den Tisch): »Nun kommt also Schneemandl ins Spiel. Gerade erst wieder in die Partei zurückgekehrt, nachdem er sich abgespalten hatte. Und sein erster großer Coup: Er schlägt seinen eigenen Kanzlerkandidaten krankenhausreif und verkauft das als konsequente politische Haltung. Frau Dr. Koksberg, ist das Kalkül oder Verzweiflung?«

Dr. Koksberg (zuckt mit den Schultern): »Schneemandl weiß, dass er liefern muss. Er inszeniert sich als moralische Autorität. Eine Strategie, die zwischen Entsetzen und Applaus schwankt, und in dieser angespannten Situation funktioniert, weil viele das Gefühl haben, dass endlich jemand handelt.«

Moderator (spöttisch): »Herr Professor Unterberger, ein Parteichef, der seinen eigenen Spitzenkandidaten verprügelt – ist das die neue Definition von Führungsstärke?«

Prof. Unterberger (trocken): »Es ist zumindest konsequent. Wer seine politische Vergangenheit schnell vergessen machen will, der braucht eine klare Trennlinie. Schneemandl hat sie gezogen. Mit der Faust. Und das frei heraus zuzugeben, verstärkt nur seine Botschaft: ›Ich bin anders als die.‹«

Dr. Koksberg: »Für viele, die die bisherigen Zustände satt haben, ist er genau das: ein Mann, der endlich aufräumt. Moralisch bedenklich? Absolut. Politisch wirksam? Möglicherweise.«

Moderator: »Professor Unterberger, wenn wir uns morgen nach der Wahl hier wiedersehen, was ist das wahrscheinlichste Szenario?«

Prof. Unterberger (knapp): »Drei Möglichkeiten. Erstens: Schneemandl überzeugt mit seinem Draufgängertum und die Konservativen retten sich. Zweitens: Die Wähler nehmen ihm seine Inszenierung nicht ab, und die Partei stürzt mit der Regierung ins Bodenlose. Drittens: Totales Chaos, ein Erdrutsch zugunsten neuer Kräfte. Wir stehen vor einer politischen Lotterie, aber eines ist sicher: Das Land wird nicht mehr dasselbe sein.«

Moderator: »Letzte Frage, ich bitte um kurze Antworten. Wir müssen zum Schluss kommen. Werden die Ausländer zurückkommen?«

Prof. Unterberger: »Das ist Glaskugellesen.«

Dr. Koksberg: »Ich schließe mich an. Ich bin keine Wahrsagerin.«

Moderator (lächelt bemüht in die Kamera): »Meine Damen und Herren, Sie haben es gehört: Morgen könnte entweder der große Neuanfang oder der totale politische Zusammenbruch kommen. Wir halten Sie auf dem Laufenden. Vielen Dank an meine Gäste und Ihnen allen einen angenehmen Abend – sofern das nach diesem Tag überhaupt noch möglich ist. Bleiben Sie dran!«

Werbung. Trailer. Heimatfilm (Wiederholung).

Am Abend vor der Wahl versammelten sich Hunderttausende auf den Straßen. Der Regierungsbezirk war von einer Menschenmauer umstellt, um eine Schweigeminute für die kürzlich Verstorbenen abzuhalten und gemeinsam zu trauern. Im Kanzlerpalast brannte Licht hinter den großen schusssicheren Fenstern. Der Nachthimmel war erleuchtet vom Schein unzähliger Kerzen.

Zwölftes Kapitel

DER ZAHLTAG

Die Wahllokale öffneten in aller Frühe, und sofort bildeten sich überall endlose Schlangen. Eine erschöpfte Nation wankte in die Morgendämmerung - Augen rot vor Schlafmangel, Finger noch immer verkrampft um Banner und Kerzenstümpfe. Die Luft schmeckte nach Rauch, Schweiß und Erwartung. Die Wahlhelfer, sichtlich überfordert von dem ungewohnten Ansturm, bemühten sich, die Lage unter Kontrolle zu halten. Doch in den sozialen Netzwerken kursierten bereits Videos von angeblichen Unregelmäßigkeiten, hektische Aufnahmen verwackelter Handykameras, begleitet von empörten Kommentaren namenloser User über *gestohlene Stimmen* und *eingekaufte Beisitzer*.

Malik trommelte nervös mit den Fingern auf den Couchtisch, während Natascha versuchte, die Kinder mit Keksen ruhig zu halten. Beide starrten angespannt auf den Fernseher.

»Wir haben gerade die neuesten Hochrechnungen, meine Damen und Herren«, verkündete der Moderator endlich mit gequälter Stimme, während er einen Schluck aus seinem Wasserglas nahm. »Und die sind… nun ja, sagen wir, brisant.«

Professor Unterberger blätterte in seinen Notizen und schnaubte. »Brisant ist eine höfliche Untertreibung. Ich würde eher sagen: ein Lehrbuchfall kollektiver Amnesie.«

»Oder kognitive Dissonanz«, warf Dr. Koksberg ein und tippte nervös mit dem Stift auf ihren Notizblock.

»Wir haben also folgendes Bild«, fuhr der Moderator fort und fuchtelte vor einer riesigen Balkengrafik herum. »Die Konservativen, mit Schneemandl als strahlendem Sieger, liegen bei 44,5 Prozent - ein haushoher Sieg, der zu erwarten war. Die Sozialdemokraten haben solide zugelegt. Und«, er zog eine Augenbraue hoch, »die Nationale Freiheitspartei hat immer noch 16,3 Prozent und liegt damit auf Platz drei.«

»Die Skandale haben sie offensichtlich nicht zerstört«, murmelte Koksberg.

»Natürlich nicht!« Unterberger wedelte mit den Armen. »Humpl liegt im Krankenhaus, und was passiert? Sein innerster Kreis inszeniert ihn als Märtyrer. In den einschlägigen Telegram-Gruppen kursieren bereits Verschwörungstheorien, wonach er mit gezielten Strahlenwaffen angegriffen worden sei, um ihn zum Schweigen zu bringen.«

»Manche verbreiten gar, dass er nicht einmal im Krankenhaus ist«, ergänzte Koksberg. »Eine Fraktion glaubt, dass er in einem geheimen NATO-Bunker gefangen gehalten wird. Eine andere, dass er bereits ersetzt wurde.«

»Durch einen Doppelgänger, nehme ich an?«

»Nicht unbedingt«, meinte Koksberg trocken. »Manche glauben, dass er unter Drogen gesetzt wurde, um die Wahrheit über die Sterbehilfe-Tragödie unter Verschluss zu halten. Die nationalistische Stammwählerschaft auf der anderen Seite leugnet den Skandal und verbreitet das Narrativ, es handle sich um eine internationale Verschwörung, die von den ausgewiesenen Migranten aus dem Ausland gesteuert wird.«

»Und es gibt Stimmen, die behaupten, die Wahllokale wurden von Geheimdiensten infiltriert, um eine Niederlage der Nationalen Freiheitspartei sicherzustellen«, warf Unterberger ein. »Es werden bereits Listen mit angeblich auffälligen Wahlhelfern geteilt, teilweise mit Adressen und Telefonnummern.«

»Das klingt alles absolut vernünftig«, knirschte der Moderator ungewohnt sarkastisch und massierte sich die Nasenwurzel. »Aber zurück zur Realität: Die Liberalen haben über 10 Prozent, der Rest bleibt marginal. Das heißt, wir haben eine klare Regierungsmehrheit aus Konservativen und Sozialdemokraten und Liberalen. Allerdings –«

»Fehlt Schneemandl exakt eine Stimme für die Zweidrittelmehrheit«, beendete Unterberger den Satz und schüttelte den Kopf.

»Ein Mandat«, wiederholte der Moderator. »Ein einziges.«

Bilder von Menschen in den Wahllokalen wurden eingespielt: ein paar ältere Herrschaften, eine junge Mutter mit Baby im Arm, ein Mann mit Sonnenbrille.

Malik fuhr plötzlich hoch.

»Was zum …« Er blinzelte. »Hast du das gesehen?«

»Was?«, fragte Natascha und biss in einen trockenen Keks.

»Da eben. Diese Frau. Die sah aus wie …« Er starrte auf den Bildschirm, aber das Bild war bereits weitergesprungen. »Ich schwöre, das war Sophie Milot.«

Natascha runzelte die Stirn. »Milot ist in Berlin.«

»Ja. Aber das kann nicht sein, oder?« Malik schüttelte den Kopf. Die Frau hatte jedenfalls dieselbe akkurat geschnittene Frisur, trug aber eine riesige Sonnenbrille, sodass er ihr Gesicht nicht richtig sehen konnte. Die letzten Wochen hatten ihn ganz schön paranoid gemacht. Er schob den Gedanken beiseite.

Schalte in die Parteizentrale der Konservativen. Dort herrschte Feierstimmung – Korken knallten, Sekt schäumte, Jubelrufe brandeten auf. Da waren sie wieder, ganz vorne, wo sie hingehörten. Kanzlerpartei. Der

Festsaal in der Parteizentrale war knackevoll. Schulterklopfen, Hände wurden geschüttelt. Männer in dunkelblauen Anzügen, manche mit gelockerter Krawatte, einige mit Champagnerglas in der Hand, diskutierten angeregt über den Wahlsieg. Zwischen den bodenlangen Bannern mit dem hellblauen Parteilogo stand die ältere Garde. Herren mit Halbglatze und leicht gerötetem Gesicht von inzwischen etwas zu viel Sprudel prosteten einander mit routiniertem Schwung zu. Einer zog trotz Rauchverbots demonstrativ an seiner Zigarre und ließ eine dicke Rauchwolke aufsteigen. An der Bar eine Gruppe von Nachwuchspolitikern aus der Jugendorganisation der Partei in perfekt sitzenden, knielangen Kostümen oder Business-Anzügen, die ihnen ein paar Jahre mehr auf dem Papier gaben, als ihre jugendlichen Gesichter es vermuten ließen.

»Jetzt können wir endlich durchregieren«, meinte eine mit funkelnden Augen, während sie einen vorsichtigen Schluck Sekt nahm. Andere posteten mit ihren Handys in der Hand fleißig Selfies.

»Geschichte geschrieben!«, kommentierte eine blonde Frau mit Pferdeschwanz, während sie in die Kamera lächelte.

Ein junger Kerl mit roten Backen und randloser Brille versuchte sich an einer politischen Analyse: »Das war ein Votum für Vernunft und Ordnung, nichts anderes.«

Zustimmendes Nicken in der Runde, während ein anderer sich auf die Zehenspitzen stellte, um einen Blick auf die Parteispitze zu erhaschen. Alle warteten auf den triumphalen Wahlsieger, den Erneuerer der Partei, den nächsten Bundeskanzler.

Schneemandl saß in seinem dunkelgrünen Ledersessel, das Hemd aufgeknöpft, die Krawatte gelockert. Er hatte sich in seinem Büro eingeschlossen. Während draußen jemand dumpf bereits die ersten Zeilen der Hymne anstimmte, starrte er in das grelle Licht seines Tablets, das er am Schreibtisch vor sich aufgestellt hatte.

»Papa, das ist nicht dein Ernst!« Die Stimme seiner Tochter klang eine Spur zu laut, ihre Wangen waren gerötet, entweder von der Hitze auf Malta oder vom aufgestauten Ärger. Neben ihr sein Schwiegersohn Jens, die Arme vor der Brust verschränkt, der Blick missmutig. Und irgendwo im Hintergrund quietschten die Enkelkinder, liefen durchs Bild, eine blonde Lockenmähne blitzte auf, dann ein buntes Spielzeugauto, das mit lautem *Klonk* gegen eine Wand donnerte.

»Ich hab' gewonnen, verdammt nochmal!« Schneemandl rieb sich die Schläfen, als könnte er die Kopfschmerzen wegmassieren. »Ich bin jetzt Bundeskanzler –«

»Aber du hast keine Zweidrittelmehrheit«, unterbrach ihn seine Tochter schneidend.

Schneemandl schwieg. Sein Blick fiel auf die Wahlanalyse auf seinem Zweitbildschirm. Genau ein Mandat fehlte. EIN VERDAMMTES MANDAT. 121 statt 122.

»Und was jetzt?«, fragte seine Tochter mit diesem kühlen, verletzenden Pragmatismus, den er früher an ihr bewundert hatte. »Lässt du uns jetzt einfach auf Malta sitzen? Dein eigenes Fleisch und Blut? Die Kinder?«

»Ich suche eine Lösung«, murmelte Schneemandl.

»Wie denn?!« Ihre Stimme bebte jetzt vor Wut. »Du hast uns verdammt nochmal in diese Situation gebracht! Und jetzt kannst du nichts tun, weil dir EIN Mandat fehlt? Willst du mir ernsthaft sagen, dass du niemanden findest, den du kaufen kannst? Irgendeinen Hinterbänkler mit Karrierefantasien? Eine überambitionierte Provinzpolitikerin mit Hang zu Gucci-Handtaschen? Papa, verdammt, DU bist Kanzler!«

Er fuhr sich über die Stirn. Er war Schneemandl. Der glorreiche Wahlsieger. Der Kanzler. Der mächtigste Mann des Landes. Und dennoch war seine Tochter noch immer mit den Kindern auf Malta gestrandet, weil sein Schwiegersohn den falschen Pass hatte.

»Ich werde eine Lösung finden«, sagte er langsam.

»Du hast genau eine Woche«, sagte seine Tochter kalt. »Danach beantragen wir die maltesische Staatsbürgerschaft. Und dann, Papa, kannst du deine Enkel in Zukunft bei einem Staatsbesuch sehen.«

Noch während sie sprach, klingelte der Festnetzapparat auf Schneemandls Schreibtisch. Er hob genervt ab.

»Ja. Ich komme ja gleich …«

»Nein, nein!« Geißlers Stimme am anderen Ende der Leitung überschlug sich. »Herr Dings… äh… Kanzler… Es gibt Neuigkeiten. Richtig geile Neuigkeiten!«

So hatte Schneemandl die Frau noch nie reden gehört. Eine gewisse Natascha sei in der Leitung. Er hörte schweigend zu. Sekunde um Sekunde. Seine Lippen verzogen sich zu einem gefährlichen Lächeln. »Verstehe.«

Seine Tochter, die nur seine Reaktionen mitbekommen hatte, sah ihn mit gerunzelter Stirn an. »Und?«, fragte sie knapp.

Schneemandl lächelte. »Alles wird gut.«

Dann beendete er den Videocall, rückte seine Krawatte zurecht. Aufstehen. Geschichte schreiben. Im Festsaal schlug ihm der Jubel der Menge entgegen.

Der junge Reporter, der es inzwischen wegen seiner zahllosen Live-Einstiege zu einiger Berühmtheit gebracht hatte, unterbrach seinen Monolog, dem wegen des Lärms soundso niemand mehr hatte folgen können, und konnte sich gerade noch rechtzeitig wegducken, damit kein Wort der Siegesrede verloren ging.

Natascha und Malik hielten sich an den Händen, die Kinder waren inzwischen im Bett. Auf ihrem Bildschirm baute sich Schneemandl vor einer Wand aus perfekt drapierten Fahnen in den alten Landesfarben auf. Kein Schwarz-Weiß-Gold mehr.

»Heute haben wir Geschichte geschrieben«, begann er mit fester Stimme. »Aber wir stehen erst am Anfang. Ich habe bereits erste Gespräche mit den Sozialdemokraten und den Liberalen geführt. Wir werden eine Regierung der breiten Mehrheit bilden.«

Tosender Applaus brandete auf, doch Schneemandl fuhr unbeirrt fort.

»Und ich kann Ihnen sagen: Als erste Maßnahme meiner Kanzlerschaft werde ich das Remigrationsgesetz aufheben. Den Ursprung allen Übels und unseres Leidens. Wir werden einen neuen Weg einschlagen, einen Weg der Vernunft, der Einheit und der Gemeinsamkeit!«

Die Menge explodierte im Freudentaumel. Fahnen, die alten, wurden geschwenkt, Champagner spritzte, Kameras blitzten. Stimmen übertönten sich gegenseitig in einem überwältigenden Rausch. Es war der Moment, auf den sie gewartet hatten. Der Sieg. Die Bestätigung.

In den Wohnzimmern des Landes saßen die Menschen vor den Bildschirmen. Für viele war es ein Moment der Erleichterung. Endlich ein Neuanfang, endlich ein Hoffnungsschimmer nach all den Krisen, den leeren Versprechen, den politischen Machtspielen, die das Land ausgezehrt hatten. Doch nicht jeder feierte. Zu oft hatte man dasselbe schon erlebt: große Reden, glänzende Wahlpartys, euphorische Gesichter, die am

Ende doch nur das taten, was sie immer getan hatten. Viele erinnerten sich noch daran, wie die letzten Sieger gejubelt hatten, und wie kurz darauf die Ernüchterung gefolgt war. Sie sahen die Männer in dunklen Anzügen, das selbstzufriedene Lächeln mancher Funktionäre, und sie fragten sich, ob diesmal wirklich alles anders werden würde. Aber in diesem Moment wollten die Menschen daran glauben.

Malik spürte diese Zweifel nicht. Ihm liefen die Tränen über die Wangen. Tränen der Freude, der Erleichterung. Er hatte gehofft, gebangt, gezweifelt - und jetzt war der Moment da. Natascha umarmte ihn fest, so fest, als könnte sie die Welt mit dieser Umarmung zusammenhalten. Keiner von beiden sagte ein Wort. Für sie fühlte sich in diesem Moment einfach alles richtig an.

Dreizehntes Kapitel

GESCHICHTE SCHREIBEN

Als Malik das elegante Parlamentsgebäude durch einen der hinteren Eingänge betrat, wurde er dort vom neuen Präsidenten des Hohen Hauses in Empfang genommen und den neu angelobten Ministerinnen und Ministern vorgestellt. Es folgte ein kurzes Briefing durch den protokollarischen Chef für seinen bevorstehenden Auftritt und eine knappe Einführung in die Etikette des Hohen Hauses.

Von draußen brandete immer wieder der Lärm der Menschenmauer herein und widerhallte in den langen Gängen. Hunderttausende hatten sich versammelt, jubelten, schwenkten Fähnchen. Zum ersten Mal seit Jahren waren die alten Landesfarben wieder zu sehen, nicht mehr das Schwarz-Gold-Weiß der alten Regierung, kein Phönix mehr. Die Menschen hielten sie hoch, als wären sie ein Symbol für den Neuanfang, für die Rückkehr zu etwas Echtem, Vertrautem. Doch nicht alle feierten so frenetisch mit. Manche hielten sich zurück, beobachteten das Meer aus Flaggen mit verschränkten Armen, als warteten sie darauf, dass sich die Begeisterung in Ernüchterung verwandelte. Neue, alte Farben allein machten noch keinen Neuanfang.

Malik spürte es. Nicht nur von draußen, sondern auch in sich selbst. Die Hoffnung, aber auch die Zweifel. Er presste die Handflächen gegeneinander, versuchte, die Unruhe aus seinen Fingern zu vertreiben. Atmen. Ruhig bleiben.

Natascha hatte ihm bis zuletzt gut zugeredet. Er solle sich die Menschen im Plenarsaal einfach nackt vorstellen, wenn er zu nervös werden sollte.

Von drinnen drangen nur Wortfetzen durch die dicke Eichentür. *»... erster Tagesordnungspunkt ...« – »... Abschaffung des Zusatzartikels III ...« – »... Bundesverfassung ...« – »... eine neue Ära ...« – »... historische Verantwortung ...« – »... erheben Sie sich!«*

Unzählige Stühle schrammten dumpf über den Holzboden im Plenarsaal.

»Wer ist dagegen?«

Vereinzelte Kratzgeräusche. Dann tosender Applaus und Jubelrufe. Minutenlang.

Malik hoffte, dass sich der Marmorboden noch rechtzeitig auftäte, um ihn zu verschlingen. Dann öffneten zwei Saaldiener mit weißen Handschuhen schwungvoll die Tür. Er nahm allen Mut zusammen, richtete sich auf und betrat den Saal. Stickige, aber energiegeladene Luft. Standing Ovations.

Betont langsam, um nicht den Eindruck zu erwecken, davonlaufen zu wollen, bahnte Malik sich den Weg vor zum Rednerpult. Dort stand schon Bundeskanzler Josef Schneemandl und winkte ihm auffordernd zu.

»Meine Damen und Herren! Liebe Landsleute! Und, das darf ich heute mit stolzgeschwellter Brust sagen, alle Menschen, die hier leben! Willkommen zurück, Malik Al Dawla – oder wie ihn die meisten kennen: Vexo!«

In seinem Kopf verschwamm alles zu einem einzigen Wirbel aus Klatschen, Jubel und Gesichtern. Verzweifelt ließ er den Blick nach oben schweifen. Endlich, auf der oberen Zuschauertribüne: Natascha, mit den Kindern. Florian und Klaus riefen frenetisch »Bravo!«, Samir und Luca waren extra aus London eingeflogen und feuerten ihn nun an.

Seine Augen suchten die von Natascha. Ihre Hände fest auf den Schultern der Kinder, als würde sie sich verankern. Ihr Lächeln strahlend, wie der makellose Himmel über der Glaskuppel. Ihre Lippen formten seinen Namen, und obwohl der Lärm um ihn tobte, glaubte er, ihn zu hören. Ihre Augen leuchteten, Stolz und Freude spiegelten sich in ihnen, und für einen Moment fühlte er sich nicht mehr von der Menge verschluckt, sondern von ihrer Wärme getragen.

Doch selbst jetzt hielt sie sich zurück, als wäre das Geländer ihre Grenze, die sie nicht überschreiten konnte - oder wollte. Sie hatte sich geweigert, neben ihm zu stehen, mit ihm aufs Podium zu gehen. Dennoch wusste Malik, dass sie diesen Moment mit ihm teilte, aber ebenso wusste er, warum sie dort oben blieb. Die angstvollen Schatten, in denen sie so lange gelebt hatte, hielten sie sanft zurück, eine leise Erinnerung an das, was war. Zu oft hatte sie gespürt, wie es war, wenn die falschen Augen auf ihr ruhten.

Aber heute war es anders. Heute war es ihr Blick, der zählte. Er hielt ihn fest, ließ ihn nicht los. Dann lächelte er, ein Nicken, ein unausgesprochenes Verstehen zwischen ihnen. Natascha erwiderte es und streckte ihm die Faust entgegen, eine Geste, die nur ihnen gehörte.

Der einzige Bereich, der komplett leer war, war die Sektion der Nationalisten. Sie hatten nach verlorener Abstimmung das Plenum unter Protestrufen geschlossen verlassen. Nur Sophie Milot hüpfte mittendrin in den leeren Reihen auf und ab und riss die Hände in Siegerpose in die Höhe, als sich ihre Blicke trafen.

Noch am Abend der Wahl hatte er sie angerufen. Die paranoide Vorstellung, sie im Fernsehen gesehen zu haben, hatte ihm keine Ruhe gelassen.

»Ich wusste es!«, hatte er ins Telefon gebrüllt. »Verdammt, Sophie, du warst das wirklich!«

Nur Lachen auf der anderen Seite. »Du wirst sehen: Dafür bekomme ich einen Oscar.«

»Irre.«

Milot hatte ihm erklärt, dass ihre Verlegerin in Berlin eine wahnsinnige Idee gehabt hatte, als sie nach all den Exklusiv-Stories über die Sprayer-Affäre sie auf Nataschas Bitte hin auch noch gebeten hatte, die Verlagsserver einem Hacker im Londoner Exil für den Widerstand zu überlassen. Der Plan war, dass sich Milot verdeckt bei den Nationalisten einschleusen würde, um aus dem Innersten der Partei berichten zu können. Das hatte sie getan – und auch tatsächlich geschafft.

»Aber wie, verdammt? Du bist Französin!«

»Mein Urgroßvater war Franzose. Nach dem Zweiten Weltkrieg hat er eine Jüdin geheiratet, die von hier stammte, aber vor den Nazis geflohen war und überlebt hatte. Weder meine Großeltern noch meine Eltern hatten je die französische Staatsbürgerschaft, und ich auch nicht. Ich bin zwar in Paris aufgewachsen, aber ich bin autochthon.«

Dazu ein inszenierter Lebenslauf, sorgsam platzierte Social-Media-Profile, die richtigen Verbindungen.

»Ich habe mir einen Mentor gesucht. Einen alten Kader, der mich für talentiert hielt. Ich habe gelernt zu reden wie sie, zu denken wie sie. Ich habe mich angepasst. Nie zu viel, nie zu wenig. Nur eine von ihnen.«

»Aber dein Akzent?«

»Ach was! Ich habe null Akzent, wenn ich mich ein bisschen bemühe. Den kehre ich nur manchmal hervor, weil er gut ankommt. Natürlich nicht bei den Nationalen.«

Sie hatte sich durch die unteren Ränge gearbeitet, sich bei Wahlkampfveranstaltungen gezeigt, Parteitreffen besucht, Reden geschrieben, die sie selbst verabscheute. Nächte voller Zweifel, Angst vor Enttarnung, und doch immer weiter. Dann kam der erste große Coup: der Ehrlich-Skandal. Interne Mails, die sie unauffällig über Umwege an ihre Redaktion geleitet hatte. Ein Netz aus Parteispenden, illegalen Zahlungen und dunklen Deals, das schließlich den ersten Stein ins Rollen brachte. Als wenig später der Sterbehilfe-Skandal folgte – ein Fall, der zeigte, wie die Partei mit Menschen mit Behinderung und Kranken umging – war das Machtgefüge innerhalb der Partei endgültig ins Wanken geraten. Rücktritte, interne Machtkämpfe, Chaos. Und dann geschah das Undenkbare.

»Sie haben mir einen Platz auf der Wahlliste angeboten.«

Milot hatte es geschafft. Ohne es zu planen, ohne es zu wollen. Die Partei war so ausgedünnt, so verzweifelt auf der Suche nach neuen Gesichtern, dass sie ihr quasi blind vertraut hatten.

»Und du hast Ja gesagt.«

»Natürlich habe ich Ja gesagt.«

So war sie tatsächlich ins Parlament gewählt worden, als Abgeordnete der Nationalen Freiheitspartei. Und schließlich, gerade eben, in diesem Moment der Wahrheit, hatte sie ihre Tarnung fallen lassen. Als Einzige ihrer Fraktion hatte sie für die Abschaffung gestimmt und der Regierung die entscheidende Stimme verschafft.

Während Malik nervös hinter der Tür auf und ab getigert war, hatten Millionen Menschen vor den Bildschirmen und draußen auf den Leinwänden einen Politthriller in Echtzeit miterlebt: Bei der Auszählung hätte die Anspannung nicht größer sein können. Zuerst 121 Ja-Stimmen auf der digitalen Anzeige, dann das Unfassbare. Die Kamera schwenkte ruckartig auf den Block der Nationalen. Stühle wurden zurückgeschoben, Gesichter entgleisten, Münder standen offen. Wo eben noch alle finster dreinblickend und mit verschränkten Armen dagesessen hatten, ragte plötzlich eine einzelne

Hand in die Luft – mit einer Selbstverständlichkeit, die das ganze Bild sprengte. Sophie Milot. Ihre Lippen formten ein kaum merkliches »Voilà«. Sekundenlang war es, als hielte der ganze Saal die Luft an.

Irritation auch beim Präsidenten des Hohen Hauses, doch es war entschieden. Der Hammer fuhr auf den Tisch. »Damit ist der Zusatzartikel mit der erforderlichen Mehrheit abgeschafft.«

Rund um Milot polterten Stühle, Abgeordnete sprangen auf, einer zeigte mit zitternder Hand auf sie, ein anderer fuchtelte wild gestikulierend in ihre Richtung. Wütendes Raunen, Empörung, Entsetzen. Jemand brüllte »Verräterin!«, während ein anderer versuchte, sie am Arm zu packen – doch Milot zog ihn mit einer geschmeidigen Bewegung weg, als hätte sie das alles kommen sehen.

Die Regie im Fernsehstudio reagierte panisch, Einstellungen wurden vertauscht, hin- und hergeschalten. Der Moderator verschluckte sich fast an seinen eigenen Worten, während die beiden geladenen Experten mit weit aufgerissenen Augen danebenstanden. »Das ist …«, stotterte der eine, aber keiner der beiden schien fähig, den Satz zu beenden.

Schnitt zurück ins Parlament. Live auf Milot, die sich langsam und elegant einmal um die eigene Achse drehte, als würde sie sich in dem Moment sonnen. Die Nationalisten drängten zum Ausgang, ihre Reihen leerten sich wie ein auslaufendes Becken. Doch sie blieb. Und dann – zwei emporgestreckte Fäuste, ein breites Grinsen, das durch die Kameras direkt in die Geschichtsbücher sprang. (Ihr eigenes Buch über ihre Erlebnisse in den Reihen der Nationalisten und ihre Rolle im Widerstand sollte später zu einem der meistgelesenen Werke der Post-Humpl-Zeit werden.)

Malik hatte nichts von alldem mitbekommen und war froh darum. Er trat ans Mikrofon. Räuspern. Ein schrilles Pfeifen durch die Lautsprecher. Kanzler Schneemandl bedeutete ihm kurz zu warten und ließ das Pult ein paar Zentimeter in die Höhe fahren, um es seiner Statur anzupassen. Dann ein Okay-Zeichen. Noch ein Räuspern – diesmal nicht nur aus Verlegenheit, sondern auch aus Ehrfurcht vor dem Moment. Er sah noch einmal zur Tribüne und suchte Natascha, diejenige, die er mehr als alle anderen bewunderte. Von ihnen allen hatte sie während der ganzen Zeit am meisten riskiert, und doch hatte nichts und niemand ihren Widerstandsgeist gebrochen, ihren Sinn für Gerechtigkeit, ihre Menschlichkeit, ihre Liebe. Während er gesprayt hatte, hatte sie die Fäden gezogen und Netzwerke gesponnen, von denen er nicht wusste, dass es sie gab.

Ihr Blick traf seinen noch einmal. Stolz. Erleichterung. Ein leises Kopfschütteln, als wollte sie sagen: Jetzt mach endlich. Er holte tief Luft. Der Saal, das Land, ein Atemzug vor der Zukunft. Dann blickte er direkt in die Kamera vor ihm und sprach – für sich, für Milot, die ihr Grinsen nicht mehr aus dem Gesicht bekam, für Natascha, für alle, die gekämpft hatten.

»Geschichte gehört denen, die sie machen!«

»Wann endlich wird die Menschheit so erzogen sein, daß sie jedem das Recht auf sich selbst gibt, das Recht, nach seiner Façon selig zu werden, solange dadurch nicht anderen, unbeteiligten Menschen gegen deren Willen ein Leid zugefügt wird? Wann endlich werden nur kluge, vorurteilslose Menschen Gesetze machen dürfen, Gesetze, die den einzelnen vor der Gesamtheit und die Gesamtheit vor dem einzelnen schützen, ohne in das physische und psychische Leben einzugreifen?«

Hugo Bettauer, 1924

Außerdem aus dem Programm des Verlags Kremayr & Scheriau

Martin Horváth
Baroco

Roman

440 Seiten
978-3-218-01450-2

San Lorenzo Settefrati, ein verlassenes, idyllisch gelegenes Dorf im Süden Italiens. Im örtlichen Kloster wurde ein auf Künstliche Intelligenz gestützter Thinktank für Zukunftsfragen eingerichtet. Doch niemand im Dorf kann sagen, woran dort wirklich gearbeitet wird. Wer sind die skurrilen Charaktere um Norman Sherwood, die mit spektakulären Aktionen die Machenschaften der internationalen Finanzelite entlarven? Wer finanziert das Projekt? Und wer ist der ominöse Erzähler, der damit droht, die Menschheit auszulöschen?

Ein äußerst lesenswerter Roman, der sich mit Spannung und subversivem Humor den großen Themen unserer Zeit widmet.

Handlung und alle handelnden Personen des vorliegenden Romans sind frei erfunden. Ähnlichkeiten oder etwaige Übereinstimmungen mit tatsächlichen Begebenheiten, real existierenden Unternehmen, lebenden oder toten Personen sind rein zufällig.

Das Zitat auf S. 331 stammt aus:
Hugo Bettauer (13. März 1924). Der Wendepunkt. In: Er und Sie, Nr. 5, S. 1–2.
https://anno.onb.ac.at/cgi-content/anno?aid=eus&datum=19240313&zoom=33

Mit freundlicher Unterstützung von

Stadt Wien | Kultur

Verlag Kremayr & Scheriau GmbH & Co. KG, Wien
Rotenturmstraße 27/5, 1010 Wien
office@kremayr-scheriau.at
www.kremayr-scheriau.at

ISBN: 978-3-218-01479-3

Cover und Umschlaggestaltung: Silvia Wahrstätter, vielseitig.co.at
Typografische Gestaltung und Satz: Ekke Wolf, typic.at
Lektorat: Isabella Eckerstorfer
Druck und Bindung: Florjančič tisk d.o.o., Maribor

AUT
OCH
THON